外國文學研究叢書

用文字谱写乐章：
论黑人音乐对莫里森小说的影响

李美芹 著
Li Meiqin

ZHEJIANG UNIVERSITY PRESS
浙江大学出版社

序

郭继德

随着莫里森的小说一部部地问世，中国对莫里森作品的研究热也不断升温，且一直热度不减。评论者用各种批评方法，从各种视角出发，对莫里森作品中所体现的各种主题进行探讨，但真正从莫里森作品与黑人音乐之间的关系对其所有小说进行综合论述的却寥寥无几。李美芹撰写的这部《用文字谱写乐章：论黑人音乐对莫里森小说的影响》从某种意义上可以说是填补了这方面的空白。

李美芹在博士阶段重点研究莫里森及其作品。这部专著是其博士论文的持续研究和深化。当初她和我讨论本书的选题时，我听后喜忧参半。高兴的是，经过博士阶段撇家舍子的艰苦锤炼，博士毕业后她仍然对学术有如此大的热忱。担忧的是，她虽然略通音律，年轻时会弹一点吉他，但毕竟对音乐缺乏系统的了解，更何谈把黑人音乐和作家作品结合。果然她写得很辛苦。她不仅首先要从理论上搞明白灵歌、布鲁斯和爵士乐等黑人音乐之间的渊源和所要传达的主旨，而且还要通过亲临其境倾听黑人音乐来真正领会音乐所传达的主旨。好在现代社会媒体发达，各种音乐都可以在网上下载倾听，听音乐也为她艰苦的创作过程增添了些许情趣。终于，在优美凄婉的布鲁斯旋律陪伴下，她交出了一份令人比较满意的答卷。相信在她以后的学术生涯中，黑人音乐所传达的精神解放、知难而进和动感开放的精神会始终成为激励她的力量。

本书从音乐和文学文本相结合的视角评论了莫里森的小说主题和创作技巧，对莫里森作品乃至其他各种文学文本的解读从理论和实践上提供了有效的范例。莫里森的作品因其丰富的历史文化渊源而具有丰富的隐喻特征，而其中探讨的文化民主思想理念则与黑人音乐中隐含的开放、动感、民主等思想息息相通。本书在分析文本和音乐相通性的同时，考证了美国黑人文学及艺术中所表达和蕴含的文化民主思想理念，认为莫里森对非文学文本的种种“挪用”和“改造”也会对研究美国所谓“正史”之外的历史提供有力的佐证材料，并为研究美国文化多样性和黑人民族性等提供了有力的支撑；莫里森用写作不仅重构了美国黑人历史，而且在美国奴隶制历史源头的历史语境下，融会了她对历史、种族、文化、性别和“爱”的再思考。作者所探讨和关注的主题如奴役、精神创痛记忆、女性努力摆脱囚禁她们心灵和肉体牢笼的痛苦等都对研究美国历史、文化以及非裔美国人的经历有直接的现实意义。

这本书即将付梓之际，我从她的言行中看到了一种坦然，一种淡然，一种超然，一种笃定，一种接纳，一种放弃，一种包容，一种理解，一种开放，一种感激，一种憧憬，一种省思，一种执著……可能是长久浸染黑人音乐的缘故吧。

虽然作者已在学术上取得一定成就，但在学术界还是新手上路，还需要进一步发展和提高。希望她能以此书的出版为今后从事英美文学教学和研究的契机，再接再厉，争取更大的突破。

导 言

黑人音乐是由黑人传统艺术形式演化而来的，是一种能使黑人在受压抑的环境下较安全地表情达意的艺术形式。黑人们通常通过自己的音乐来表达喜怒哀乐、爱恨情愁，以寄托希望或哀思。因为音乐能使这些非裔美国人尽情地表达他们所感受到的最深切复杂的精神或情感现实，在语言不能表达情感时，他们往往借助音乐来抒发自己的感受。对他们来说，音乐不仅能治愈创伤，而且是一种生存技能。许多非裔美国作家骄傲地宣称他们写作的灵感来自于音乐的启迪，因为音乐能超越种种限制，在记录奴隶制种种罪恶的同时，使备受摧残几至崩溃的灵魂得以存活。作为文化同化和文化认同的产物，黑人音乐特别是爵士乐具有“节奏强、即兴性、合奏性、个性化和开放性”等特点。

托妮·莫里森是第一位获得诺贝尔文学奖的黑人女作家。自 1970 年发表第一部小说以来，迄今为止发表的每一部小说都会在评论界掀起一阵波澜，其魔幻现实主义手法、透彻的社会分析、激情洋溢的哲学关照和对黑人美国的诗化描述享誉全球。然而迄今为止，除了几篇论述《宠儿》和《爵士乐》中音乐审美的文章外，很少有人尝试系统地分析其作品中的音乐主题，这也是本书得以成文的初衷。因此本书意在系统地分析莫里森的音乐审美是如何影响她作品的主题和她的创作哲学的，或者说这些因素如何互相作用，相辅相成，使她的作品产生荡气回肠、解放心灵的效果。

莫里森熟练地把自己对于音乐的理解诉诸笔端，使她的作品与黑人文化密切相关并充满动感。她用音乐的形式表达文学的内容，把音乐主题融于创作中，使黑人圣歌中黑人在精神荒原上追寻精神家园的凄婉、布鲁斯中黑人所处困境的悲壮、爵士乐中黑人重构自我诉求的心路历程都得到淋漓尽致的表现。

音乐在黑人自我定义的过程中起着举足重轻的作用，因此在莫里森的作品中，爵士乐和布鲁斯的影子随处可见。通过借用音乐的表达形式，莫里森使边缘化了的黑人表达内心的呼声。一方面，黑人民族的审美能力与他们文化和社区价值的保存息息相关，黑人音乐使充满着文化失落感、异化感和碎片感的非裔美国人能自我疗治饱受创伤的心灵；另一方面，黑人音乐是文化同化和文化认同的产物，这有助于消解白人逻各斯，使黑人不再意味着缺席、否定和邪恶，而是在场、肯定和善良。莫里森把主题意蕴建立在黑人音乐的基础上，实际上是想把黑人从令人窒息的窘境中自我解救出来，把黑色意义从霸主语言的阴影中解放出来，并在黑人文本中证实其意义。

因此，本书的结构也是基于莫里森作品和三种音乐主题旋律的关系而展开的。除了引言和结论，第一章至第六章构成了本书的主体部分。其中，第二章至第五章主要论述莫里森作品主题与黑人音乐主旨之间的对应关系，第六章主要论述其作品和黑人音乐在叙事风格上的异曲同工。

第一章“奏响灵魂深处的旋律：美国黑人文学中的黑人音乐传统”介绍了黑人音乐作为象征表达的作用和作为文化同化和文化认同的历史进程，介绍了美国黑人文学中的黑人音乐传统以及休斯诗歌对黑人音乐的创新性借鉴和埃里森通过借鉴黑人音乐特别是爵士乐构建的文化观。

第二章“用音乐治疗创伤：审美能力与文化保持”探讨了莫里森作品中黑人音乐在黑人日常生活和审美中的作用。黑人音乐作为文化同化和文化认同的历史过程与莫里森音乐审美共同说明了美国黑人的音乐审美能力与文化保存和社区价值息息相关。因此黑人音乐是饱受流离失所、文化异化和支离破碎之苦的美国黑人治疗他们受伤心灵的金玉良方。在莫里森塑造的小说人物中，有的人能于困顿失意时有效地表达自己的情感，而有的人则在创痛苦闷或不能与自己的亲人取得联系时没有一种艺术形式抒发自己的郁闷之情或融于社区亲人之中，两种人物形象形成了鲜明的对比。那些不能用音乐表达自己感受的人往往不具备健康的人格和完整的身份，也无法与别人培养种族社区亲情。而那些能通过音乐或别的艺术形式抒发情感的人则能与其民族和社区形成互惠关系。麦克蒂尔一家、耐尔·赖特、贝比·萨格斯、保罗·迪等奴隶们能在贫穷困窘时以歌唱抒发被压抑的情感，因而免于心灵困顿；而布里德洛夫一家、秀拉、蔡尔兹一家则因缺乏有效的艺术形式宣泄伤痛之情或融入黑人社区而或困顿或丧失亲情。作为黑人社区的集体表达形式，黑人音乐还帮助奶人·戴德找回了自己的家系和失落的文化身份，因而精神上不再“死亡”；而社区黑人的合唱则使瑟斯如受洗礼般获得精神新生。由此可见，黑人社区和音乐叙事是非裔美国人保存文化的模板和治愈创伤的金创药。

第三章“莫里森的黑人圣歌：荒野中的精神栖息地”着力描述黑人的困境。与黑人圣歌表达黑人在精神荒野上寻求精神栖息地相呼应，莫里森在作品中塑造了一群生活在精神荒野上的人，他们因缺少精神家园而对之孜孜以求。这些人有的丧失了主体性，有的则丧失了黑人性。前者包括丧失了自我意识的耐尔，受不自信煎熬的佩科拉、波琳·布里德洛夫和海伦娜·赖特，把自己幽禁在父权家庭中的戴德家女性和科西家的女人们(科西家的女人们同时也是女性窝里斗的受害者)，和把自己的意志凌驾于其他人之上的伊娃和秀拉(这是丧失自主权的另类表现)；男人们则因白人的拒斥而丧失男子气概和男性本色。后者则包括否定自己的黑皮肤的佩科拉、波琳·布里德洛夫、杰拉尔丁和海伦娜·赖特，不能在白人文化霸权中维护自身利益的佩科拉，抛弃自己的家族亲情和种族亲情的梅肯·戴德及蔡尔兹一家，以及实施黑人种族主义和报复行为，既伤害了白人也害苦了自己同宗亲人的"七日社"和父权制下的鲁比镇。但即使精神荒芜、居无定所，有些黑人还是在黑暗中奋力抗争，努力寻求精神栖息地，争取浴火重生。

第四章"莫里森的布鲁斯：从痛苦与挣扎中的痛哭到宣泄痛苦"通过描述黑人所受的苦难，解释了黑人精神困顿的原因。与布鲁斯表达和抒发人们的痛苦郁闷之情相呼应，莫里森通过探讨造成这种苦闷情感的原因并描写他们宣泄郁闷或治疗创伤的方式表达了黑人郁积在内心最深处的苦闷创痛。奴隶制不仅肆意蹂躏了像瑟斯这样的奴隶们的肉体，而且践踏了他们的心灵和尊严；作为操纵黑人的手段，奴隶制给黑人的误称和取名又使得他们失却自己的真实身份；他们的居住地的商业主流社会以各种方式强行灌输主流文化价值，佩科拉、波琳、哈加尔、爱尔玛和雅丹等在强大的主流文化攻势下失却方向，盲目接受了主流文化的审美价值观和强大的大众传媒所渲染的主流形象；双重意识使他们对自己的种族身份感到茫然，因而不知道是应该以自己的民族文化为荣还是融入白人文化；大迁移和文化孤儿感使处于文化漂移中的黑人由于身体匮乏、情感紊乱而心灵扭曲。所有这些因素使黑人跌入痛苦沮丧的深渊。有的黑人诉诸武力以泄恨或解痛，而有的则超然于痛苦之外，通过治疗受伤的心灵而解脱痛苦。

第五章"莫里森的爵士乐：通过文化杂交重构身份的框架"阐述了莫里森通过作品所提供的重构黑人身份的解决方法。通过借用爵士乐为参照依据，莫里森使人们看到了黑人通过文化杂交或文化交流与融合重塑自我的可能性。爵士乐通过以海纳百川的气度包容异己，吸收与自身格格不入的文化、体裁、乐器和表演形式，同时又保持自身的精华在美国众星璀璨的乐坛中闪闪发光。莫里森用文学语言谱写的爵士乐章讲述着黑人在美国的痛苦遭遇，刻画了黑人重新继承黑人文化遗产、唤醒黑人民族文化意识、努力促成非裔文化与西方文化的融合、决心走出历史阴影创造未来、矢志参与交流与联合并通过超越强加给他们的名字重塑自我身份的心灵历程。这个历程也是打破黑白、男女、个体和群体、南北、城乡之间二元对立界限、学会包容异己的心路历程。唯有如此，美国黑人才能在多民族的美国由边缘向主流位移。

第六章“莫里森小说中融入的音乐元素”关注的是《最蓝的眼睛》、《所罗门之歌》、《宠儿》和《爵士乐》中莫里森所借用的黑人音乐创作技巧。除了主题上的对应之外，莫里森的叙事技巧也与黑人音乐有异曲同工之妙。这些技巧包括叙事层面上的布鲁斯叙事、呼应、即兴创作、重复、即兴演奏会、角技及开放结尾和语言层面上的拟声、重复和标点等。

以上论述得出的结论是：莫里森的创作受黑人音乐影响很大。黑人音乐的显著特征是文化独立、文化融合、文化杂交、开放、统一、多元化、社区和民族交流、稳定、集体主义和团结等理念所支撑的文化民主主义。这也是莫里森作品的精髓所在。莫里森通过探讨这些理念，也指出了黑人民族于痛苦失落中崛起，于精神流放中重塑自我、创造精神家园的复兴之路。因而文化民主主义的理念既是非裔美国人解决自己作为非裔人和美国人双重身份困境的良方，也是对二元对立思维模式和排斥异己行为的强烈批判。

本书在论述上以莫里森的著述为基础，力图通过详细的文本分析，阐述莫里森的文学创作主张。本书在论述时没有按照莫里森作品的先后顺序，而是按照作者所借鉴的三种音乐形式的产生顺序，把其作品的主题观照(也是本书着力论述的)分三个问题进行阐述，分别是：什么(黑人处于什么境地？)、为什么(为什么他们会处于如此境地？)和怎样(怎样改变这种处境？)。

本书除了分析白人女孩对黑人女性瑟斯姐妹般的帮助之外，很少涉及美国白人在黑人身份重建过程中所做的努力。实际上，没有白人的合作，黑人想完全重构自我是不可能的。因此，莫里森是如何反映白人在美国黑人重构自我过程中的作用的，仍然是一个值得探讨的问题。

主题词：黑人音乐影响；托妮·莫里森；精神荒野；重构身份

Abstract

Black music as art is one of the black traditions that have been transmitted to provide a safe location where black people have come to voice. Black music unites the joy and the sorrow, the love and the hate, the hope and the despair of black people. Blacks sing everything in music when spoken language fails to communicate since music provides the African Americans with the adequate expression for the deepest and most complex spiritual and emotional realities. Music is not only a healing and therapeutic power, but also an effective survival technique to them, which can be found in jazz and the blues. Many African-American writers have employed music in their literary medium and state with remarkable pride that their work is definitely informed by African-American music since in an act of transcendence, song can record the terrible price of slavery while sustaining a spirit that might otherwise, and sometimes does, break. As a historic process of acculturation and cultural identification, Black music, especially jazz, bears such qualities as " 'swinging', improvising, group interaction, developing an 'individual voice', and being 'open' to different musical possibilities."

As the first African American Nobel Prize laureate in literature, Toni Morrison made her debut as a novelist in 1970, soon gaining the attention of both critics and a wider audience for their inventive blend of realism and fantasy, unsparing social analysis, passionate philosophical concerns and her poetically-charged and richly-expressive depiction of Black America. However, no one has ever attempted to probe systematically into the music motifs embedded in her eight novels published up to now except for a few articles briefly mentioning the music qualities in her *Beloved* and *Jazz*.[1] That's

[1] These articles include: Lars Eckstein's "A Love Supreme: Jazzthetic Strategies in Toni Morrison's *Beloved*." Jürgen E. Grandt's "Kinds of Blue: Toni Morrison, Hans Janowitz, and the Jazz Aesthetic." Cheryl Hall's "Beyond the 'Literary Habit': Oral Tradition and Jazz in *Beloved*," and Paula Gallant Eckard's "The Interplay of Music, Language, and Narrative in Toni Morrison's *Jazz*."

why this book comes into being—to study systematically how Morrison's music aesthetics influence her motifs and her philosophy, or rather to say, how these qualities interact with one another to form her soul-liberating texts.

Knowing the importance of music, Morrison skillfully employs music in her texts to form intricate connection with cultural patterns for communicating ideas that are commonly found in Black music as representative of the African-American oral tradition. Like Black music, her stories should, as is maintained by Morrison, solicit a dynamic response. Based on three musical forms in Black music, she deliberately engages in a process of assimilating form and altering content that is consistent with an established pattern of adaptation in African-American culture by modeling her texts on Black music. The three motifs in accordance with the three Black musical forms in her fiction are: the spirituals, which express the longing for, and assurance of, a home, a resting place in the wilderness; the blues, which wail through pain and turmoil to a release; and Jazz, which echoes familiar themes toward a new recognition.

Music has occupied a special place in black people's expression of their self-definitions. In Morrison's fiction, jazz and the blues presence and influence are constantly felt, some way or other. Through the music, Morrison lets the marginalized group utter their voices. On the one hand, since Black people's aesthetic sensitivity is closely related to the conservation of culture and community value, Black music is the source for the culturally displaced, alienated and fragmented Black Americans to heal themselves of their wounded psyche. On the other hand, since the formation of Black music points to the fact that it's a process of acculturation and cultural identification, and it poses a way to de-center the white *logos* and to create a universe where blackness will no longer connote absence, negation, and evil but will come to stand instead for affirmation, presence, and good. Through writing on motifs based on Black music, Morrison is in fact writing to lift the black self out of the hole, to bring Black meanings out of the semantic shadows of the Master's language and to affirm these meanings in a medium which can truly be called a black text, a text whose margins are ruled by the black *logos*.

Accordingly, the structure of this book is also based on the relationship of Toni Morrison's fiction and her three musical motifs. Apart from the Introduction and the Conclusion, Chapter One through Chapter Six forms the main body of the book, with Chapter Two through Chapter Five focusing on the thematic correspondence of Morrison's fiction with Black music and Chapter Six discussing narrative correlation of her fiction and Black music on the level of structure and language.

Chapter One "Playing the Rythem Deep in Soul: Black music Tradition in African American Literature" investigates the function of music as symbolic expression and as a historic process of acculturation and cultural identification, tracing the creative borrowing of Black music by Langston Houghs and the culture perspectives expressed by Ralph Ellison through Black music, especially Jazz.

In Chapter Two "Healing the Wound through Music: Aesthetic Sensitivity and Cultural Conservation," functionality of music as appears in Morrison's Black people's daily lives is examined. Black music as a historic process of acculturation and cultural identification in collaboration with Morrison's music aesthetics points to the fact that Black people's aesthetic sensitivity is closely related to the conservation of culture and community value. Therefore, Black music is the source for the culturally displaced, alienated and fragmented Black Americans to heal themselves of their wounded psyche. In her fiction, those who can express their feelings from confinement toward release form sharp contrast with those who are devoid of an artful expression to either release their pains or integrate into the Black community when suffering from frustrations and setbacks or failing to connect themselves to their people. Any lack of musical expression seems to have a serious effect on Morrison's characters, preventing them from developing an identity and cultivating a communal relationship with other people, while those who are capable of expressing themselves through music and other art forms can also form reciprocal relationships with their ethnicity and their community. The cases of the MacTeers, Nel Wright, Baby Suggs, Paul D and the slaves, who can express their feelings from confinement toward release, form sharp contrast with those of the Breedloves, Sula Peace and the Childs, who are devoid of an artful expression to either release their pains or integrate into the Black community when suffering from frustrations and setbacks or failing to connect themselves to their people. As Black music is also a certain kind of collective community expression, it certainly helps the spiritual transformation of its members such as Milkman Dead and Sethe. Milkman Dead finds his genealogy and further his lost identity through the song his aunt Pilate sings and thus becomes "undead" spiritually; the chorus of the Clearing People baptizes and restores Sethe into a new life of wholeness and a radical spiritual transformation. Therefore, in Morrison's works, the Black community and the musical narrative are described as matrixes of conservation for African-American culture and two of the methods to heal the wound.

Chapter Three "Morrison's Spirituals: a Home, a Resting Place in the Wilderness" focuses on the Spiritual motifs in Morrison's fiction. In correspondence with the Spiritual's function as an expression of Black's longing for a resting place in the wilderness, Morrison's fiction creates a variety of people who are in their respective spiritual wilderness therefore both in want of and in search of a spiritual home. These people have either lost their subjectivity or lost their black identity. Among the former, there are women who have lost their female subjectivity by losing their me-ness (Nel), by suffering from bad faith (Pecola and Pauline Breedlove, Helene Wright), by confining themselves in their patriarchal houses (the Dead women and the Cosey women), by waging war against each other (the Cosey women) and by exerting their wild subjectivity over others (Eva and Sula), which is another expression of loss of subjectivity; there are also men who have lost their male subjectivity because of being "emasculated" by the denial of the whites. Among the latter, while there are people who are unable to realize the beauty of their black images (Pecola and Pauline Breedlove, Geraldine, Helene Wright), fail to defend their rights (Pecola), and finally isolate themselves by breaking off with their families and communities (Macon Dead II, the Childs); there are also people who practice the wild racism (the Seven Days, the Ruby Patriarchs) which harms both the whites and the blacks alike without any benefits for themselves. In spite of their state of being in the spiritual wilderness, some of them still fight against the darkness by trying to look for a spiritual home.

Chapter Four "Morrison's Blues: Wailing through Pain and Turmoil to a Release" examines the pains and turmoil suffered by Black people as described in Morrison's fiction, providing the reasons for Black's being in spiritual wilderness. In correspondence with the blues' function as an expression of people's painful feelings and the release of such feelings, Morrison expressed the pains suffered by Blacks by first examining the reasons to cause these sufferings and then describing their efforts trying to vent their painful feelings. Slavery renders the slaves (Sethe) and their descendants to suffer not only from physical abuses, but also from psychic violence; As a manipulative instrument, misnaming and naming under slavery further render them to lose their true identity; Commercial society in which they live popularizes the dominant culture's values, brainwashing and pressuring such people as Pecola, Hagar, Pauline, Elma Estée, Jadine into accepting cultural dominance and controlling images disseminated by mass media; Double consciousness renders their racial identity into perplexity, thus failing in deciding whether to extol the ethnic culture of Africa or to fit into the Euro-American culture; the Great Migration and cultural orphanage bring about the destructive and distorting effects of physical and emotional dislocation on culturally mobile blacks. All these combined together to throw Blacks into the "bluest" state. Some of them vent their anger and express their miseries by resorting to violence; still others transcend and release their pains by restoring and re-clothing their wounded psyches.

Chapter Five "Morrison's Jazz: Reconstituting Identity through Cultural Hybridity" probes into the solution offered by Morrison through her fiction in reconstituting the Black's identity. Morrison's literary jazz tries to tell the traumatic experiences of black people in America and tries to break the binary boundary by writing about Blacks' effort to reconstruct identity through cultural democracy. She makes use of jazz as the framework to reconstitute identity through cultural hybridity or as the consequence of cultural interaction and assimilation. Jazz is a musical form incorporating disparate cultural, stylistic, instrumental and performative elements into its diverse repertoire while still remaining essentially itself. Morrison's literary jazz also tries to break the binary boundary of White and Black, men and women, individual and community, south and north, countryside and city. Therefore, she writes about their re-inheriting black cultural heritage and awakening black cultural consciousness, their effort to fuse African culture and Western culture, their resolution to create future out of shadows of history, their determination to participate in communications and bonds and to reconstruct identity through transcending their given names. Only in this way, can Black Americans remove themselves from marginalized position into the mainstream.

Chapter Six "Music Reflected in Morrison's Narratives" focuses on the specific use of Black music techniques in Toni Morrison's fiction as represented by *The Bluest Eye*, *Song of Solomon, Beloved* and *Jazz*. Morrison not only bases her themes on Black music, but also bases her narrative techniques on it. These techniques include call-and-response, improvisation, repetition, jam session, cutting contest, open ending on the narrative level; onomatopoeia, repetition, and punctuation on the language level.

The above analyses logically lead to the conclusion that what Morrison asserts and preaches are greatly influenced by Black music. Morrison's fiction narrates a resurrection ritual of people called to make a home on the site of exile and lift/remake themselves from the pain of loss and longing through cultural democracy based on cultural independence, cultural hybridization, openness, amalgamation as well as pluralism, communication among community members, solidarity, collectivism and unity. As distinct characteristics of African-American music, these are also solutions to African-American people's dilemma of being both Africans in culture and Americans in citizenship. Therefore these solutions embody a powerful critique of dualistic thinking and exclusionism.

As far as the process of the argument is concerned, it is guided by the detailed analysis of Morrison's works. By analyzing her fiction in detail, the author attempts to find out Morrison's assertions and preachings in literary creation. This book does not base its argumentative order according to the publication order of Morrison's fiction, but according to the chronological order of the appearance of the three musical forms. This also helps to structure the thematic concerns of Morrison's fiction (as well as the book) into three main questions: the what (What situation are Blacks in?), the why (Why are they in such a situation?) and the how (How to solve this problem?).

This book is not dwelling much on the Whites' participation in the reconstruction of the Blacks' identity except for Amy's sisterly help extended to Sethe. As a matter of fact, Black people cannot reconstruct their identity to the full extent without the cooperation of white Americans. It remains a question deserving our consideration and exploration in the future as to how Morrison writes about the cooperation of white Americans.

Key words: influences of Black music; Toni Morrison; spiritual wilderness; reconstruction of identity

Abbreviations

This book uses the following abbreviations of Toni Morrison's works in the text:

BE	*The Bluest Eye*, 1970（《最蓝的眼睛》）
SL	*Sula*, 1973（《秀拉》）
SS	*Song of Solomon*, 1977（《所罗门之歌》）
TB	*Tar Baby*, 1981（《柏油孩》）
BL	*Beloved*, 1987（《宠儿》）
JZ	*Jazz*, 1993（《爵士乐》）
PD	*Paradise*, 1997（《天堂》）
LV	*Love*, 2003（《爱》）
MC	*A Mercy*, 2008（《仁慈》）

目 录

引 言

1993 年，托妮·莫里森(Toni Morrison)以非裔美国女性作家的身份摘取诺贝尔文学奖桂冠，标志着世界对美国黑人女作家的关注，同时也说明美国少数裔文学进入了一个更加成熟的时期。托妮·莫里森是第一位获得诺贝尔文学奖的黑人女作家。自 1970 年发表第一部小说以来，迄今为止她发表的每一部小说都会在评论界掀起一阵波澜，其魔幻现实主义手法、透彻的社会分析、激情洋溢的哲学关照和对黑人美国的诗化描述享誉全球。迄今为止，她已发表九部长篇小说，一部剧本，一篇短篇故事，还有一系列论文集，并编辑出版了几部丛书。①此外，她还发表了一系列文学评论文章，接受访谈，在编辑书目的序、跋中阐释自己的文学思想与创作主张，对美国经典文学提出自己独到的新见解，引起美国学术界对美国文学史的重新定位与思考，也促成了美国黑人文学由边缘向主流的位移。社会观察与博大精深的社会批评相结合的特点赋予她的小说以神话般的象征隐

①莫里森发表的九部小说包括《最蓝的眼睛》(*The Bluest Eye* (*BE*), 1970)，《秀拉》(*Sula* (*SL*), 1973)，《所罗门之歌》(*Song of Solomon* (*SS*), 1977)，《柏油孩》(*Tar Baby* (*TB*), 1981)，《宠儿》(*Beloved* (*BL*), 1987)，《爵士乐》(*Jazz* (*JZ*), 1993)，《天堂》(*Paradise* (*PD*), 1997)，《爱》(*Love* (*LV*), 2003)和《仁慈》(*A Mercy* (*MC*), 2008)。此外，莫里森还发表了一部引起很大反响的剧本《梦想的埃默特》(*Dreaming Emmet*, 1985)，一篇短篇故事《宣叙》(*Recitatif*, 1983)，系列论文集《在黑暗中游戏：白人性与文学想像》(*Playing in the Dark: Whiteness and the Literary Imagination*, 1992)，编辑出版了《黑人丛书》(*The Black Book*, 1974)和《种族正义，性别权力：论安尼塔·希尔，克拉伦斯·托马斯以及社会现实的建构》(*Re-racing Justice. En-gendering Power: Essays on Anita Hill, Clarence Thomas, and the Construction of Social Reality*, 1993)等。发表的演讲"不可言说之不被言说：美国文学中的非裔美国人"(Unspeakable things unspoken: The Afro-American Presence in American Literature)也已在美国文学评论界广泛传播。此后文中对莫里森小说的引用将以作品缩写的形式出现在括号里。

喻性特质，并为她赢得了一系列的文学声誉。[①]1993年，莫里森荣获诺贝尔文学奖的原因是她“以具有远见卓识和诗化意义的小说”把“美国现实的一个重要方面写活了”(Frangsmyr 135)。然而，陶明(Tao Ming)认为莫里森对美国和世界文学最重要的贡献是“她虚构并因此在文化上开拓了一片领域，其中的黑人并非处于边缘地位的反常者，而是真正的人类社会的人”(338-339)。莫里森的小说已被翻译成多种文字，世界各地的学者和博士生都在批评和评价她的作品，试图“解开她引以为豪的复杂性之谜”(Samuels and Hudson-Weems 142)。她的成功表明，非裔美国文学经典迟早会走上美国主流文学和世界文学舞台，并使人们将来无法排斥。莫里森的每一部作品问世，都要在评论界和读者群中掀起一阵热潮且有余音绕梁之势。她力图用写作重构黑人历史的方式，她对性别、种族、文化融合和黑人文化底蕴的关注，对爱的多面性的思考以及寓“政治”于艺术的手法，每每成为人们议论的焦点。世人瞩目的殊荣来自于她的小说世界中充斥的对多元文化语境下非裔美国人生存困境的思考以及克服这种生存困境、重构黑人历史的理性探讨。其笔触深入到现代美国黑人的灵魂深处，通过描述在精神生态困境中挣扎着的美国黑人形象，展示他们的困惑和迷茫，探讨摆脱精神危机的初步答案。而颠覆导致阶级对立、种族主义和性别歧视的二元对立思维模式是她重构历史的方式之一。她意识到在白人占主导地位的父权社会中，黑人的种族尊严和身份是建立在一个相对完整的黑人文化之上的，所以在小说创作过程中致力于为当代黑人重构一种源于历史又见容于现代美国生活的黑人文化。黑人如何在保持黑人性的同时，立足过去，面对自我(其中包括个人自我以及民族自我)，在文化融合中促进黑人文化自身的发展，以促成黑人文化由边缘向主流位移，这个问题的答案就是莫里森文化融合思想的精髓所在。这种文化融合思想与前期赖特等黑人小说家所主张的以暴抗暴观点大相径庭。

对莫里森作品的关注以任何标准来衡量都是广泛而多样的。

---

①托妮·莫里森曾获得过哈佛、耶鲁、普林斯顿大学等九所大学的荣誉学位。《秀拉》获得过1975年国家图书奖提名，1978年《所罗门之歌》获得国家图书评论奖与美国文学艺术学会奖。这部小说的读者迅速增加，成为继赖特(Richard Right)《土生子》(*Native Son*, 1940)之后，第一部入选“每月图书俱乐部”的畅销小说，其平装版销量高达57万册。《柏油孩》出版时，位居《纽约时报》畅销榜达4个月，作者也因此成为第一位荣登《时代周刊》封面的非裔美国女性作家。1988年《宠儿》获得普利策奖。两年后，作者也因这部作品获得基安蒂·鲁芬诺·安蒂科·法托国际文学奖、罗伯特·肯尼迪奖、安妮丝菲尔德·伍尔芙图书奖、梅尔彻图书奖以及哥伦布之前基金会奖(Peach 7)。1992年，《爵士乐》一出版就成为畅销书，两年后作者获得许多国际奖项，如雷杰姆·朱莉文学奖及赛珍珠奖等。1993年，莫里森荣获诺贝尔文学奖。

自20世纪70年代以来，莫里森的小说已经引发了以不同评论方法从各个角度进行评论的访谈、论文和书籍：女性主义，心理分析，后结构主义，后现代主义，读者反应批评，后殖民主义和文化评论。然而，要系统综述各种视角的评论，首先要审视黑人美学的性质和非裔美国评论的关键模式。

在20世纪60年代的黑人美学运动中，从社会政治角度评论非洲裔美国文学作品占非裔作品评论的主导地位。亨利·路易斯·小盖茨(Henry Louis Gates Jr.)是最早一批质疑黑人文学中文学社会学方法占主导地位的文学学者。他发表评论，赞同更广泛的评论模式，即他后来所说的尊重具有本身"复杂规则"的文学文本的"修辞结构"。在此过程中，他发动了一系列旷日持久的激烈辩论，这些辩论宣告了社会政治准则的终结。即便如此，许多关于莫里森作品的文学评论还是争相认为黑人文学在抵制黑人形象的消极描述和促进黑人意识方面起着一定的作用。这些评论引证莫里森的《最蓝的眼睛》和《秀拉》，强调美国白人文化对非洲裔社区的统治。虽然早在1974年，芭芭拉·史密斯(Barbara Smith)就在其论文"美丽的，需要的，神秘的"中讨论莫里森在《秀拉》中对"祥瑞(mascot)形象"的使用；1975年琼·比斯霍夫(Joan Bischoff)在一篇题为"托妮·莫里森的小说：挫败敏感性的研究"的论文中评论了小说《最蓝的眼睛》和《秀拉》中的普遍主题——"挫败的敏感性"，但是像写于20世纪80年代以前的其他大部分论述非裔美国文学的评论一样，她们的研究还是侧重于主题分析——当时理论化研究还没有盛行。1979年，菲利斯·克洛特曼(Phyllis R. Klotman)发表于《美国黑人文学论坛》上的文章"《最蓝的眼睛》中的迪克与简以及秀兰·邓波尔的敏感性"(Dick-and-Jane and the Shirley Temple Sensibility in *The Bluest Eye*)，也是关于主题分析的。他的阅读试图证明，小说中的人物所受影响与美国现实中黑人女孩的经历没有任何关系(Adell 113-115)。总体而言，1977年《所罗门之歌》发表前，关于莫里森前两部小说的评论很少，而且不是很专业。论文发表的刊物也是诸如《黑人文学研究》(*Studies in Black Literature*)和《美国黑人文学论坛》(*Black American Literature Forum*)这种仍然处于初创阶段、发行量不大、影响面不广的刊物。1977年夏季《第一世界》(*First World*)的一篇社论使人们注意到这样一个事实：尽管公众称赞莫里森的小说，但对其作品的评论却很少有学术性或评论性。也是在这一年，基于黑人文化的评论开始出现。更重要的是，《第一世界》的两位作家菲利普·罗伊斯特(Philip Royster)和奥岱特·马丁(Odette C. Martin)，定位莫里森为非洲裔作家①，为以后的评论奠定了基础。在同一年，从

①参见 Sandra Adell, *Literary Masters: Toni Morrison*. Detroit: Thomson Gale, 2002. 113-115.

女权主义视角解读莫里森的小说也开始逐渐成型。芭芭拉·史密斯提出了“黑人女权主义者的批评”模式。虽然她把《秀拉》作为黑人女同性恋者文本引起许多争议，她的文章却在随后的岁月中引发了对莫里森作品和其他许多黑人作家的黑人女性主义的批评。在20世纪80年代，出现了一些采用宽松的人文主义模式评论托妮·莫里森作品或更确切地说一般黑人文学的尝试。比格斯比(C. W. Bigsby)提供了从这个角度阅读美国黑人文学的有趣例证，发现黑人作家具有令人耳目一新的道德自信，而美国白人作家则拒斥这种自信，认为这是“支离破碎层的经验”(Peach 9)。批评家们常常关心莫里森小说中的神话结构和女性自我发现主题，其中对此论述最透彻的是杰奎琳·日鲈鱼、辛西娅·戴维斯和简·贝克曼[①]。也有评论侧重于从莫里森小说的语言层面、语言的构建以及其他文本如何影响其小说意义等方面进行研究的。这些评论通常用后结构主义的批评方法从语言、意义、叙事和历史等角度进行评论。从精神分析角度对莫里森小说进行评论出现于 20世纪 80 年代中期，但只是最近评论者才在后结构主义的框架内进行精神分析批评。[②]到了 20 世纪 80 年代末，对莫里森小说更为复杂的解读开始出现在一些重要的黑人和种族研究媒介，如《美国黑人文学论坛》、《CLA 杂志》和《少数民族黑人学者的声音》等。随着《所罗门之歌》和《柏油孩》的闪亮登场和日益被接纳，莫里森的作品受到了更加广泛的关注，评论视角囊括各种批评方法。[③]在20世纪90年代，马克思主义批评在莫里森小说中发现了发言权。多萝西娅·德拉蒙德·姆巴里亚(Dorothea Drummond Mbalia)在其论文“托妮·莫里森不断发展的阶级意识”中追溯了莫里森阶级意识的发展历程，在莫里森的作品中发现了以人为本、集体主义和帝国主义等马克思主义原则(22)。评论家们还把莫里森对意识流和魔幻现实主义技巧的运用与福克纳和马尔克斯作比较(Wilentz 109)。20

---

①参见 De Weever 的“The Inverted World of Toni Morrison's *The Bluest Eye* and *Sula*”. *CLA Journal*, 1979, 22: 402-414; Cynthia Davis 的“Self, Society and Myth in Toni Morrison's Fiction”. *Toni Morrison*. Ed. Linden Peach. New York: St. Martin's Press, 1998. 27-42; Bakerman 的“Failure of Love, Female Initiation in the Novels of Toni Morrison”. *American Literature*, 1981, 52: 541-563.

②参见 Houston A. Baker, Jr.的“Knowing Our Place: Psychoanalysis and *Sula*”和 Jennifer Fitzgerald 的“Selfhood and Community: Psychoanalysis and Discourse in *Beloved*”. *Toni Morrison*. Ed. Linden Peach. 103-109; 110-127. 另外一篇重要文章是 Ashraf H. A. Rushdy 的“‘Rememory’: Primal Scenes and Constructions in Toni Morrison's Novels”. *Contemporary Literature*, 1991, 32(2): 194-210.

③参见 Nancy J. Peterson, ed. *Toni Morrison: Critical and Theoretical Approaches*. Baltimore & London: The Johns Hopkins University Press, 1997. 5-6.

世纪 90 年代和 21 世纪，一些评论文章在利用黑人女性主义批评和人类学/文化批评的同时，也运用后殖民主义理论，其核心是把文学象征主义看做是社会语境中的象征结构运作的结果。其中，霍米·巴巴(Homi Bhabha)在《文化定位》中从莫里森的小说中举例阐述了后殖民理论。休斯顿·贝克(Houston Baker)则认为莫里森"在非洲裔美国黑人定位的编码中最终寻求的是写作一个女人意识中的亲密、系统化、有序的黑人村庄价值观，始终自觉书写黑人女性的自我拥有"(136)，这与莫里森自己在"城市界限，乡村价值"和"黑人妇女如何思考妇女的解放"等文章中阐述的观点不谋而合。①

就宏观角度而言，自 20 世纪 80 年代以来发表的对莫里森作品的评论可分为三个方面。②

第一种视角是关于莫里森与女性主义。芭芭拉·克里斯琴(Barbara Christian, 1943—2000)的《黑人女小说家：一个传统的发展》(*Black Women Novelists: The Development of a Tradition*, 182, 1976)是关注黑人女性文学传统的发轫之作。其后有马乔里·普赖斯与霍顿斯·斯皮勒斯(Marjorie Pryse and Hortense Spillers)共同编辑的《魔术：黑人妇女，小说与文学传统》(*Conjuring: Black Women, Fiction, and Literary Tradition*, 1985)，苏珊·威利斯(Susan Willis)的《详细说明：黑人妇女写作美国经历》(*Specifying: Black Women Writing the American Experience*, 1987)，迈克尔·奥克沃德(Michael Awkward)的《超越差异，激发影响：传统，修订与非裔美国女性小说》(*Negotiating Difference, Inspiriting Influences: Tradition, Revision, and Afro-American Women's Novels*, 1989)，梅·格温多林·亨德森(Mae Gwendolyn Henderson)的论文"用多种语言说话：对话体、辩证法与黑人女作家的文学传统"(Speaking in tongues: dialogic and dialectics and the black women writer's literary tradition, 1989)，以及芭芭拉·希尔·里格尼(Barbara Hill Rigney)的《托妮·莫里森的多重声音》(*The Voices of Toni Morrison*, 1991)等。

第二种视角是关于莫里森与黑人文学传统以及与非洲民族主义者的思想与美学的关系。其中特鲁迪尔·哈里斯(Trudier Harris)的《虚构与民间传说：托妮·莫里森的小说》(*Fiction and Folklore: The Novels of Toni Morrison*, 1991)把莫里森的作品置于特定的非裔美国文学传统——民间传说中，认为她模仿黑人社区

---

①莫里森把自己的作品叫做"村庄文学，真正为村庄和部落所写的作品"(参见 Thomas Leclair. "The Language Must Not Sweat". *New Republic*, March 21, 1981: 26.)，认为优秀的小说应该"澄清已变得模糊的角色……应该给人以滋养"(Ibid., 120-121)。

②参见 Jill Matus 的 *Toni Morrison*. Manchester & New York: Manchester University Press, 1998. 145-153.

的氛围，并予以真实再现。丹尼斯·海因策(Denise Heinze)利用杜波依斯(W. E. B. Du Bois)的“双重意识”观念撰写了《双重意识的两难处境》(*The Dilemma of “Double-Consciousness”: Toni Morrison's Novels*, 1993)，尽管作者没有质疑杜波依斯的双重意识观念，也没有对埃里森、小盖茨与阿皮耶的观念进行反思，但是他分析了莫里森作品的重要主题。多萝西娅·德拉蒙德·姆巴里亚的《托妮·莫里森对阶级意识的发展》(*Toni Morrison's Developing Class Consciousness*, 1991)，利用尼库梅森的意识形态来分析：先是使用辩证法与历史唯物主义来解释植根于种族与阶级中的对非洲人特有的压迫，其次是对这种压迫提出可行的解决办法。卡伦·卡迈恩(Karen Carmean)在《托妮·莫里森的小说世界》(*Toni Morrison's World of Fiction*, 1993)中指出，她的“重大主题”是自我发现。菲利普·佩奇(Philip Page)在《危险的自由：托妮·莫里森小说中的融合与分裂》(*Dangerous Freedom: Fusion and Fragmentation in Toni Morrison's Novels*, 1995)中利用后结构主义关于区分与分解的框架，分析美国与非裔美国文化。斯特拉马里斯·科泽(Stelamaris Corer)的《跨越美洲：托妮·莫里森，葆拉·马歇尔与盖尔·琼斯的文学》(*Bridging the Americas: The Literature of Paule Marshall, Toni Morrison, and Gayl Jones*, 1995)，把莫里森的作品置于泛美写作的背景中，特别强调了加西亚·马尔克斯的魔幻现实主义对莫里森《柏油孩》与《所罗门之歌》的影响。而简·弗曼(Jan Furman)在《托妮·莫里森的小说》(*Toni Morrison's Fiction*, 1996)中，重点强调了莫里森小说中黑人妇女的中心地位，探索了社会与家庭文化中的暴力因素。

第三种视角则从莫里森与白人经典作家的关系入手进行发掘。她也经常被拿来与英国和美国的经典作家进行比较：大卫·科沃特(David Cowart)比较莫里森与福克纳和乔伊斯之间的关系；哈罗德·布鲁姆(Harold Bloom)认为莫里森继承了伍尔夫与福克纳的传统；艾琳·巴雷特(Eileen Barrett)论述莫里森与伍尔夫；娜奥米·兰德(Naomi Rand)论述莫里森与莱斯利·西尔科·马蒙菲利普·罗斯；而玛里琳·莫布利·桑德斯的著作《莎拉·奥恩·朱厄特与托妮·莫里森的民俗之根与神话之翼：叙述的文化功能》(*Folk Roots and Mythic Wings in Sarah Orne Jewett and Toni Morrison: The Cultural Function of Narrative*, 1991)讨论莫里森与美国其他女作家的关系。

在美国，也有很多博士生撰文评论莫里森的小说。大体而言，他们的批评视角和重点与其他莫里森评论作品类似。

一个值得我们注意的明显现象是，虽然莫里森自己没有在她的访谈或关于她作品的评论中使用任何理论术语，但她的许多非小说作品非常关注非裔美国人的殖民化问题。早期的论文，如“黑人妇女如何思考妇女的解放”和“黑人之书成书背后”集中阐述黑人抵制白人文化内化并着眼于非裔美国人文化价值观的重要性。这种关注也出现在她后期的非小说作品中，如论文“城市界限，村庄价值”，表明殖民问题是持续贯穿其作品的主题。①

因为她不向对非裔美国人的语言和传统不甚了了的白人作出让步，莫里森被指控为具有文化排外主义倾向。针对白人评论家的这些批评意见，莫里森宣称：“我不知道为什么我应该应你们要求向你们解释你们的生活。我们有卓越的作家去做这一工作，但我不是其中之一。正是普遍性这个词绝望地剥夺了意义……如果我试图写一部普遍意义的小说，那将是水。”（LeClair 124）莫里森认为，真正好的文学作品总是针对什么是人性进行有意义的阐发，无论谈及白人还是有色人种。同时她也表明，对“普遍性小说”的需求往往只是对从白人的观点出发所写的作品的一种变相要求。莫里森指出：“麻木不仁的白人不能评论黑人作品，但他们也无法评论自己的文学。”（Tate 160）虽然围困着莫里森小说中黑人角色的白人世界通常是侵犯和压迫的象征，她“很少描绘白人，因为这里的暴行与其说是单一的行为不如说是对黑人生命现实的全面剥夺”(Davis 323)。那么，莫里森的写作则是收回非裔美国人的集体过去，以便定义和维护个人和文化身份的持续不断的努力。

关于莫里森作品的一个颇有争议的方面是她对非裔美国人社区杂交性质的刻画和她对黑人妇女和黑人儿童在一些黑人男子手中所遭受的暴力和性虐待的揭露。卡尔文·亨顿(Calvin Hernton)总结说：“她被以不同方式指控为‘出卖’，把种族进步的时钟倒转，是一个白人女权主义的工具，是厌恶黑人男性者，并在黑人妇女间引发性不道德。”（203-204）一些批评家刻薄地反击莫里森，认为她把语言分成白人话语和被压制的黑人话语是对语言本身的一种两极分化。然而，由于奴隶制下的历史记录主要是由非奴隶作家书写，莫里森必须重新写自己人民的历史。在这样做时，追踪奴隶制时期对非裔美国人社会和政治压迫的起源对莫里森来说至关重要。此外，她关心的不是指责白人对非洲后裔的奴役，而是重拾黑人过去的零散记忆。因此，她并没分化语言，而是故意使用占主导地位的种族文化所分化的语言来挑战其种族主义二元对立影响。

---

①参见“Behind the Making of *The Black Book*”. *Black World*, 1974, (2): 86-90; “City Limits, Village Values: Concepts of Neighborhoods in Black Fiction”. *Literature and the Urban Experience: Essays on the City and Literature.* Ed. Michael C. Jaye & Ann Chalmers Watts. New Brunswick: Rutgers UP, 1981. 35-43; “What the Black Woman Thinks about Women's Lib”. *New York Times Magazine*, Aug. 22, 1971: 14-15, 63-66.

从跨学科角度研究莫里森的小说即使有也是凤毛麟角。仅有几位批评人士谈到莫里森小说和音乐美学的关系。在“重拾一种艺术形式”一文中，葵森喜朗(Aoi Mori)认为包括音乐在内的口头叙事是维护非裔美国人文化的母版。那些在创痛苦闷或不能与自己的亲人取得联系时缺乏“艺术形式”(89)来创造性地抒发自己的郁闷之情或融于社区亲人之中的黑人同时也缺乏对他们的身份和自我价值的了解，而那些于困顿失意时能够歌唱的人也能有效地沟通并促进团结。

也有人撰文论述莫里森的爵士乐审美策略。拉尔斯·埃克斯坦(Lars Eckstein)在其题为“最高的爱：托妮·莫里森《宠儿》中的爵士乐审美策略”中分析了莫里森作品《宠儿》中语言的音乐性和爵士乐审美技巧以及其作用。谢里尔·霍尔(Cheryl Hall)在其“‘文学习惯’之外：口述传统与《宠儿》中的爵士乐”中也探讨了口述传统和《宠儿》中的爵士乐技巧。在他的“蓝调的种类：托妮·莫里森、汉斯·简诺威兹和爵士乐审美”一文中，于尔根·格兰特(Jürgen E. Grandt)认为，莫里森小说的审美姿态明显具有创新性，这是美国黑人爵士乐一直具有的特征。芭芭拉·威廉姆斯·刘易斯(Barbara Williams Lewis)探讨了莫里森小说，尤其是小说《爵士乐》中爵士乐的功能，认为莫里森的文体也受爵士乐影响，而波拉·加朗·爱卡德(Paula Gallant Eckard)则在其论文“托妮·莫里森小说《爵士乐》中音乐、语言和叙事的相互作用”中声称，爵士乐是小说《爵士乐》必不可少的叙述者。许多评论者，如安东尼·贝雷(Anthony J. Berret)、里纳尔多·沃尔科特(Rinaldo Walcott)和尼古拉·皮奇(Nicholas F. Pici)指出莫里森的小说在语言层面上也具有爵士乐的特征。

在我国，对莫里森作品的关注很有戏剧性。在她获得诺贝尔文学奖之前，中国学者很少注意她和她的著作，在我国学术期刊上一共只有7篇直接评论她的小说的文章。当她于1993年10月获得了诺贝尔文学奖后，她在中国学者和媒体之间越来越受欢迎。评论托妮·莫里森作品的论文与日俱增，其中大部分集中在对她单一作品的分析。2008年11月，当莫里森出版她的第9部小说《仁慈》时，中国国内热度不减的莫里森热再次达到极致。评论者从女性主义、心理分析、后殖民主义、生态女性主义和人类学等不同角度，用不同的方法进行评论。王守仁教授和吴新云教授出版了第一部从不同角度评论莫里森的前7部小说的论著《性别·种族·文化——托妮·莫里森与美国二十世纪黑人文学》，这启发并诱发了其他中国学者对莫里森研究的兴趣。毛信德教授于2006年发表了第二部关于莫里森的全面论著《美国黑人文学的巨星——托妮·莫里森小说创作论》。博士生曾艳钰、朱荣杰、王玉括、焦小婷、曾梅和一些硕士研究生的学位论文评论了莫里森的作品，其中朱荣杰和王玉括在其博士论文基础上出版了著作。目前国内关于莫里森作品的四部著作中，王守仁教授和吴新云教授出版的论著《性别·种族·文化——托妮·莫里森与美国二十世纪黑人文学》从性别、种族和文化角度分别对莫里森的前 7 部小说进行了评论，对莫里森的文学创作思想和艺术特色进行了全方位的探讨和中肯透彻的阐释，认为莫里森的作品始终以表现和探索黑人的历史、命运和精神世界为主题，凸显性别、种族、文化。朱荣杰的论著《伤痛与弥合：托妮·莫里森小说母爱主题的文化研究》关注莫里森前 7 部作品对母爱主题的探讨，从文化的角度，探寻莫里森母爱主题在 7 部小说中的发展、深化及其文化寓意。作者借鉴了女性主义以及后殖民主义文化研究的一些理论，在论述上以莫里森的著述为基础，力图通过详细的文本分析，阐述莫里森赋予黑人母爱的特殊含义以及通过重构黑人女性的历史和文化来抵制主流文化的霸权和种族内部的性别和阶级压迫。论述时大体按照莫里森作品的先后顺序安排章节，探讨了莫里森的母爱主题在 7 部作品中较为清晰的发展脉络，认为其前期作品重在“失落”带来的“伤痛”，后期作品中“伤痛”依然存在，但重在“弥合”。“泛母爱”思想在最后两部作品中表现得尤为突出，这表明她对黑人文化和女性命运的思考也越来越深入。而王玉括于 2005 年出版的专著《莫里森研究》则借鉴新历史主义的方法，把文本的分析同文献的考证结合起来，考察了莫里森的文化立场，即莫里森对白人文学传统的重读、重写和抗拒。毛信德教授于 2006 年出版的论著《美国黑人文学的巨星——托妮·莫里森小说创作论》，以托妮·莫里森小说创作思想发展过程为主线，在介绍每一部小说内容的同时，注重评述作品的创作背景、人物形象和由此引申出来的丰富的历史内涵和思想主题，同时以图表形式将作品的情节发展、人物关系、地域演变显示出来。此外，2006 年以来又有 9 部关于莫里森的专著或编著出版①。2007 年至 2009 年，共有 5 篇

①这 9 部著作按时间先后顺序分别为：王泉著，《拉康式解读莫里森的三部小说》，北京：外文出版社，2006 年；唐红梅著，《种族、性别与身份认同——美国黑人女作家艾丽丝·沃克、托妮·莫里森小说创作研究》，北京：民族出版社，2006 年；章汝雯著，《托妮·莫里森研究》，北京：外语教学与研究出版社，2006 年；胡俊著，《非裔美国人探求身份之路——对托妮·莫里森的小说研究》，北京：北京语言文化大学出版社，2007 年；赵莉编著，《托妮·莫里森小说研究》，哈尔滨：东北林业大学出版社，2008 年；蒋欣欣著，《托妮·莫里森小说中黑人女性的身份认同研究》，长沙：湖南人民出版社，2008 年；焦小婷著，《多元的梦想——“百衲被”审美与托妮·莫里森的艺术诉求》，开封：河南大学出版社，2008 年；田亚曼著，《母爱与成长》，北京：中国社会科学出版社，2009 年。

文章[①]分别讨论莫里森的音乐美学在《最蓝的眼睛》、《宠儿》和《爵士乐》中的表现，而在此之前，很少有学者关注莫里森小说中的音乐美学。而且迄今为止，很少有人尝试系统地分析其作品中的音乐主题，这也是这篇论文得以成文的初衷。因此本书意在系统地分析莫里森的音乐审美是如何影响她作品的主题和她的创作哲学的，或者说这些因素如何互相作用、相辅相成，使她的作品产生荡气回肠、解放心灵的效果。

①这 5 篇文章分别是李敏的“《宠儿》美学思想评析——语言的音乐性”、孟萍的“蓝调歌者——托妮·莫里森《最蓝的眼睛》中的蓝调特征”、哈旭娴的“奏响灵魂深处的旋律——托妮·莫里森小说中的音乐叙事”、杜小惠的“托妮·莫里森小说《最蓝的眼睛》的布鲁斯美学”和张清芳的“用语言文字弹奏爵士乐——托妮·莫里森的长篇小说《爵士乐》赏析”。

第一章

奏响灵魂深处的旋律：美国黑人文学中的黑人音乐传统

对一个曾经被剥夺了话语权利的民族来说，能使其浴火重生并把自我从令人窒息的窘境中解救出来的途径莫过于找到一种建立在民族文化基础之上却又能博采众长、不拘一格的艺术形式。而音乐是能够将他们的痛苦经历升华的最有效的艺术形式。因此，在艰苦的环境下逐步发展起来的三种独特的音乐形式——灵歌、布鲁斯和爵士乐成为了最能代表黑人民族文化特质的符号。黑人音乐由黑人传统艺术形式演化而来，是一种能使黑人在受压抑的环境下较安全地表情达意的艺术形式。黑人们通常通过自己的音乐来表达喜怒哀乐、爱恨情愁，以寄托希望或哀思。因为音乐能使这些非裔美国人尽情地表达他们所感受到的最深切复杂的精神或情感现实，他们往往在语言不能表达时借助音乐来唱出自己的感受。对他们来说，音乐不仅能治愈创伤，而且是一种生存技能。原因主要有两点：一方面，黑人民族对美国黑人音乐的形成、发展和成熟做出了不可或缺的贡献，因此黑人音乐中包含了丰富的黑人文化底蕴，表达了丰富的黑人文化信息，反映了黑人民间的幽默和智慧。黑人民族的审美能力与他们的文化和社区价值的保存息息相关。许多黑人都从黑人音乐中寻求与过去和祖先的联系。黑人音乐能使充满着文化失落感、异化感和碎片感的非裔美国人自我疗治饱受创伤的心灵，成为完整的人，因而借鉴黑人音乐有利于黑人建构或确认自己的文化身份。另一方面，黑人音乐特别是布鲁斯音乐作为一种“民族记忆”音乐，其歌词非常富有隐喻性，是一种“象征的自由”，而这种隐喻性成为转换或再生产原始动力的一种有效能量，抒发了黑人的情感，渗透了一个被压迫民族的潜意识。作为文化同化和文化认同的产物，黑人音乐特别是爵士乐具有“节奏强、即兴性、合奏性、个性化和开放性等特点”。再者，黑人音乐是文化同化和文化认同的产物，这有助于消解白人逻各斯，使黑人性不再意味着缺席、否定和邪恶，而是在场、肯定和善良。正是由于音乐在黑人自我定义的过程中所起的举足重轻的作用，在美国黑人文学中，黑人音乐的影响源远流长、随处可见。哈莱姆文艺复兴以降，许多人都尝试把民俗特别是黑人音乐应用到文学创作中，而布鲁斯、爵士乐热潮则影响了一代代美国黑人。许多黑人作家如兰斯顿·休斯、拉尔夫·埃里森、詹姆斯·鲍德温和莫里森等在他们的作品中以音乐作为一种象征性表达方式来演绎主体，体现了布鲁斯或爵士乐的精神。他们或借用其歌词形式反映其主题，或直接引用其歌词。黑人作家对语言节奏和音乐美的敏锐感受力大大丰富了英语的表现力。把主题意蕴建立在黑人音乐的基础上，实际上是想把黑色意义从霸主语言的阴影中解放出来并在黑人文本中证实其意义。

第一节　休斯诗歌对黑人音乐的创新性借鉴

作为哈莱姆文艺复兴时期的“桂冠诗人”，兰斯顿·休斯十分推崇黑人音乐，并说：“黑人音乐具有潜在的魅力，它独特的节奏犹如人的心脏一般坚强有力，永远不会使你失望，它富于幽默感，又具有深厚的力量。”休斯最引人注目的艺术成就之一在于他首开先河将黑人音乐引入到诗歌创作中。在其毕生的诗歌创作中，他一直都以不懈的努力探索着将黑人音乐特别是布鲁斯的特点运用在诗歌中，并将其发挥得淋漓尽致，从而形成一种具有浓郁黑人文化底蕴的、截然不同于美国主流文学传统的“美国黑人诗歌”样式。他是美国黑人作家中第一个把黑人音乐歌词形式运用到诗歌创作中的诗人。通过在写作中借用黑人音乐歌词形式和主题，休斯把自己和黑人心灵中的布鲁斯以诗歌的形式表达出来，使边缘化了的黑人表达内心的呼声，为黑人民族确立了一种文化身份。“他在诗歌中对黑人音乐的引入和利用主要表现在两个方面：一是对黑人音乐形式的借鉴，二是对黑人音乐内在特征的吸收。”（罗良功 48）

一、休斯诗歌中的黑人音乐形式

休斯对黑人音乐形式的创新性运用主要体现在把黑人音乐特有的外在结构、节奏与音韵等引入了诗歌创作中。美国学者小内森·司各特（Nathan A. Scott, Jr.）认为：“作为哈莱姆的桂冠诗人，休斯所直言不讳传达的民间现实当然是黑人无产者的现实，在他们的音乐（爵士音乐、拉格泰姆音乐、摇摆舞音乐、慢四步舞曲、低音连奏爵士乐、钢琴奏法、疯狂急速的爵士音乐）中他发现了真正有效的表达方式：用乐章来表现他的人民经历。正如他自己所说，是通过下列手法，即‘富有冲突的变化、突如其来的细微差别、刺耳而冒失的叫喊、断续的节奏等。

而一节节的乐曲有时是爵士乐即兴演奏会的风格，有时是流行歌曲的风格，它们是由在过渡中的一组音乐的即兴重复、快速演奏、停顿、变奏来予以加强的’。”(Hoffman 454) 其中最有代表性的特点是借助最具有黑人民族色彩的布鲁斯音乐来构筑其诗歌的结构。

布鲁斯(又名蓝调)起源于美国南方黑人在玉米地、棉花地里劳动时用以发泄情感排遣孤寂的劳动号子。最早的布鲁斯三行一节，三行文字内容相同或大体相同，后来逐渐演变为一种较为固定的模式，每节三行，第二行是第一行的重复或稍有变化，第三行则是某种结论和对前两行的回答，每节诗行呈 AAB 式，常见的布鲁斯歌词形式还有 ABB 和 AAA 两种形式；在节奏上，常常每行四拍，三行共十二拍，故这种布鲁斯被称为“十二拍布鲁斯”(Ferris 176)。“呼-应”模式(call-and-response pattern)是布鲁斯的重要特征之一。休斯对布鲁斯的形式进行深入的挖掘，经过扩展改进，有时用两个诗行组成一个诗句(相当于乐句)而形成一种独具特色的黑人诗体。休斯的许多诗篇都是用这三种形式之一写成的，其中以 AAB 居多。AAB 形式一般包括几个小节，每个小节由三个乐句组成，前面两个乐句结构和旋律相同，内容有时候会稍有变化，第三句跟前面两句的旋律不同，一般跟前面两句是押韵的，但也可以不押韵。

如休斯的 *Miss Blues'es Child* 以一个 AAB 诗节开头：

If the blues would let me,
Lord knows I would smile. (A)
If the blues would let me,
I would smile, smile, smile. (A)
Instead of that I'm crying—
I must be Miss Blues'es child. (B)

这首诗告诉读者，说话者很难控制自己的眼泪。尽管他努力控制自己的眼泪，但布鲁斯小姐使他禁不住哭泣。在这首诗里，第一诗行和第二诗行形成“呼唤”，第三和第四诗行形成除了个别字句有所改动外，基本上重复和加强了第一次“呼唤”。这两个“呼唤”句假设若布鲁斯允许，他会微笑。这暗示他所期待的事情也许不会发生。第五和第六诗行则构成了“应答”句，并回应和证实了前两句：布鲁斯不允许，所以他哭了，并认为自己肯定是布鲁斯的孩子。

在 AAB 结构的基础上，休斯创新性地运用了 AABC 式诗节，大大增进了每节诗的容量。如其《紫色幻想曲》(*Fantasy in Purple*)一诗就是呈 AABC 式：

Beat the drums of tragedy for me. (A)
Beat the drums of tragedy and death. (A)
And let the choir sing a stormy song (B)
To drown the rattle of my dying breath. (C)

休斯运用的另一种诗歌形式是 ABB 形式。虽然数量较之 AAB 形式少，但也占相当数量。如 *Black Gal* 中就包含着一个 ABB 形式的诗节：

Yet I ain't never been no bad one.
Can't help it cause I'm black. (A)
I hates them rinney yeller gals.
An' I wants my Albert back. (B)
Ma little, shot, sweet, brownskin boy, —
Oh, God, I wants him back. (B)

诗中表达了黑肤女孩对一黄肤女孩的憎恶感。因为肤色黑，其男友移情别恋于这个黄肤女孩。通过运用 ABB 诗节，作者把重点放在两个 B 句所表达的内容上，强调了黑人女孩对男友回到身边的强烈渴望。

休斯诗歌中 AAA 诗节形式的诗歌很少。但有时为了渲染气氛，表情达意，诗人偶尔也借用这种形式。如在 *My People* 中，休斯描写了黑人的美，表达了种族自豪感：

The night is beautiful,
So the faces of my people. (A)
The stars are beautiful,
So the eyes of my people. (A)
Beautiful, also, is the sun.
Beautiful, also, are the souls of my people. (A)

通过把黑人的脸、眼睛和灵魂分别比做美丽的黑夜、美丽的星星和美丽的太阳，作者实际上赞美了他的人民。虽然三个诗句的意思不同，但是语法结构和意义都是相同的：黑人的美。因此这首诗也被认为是一首 AAA 形式的诗，或者更确切地说，一首受 AAA 音乐形式影响而创作的诗。

休斯对黑人音乐传统的尊重和充分发掘，形成了其诗歌独特的黑人文化特征，"更重要的是，这种音乐体诗歌的形式随音乐形式的变化而变化，动态地再现了黑人民族的现实"（罗良功 69）。例如他的诗歌借用了不同时期的爵士乐的特征，这种音乐形式的变化勾画出美国黑人文化、精神及社会发展的图景：他的诗吸收了相对浮华的 20 世纪 20 年代的卡巴莱爵士乐、30 年代的低音连奏爵士乐、40 年代的疯狂急速爵士乐、50 年代的渐进式爵士乐，并且在 50 年代之后潜心研究爵士乐与诗的关系，进行诗体创新，以爵士乐的不同形式创作出实验性诗集——《问你妈妈爵士十二式》（*Ask Your Mama—12 Moods for Jazz*），这些都代表了不同时期黑人的现实，动态地反映了黑人的文化和社会存在，形象地展示了黑人民族在美国乃至整个世界中的发展和变化。

二、"象征的自由"多元的协奏

黑人音乐是美国黑人民族长期以来在受压抑的边缘文化语境中逐渐形成和发展而来的，体现了黑人民族在异文化语境中保持自身差异性生存的特质，其意义表现策略和风格反映了美国黑人民族特有的言语和思维模式的特征。兰斯顿·休斯积极地将黑人音乐的这些内在特征加以发掘和利用，为其诗歌找到了真正黑人性的表意手段和风格，使表面上简洁明了的诗歌语言和极其普通的意象，在进行自由编码后，表现出丰富深刻的含义，体现了布鲁斯音乐"象征的自由"[①]。因而评论家一致认为，休斯简单朴实的诗歌"并不缺乏美的真谛和令人肃然起敬的潜心凝虑的思想"（Jackson 405）。正如黑人音乐寻觅的是音乐的省略性、开放性，休斯的诗歌象征暗示，意象纷呈，让人意犹未尽。由于解读空间增大，激起人们自由的情感反应，产生了小中见大、尺幅千里的效果。猜测、联想之余产生的情感合并使读者可以尽情地领略诗歌思想艺术之美。

布鲁斯音乐极富抒情性，具有很高的精神价值或审美价值。休斯借助布鲁斯的叙事形式抒发了美国黑人郁积在心中的烦闷，或凄婉地表达渴望（如《黑人女孩》），或悲怆地宣泄痛苦和无助感。如《失业的布鲁斯》（*Out of Work Blues*）描写了一位失业黑人沿着哈莱姆街道，苦苦地寻找工作，而最终一无所获的悲惨境遇。在《夜幕下的布鲁斯》中主人公发现自己来到北方不久就面临着贫穷和饥饿：朋友，我来到了北方/因为他们告诉我北方好。/我来到了北方/因为他们告诉我北

①参见王晓路："差异的表述——黑人美学与贝克的批评理论"，《国外文学》，2000 年第 2 期。即演奏者或吟唱者用简单朴素而又变化多端的音乐形式，根据情感、意象或方言自由编码，这使音乐常常蕴含着生动丰富的意义。

方好。/来到这已经 6 个月了，/我也快失去理智了。/今晨的早餐/我咀嚼着早晨的空气。/今晨的早餐/咀嚼着早晨的空气/但今天的晚餐，/只剩下晚上的空气。透过简单明了的诗行，人们可以看到一个到北方的“期许之地”谋生却不得不餐风露宿的黑人形象。

在休斯生活的时代，美国虽自我标榜为一个“自由平等”的社会，但实际上对少数族裔特别是黑人所实行的种族歧视隔离政策使黑人失去了大部分的平等权利，对黑人造成了极大的伤害。休斯是“哈莱姆文艺复兴”的中坚人物，他的许多诗歌以“象征的自由”的布鲁斯诗行控诉了奴隶制和种族歧视的罪恶，揭露和抨击了“伪自由平等”的现象，表达了黑人对平等和民族自由的渴望和追求。如在《疲惫的布鲁斯》和《抵押给犹太人的好衣裳》这两部诗集中休斯以极大的同情来描写黑人的苦难生活和悲惨命运，抨击白人统治者的种族歧视政策，启发黑人的觉悟和自豪感，并发出了黑人要求自由、平等和民主的呼声，在启发黑人觉悟方面发挥了重要作用，影响了以后的黑人文学和黑人民权运动。如《梦》(*Dream*)、《当我长大的时候》(*As I Grow Older*)和《梦的变异》(*Dream Variations*)等诗就体现了这一自由平等思想。在《梦》中，为了唤醒多年受种族歧视和压迫的黑人争取自由和民主的意识，他写道：

Hold fast to dreams, for if dreams die, life is a broken-winged bird that cannot fly.

Hold fast to dreams, for when dreams go, life is a barren field, frozen with snow.

这一首短短的诗文中，诗人把“梦”抓牢做隐喻，倡导号召黑人要拥有追求自由解放的理想。诗人把失去个人理想的生活比作因折断翅膀“不能高飞”的鸟(broken-winged bird that cannot fly)和冰雪封冻的荒郊(barren field frozen with snow)，从而宣扬了拥有理想的重要性：失去理想，生活和自由便失去根基，呼吁每个人都要有自由与民主的意识，启迪黑人民族和其他受压迫民族争取解放。在《当我长大的时候》这首诗中，诗人站在被压迫黑人的立场，运用比喻、象征和浪漫主义的手法抒发对种族歧视和种族隔离的愤懑之情，号召黑人通过自己黑色的手，依靠自己的力量起来斗争，冲破黑暗，把那堵象征种族歧视和种族隔离的墙推倒(break through the wall)，迎接属于自己的光明和自由。同时暗示黑人不要坐等别人来施舍自由与光明，强调要通过自己的努力和拼搏去争得完全属于自己的一方自由晴空。“我的梦”(my dream)在这首诗中多次出现，诗人用“梦”这一通俗易懂的词来含蓄地象征黑人争取自由的严肃主题，布鲁斯音乐所具有的“象征的自由”从形式上和内容上都得到了良好的体现。

休斯的自由主题为美国黑人民族最终在美国社会的平等存在奠定了扎实的思想文化基础，并直接影响了美国黑人作家的创作及20世纪五六十年代的美国黑人民权运动。美国20世纪40年代黑人作家将休斯作品中自由这一主题发扬光大，进一步公开揭露和抗议美国白人社会对黑人从未停止过的歧视迫害。他们塑造了敢于斗争反抗，不向"命运"屈服，哪怕牺牲性命也在所不惜的主人公形象。美国的黑人民权运动则把休斯这一含蓄的主题"自由和理想"转化为现实行动，敢于正面指责美国政府，强烈呼吁消除歧视和隔离。如1963年黑人民权运动领袖马丁·路德·金率领二十五万人的游行队伍向首都华盛顿挺进，发表著名的演讲"I have a deam"时，说："I have a dream that one day discrimination and isolation will be eliminated"（我有一个梦，我梦想终有一天偏见与隔离的罪恶会被消灭），明确指出了黑人民族的真正奋斗目标。另一位黑人运动领袖马尔科姆·艾克斯在他的题为"I am a victim of America"的演说词中呼吁道"If this is a land of free, then give us some freedom"则又一次把休斯的主题清楚地摆到了美国政府面前。

作为多民族美国中的非裔人，休斯深切地感受到了种族歧视给人们带来的苦难，因此努力通过自己的诗歌表达民族文化认同基础上双重认同的重要性，表达其多元的梦想。在借用布鲁斯"象征的自由"形式对殖民主义和种族主义文化进行不遗余力批判的同时，也表达了将被践踏的黑人民族文化从种族主义文化霸权的重压之下拯救出来，重新加以建构，实现种族之间文化的相互尊重和平等的愿望。休斯通过诗歌向世界宣称美国黑人在积极融入美国文化的同时，不应该抛弃祖先的文化遗产底蕴，斩断自己的民族文化之根，更不应"在美国白人特性的洪流中漂白自己的黑人灵魂"（Du Bois 36）。相反，美国黑人乃至整个国家应如布鲁斯和爵士乐一样，努力使两种异质文化奏出和谐的音符。而认同自己的民族文化，认同自己的美国特性则是解决此问题的有效途径。

因此，休斯的诗歌既从黑非洲探寻着文化本源，借以抒发黑人的民族自豪感，又冷静地检索着黑人民族在美洲土地上与其他民族发生的文化交流，力图从黑人民族苦难的被殖民经历中揭示黑人文化与美国白人文化之间的真实关系。正如布鲁斯音乐本身象征着非裔美国黑人民族感的认同，显现了在主流文化中边缘文化的生存状态，美国黑人的民族文化是由黑人被殖民历史与残存的非洲文化碎片共同构筑起来的。所以，在诸如《黑人谈河》（*The Negro Speaks of Rivers*）、《我的人民》（*My People*）和《黑人》（*Negro*）等诗歌中诗人抒发了强烈的民族自豪感。如在《黑人谈河》中，他以18岁年轻的视角自豪地回眸黑人文明之源：他将几条具有象征意义的著名河流（幼发拉底河、刚果河、尼罗河、密西西比河）排列在一起，展示了美国黑人民族悠久的文明以及千百年来的文化迁徙所体现的生生不息的力量；体现了非洲文化就像是世界上最长、最深的河流一样沉厚而深远，永不枯竭。诗歌歌颂了先辈的智慧、勤劳和坚毅以及对人类作出的贡献，强调了黑人和黑人民间文化的价值，进一步表达了美国黑人对自己民族的深情，也预示了黑人文化还将源远流长、代代相传的将来——“我了解河流：我了解像世界一样古老的河流，比人类血管中流动的血液更古老的河流，我的灵魂变得像河流一般的深邃……”诗中的“我”是黑人民族的化身。在《我的人民》(*My People*)中，休斯平静而更加热情地表达了他对黑人民众的赞美，进一步体现了诗人身为黑人民众一分子的自豪感。在《黑人》中他写道：“我是黑人：黑得如黑夜，黑得像我的非洲那样深。”这首诗既体现出休斯的黑人民族自豪感，又进一步歌颂了与之血脉相连的黑非洲，肯定了民族身份认同的重要性。另外，这首诗将非洲和美洲所发生的文化事件并置，构筑了美国黑人文化的双重属性。如歌的诗行一扫驯顺认命的为奴形象，体现了黑人民族在白人社会里无畏、自尊、自信和骄傲的形象和精神。正如休斯的一贯主张：“我们从事创作的年轻的黑人艺术家现在要坦然无愧地表达我们黑皮肤的个体。如果白人喜欢，我们很高兴，如果他们不喜欢，也没关系。我们知道我们很美，也很丑。……如果黑人喜欢，我们很开心，若他们不喜欢，那也无关紧要。我们在建设明天的殿堂，而且我们知道自己很强壮，将站在山顶，自由非常。”(Napier 30) 休斯通过这些诗歌告诉自己的同胞也向世人宣称，一个民族只有先自我肯定，才能有勇气追求明天的辉煌，并最终登上“山顶”，自由地一览众山。

同时，休斯也极力主张种族融合，强调黑人民族属性中的“美国性”一面。例如，在《我也歌唱美国》、组诗《你的女士》中，他一面极力赞美自身的民族属性，同时又坚定地认同黑人民族在美国获得的新文化身份，大方地宣称“我是美国人”。在他看来，美国黑人民族的存在是非洲文化和美洲经历的共同产物，无庸质疑地具有双重文化属性，即黑人性和美国性，这两种属性不应互相排斥而应互相认同。《为英语 B 而写的作文》(*Theme for English B*)一诗进一步体现了休斯多元文化观的核心。休斯借一个黑人学生之口陈述了一个文化事实，即美国黑白文化事实上是一种你中有我我中有你的关系，他们彼此独立而又相互渗透，构成了美国多元文化。在《自由之犁》(*Freedom's Plow*)一诗中，休斯考察美国各民族共同为实现美国的民主、自由之梦而奋斗的历史文化事实，进而强调了各民族都是美国文化的建设者。长诗《让美国重新成为美国》(*Let American Be American Again*)展望了一个自由、平等、多元的完美祖国的未来。“啊，让美国重新成为美国吧——/这块从未成为美国的土地——/一定要成为梦想中的国土——/成为充满爱和平等的国土——/成为人人自由的国土……”(Hughes 89)

休斯诗歌的黑人音乐特征为黑人诗歌创作开辟了一条坦途。受其影响，第二次世界大战之后黑人诗坛兴起了爵士音乐节奏的自由诗体。休斯的晚期作品《问你妈妈爵士十二式》(1961)则再次为这种诗体创新推波助澜；20 世纪 60 年代黑人激进运动时期，即便休斯宽容乐观的民族思想受到黑人作家们质疑时，其富有黑人音乐特征的诗歌技巧也有着公认的巨大影响。正是在他的作品中，著名的黑人诗人如唐·李、尼姬·乔万尼等“才为他们独具特色的诗歌技巧找到了一种批准性的权威”(Hoffman 453)。休斯经久不衰的影响确定了他在美国文坛不朽的地位。

另一方面，休斯将黑人音乐引入诗歌，将黑人文化突显出来，使之与美国主流文化形成事实上的并置，这一点突出地反映了休斯为处于边缘地位的黑人民族争取话语权力的执著努力。随着休斯诗歌在黑人和白人读者之间受到越来越广泛的认可，这种全新的文学样式促进了黑人民族以及整个美利坚民族的自我反省、自我发现以及美国社会种族间的融合。因而休斯的诗歌成就不仅仅是美国黑人文学传统的一部分，而且也是美国整体文学成就的一部分。

第二节　拉尔夫·埃里森通过爵士乐构建的文化观

非裔美国作家拉尔夫·埃里森及其代表作《看不见的人》在 20 世纪美国文学及世界文学中一直占据重要地位。《看不见的人》用丰富绮丽的象征和隐喻、精湛娴熟的多种风格语言，深刻透析了体现在黑人经历中的人类抗争和追寻自我的主题，被誉为二战以来最有影响力的美国小说之一。拉尔夫·埃里森也因此获得种种赞誉，而他对黑人文化和文学深邃的见解及独特的写作技巧更是对之后的非洲裔作家——例如艾丽丝·沃克、托妮·莫里森等——产生了持续的影响。

埃里森生活在爵士乐逐渐风靡整个美国社会并成为社会最强音的时代，曾在塔斯克基学院学习音乐达三年之久，有很高的音乐造诣，成为爵士音乐家是他在涉足文坛前的梦想，而爵士乐也因此成为他毕生的挚爱。埃里森曾经说过：“你感到困惑吗？音乐会让你变得崇高。”(Ellison 198)对埃里森来说，爵士乐给予他写作中的灵感并引导他通向崇高之路。他作为爵士乐号手的经历及整个“爵士乐时代”的社会背景孕育了他儿时起即萌生的爵士乐音乐家的梦想，并对他之后的文化观及文学创作产生了深刻的影响。埃里森把对爵士乐的理解融入到对社会现象的观察中，并坚信爵士乐是美国社会的基调，把它视为美国社会的隐喻，认为美国人的生活与爵士乐密切相关，“体现美国的音乐主体之一是爵士乐和布鲁斯”(Murry, “An Interview”)，并将其作为文学创作与批评的有效工具。他把爵士乐演化成解释自己文化与文学思想的有效方法，他的许多重要文化观和文学思想都是以爵士乐演奏为类比来解释的。

拉尔夫·埃里森通过爵士乐构建的文化观反映了他的多元文化思想。他认为美国文化、美国民主和非裔美国人的身份都与爵士乐的基本因素密切相关。其原因有二：

一是美国文化和爵士乐有着共同的多样性来源。在《影子与行动》中，他写道：“正如滋生它的国家，爵士乐富有创造性，发展迅速而充满创痛，来源非常多样化。”(Ellison 233)

如国名(the United States)所示，美国是建立在移民基础上的国家。美国20世纪60年代初的总统约翰·肯尼迪曾评论说美国“是一个移民国家，每个民族都在其中开始了新的生活”(Lai Fang'an 242)。除了祖先被贩卖到美国的黑人，美国还几乎囊括了世界上所有国家的移民和他们的后代，所以美国素有“大熔炉”之称。现在，许多美国人倾向于把自己的国家称作“色拉盘子”(plate of salad)，其中的每一文化群体和种族都在多样化的社会中保留了自己的文化和种族特色。无论其绰号为何，在一个混杂的社会中不会有独立于这个社会之外的大一统文化。从生活的基本需要到音乐、舞蹈文化等所有文化现象都是多种亚文化群相互渗透、相互作用的结果。

虽然是黑人的独特经历促成了爵士乐的产生，但从产生之日起，爵士乐就被认为是一种典型的美国产物。本质上，如同美国社会，爵士乐是从各种文化中汲取营养的无数音乐元素的“大熔炉”，植根于美国黑人和非洲人的混合音乐传统。这包括西部非洲的音乐特点、黑人在美洲新大陆上创造出来的民间音乐形式、欧洲18世纪和19世纪的流行和轻古典音乐形式以及后来因受黑人音乐影响而产生的或由黑人音乐家创作的流行音乐形式。埃里森认为，如同爵士乐的形成过程所示，美国的显著特征是其文化的多样性。没有了这种多样性，美国将不再是美国。通过上述论述，埃里森奠定了基于爵士乐基础之上的文化思想系统基础。

第二个原因是爵士乐表现了美国民主和非裔美国人的身份。在“与音乐同在”的序言中，罗伯特·奥米利(Robert O'Meally)重述了他和埃里森之间的一次谈话。当他问作家：“你不认为哈勒姆复兴运动失败原因是因为我们没有创造制度来保留成果吗?”埃里森回答道：“是的。我们确实有制度。我们有《宪法》和《权利法案》。我们还有爵士乐。”(O'Meally, “Living with Music”)

通过这句话，埃里森意味深长地指出，哈勒姆文艺复兴，或者黑人任何其他给美国高雅艺术产生影响的欲求都无须其他特殊的载体来确保其成功，因为美国有其最古老而又最保险的社会自由保障制度——《宪法》和《权利法案》——和爵士乐这种音乐体裁。如果没有《宪法》和《权利法案》作为言论自由的政治试金石，黑人创造艺术的意图将遭受更多的限制。埃里森相信，作为先于哈勒姆文艺复兴并最终保留下来的艺术形式，爵士乐不仅作为用自己的技巧和传统进行音乐表达的形式而存在，而且确证了非裔美国人在实行种族隔离制度的美国作为艺术家而成功的事实。通过创造超越肤色界限的音乐，非裔美国人给勇于在多数派——白人社会允许的范围内争取或多或少自由的其他人以成功的希望之光。因而，如同《宪法》和《权利法案》这样的民主文献，爵士乐代表着美国的民主精神。埃里森号召人们实行"反对式合作"战略，即以民主文献的精神既合作又抗拒。埃里森在爵士音乐家的爵士乐即兴演奏会中找到了最好的"反对式合作"典范。[①]人们经常引用的埃里森对爵士乐的定义也许是对"反对式合作"的最好定义：

> 真正的爵士乐是在乐团内部和在与乐团唱反调的过程中获得自我表现的艺术。每次真正的爵士乐时刻……产生于每个乐手挑战其余乐手的竞技中；每次即兴演奏或者独奏的迸发，代表着……他身份的一次定义：作为个体，作为集体中的一员和作为传统链条上的一个链接点。(Ellison 234)

作家认为爵士乐通过即兴演奏、自我表现、独奏和倾听乐手周围的乐手演奏，真正地表达了最好的民主形式。埃里森式的爵士乐艺术家必须通过反对式的参与他的音乐传统来获得独特的表达。具体来说，爵士乐音乐家应该在乐团的即兴演奏时既在声音上保持音乐的和声又在音调上展现自己的个性(Lee 421-440)。

因此，埃里森把爵士乐看做是"我们国家文化的一个分支"(Ellison 272)。爵士乐不仅是由各种文化因素派生出来的自制音乐样式，而且是美国民主进程中的重要纪事。

上述埃里森对爵士乐的定义也反映了作家关于非裔美国人身份的理解。其中关于爵士乐手在即兴演奏中既是集体中的一员，又是传统链条上的一个链接点的部分同样生动地描述了非裔美国人应该如何既保留其作为非裔美国传统链条上的一员的独特身份，又保持其既是美国人又是非裔美国人的双重灵魂。埃里森通

①参见 Merriam Webster Collegiate Dictionary (Merriam-Webster Incoperated, version 2.5, 2000) 中的"jam session"词条。

过定义指出，爵士乐是黑人音乐的主要形式，爵士乐手通过此种音乐形式与所有美国人进行沟通，并且爵士乐是土生土长的音乐，代表着美国音乐的最高水平。黑人音乐家的创作表达着何谓美国人，而不仅仅是非裔美国人的身份。另一方面，埃里森也坚持非裔美国人应该查明自己与众不同的身份——非裔美国人身份。这种身份是仅仅接受美国人身份所不能掩盖的身份。所以正如20世纪美国民权运动的领袖之一杜波伊斯在《黑人的灵魂》中所强调的，黑人应时刻将两种文化铭记心中。美国黑人不再是数百年前非洲大陆上的祖先，也非生活在美洲大陆的欧洲移民的后裔，他们是作为少数民族存在的美国人。两个自我不应互相排斥，而应相互补充，相互依赖。埃里森认为，一方面，非裔美国人的价值"既不是'白人'，也不是'黑人'，他们是美国人"(Ellison 270)。

他认为美国黑人与白人的问题可以诉诸于艺术，艺术具有超越种族歧视和种族对抗的功能。埃里森主张，"不管是白人还是黑人，都可以在艺术中找到自我，在艺术中接受自我及现实生活的复杂"(Ellison 54)。他认为，非洲裔美国文学植根于这样一种"双重传统"就注定了非洲裔美国文学独特的"双重视野"。所以，艺术不仅具有超越白人至上的意识形态观的功能，而且具有超越黑人本质主义的作用。艺术，对非洲裔美国人而言，既是超越的基础，又是回归的源泉。

在埃里森看来，因为"种族主义阻挡了黑人完全参与主流文化，所以他们对象征和价值观的需求不得不用种族亚文化来填充"(贝尔 29)，作为非洲裔美国民俗文化之一的布鲁斯则具有了特别的意义。如同埃里森在阐述布鲁斯效果特征时所言，音乐无须借助语言便可引起黑人听众的共鸣，其治疗和超越作用可在其论述中窥见一斑。他认为布鲁斯是"使一种严酷经历的痛苦细节和插曲活在一个人的痛苦意识中的一种推动力，不是用达观的安慰，而是用从中榨出的一种近似悲剧近似喜剧的奔放激情去抚摸它锯齿状的纹理，并超越它的推动力"(贝尔 39)。所以布鲁斯不仅是音乐，更是一种载体，它体现了非裔美国人的个人经历和集体意识。布鲁斯已经成为一种美国文化的本土形式，非裔美国人可以在布鲁斯中释放个人的痛楚、寻找精神的安慰、实现个人身份的认同。他在《与音乐共生》中写道：

> 在那些早期的爵士乐即兴演奏会期间，鲜明的个性和集体之间微妙的平衡是社会组织的一大奇迹。我也了解到掌握这些规则和记忆的最终目的是希望通过其音乐传统来表达一种肯定的生活态度……生活有时候可能是艰难的、嘈杂的和不正常的，但他们生活得很充实；但

他们表达自己对生活的态度时，就用流畅的风格来减少生活的混乱以恢复常规。（贝尔 78）

因此，对埃里森而言，爵士乐和布鲁斯是社会的一个缩影，是个人身份和命运的界定。人生的复杂如同音乐节奏的起伏，人生的悲喜如同音乐的鸣响，个人必须在混乱的现实和不和谐的节奏中维护自己的多样性和对生活的信心。

美国黑人音乐不是在真空中创作出来的，它不仅从非洲裔美国文化中汲取营养，而且从欧洲文化、美洲印第安文化中借鉴元素。因此，作为美国本土化的布鲁斯和爵士乐已经是民族智慧融合的产物。以这样的文化作为精神依托和信仰已经表明了种族融合和协调共生的思想。如埃里森所坦言："我不得不有意识地、想象地想起自己与各种背景的联系：美国人、美国黑人……更重要的是，必须确定我同美国文学的真正关系。"（贝尔 86）所以，埃里森表明，他作为作家主要关心非裔美国文化同欧洲美国白人文化的关系和黑人艺术家对他的人民和他的技艺应负的责任。这种关系不是对抗，也不是妥协，而是一种和谐的共存。通过对这两种文化关系的探讨，埃里森关注两个种族之间的关系。"和而不同"也许在埃里森看来是更好地处理两者关系的一剂良方。

埃里森关于文学本质以及黑人音乐在黑人文化编码中独特地位的论述对后来的非裔美国文学理论的建构和形成产生了巨大的影响。

现今非裔美国文学理论的两位旗手哈佛大学非裔美国学研究中心主任亨利·路易斯·小盖茨和原杜克大学文学教授兼《美国文学》杂志主编休斯顿·A. 小贝克都从埃里森的理论中汲取了养分，创立了非裔美国文学自己的方言理论，即喻指理论和布鲁斯本土理论。前者的成果集中体现在《表意的猴子：非裔美国文学批评理论》，而后者则以《布鲁斯、意识形态和非裔美国文学：一种方言理论》著称。喻指和布鲁斯作为非裔美国人的独特文化表现，埃里森在其早年的作品中早已论及。因此，在非裔美国文学史上，埃里森以种族融合的思想前瞻性地预示了黑人与白人关系的改善；埃里森关于黑人艺术超越种族对立、展现黑人生活和人性的丰富多彩，预言了非裔美国文学的方向；关于黑人文化身份植根于黑人经验和美国主流文化传统的观念超越了"双重意识"的窘境。不仅如此，埃里森关于音乐和喻指的论述还启迪了当今美国文学理论的发展。

埃里森不仅将爵士乐作为其文化阐释的工具，而且将其演化成解释自己文学思想的有效方法，他的许多重要文学思想和文学批评都是以爵士乐演奏为类比来解释的。他把爵士乐作为文学解读的工具，例如他对 E. T. 爱略特的不朽之作《荒原》的理解就是以爵士乐为切入点的，他还用爵士乐审美阐释海明威作品等。

在小说《看不见的人》中，埃里森还将爵士乐转化成可见的文字。《看不见的人》的字里行间充满了爵士乐音符。埃里森塑造了爵士风味的环境和人物，文字中处处模仿爵士乐的音效，用来展现爵士乐乐器效果。小说的结构和写作手法中也交织着爵士乐音符。埃里森创造性地将一些标志性的爵士乐演奏手法，如即兴演奏、副歌重复、和声应答和多旋律并进融入到其文学创作中，使小说的语言、结构和主题都流淌着爵士乐的旋律。

休斯和埃里森对黑人音乐的创造性借鉴对莫里森的创作也起了很大的影响作用。莫里森在二者的基础上对黑人音乐进行了创造性地发挥，对黑人音乐的借鉴更臻成熟，并且字里行间体现着休斯和埃里森对黑人音乐文化解读的观点。

第三节　音乐作为象征性表达方式

斯蒂芬·亨德森(Stephen Henderson)认为，文学是“把经历用语言组织成优美的形式”(4)。但是现实生活中，“优美”与“形式”的意义在很大程度上取决于一个民族的生活方式、需求、向往和历史——总之，他们的文化。非裔美国人的独特经历使他们的文化中渗透着他们既是美国人又是非洲人后裔的双重意识，而非裔美国人的音乐则被认为最能表达这种心理形式，所以美国黑人文学传统中的一段瑰宝就是以音乐作为一种象征性表达方式来演绎主体。

在黑人被贩卖、隔离、歧视和没有话语权的社会政治语境下，黑人善于把黑人传统转化成能安全表达想法的艺术形式，黑人音乐便是其中较有效的表达方式。安吉拉·戴维斯(Angela Davis)在论及黑人音乐的作用时评论说：“艺术的特殊性在于它既能左右感情又能影响知识，而黑人能用他们的音乐创造一个积极争取自由的审美社区。”(201) 在非洲，音乐有双重作用。它不仅能保存社区价值，保持社会稳定，而且能使人们象征性地表达受压抑的情感。由于环境和社会的限制，这些情感通常是无法得到正常表达的。自从黑人被贩卖为奴，他们的歌声便随之响彻美洲大陆。白人们可以定义黑人们的肉体身份却无从禁止他们的音乐。毕竟，音乐无须批准便可流行传播。实际上，所有社会都必然会努力获取重新定义自我的权利，而重获自我的步骤之一便是重新获取表达自我声音的权利，即重新获得发言权，成为自己“历史(故事)”①的讲述者。黑人也不例外。但是奴隶制社会是不允许黑人有任何其他表达自我的手段的。于是，非裔美国人

①即 hi(story)，既是历史，又是故事。

社区便开始借助音乐讲述他们自己的历史（故事）并借以表述“自我”、寻求话语权和声音。在《黑人的灵魂》中杜波伊斯曾谈及黑人如何把压迫者自己的歌词用“隐藏的、不明言的信息”（57）变成反对他们的声音。米德尔顿也曾指出，在诸如“亲爱的马车慢点摇”[①]等灵歌中，奴隶们都很清楚，马车听众所去的“家园”并不是第二十三首赞美诗所指涉的平静苍翠草场，而是奴隶们原来的家园——非洲和那个大陆曾经给一代代非裔美国人的“自由期许”（97）。虽然黑人音乐是创伤经历的有效表达形式，乍看起来，却首先“充满着爱和求生本能而非死亡”（Eckstein 279）。也有人声称，音乐的某种魅力回荡在人的灵魂深处，传达的信息沧桑而久远。一个人无论面临什么困境，音乐都可助其面对。可见在曾经为奴的黑人生命中，音乐的作用至关重要。而且即使在现代人的生活中这种重要性也随时随处可见。奴隶们不能自由交谈，因而黑人的叫喊声和歌声必须承担起当时表达的任务。况且，在奴隶生活中，音乐和歌声不仅是一种交流手段，而且是暂时忘掉郁闷处境并神往自由的有效方式。因此，对个人和集体精神创痛和吉尔罗伊（Gilroy）所称的“痛苦处境”（*The Black Atlantic*, 200, 203）的记忆是黑人音乐的固有特征。

许多非裔美国作家骄傲地宣称他们写作的灵感来自于音乐的启迪，因为音乐能超越种种限制，在记录奴隶制种种罪恶的同时，使倍受摧残几至崩溃的灵魂得以存活。“奴隶们的歌声代表着心灵的痛苦。音乐宣泄了这种痛苦，正如泪水减轻了悲痛。”（Douglass, *Narrative*, 22）道格拉斯描述了自己的“身体灵魂和精神的崩溃”状态，对自己在奴隶制的漫漫长夜中的精神颓废状态痛惜不已（*Bondage and Freedom*, 58, 59），认为快乐和悲痛是奴隶音乐的中心因素。关于两者的融合

---

①原文是 SWING LOW SWEET CHARIOT

(Refrain)
Swing low, sweet chariot,
Coming for to carry me home,
Swing low, sweet chariot,
Coming for to carry me home.
I looked over Jordan, and what did I see?
Coming for to carry me home,
A band of angels coming after me,
Coming for to carry me home.
(Refrain)
If you get there before I do,
Coming for to carry me home,
Tell all my friends I'm coming, too.
Coming for to carry me home.
(Refrain)
I'm sometimes up and sometimes down,
Coming for to carry me home,
But still my soul feels heavenly bound,
Coming for to carry me home.
(Refrain)
The brightest day that I can say,
Coming for to carry me home,
When Jesus washed my sins away,
Coming for to carry me home.
(Refrain)

性，他解释说："这其实体现了人的心理紊乱状态。当压力到达心理所能承受的极限，常表现为最为相反的方式。极端/限在心理层面的表现和在内容层面的表现在音乐中达到了统一。"(*Bondage and Freedom*, 185) 埃里森则相信他"对写作的本能接近是通过声音"(Porter 278)。詹姆斯·鲍德温用权威的语调宣称："美国人虽然能够欣赏音乐，但保护式的情感限制了他们对音乐的理解。因而只有在音乐中，美国黑人才能讲述自己的故事。"(Price 65) 杜波伊斯则认为美国人的灵魂在灵歌中展露无遗。黑人奴隶的歌声"是人类经历的最美妙表达"，歌声中隐含着奴隶至深的创痛和至上的快乐：

> (歌声)讲述着死亡、苦难、对更真实世界的无声渴望和朦胧的期盼……灵歌中透露出一种希望——对于终极正义的信念。失望所奏出的小调韵律经常会变成成功或平静的信心。有时是对生命的信念，有时是对死亡的信念，有时是对冥冥中的公平世界中存在的无限正义的确信。但无论是什么，意思是很明确的。那就是，在某时某地，人们将会以灵魂是否高尚而非肤色深浅来判断人的好坏。(188)

实际上这也是莫里森想要通过小说传达的讯息。

第四节　黑人音乐作为文化同化和文化认同的历史进程

为了深入研究黑人音乐对莫里森创作主题和叙事方式的影响，有必要考察一下形成黑人音乐的文化、社会、经济，特别是历史合力以及黑人文学中的黑人音乐传统。

黑人音乐的发展可分为三个阶段：第一阶段是非洲音乐；第二阶段是非裔美国音乐；第三阶段是非裔美国音乐和非裔美国人在美洲大陆上所听到的音乐的混合，但这一阶段的音乐仍然显著地保留着非裔美国音乐的原始特征。这种发展进程说明，黑人音乐和美国黑人一样也具有文化同化和文化认同的历史进程。

黑人用来表达渴望的第一种音乐形式是黑人灵歌。灵歌产生于黑人被非人奴役的经历，是由黑人从他们的非洲老家带来的音乐改编而成的。这种音乐具有宗教赞美诗的特征，是黑奴的集体表达形式。灵歌虽然经常表达黑人的宗教信念，但同时也是黑人在白人的、美国的文化同化掩盖下的社会政治抗议。在美国历史上的奴隶制时期，国家采取了一系列有系统的去非洲化措施去除被限制自由的黑人劳动力的非洲特征，其中一条就是禁止他们用母语说话。因无法用对他们有精神意义的方式自由表达，黑奴们经常举行秘密宗教仪式。在这些“丛林聚会”的过程中，信徒可自由参与非洲宗教仪式，如精神镇静、说母语、反时针方向拖脚围圈走和集体呐喊或哼唱等。也是在这样的聚会中，被奴役的非洲人把他们在田间劳动中即兴演唱的类似音乐的表达精心改编成所谓的“歌词显灵”(line signing)和复杂的多声部和声乐曲，用以表达斗争和克服、信念、忍耐和希望，后来便演变成了黑人灵歌。奴隶主用基督教向被奴役的非洲人灌输要长期忍受痛苦、要饶恕和对主人俯首帖耳等观念，却被黑奴当成了解放神学。摩西的故事、“以色列的孩子们”出埃及的故事和《旧约》中上帝击败“选民”的故事回荡在他们之间，引起了他们的共鸣。他们把这些故事融入灵歌中(如“他是战时的战斧，暴风雨时的避难所”)，以抚慰心灵并减轻每日劳作的疲倦。所以在黑人的手中和心目中，灵歌和基督教神学一样成了解放心灵的工具。尤其重要的是，这些灵歌表达了精神奉献和打破枷锁、获取自由的渴望。

布鲁斯是灵歌的派生形式之一(另一种是福音音乐)，于解放黑奴后获得了显著发展，被认为是“黑人经历的集体表达”、“一般和特殊、个体和集体经历的复杂交织”(Carby 232)和即兴演唱的抒情歌曲。

布鲁斯是一种即兴表演艺术。布鲁斯的体裁发源于美国黑人奴隶们田间劳动时的劳动号子、灵歌、呐喊歌及颂歌；文化来源是由奴隶们带入美国南部特别是密西西比河三角洲地带的西部非洲音乐。布鲁斯音乐具有基于蓝调基础上的声乐和器乐音色，一般是十二小节重复演奏。其西部非洲谱系特征表现在蓝调和乐音、歌词中“呼-应”模式的运用。布鲁斯对后来的美国和西方流行音乐影响深远，成为拉格泰姆、爵士乐、“蓝草”音乐、强劲节奏布鲁斯、摇滚乐、嘻哈(hip-hop)和流行歌曲的部分曲式。到了19世纪末，这些用来表达黑人情感的初级音乐形式开始慢慢形成一种简单的民间音乐新形式，即布鲁斯(蓝调)。内战之后，黑人们发现，即使获得了他们梦寐以求的人身自由，他们的生活依然充满苦难，他们继续遭受歧视和压榨，生活在社会的边缘，成为“看不见的人”。这个时期的蓝调音乐开始慢慢成熟，主题大多是他们在所谓“自由”面前的迷茫和他们所期望的真正自由落空后的失落(Andrews, et al. 84)。蓝调发展的黄金时期是在20世纪60年代，民权运动给这种艺术的发展带来了新的生机，造就了一批知名的蓝调乐手。同时，蓝调开始吸引众多新的听众——白人，从而激发了乡村蓝调以及电子蓝调的复苏(古拉尔尼克等 13-44)。随着社会的不断发展和变化，蓝调逐渐发展出不同的形式，包括摇滚乐(rock and roll)、摇摆乐(swing)和爵士乐等，但蓝调的主要特点，如节奏感强、形式灵活等一直被继承下来，直到形成了现在比较流行的节奏蓝调(Rhythm and Blues)。美国黑人文化对美国黑人文学作品一直都有很大的影响，透过美国黑人的文学作品人们会看到黑人社会丰富的文化底蕴。作为黑人文化中的一个重要元素，蓝调在黑人文学作品中一直起着很大的作用，在罗伯特·约翰逊的《地狱》中被唱为“排除的语言”(古拉尔尼克等 13-44)。这种隐喻式的“语言”形式在许多黑人作家的作品中都有所体现，他们用黑人的经历编织出一曲曲哀婉的蓝调乐曲，供人以另一种形式吟唱。蓝调就像是一部以音乐形式展现黑人灾难的编年史，它的每一个细节都让人心碎，而当把这些细节编织在一起，形成一首完整的曲目时，我们对黑人的整个历史也就有了一个深刻理解。

阿尔伯特·穆雷(Albert Murray)在解释布鲁斯时阐述道：

> 布鲁斯叙述的是正视人类处境中固有的复杂问题、即兴创作和经历……这样的可能性也同样是障碍、分离和危险的固有属性。布鲁斯也叙述坚毅……弹性(复原性)……在危险环境中保持内心的平静和在此过程中保持优雅的风度……因此，它也是用音乐表达的史诗……(*Stomping the Blues*, 250-251)

布鲁斯产生的时代，对于美国黑人来说，忧郁和悲伤就像是生活中无法驱赶的幽灵，始终笼罩在人们的心里，也就必然会融入发自于心灵的歌声。它们是黑人为求生存争取自由的有力呐喊，是将痛苦转变为欢乐的有效途径。因此布鲁斯成为最具黑人特点、最受黑人欢迎的黑人音乐。

爵士乐是在布鲁斯基础上发展起来的另一种音乐形式，是布鲁斯精神作用的城市翻版，被认为是非裔美国文化“审美陈述的最好形式”(Foner 171-175, 231)，也是美国黑人寻求团结的一种创造性的艺术形式。在爵士乐的音乐成分中，有源于非洲黑人音乐的节奏、有被简化了的教堂音乐的遗响、有从种植园里传出来的劳动歌曲、还有从当时的流行歌曲及其演唱风格中演化而来的表演技法，是融汇了布鲁斯和其他非裔美国人的民间音乐、拉格泰姆、西部非洲音乐、欧洲铜管乐队和 20 世纪初期的新奥尔良特征的美国本土音乐。简而言之，当非裔美洲人尝试用欧洲的乐器来表达他们在新大陆的喜怒哀乐时，爵士乐便呱呱坠地。它以即兴演奏、有摇摆感的节奏、富有特色的器乐和声乐特色以及演奏者强烈的个人化风格为主要特点。其风格演化与时代的政治经济、文化观念、社会心理和伦理道德的变化密切相关。爵士乐的胚胎形态是不同文化碰撞与融合的结果，其即兴演奏和摇摆感等艺术特征都与非洲与西方文化的冲突与融合有着深层的渊源关系，是文化同化和文化认同的最好典范。它最初只是在黑人中流行，此后却逐渐成为世界上最流行的舞曲。关于"爵士乐"一词的发源没有确切的考证，许多人认为此词产生于1910年左右，因与黑人民俗民德有渊源，其根源与非洲密切相关。《美国黑人音乐》的作者艾琳·舒勒(Eileen Southern)则认为，此词可能发源于一位巡回演唱的黑人音乐家爵士波·布朗(Jazbo Brown)。他的粉丝们在听完一曲后往往拉长声调高喊"再来一支，爵士波！再来一支，爵士，再来一支"(362)。时间一长，便成了"爵士乐"。

充满灵性与自由的爵士音乐于20世纪初诞生于美国南部路易斯安那州的新奥尔良市，至今已有百年历史。从胚胎形态的"拉格泰姆"和"布鲁斯"到颇具规模的集体即兴演奏为主的新奥尔良爵士乐；从20年代个人即兴演奏初露端倪的芝加哥爵士乐到30年代以伴舞为主要职能的"摇摆乐"；从40年代追求高超的以和弦为基础做即兴演奏的"比波普"到50、60年代风格迥异的"冷爵士"与"硬波普"[①]以及随后的"自由爵士"；从70、80年代摇滚乐和爵士乐的融合—"融合爵士"的出现到90年代"新古典主义"[②]的诞生；直至今天，每一种爵士风格都活跃在舞台上。各种风格的爵士音乐都处在发展和演变中。很多爵士乐乐师也逐渐背离了爵士音乐的思想传统，倾向于一种流行爵士乐。实际上，爵士音乐的每一次风格演变，似乎都与当时的政治、经济甚至人们的社会心理与道德密切相关。

"新奥尔良爵士乐"是爵士百年发展历程的先声。这种音乐实际上就是黑人的非洲音乐传统与克里奥尔人(Creoles)[③]对欧洲音乐兴趣的融合。克里奥尔人在

---

①硬波普(Hard Bop)：20世纪50年代中期诞生的爵士乐风格，激烈、紧张，有较和谐的音调、较明确易懂的旋律，即兴独奏也较少，而且加入大量的布鲁斯、灵歌的和声，尤其强调鼓的节奏脉动。它的代表性乐手和团体是鼓手阿特·布莱基(Art Blakey)领导的五重奏"爵士信差"(The Jazz Messengers)和马克思·罗奇(Max Roaeh)的Clifford Brown五重奏。20世纪50年代后期，硬波普发展出二个分支：与灵歌、福音音乐结合的"灵魂爵士"(soul-Jazz)；与节奏布鲁斯、摇摆乐、灵歌结合的"放克爵士"(Funk)。

②新波普与后现代波普乐(Neo-Bop & Post-Modern Bop)：20世纪80年代，除了融合爵士乐与一息尚存的自由爵士乐之外，爵士音乐的发展，似乎已到了强弩之末的地步，欲振乏力的爵士乐已经失去它原有的焦点与重心。面对一个每一种音乐型态都被先辈们探涉过的局面，80年代的爵士乐手们只能重新回到过去，从经典爵士乐中找寻新的题材和创造灵感。在这一波风潮中，以小号手温顿·马沙利斯(Wyton Marsalis)为首的回归传统热潮中，一个以比波普为基调，有新奥尔良爵士乐、摇摆乐与灵魂乐色彩，高度强调演奏技巧与典雅旋律的所谓"新古典主义"或"新咆哮乐"被制造出来。

③克里奥尔人(Creoles)，黑人奴隶与法国、西班牙人所生的后裔。

美国内战前享有很高的社会地位，受到良好的教育，包括古典音乐的训练。他们特殊的肤色使之在黑人与白人之间架起了一个缓冲带。内战结束后，由于实行的种族隔离政策危及到了克里奥尔人，他们被迫辞去体面的职业而与黑人为伍。克里奥尔人在新奥尔良的军乐传统中一直充当着重要的角色。这时期的人们上街游行、野餐、举办舞会、音乐会乃至葬礼都使用铜管乐队伴奏，其曲调是对白人进行曲音乐的模仿。接近19世纪末期时，铜管乐队中黑人乐师的影响逐渐强大起来，他们用更加近似于非洲音乐的风格演奏进行曲，使曲调活跃而更富有刺激性。节奏重心由强拍移到弱拍，演奏者还开始即兴创造旋律，采用布鲁斯乐手的即兴演奏手法。这为音乐增添了更多的变化，并使曲调变得活泼而具有色彩。

爵士音乐可以说是美国黑人在长期的种族隔离与压迫中寄托精神和宣泄感情的重要渠道。常年累月的劳作困苦、颓废无助在激昂跳跃的爵士乐的自由中得到了近似疯狂的发泄，这种发泄不像摇滚乐那样唯一地诉求于迷醉、甚至用叛逆来粉碎一切，而是用一种更甚的撞击——心灵上的撞击，让人们正视他们的存在。这种表达方式是一种内心独白，是压抑与受挫感的觉醒与震动，它是矛盾和不可预测的。人们无法把握它究竟如何流淌，更别指望它究竟告诉你什么，这就如同以小说家金斯伯格为代表的美国“垮掉的一代”给爵士所下的定语，“爵士乐是隐藏的暗码语言，它以深藏的愤怒和类似的讥笑嘲弄白人权势，是从黑暗中给他那一代人打来的电话。”在这种独特的表达方式中，萨克斯管当仁不让地成为爵士音乐的代表性乐器，甚至爵士音乐的象征。究其原因，大概是因为“它的音调是忧伤的，音色是黯淡的……心理是压抑的，性格是不屈的……主题是苦难的，内容是历史的……(当然)，最根本的形象是黑人的”(洛秦 21)。

爵士音乐家温顿·马沙利斯(Wyton Marsalis)在阐述爵士乐的文化属性时认为，“爵士乐是黑人发明的……是用声音所表达的那个民族的高贵性所在……爵士乐几乎包含了从简约敏锐到复杂包容的所有要素”。特拉维斯·杰克逊(Travis Jackson)从更广泛的意义上描述爵士乐具有“即兴群组互动……个人风格和面向各种音乐风格的开放性”。阿米里·巴拉卡(Amiri Baraka)进一步解释说：“作为文化承继，爵士乐吸收了布鲁斯音乐要素……所以爵士乐最强大、最热烈实际上也是最先进之处，就是它与高速发展的工业环境相结合，把本民族历史融入民间形式，表达了那个民族(非裔美国)本身最高的意识。”(263-264)

因此，作为非裔美国历史(故事)的讲述形式，爵士乐是索取叙述者“我”之权利的恰当形式。不仅如此，爵士乐也从西方古典音乐中博采众长，对各种音乐形式兼容并蓄，可谓集音乐之大成。因为保留了非洲音乐的多节奏和某些音乐和声，同时借用了欧洲音乐的特征和器乐形式，爵士乐成了非洲音乐和欧洲音乐互相渗透的分界线和交叉点。而且因为常常借用古典和流行音乐中的著名曲目和旋律，甚至借用其他的爵士乐曲，爵士乐也是非裔美国人在个人主义、物质主义和种族歧视盛行的城市中生存特征的表述。因此无论从字面上还是从隐喻意义上说，爵士乐都是黑人为争取诸如住房、工作、教育和社会机遇、民权等生存空间顽强抗争的写照，为重建初期非裔美国人社区提供了超越他们之间所形成的阶级差别和歧视的共同情感基础。而这些差别随着19世纪末接连不断的移民大潮中无技术农业工人大量涌入北方城市而越发激化。

根据琼斯(Leroi Jones)的阐述，爵士乐手可来自社会的任何阶层。但他若想让爵士乐真正获得打动人心的效果，他必须反映几乎所有的音乐谱系或至少兼具旧式布鲁斯传统特征和克里奥尔人音乐传统或北方的拉格泰姆的管弦乐特征。因此，爵士乐实际上只能“反映整个黑人社会”(140)。

总之，爵士乐的发展与影响了相当大一部分非裔美国人社区的重要经济政治变化同步。和其他社会表达形式或组织一样，音乐是对特定的自然、社会环境因素作出的具体文化反应。作为20世纪20年代的新型音乐形式，爵士乐兼收并蓄了各种元素，表达了一种新型的个体和集体自由和进步要求。①作为非裔美国文化对世界的审美反应中最多产、成功并且情感上令人愉悦的形式，这种音乐超越了阶级和性别的局限，几乎成了它成长于其中的文化的同义词。

作为黑人世俗音乐的形式之一，爵士乐继承了早期黑人世俗音乐传统、融合了物质和精神世界诉求，因而保留了非洲美学和宗教的典型特征，对于美国文化而言，特别是文化压迫很强大的时代，这是肉体的、情感的和社会的承诺行为。黑人音乐是许多个人共同经历的直接反应和现实写照。而口头表达方式的基本作用则是使个人见融于社会，因而黑人音乐从未丧失其集体性。它可以被分析、被再创造，也可以被改变为新事物和个人情感表达。这种模仿自发的音乐传统而形成的黑人音乐形式成了“当代非裔美国文化的定义性陈述”(Sidran 17)。

虽然爵士乐使用固定的基本表达形式，但即兴演奏使乐手有更大余地对音乐材料进行自由地个人阐述。因而，西洛纽斯·蒙克(Thelonious Monk)认为：“爵士与自由是密不可分的。”②如果单从音乐上说，即兴演奏充分赋予了这种自由。

①琼斯(Leroi Jones)把音乐和社会人类学层面上的大众文化联系起来，认为各种形式的美学陈述如同一个特定文化中的其他方面，实际上正如文化自身一样，是习得的社会行为的产物，受保留和重新阐释的特定类型影响(25, 152)。在此种对文化的理解基础上，赫斯克维茨(Melville J. Herskovits)在其所著开先河意义的《黑人过去之谜》一书中引发了对非裔美国文化的类型研究。

②唐·摩根斯坦(Dan Morgenstern)：《爵士音乐简史》，http://www.eshunet.com.

爵士音乐的激情与活力很大程度上取决于即兴演奏的自发性，而一位乐手对同一“固定旋律”进行即兴演奏的几个版本，相互之间可能会有很大的不同。因此，爵士乐是改写的结果，反映了非裔美国文化的发展趋势。非裔美国文化“通过接受其形式而同时大幅度改变其内容”(Sidran 25)吸收了“白人”文化的因素。

爵士乐的一个定义性特点是其作为新形式之父、新语言发明者和意义表达新方式的创新者角色。约翰·翟那利(John Gennari)描述了语言与爵士乐、黑人音乐之间的关系：“爵士乐的蓝调、小调、多节奏和扩展和声构成了西方音乐标准记谱系统无法准确表现的音乐语言和原理。同样，‘嘶叫声’避开了歌词代之以用喉部或声带强迫颤抖来发出乐器似的‘嘶叫声’，以此来模仿窒息或破裂的人声，……所表达的意义则成了他们自己的。”(449-450) 尼娜·西蒙(Nina Simone)也认为：“美国黑人就是爵士乐，他所做的每件事——他所用的俚语，他说话的方式，他的行话，我们用来描述事物所杜撰的新词——对于我来说，所有这些都是爵士乐。”(56)

因此，可以说爵士乐不仅仅是音乐。它是非裔美国黑人的定义，是一种生活方式、一种存在形式和一种思维方式。

第二章

用音乐治疗创伤：审美敏感性与文化保持

正因为音乐在黑人自我定义的表达中占据了一个特殊的位置，作为黑人寻求重构身份的代言人，莫里森总是使其小说弥漫着爵士乐和布鲁斯的气息。当对把莫里森作品看做是学术后现代的回应和派生的倾向提出警告时，安东尼·希尔弗(Anthony Hilfer)也论及莫里森作品与爵士乐的关系，认为“莫里森的模糊性/不确定性并非产生于法国后现代主义或新式的、奇怪的马克思主义非物质化形式，而是来自于非裔美国文化的中心……爵士乐”(93)。

作为非裔飞散者的故事讲述者和代言人，莫里森起到了对其社区历史(故事)熟练斡旋(调解)的作用。同时，作为布鲁斯乐手或爵士号手的代言人，莫里森通过作品所传达的声音是整个非裔美国人社区的声音。莫里森深切感悟到音乐对非裔美国人的重要性，并意识到“音乐无处不在，无人不会”(Taylor-Guthrie 28)。她曾多次表达她对黑人音乐在非裔美国人社区重要性的认识，并认为鉴于当前有的黑人已不再拥有音乐欣赏能力，非裔美国小说必须接替音乐承担起这些作用。这些信念与阿尔伯特·穆雷的主张似乎颇有渊源。他认为小说“应该同时起到催化作用，有时甚至应该比音乐的作用范围更大，更能引起感情共鸣。实际上，正是原始意义上的文学首先为社会和政治行为奠定了背景”(*The Hero and the Blues*, 10)。

第一节　莫里森的音乐美学

美国黑人通过用艺术特别是音乐表达他们历经苦难而治愈创伤，获得精神滋养并遇难重生的曲折经历。在一次访谈中，莫里森强调了非裔美国音乐对其政治审美的重要性，其言论隐含了她的音乐审美观。“那非常有用……音乐使你渴望欣赏到更多音乐。它从来不会一下子全都给你。它拍打它拥抱，它拍打它涵盖。文学也应如此。我对这一点很有数……”（Gilroy, *Small*, 181）莫里森一直都在致力于形成一种完全属于黑人的写作方式。她认为真正的黑人文学并不会因为她是黑人就是黑人的，甚至不会因为主题是黑人的就是黑人的。黑人文学之所以是黑人的文学应该是因为一些内在的、土生土长的属性，它组文凑章的方式——句子、结构、纹理和语调——使每一个读到的人都能意识到。莫里森用音乐作类比的原因是因为尽管黑人音乐以星火燎原之势风靡全球并异彩纷呈，但它还是具有独特的黑人特性。在作品中，她“挪用”了布鲁斯、灵歌或爵士乐的因素，努力用深刻、简朴的风格重构其特征。

在接受耐莉・麦凯（Nellie McKay）的采访时，莫里森评论说：“古典音乐赏心悦目，听完就结束了。黑人音乐却不。爵士乐总是让你紧张不安，没有结束和弦。这使人痛苦不堪……我想使我的作品也起到同样的效果。”（429）谈及爵士乐、历史和性爱的交叉点，莫里森谈到了前奴隶的移居城市以及从窒息、杀害和一次次剥夺他们权利的环境中逃脱时的情景：

> 但当你听他们的音乐——爵士乐的开始——你会意识到他们正在谈论其他的东西。他们正在谈论爱情、损失。在那些抒情曲中，竟有那样的壮美、那样的满足……他们从来就不幸福——总是有某个人离开另一个人，冒险的爱情、冒险的情感、冒险的感官享乐，然后失去。既然这是他们的选择，所有这一切都无所谓。在你所爱的人中实施选择权是一件主要的事情。音乐加强了爱情作为一个人能够成功获得自由空间的思想……（Schappell and Brodsky 365）

对于某些黑人而言，爵士乐意味着索回他们的自我。对于那些身体曾被别人拥有，从小便是奴隶或者记得父母为奴经历的人来说，布鲁斯和爵士乐代表着对自己情感的拥有。

莫里森曾在许多作品中充分论述了自己作品中体现的艺术主张。她声称黑人音乐是形成她自己审美产品文化架构的重要部分，“小说的声音，时而不和谐时而和谐……（成为）一种用心灵感知的声音，或者弦外之音。这种声音把文本与音乐所强调的结合起来，用词汇表达了有时音乐都不能表达的意义”（“Unspeakable Things”, 28, 31-32）。

莫里森致力于忠实地反映非裔美国文化的审美传统，有意识地利用其艺术形式的特征，把这种特征用文字的形式表现出来。当讨论她与受众的关系时，莫里森解释说："在这些规则之内，如果想取得即兴创作和受众参与的效果，文本本身不可能是权威——它应该是地图，为读者（受众）参与故事中铺路。"（"Memory, Creation, and Writing", 388）

她在黑人音乐中找到了黑人艺术形式集体性的最好例子。黑人音乐寻觅的是音乐的省略性、开放性，通过有意留下一些意犹未尽的内涵，激起人们自由的情感反应，目的是给听者留下更多的解读空间。莫里森的许多作品继承了黑人音乐的特点，她在隐秘的叙事中留下一个个省略的空间，读者可以去猜测、联想，当情感合并时，可以尽情地领略作品中的美感。

她的作品因此重构并取代了音乐的力量。通过作品，她尝试着塑造基于大众文化传统之上的显著群体身份。而且，爵士乐中体现的20世纪20年代以降的音乐传统技法为莫里森提供了足够的结构性隐喻，使她能够挪用西方文学形式并从非裔美国人的视角展开叙事。这种视角反映着明显不同的文化传统。在这种文化传统里，语言和音乐是"生命全景图"中紧密相关的因素，而"其中的音乐不像欧洲的'艺术音乐'，因而并不是分离的、自治的社会领域"（Schuller 4）。在西部非洲的文化中，一种形式实际上会用另一种形式表达：音乐在体现基本发音方面是口语的派生形式；音乐的即兴演奏是体现语言技巧的迂回话语派生形式。"在语言上，非洲传统在于迂回表意，而非定义。直抒胸臆被认为是无理和无想象力的表现。把所有的内容隐含在不断变化的复述中被认为是智慧和独特人格的标准。"（Sidran 6）通过写作莫里森娴熟地实现了驾驭语言的能力。

在"根性——祖先作为基础"中，莫里森认同了这些审美特征在其实现把读者拽入文本创作的合作者目标中的独特作用。她解释说："让读者和作者一道构建小说是很重要的。在场的和省略掉的同样重要。"（341）莫里森认为，目的和表达目的的美学特征是非洲飞散者口头传统的天赋才能。这种动态的表现形式通过有意让后者成为参与者而非外部观察者使讲述者和听者都充满了创造性。这种动态的表现形式通常被称为"呼-应"。"呼-应"结构是灵歌、布鲁斯、布道词和民间传说等的内在结构，通常期待并要求能够挑战、改写或改变任何先前言辞的回应，而这种回应会产生一种新的呼吁。这种模式也是莫里森写作的目标，即解构宗主语言，在黑人文本中确证黑色意义。

第二节　审美敏感性与身份保持

莫里森很清楚黑人音乐在过去和目前黑人生活中的重要作用，所以在她的作品中描述了非裔美国人与音乐的疏离所导致的身份异化和社区疏离的关系。从字面意义上理解，歌唱使莫里森小说中的人物能够表达其创痛苦闷的心境，把他们与集体智慧结晶和呵护温情之源的社区联系起来，而不能歌唱的人则往往与社区隔绝疏离，因不能抒发被压抑的情感而无所适从。因而在莫里森的作品中，黑人社区和音乐叙事是非裔美国人保存文化的模板和治愈创伤的金创药。美国黑人的音乐审美能力与文化保存和社区价值息息相关。因此黑人音乐是饱受流离失所、文化异化和支离破碎之苦的美国黑人疗治他们受伤心灵的金玉良方。在莫里森塑造的小说人物中，有的人能于困顿失意时有效地表达自己的情感，而有的人则在创痛苦闷或不能与自己的亲人取得联系时缺乏一种抒发自己的郁闷之情或融于社区亲人之中的艺术形式，两种人物形象形成了鲜明的对比。那些不能用音乐表达自己感受的人往往不具备健康的人格和完整的身份，也无法与别人培养种族社区亲情。而那些能通过音乐或别的艺术形式抒发情感的人则能与其民族和社区形成互惠关系。麦克蒂尔一家、耐尔·赖特、贝比·萨格斯、保罗·迪等奴隶们能在贫穷困窘时以歌唱抒发被压抑的情感，因而免于心灵困顿，而布里德洛夫一家、秀拉、蔡尔兹一家则因缺乏有效的艺术形式宣泄伤痛之情或融入黑人社区而或困顿或丧失亲情。作为黑人社区的集体表达形式，黑人音乐还帮助奶人·戴德找回了自己的家系和失落的文化身份，因而精神上不再“死亡”；而社区黑人的合唱则使瑟斯如受洗般获得精神新生。

一、麦克蒂尔一家和布里德洛夫一家

在《最蓝的眼睛》中，麦克蒂尔一家和布里德洛夫一家在情感和社区两个层面上形成了鲜明的对比。麦克蒂尔一家体现着社区复原力这一黑人文化核心精神。他们精神上的强大部分是因为他们能够歌唱并享有黑人音乐治疗创痛和修复创伤的功能，部分是因为他们因胸怀集体责任感和文化传承意识而幸存。在他们身上体现着歌唱反抗压迫、战胜困难的社区集体行为价值。通过歌唱，他们毫无保留地表情达意，并把他们的情感或精神从压抑中释放出来，从而获得精神自由。由此音乐使他们免于死亡，是幸福和自豪的源泉。在充满着挫败创痛的社会中要想生存，就必须有一种有效的情感支持手段和排遣不良情绪的渠道，因而布里德洛夫一家因不能从黑人歌曲或其他艺术形式中得到情感支持和发泄不良情感而毁灭。

麦克蒂尔夫人保留着前辈们在受压迫的环境中寻求集体生存的智慧。她温馨的语调和与社区朋友的对话是情感宣泄的重要渠道。女儿克劳蒂娅回忆母亲哼唱的曲调时说：“如果妈妈有情绪唱歌，事情就不会太糟。她会唱到艰难的时刻，糟糕的时刻。”（*BE*, 25）母亲的歌唱温馨甜蜜，克劳蒂娅甚至把布鲁斯的重要性理解为包含着黑人妇女的女性诉求。尤其重要的是，布鲁斯把黑人经历的艰难困苦转化成生存的抒情源泉，以至于像克劳蒂娅这样的孩子从母亲充满喜怒哀乐的歌声中听出“伤心的往事不再令人心碎，痛苦不仅可以忍受，还甜蜜蜜的”（*BE*, 26）。

因缺少音乐或艺术表达能力而无法形成健康人格身份或与别人培养社区亲情的布里德洛夫一家则与麦克蒂尔家形成了鲜明的对比。他们因不能有效宣泄情感而给相关的人酿成了悲剧。父亲乔利竭力抑制其受挫的情感。如果他是音乐家，这种情感会激发他的创意，使他用音乐形式得到有效表达。小说文本清楚地表明音乐敏感性能够助其表达扭曲的情感：

> 只有音乐家才能感觉到，不知不觉间知道，乔利自由了。危险的自由。自由地感觉任何感触——恐惧、罪恶、耻辱、爱情、痛苦、同情。自由地选择温情或暴力，嘘唏或啜泣。（*BE*, 125）

乔利生命中这些令人动情的对立面只能通过如黑人音乐这样的黑人艺术形式来表达。他缺乏音乐家的才情，这暗示了他本性的偏狭和情感生活的桎梏。正如梅尔文·迪克森(Melvin Dixon)所言：“没有音乐，乔利的自由无从抒发。迄今为止缺少能把他生命中松散地缠结在一起的千丝万绺捆绑在一起的有意义的或凝聚力的行为。”（121）乔利不幸而多舛的人生经历造就他对女儿欲爱不能以至于强奸女儿的分裂人格。第一次在野外偷尝禁果时被白人撞见，快乐被在白人手电筒光柱中如动物交配般“表演”的惊吓、羞耻和屈辱所取代，成为白人“物化”黑人的牺牲品。他因为白人的强大(他们手里拿着枪)不敢发泄自己的屈辱感，从此学会了将自己承受的痛苦转嫁于人，因无从得到而无以继承，疏离责任感，变得“自由得吓人”，由受虐者变成了施虐者。第一次与他交欢的黑人姑娘、妻子波琳、女儿佩克拉先后成为他转嫁屈辱、挫折感的“替罪羊”。被母亲抛弃、父亲拒认后，乔利已无所谓失去，他对自己一切行为的后果已无所顾忌。他缺少如音乐一样的正确感情宣泄渠道帮助他通过释放痛苦以使他破碎的生活具有连贯性。当他强奸佩克拉时，心中充斥的是强烈的父爱，想使女儿摆脱孤独无助、无人爱怜的状态。但他被主流文化扭曲的心灵却使他辨不清父爱与情欲，用女儿的清白作祭品，使佩克拉成了白人“物化”黑人的无辜羔羊。

佩克拉的母亲波琳缺乏歌唱的能力，这表现了她与社区的分隔。与麦克蒂尔夫人不同的是，波琳从不会唱布鲁斯歌曲。由于不会歌唱，她无从分担非裔美国人的集体苦难，缺乏种族亲人的亲和力。由于不知道如何把自己与社区和自己的女儿佩克拉联系起来，波琳必然不能给予佩克拉在充满敌意的社会中生存所必需的母爱、建议和告诫。

同样，佩克拉无法表达的痛苦、挫伤和不幸逐渐积聚，直到其整个生命无法挽回。由于被剥夺了富有滋养力的母女关系，她没有任何可以抵御孤立和被害的以资效仿的榜样。最后，因不能承受父亲乱伦而导致的怀孕生子之压力而精神崩溃。她沉浸于错乱的遐想中，完全把自我从毁灭性的外部世界隔离开来。如特鲁迪尔·哈里斯（Trudier Harris）所言，她的悲剧是由于"佩克拉无法把她所感受到的痛苦或不幸通过布鲁斯的形式抒发出来"（75）。这样，佩克拉实际上成了"最痛苦的我"（the bluest I），小说题名的双关，这使小说与布鲁斯传统联系起来。这样一来，《最蓝的眼睛》成了布鲁斯形式的悲叹调，因为它描述了黑人在美国所感受到的创痛和他们试图与毁坏他们和其后代生命的痛苦相抗争的努力。遗憾的是，虽然小说叙事是布鲁斯式悲叹，佩克拉自己却没有唱出自己的布鲁斯借以抒发痛苦，她由于精神失常而与社区隔离。这强调了不能表达情感的毁灭性结果。由于不能歌唱，佩克拉同样缺乏能从其中获得支持和力量的社区亲情。小说的最后，佩克拉从地域上被逐入居民区的边缘，"在小镇的边上"（*BE*, 159），从黑人社区的移位表明她完全的隔离状态和身份的损毁。

二、秀拉·皮斯和耐尔·赖特

由于无法宣泄情感而导致毁灭性移位在《秀拉》的同名女主人公秀拉身上表现最突出，而通过音乐解决身份危机则可在秀拉最好的朋友耐尔身上找到最好的答案。

虽然秀拉无畏地同妇女或女性的传统身份发动进攻，她却深受缺乏艺术宣泄渠道和异化于社会的痛苦。莫里森在小说中描述了这种缺失的危害性：

> 如果她会绘画，或制陶，或知道如何跳舞或弹奏弦乐；如果她有任何渠道能使她无限的求知欲和天赋用隐喻的方式表达出来，她可能会把她的不安分和心血来潮转化成一种能满足她欲望的有益行为。如同没有艺术形式的艺术家，她变得很危险。（*SL*, 121）

尽管秀拉有艺术潜能，但是社会剥夺了她表达的自由。只有更幸运的艺术家才能得到这种自由。他们创造性地把感情转化成艺术形式。不幸的是，秀拉无法获得艺术表达，不能积极有效地利用她的才情。因此，她把斗争矛头转向空虚地与男人交欢，以获得自我表达的渠道。因为每次与男人的短暂接触与其说是不道德不如说是缺乏道德标准，是一种自恋式的冷漠。她与自己最好的朋友耐尔的丈夫有私情，只是想找到能与她分享压抑已久的个人想法的知己，而不是想伤害自己最好的朋友，她想得到的只是一种感情宣泄的渠道，而不是情人。因找不到建设性的正确方式表情达意并解放自己，秀拉错误地用一连串浅薄的私情代替了对自由的追寻。由此可见，乔利和秀拉都因无法抒发情感而压抑，因不能与他人建立互惠关系而毁灭了自己。

结果，当她意识到自己再也不能象征性地寻找到新歌曲（新的表达方式）时，身心两方面的健康便明显下降。"再也没有新歌曲了。我已经唱完了现有的歌曲。我全都唱了。我唱完了现有的歌曲。"（*SL*, 137）没有其他抒发情感的方式，她对自由和身份的追寻也告结束，及至生命垂危。新歌曲的缺席意味着她由于好奇心所能感受到的新经历的缺乏，显然也预示着寻求自由的感情宣泄的失败。她拒绝社区的支持和照顾，这必然加重孤独感。她作为"歌唱者"的局限性表明了她生命的界限。

相反，耐尔的焦躁不安和身份危机则通过音乐效果获得化解。那时，她发现她与秀拉之间的友谊比自我占有更重要。事情发生在她在墓地里散步时。她发现刻在秀拉家族墓碑上的碑文"读起来像吟诵诗：皮斯 1895—1921，皮斯 1890—1923，皮斯 1910—1940，皮斯 1895—1959"（*SL*, 171）。在耐尔的心目中，碑文的视觉形象取得了吟诵诗的听觉效果。碑文唤起了耐尔压抑的情感，最终解放了她。因意识到这声音，秀拉加入了皮斯家族的婚姻线。她能够听出吟诵诗般碑文所代表的秀拉·皮斯家系的祖先力量，而这种力量在秀拉去世后则有待协调和确认。这也使她认识到女性团结的重要性。

三、雅丹和昂达英·蔡尔兹

在《柏油孩》中，因与非洲文化和艺术形式的疏离和社区亲人的异化使婶婶昂达英没有很好地教育引导侄女雅丹，使雅丹成了脱离自己民族文化的无根孤儿。

雅丹从生活方式到思维方式都很欧化，她崇尚现代文明，是白人世界中的非裔佼佼者，也是黑人文化的孤儿。在从少年向青春期过渡的 12 岁时，雅丹成了无父无母的孤儿，被送到忽略自己文化特征的叔叔婶婶处，在白人瓦莱里安资助下修完大学，接受欧式教育，因而没有社区传统观念，忽视自己的文化和价值观念，在精神上也成了孤儿。虽然她是巴黎著名大学专修艺术史的毕业生，是景泰蓝专家，著名时装杂志《她》的封面模特，她本人也爱好绘画，遗憾的是，这种表面上的艺术形式的获得却与艺术自由表达和分享的初衷背道而驰。她否认自己艺术家的天赋，却认为自己是一个缺乏艺术才能的艺术历史学家。“她感到很幸运，自己知道杰出的(一流的)和平庸的(二流的)区别。所以她把这种本能付诸实践，学习了艺术史——对这一点她从没犯过错。”(*TB*, 181-182) 她没有意识到“一流的”和“二流的”区分只是反映了西方审美，因而贬低了自己能够表情达意的本原艺术形式，“心安理得地接受了白人价值观”(Birch 173)。她所学的西方审美知识使她瞧不起非洲艺术和创新艺术表达形式，从白人那里学会欣赏毕加索而非黑人面具，认为“毕加索要比黑人面具好”(*TB*, 74)。

而且她对自己的非洲出身毫无自豪感，没有情感抒发方式能把她与自己的种族亲人联系起来。因为欧洲中心主义的课堂上从不讨论非洲艺术，她对这些艺术也不屑一顾。因在西方二元论正式教育中培养了她的审美意识，雅丹否认其非洲文化遗产因而从非裔美国人自治领地上撤身而出，从而失去其文化根性成为文化孤儿。婶婶昂达英本身就没有可以传给后人的黑人文化传统。她全心全意服侍白人的同时忽视了自己文化特征的关注，在孤岛上她没有近邻和其他亲友，对本民族贫苦人成见颇深。虽然她也曾企图教导雅丹非裔美国女性的价值观和关爱曾经教育过她的老年女性的重要性，让雅丹做个本民族的好“女儿”，可惜的是她自己并不是本民族的好“女儿”。她与本民族社区疏离，与本民族文化格格不入，因而窒息了她作为抚养人的作用。昂达英“虽说本意要对雅丹负责，却没尽到责任。她没有身体力行给雅丹所讲的关心人、爱人的说法”(Coleman 68)。和她的侄女一样，她也不会歌唱，忘记了社区起作用的方式。这种记忆的丧失使她无法指导雅丹融入黑人社区或获得自我维系的力量。

四、贝比·萨格斯、保罗·迪和奴隶们

在非裔美国人传统中，歌唱曾经是交流和促进稳定的重要方式。奴隶制度使受害者处于失语状态并失去人性，而音乐和歌唱不仅是一种交流方式，而且能暂时使前奴隶们忘掉糟糕处境，像自由人一样生活。音乐还是非裔美国人表达无法表达的痛苦经历的秘密编码。因奴隶主坚决想要抑制他们的自由表达，这种秘密编码对前奴隶们具有举足重轻的作用。这一点在《宠儿》中得到了很好的体现。《宠儿》就像被信息最丰富、最美丽的黑人世俗民谣串起的项链，音乐萦绕在主要人物塞斯和保罗·迪的生活中。当无法读、写甚至谈论他们作为奴隶所经历的非人遭遇时，他们便把歌唱与生命联系起来，把它当作抵挡耻辱和绝望的盾牌。歌唱使他们有机会表达个人情感并保护他们的人格。可以说歌唱对他们的生存至关重要。塞斯为孩子们自编自唱歌曲，当宠儿哼唱这首曲子时，她确信宠儿就是她曾经杀死的女儿。在小说的开头，莫里森就奠定了歌唱能力作为人类存在

最基本要素的基调。

塞斯的婆婆贝比·萨格斯体现了布道和歌唱等非裔基督教传统。她在克利尔林(Clearing)的“召唤”反映了起应轮唱布道的典型特征。如在“爱它。努力地爱它。那边他们不爱你的肉体。他们鄙视它。他们不爱你的眼睛；他们会很快把它们拣出来。他们也不爱你背上的皮肤。在那边他们鞭打它。哦，我的人民，他们不爱你的肉体”(*BL*, 88)中，在召唤的结尾处，突然转向典型布道传统的乐舞。贝比·萨格斯“站起来，用臀部的舞动表达她想说的其余内容，而其他人则张开嘴巴，唱出她所需的伴舞音乐”(*BL*, 89)。这样，灵歌和福音音乐等非裔基督教风格便与人物联系起来——基于西方赞美诗的和声材料基础上的歌唱形式，通过改编成非裔美国歌唱音乐典型的互动和调音的具体形式，这些形式已变成了典型的“黑人”表达方式(Eckstein 275)。

如果贝比·萨格斯代表着非裔基督教音乐传统，保罗·迪则很显然体现着布鲁斯的世俗传统。保罗·迪，“歌唱的人”，是一个精通南方或乡村布鲁斯的的布鲁斯式人物。他在南方的为奴经历、用链锁拴在一起的囚犯经历以及他不停的流浪反映了典型的布鲁斯传统。而且他所唱的歌曲中有好多是直接从布鲁斯乐曲中引用的。实际上，只有通过布鲁斯，保罗·迪才能表达他充满创痛的过去。当塞斯问起他的经历时，他回答说：“我不知道。我从来没谈起过。没对任何人。有时唱出来，但从没告诉过任何人。”(71) 在布鲁斯通街的栖居之处，如果他能“走路、吃饭、睡觉，(和)歌唱”，他就能生存并“不再要求其他的”(41)。保罗·迪在修补“他前天打碎的东西”时也唱着歌，努力想重构在佐治亚的阿尔弗雷德集中营被肉体、身心和情感上的磨难摧毁了身份之后的生活。这些歌曲给予他力量，帮助他忍受艰难创痛。他从没告诉另一个人他在“学校教师”家里的经历，但有时唱出来——音乐的重要性体现在保罗·迪虽然无法告诉另一个人他充满创痛的经历，但是歌唱给予他力量，使他能够直面可怕的过去，使他非人的经历充满意义。音乐不仅修补了破碎的东西，而且帮他打开了生存的通道。

在经历了被链锁锁在一起的囚犯遭遇、尊严被威胁性地践踏后，保罗·迪经历了最糟糕、最毁灭人性的绝望，其苦难是可怕而且是极具毁灭性的。在这种情况下，被压迫者表达情感的唯一可能方式就是歌唱。“他们把它唱出来，狠踢它，弄混词汇以使别人不理解，巧用词语以使音节产生别的意义。”(108) 即使像动物一样被压迫和绑缚，保罗和其他被监禁者仍然“合着手锻制的锁链的音乐声跳两步舞”(108)，用歌唱肯定自己的人性。他们唱着他们认识的女人、他们曾经的孩提时代、他们自己驯化的动物“或看见别人驯化的动物。他们唱着老板、主人和小姐；驴子、狗和生活的羞辱。他们温情脉脉地唱着墓地和去世很长时间的姐妹、树林里的猪肉，唱着平底锅里的餐饭；唱着咬钩的鱼、棍棒、雨和摇椅”(108)。

歌唱确认了他们的人性和反抗集中营残酷生活的努力，给这些黑人以慰藉，使他们能够忍受非人的生活；歌声也是使他们珍惜白人想要从他们头脑中除掉的记忆的唯一方式。

白人监工们无法辨识他们歌声中的寓意，因为歌声并不靠歌词传情达意，而是靠把共同的痛苦经历编织进音乐体裁中，靠编码暗号式的表达把这些用铁链串在一起的每一个囚犯联系起来，保持了这群人的团结统一。后来，由于共同歌唱所形成的凝聚力和充满忧伤、悲痛和愤怒的编码歌曲的共同作用，这些被囚禁在集中营里的奴隶成功地完成了大规模的潜逃。如果没有充满着反抗精神的共享歌曲的推动，他们不可能从锁链连成的囚犯群生活中幸存。如戴维·劳伦斯所言，“歌曲中的人类歌声是一种强有力的凝聚力”(197)，隐秘地揭示了非裔美国人被压抑情感的歌曲使他们能够保持生存意志、释放痛苦和忧伤。为反抗不共戴天的压迫制度所产生的压力，保罗·迪和其他人创作了自己的编码和诗歌。最终，是这些编码解放了他们。在一次大洪水蔓延时，他们通过把总共46人缠在一起的铁链锁交流并传递信息，一声不发地配合着集体逃走。

第三节　集体社区表达与文化保持

如同要求传道者和围观群众参与到布道中去的“呼-应”模式，非裔美国人音乐是交互轮唱式音乐，以交互参与、集体支持和治疗效果为特征。莫里森在解释“呼-应”与集体的关系时阐述道：“这是在你信任的人之间倾诉个人痛苦和表达个人哀伤的有效手段。在社区环境内表达，因而是安全的。当喊唱者举行特别主观的仪式时，其他人则作为一个集体进行表演以保护那个人。”(“Rootedness”, 339) 非裔美国音乐需要集体参与的方式来激励个体和私人表达、培养人们之间的相互合作等。因此，音乐的缺席意味着与集体的隔离，滋养、爱护和支持的缺乏，也意味着文化传承的缺失，这都会危害非裔美国人的团结。

在莫里森的小说中，社区是赋予种族力量的源泉。小说人物的聚会则具有希腊戏剧的合唱效果。凯瑟琳·奥肖内西(Kathleen O'Shaughnessy)把莫里森小说中的社区集体价值和角色解释为合唱队(chorus)：“在托妮·莫里森的小说中，社区作为一种形式上的合唱队是一个重要因素。和古希腊戏剧中的合唱队一样，其效果是加强了受众和读者参与的积极性。”(125) 对于读者和莫里森的小说人物而言，鼓励参与是必不可少的，因为社区或合唱队是知识和生存智慧的源泉。莫里森也论及在黑人社区“人们从周边邻居获得使生命得以存活的非常、非常强大的支持”（“Intimate Things in Place”, 214）。换言之，与社区的异化疏离不可避免地意味着缺乏集体支持和理解，这对健康个体身份的形成是有害的。在莫里森小说中，音乐是其人物重塑身份的重要载体，是黑人社区复原和强大母性人物复原力的基本表现，这些方面对于非裔美国人建构主体性特别重要。音乐之所以具有如此重要的作用是因为音乐与社区文化的保持和被压抑已久的声音的重获密切相关。歌声或低沉，或奔放，或高昂，或悠扬，或激烈，伴随着富有节奏感的舞蹈，表达着黑人的祝福、愿望、祈祷、祭祀先祖的感恩之情，诉说着黑人的憧憬与梦想，传承着黑人的文化与文明。

通过披露潜在的力量和自我、身体、社区的解体过程，莫里森展示了个体和集体身份创造的基本精神：渴望的自由、想象的自由和虽不一定是连贯叙述却具有连贯性的生活的自由。

一、戴德家和他们的家系

在《所罗门之歌》中，布鲁斯构成了黑人的社会历史语境。在关于黑人音乐史的阐述中勒罗伊·琼斯(Leroi Jones)认为“黑人中产阶级‘摆脱了’所有的布鲁斯传统”(131)。莫里森把这种“自由”解释为文化剥夺。这种情形在《所罗门之歌》中栩栩如生地展示了出来。作为中产阶级文化孤儿的梅肯·戴德站在姐姐派拉特屋外的阴影里倾听她与女儿和外甥女边唱边酿私酒，眼睛禁不住湿润起来。梅肯“知道她不是在翻动食物……他们有什么吃什么，碰到什么就吃什么，想吃什么就吃什么”，而她的歌唱就是她们心灵的滋养。梅肯觉得“白天的暴躁易怒流失殆尽，转而对烛光中歌唱女人不加藻饰的美倍觉喜爱”(29-30)。他作为这个精神上富有滋养的世界的外人地位是中产阶级所谓“体面”的有利反讽。琼斯认为，在“主流社会不断要求以往的背景下，布鲁斯构成了美国黑人特有的社会、文化、经济和情感经历”(147)。因而，对于奶人而言，对布鲁斯的初步领会是“如同血液一样的基本的种族-历史仪式”(Davis 6)。安吉拉·戴维斯(Angela Davis)进一步指出，在后奴隶时代，非裔美国女性音乐家将通过音乐传授“集体意识和对自由非常具体的集体渴望”(10)。莫里森也声称她希望她的小说能起到“音乐对黑人所起的作用”。《所罗门之歌》则通过记录音乐和故事，讲述这样的听觉/口头表达形式所起的团结作用，以拯救生命或使生命得以存活。派拉特所唱的布鲁斯歌曲和其所指涉的意义，即历史/传说中的非洲飞人故事，引领着奶人寻找自己的身份和家族历史。歌唱与飞翔是黑人天性中最本质的东西，是黑人生命之灵的双翼。在《所罗门之歌》中，派拉特深沉浑厚的歌声伴随着以暴抗暴的黑人“七日社”成员史密斯先生从楼顶飘然而落，一首“心爱的人飞走了”指引着奶人从南方孩子们的游戏歌声中破解了他的家系，认同了自己真实的民族文化身份。派拉特死时，奶人也替她唱过——

啊，心爱的人飞去了，
心爱的人走掉了，
心爱的人掠过天空，
心爱的人回家了……(*SS*, 5)

歌声悠扬、婉美、如泣如诉，诉说着黑人的历史，表达着黑人的向往。奶人在派拉特的布鲁斯“心爱的人飞走了”指引下，从南方孩子们的游戏歌声中破解了他的家系之谜，得知自己真正的姓氏是所罗门，他是传说中会飞的黑人的后代，因此也认同了自己的民族身份（黑人性），而当他成功地寻获了家族史并把自己与祖先的名字和生活联系起来后，他也抛弃了原来的自恋倾向，学会了关爱别人，进而开阔了眼界，增强了洞察力，并最终获得了飞翔——超越自我和自爱——的勇气。而这一过程伴随着奶人音乐感受力的强化过程。

当接近祖先原先居住地沙利玛尔时，他原来的自我中心主义思想开始慢慢消失，而包括听觉能力在内的感知能力渐渐加强。他倾听着有文字记录前就存在的内容，听出了沙利玛尔人用黑人音乐表示的交流形式：“所有的那些喊叫声，那些快速滚动的狗叫声，长长的吠叫，大号声，鼓点声，低婉的 *howm howm* 声，细尖的苇哨声，短号的弱 *eeee* 声，*unh unh unh* 的低音弦乐声。所有这些都是语言。”（281）在从沙利玛尔孩子们的歌声中寻求破解家系之谜的歌词时，他最初是想用笔记下歌词，但因没有笔，无法记录，他“只有倾听并牢记”（*SS*, 306）。通过用歌曲创作时所用的民间口头传统方式记忆，奶人能够重构其家族历史，重获非裔美国人口头传统，这使他融入了完整的非裔美国人社区。因被迫用耳朵和记忆力而非手写文字的无声视觉形式，奶人成为非裔美国人口头传统的积极参与者。虽然他南下是为了寻找金子，结果却变成了奶人男性意识觉醒的过程（他不再是“奶”人，成长为精神上的成年人）和寻找自我的过程。在了解了自己的家史及家姓后，他重新确立了家族和民族的自豪感，学会了爱自己的同胞，认同了黑人民族传统文化，有了归属感。因此，寻找自我的历程又是寻根的过程，同时也是奶人返璞归真的精神自救历程。

在派拉特被吉他射伤而生命垂危时，从未唱过歌的奶人继承了他姑妈的歌唱能力和他曾经与之隔断联系的布鲁斯模式，进而为派拉特即兴演唱了关于飞人歌曲的女性版本“甜女孩”。他的歌声不仅表达了他对生命垂危的姑姑的爱和渴望，也代表着他第一次创造性地参与他自己祖先的文化传统并积极地发扬光大。他也因此成长为一个充满同情心、能用派拉特精神抚育人的后辈。这与他接受能塑造身份并把他与非裔美国人智慧和文化源泉联系起来的音乐是分不开的。在“从（派拉特）脖子里流淌进他掬起鲜血的双手”中，在“染黑了他的手的黑暗中”(340)，有一种文化传输和传承，这种文化传输和传承是保证这种文化生生不息的源泉。

二、塞斯和克利尔林人民

在《宠儿》中，莫里森表明要重获自我不仅要通过个人的努力，而且需要集体参与和音乐。例如，通过让贝比·萨格斯合着社区人民唱出的音乐用“扭动的臀部跳出她的心想说的其余的话”，莫里森实现了几个目标：她注意到甚至本族人语言也有局限性，指引人们注意到包括有形的实体和音乐在内的口述观念，用其自身的特殊编码描绘了一个社区。当院子里社区妇女的歌声使塞斯回忆起克利尔林时，这是个体和集体救赎的迹象。社区黑人终于不仅恢复了自爱，而且也恢复了对已故者的同情。在女教徒们的带领下，塞斯痛悔前非的邻居们和改过的社区人民承认他们在塞斯弑婴事件中有不可推卸的责任。在事件发生 18 年后，他们终于弥补了自己的过错。在塞斯所住的 124 号院子里，女性们发现了“打破词语背面意义的声音”，且“这声浪宽得足以激荡深水，击落栗子树上的豆荚。这声音激荡着塞斯，她如同受洗般颤抖着”(261)。音乐，特别是集体合唱的重要性可见一斑。

这种重要性不仅体现在《宠儿》中，而且体现在解决黑人飞散者困境的过程中。女性歌声之强大足以打破“词语的背面意义”，如某些定义非裔美国人的词语“动物”、“繁殖家畜”和“奴隶”等。歌声使塞斯受到洗礼，恢复了健康的新生活和重要的精神转变。其中有一种救赎的可能性：塞斯和丹芙最终从宠儿令人想起的受压抑的往事记忆中解脱——是集体层面“声音+声音+声音”的多重声音所产生的强大力量使她们获得了这种救赎。在个体声音和集体合唱的张力中，黑色大西洋经历中所产生的“痛苦状态”才得以完全抒发。《宠儿》也启示人们，在轮流吟唱的文化中，记忆不是自我毁灭，创痛则可以被治愈。(Eckstein 280)

三、爱丽丝·曼弗雷德和特雷斯夫妇

如同在灵歌和布鲁斯中构建了一种分析和表达模式的祖先们，城市中的幸存者在爵士乐中创造了一个“栖息地”。莫里森的第六部小说《爵士乐》描述了一种最典型的音乐"精神栖息地"。哈勒姆街道上的萨克斯管、鼓、单簧管、吉他和歌曲回响在小说《爵士乐》中。安东尼·贝雷认为，莫里森不仅阐明放弃音乐的毁灭性效果而且也表现了爵士乐通过鼓励听众和表演者之间的互动"滋养个人健康和集体归属感所起的复原功能"（"Jazz: from Music to Literature", 270）。而且，爵士乐的可变通性在于即兴表演的爵士乐无须借助于经典书面作品的权威和传统规则就能表达非裔美国人长期受到压抑的声音。[1]爵士乐避开传统音乐规则方面的可变通性强调了非裔美国人力图反对压制黑人声音和情感的主流文化霸权的毫不妥协的有力声音。因为音乐是集体表达的宝库，能保持和传达构建身份的真理，重获爵士乐则能适应非裔美国人集体身份，对非裔美国人的生存至关重要。

在《爵士乐》中，莫里森描述了音乐的这一重要性。小说中的主要人物开始时不认同民族音乐的重要性或缺乏音乐的情感支持，因而精神呈碎片状。只有当他们认识到民族音乐的重要性或学会欣赏音乐，他们才得以获得精神康复。在描述成百上千黑人被杀的芝加哥暴乱之后的"冷漠黑面孔大潮"沿第五大街游行的场面时，故事讲述者讲述道："他们想说却不相信自己能说的，鼓声代他们说出；他们用自己和他人的眼睛看到的，鼓点则用一个'T'描述。"（*JZ*, 54）对于旁观者爱丽丝·曼弗雷德而言，鼓声助其弄清了她自己的痛苦和那些有着"冰冷面孔"的人们之间的关联。然而虽然她能从鼓声中破译出"友情、秩序和超越"（*JZ*, 60），却不能——也许是不愿——解释其信息的完整复杂意义。因为破译音乐中所蕴含的完整复杂信息会使她不得不直面她莫名其妙的情感——愤怒。她把姐姐和姐夫的死因归咎于音乐，认为是音乐引起了暴乱。主流社会已于不知不觉间压制了她的愤怒，操纵性地代之以她对音乐和鼓声的恨意。伴随着音乐，沉默的暴乱参与者表达他们的恨意、绝望和挫折感。她对这种情感的扼制导致保持"第五大街鼓声与颤动在钢琴上、在每台手摇留声机上空旋转的带扣曲调分隔开"（*JZ*, 59）的斗争毫无意义。

爱丽丝拒绝承认非裔美国音乐是力量的积极源泉。她对"种族"音乐的否定观念使她不仅对由社区所滋生的音乐力量麻木不仁，而且对社区本身也缺乏感情。她不认为社区有不可或缺的完整性，也不把社区看做信息的来源。因不愿倾听音乐中蕴含的其他意义，爱丽丝·曼弗雷德无法超越她和外甥女多卡斯生活中的危

①雪莱·翁（Wong）对爵士乐的可变通性解释如下："爵士乐通过对特定时刻的特殊性和手头工作加以注意而表达意义，而不是通过严格遵循已被接受的、事先想好的小节线或乐行的观念。"（475）

机，也无法帮助多卡斯成功跨越这种具有破坏性的新环境并开发创造性潜能。

虽然爱丽丝尽力压抑自己的出身，最终她还是意识到非裔美国人生存源泉的重要作用，因而离真正种族身份的觉醒不再遥远。每日都与爵士乐打交道，她不可能不感受到其温暖而富有疗效的力量。“鼓声横越距离，把他们聚集在一起、联系在一块儿：爱丽丝，多卡斯，她姐姐和姐夫，童子军，冰冷黑脸，人行道上的旁观者和在上方窗户里观望的人们。”（*JZ*, 58）她不可能再压抑得住对自己文化富有支持性的音乐表达的认可。而维奥莉特适时地出现在她的生命中，成了音乐斡旋和解放功能的象征性通道。

在《爵士乐》开始时，维奥莉特和乔·特雷斯夫妇俩是具有毁灭性的人物。通过音乐的介入，他们逐渐在压抑和寂寞中康复，努力重新聚合破碎的生命。音乐填补了他们之间空虚、沉默的空间，起到了催化剂的效果，促进了他们之间的交流。他们之间的对话则刺激了他们对自身异化状态的意识。最终他们达成共识，认为音乐对补救他们扭曲的生活非常有用。“维奥莉特决定，乔同意，没有比音乐更值得爱和需要的东西。”（224）他们对音乐重要性的认识促进了他们与社区及其人民的接触，因而社区音乐对他们打破孤独的硬壳非常必要。小说所使用的布鲁斯、灵歌和爵士乐断续的鼓点紧紧植根于非裔聚居区，为探析痛苦和悲哀奠定了安全的基础。詹姆士·鲍德温认为：“音乐是我们的证人和同盟。鼓点是认出变化、征服时间的自白。那么，历史则变成了可以穿着、分享的衣服，而不是借以藏身的斗篷，而时间则成了朋友。”（“Sorrow Songs”, 330）

在非裔美国人音乐富有表现力的传统中，在其独特措辞的安全感中，历史变得具体而不具破坏性，其故事可被讲述。这就是莫里森的用意所在：利用爵士乐有力的鼓点激荡受众的心弦，就像它冲破强加的传统和压迫一样使社区恢复生机和活力。

第三章

莫里森的黑人灵歌：荒野中的精神栖息地

当讨论奴隶音乐的源泉时，杜波伊斯认为："奴隶音乐产生于非洲丛林中，那里其副本至今仍被吟唱。奴隶的悲惨精神生活改编、改变并加强了它。在法律和皮鞭的压迫下，它成为一个民族的悲哀、失望和希望的真实表达。"（134）这也许正是对黑人灵歌最恰当的描述。作为产生于非洲大陆的重要音乐形式，灵歌在美国音乐中占有重要地位。就其本质而言，灵歌与黑人在其非洲部落的过去是分不开的。从一开始，灵歌就承载着他们的爱和对母国的渴求。但一旦扎根于一个隔离的世界中，灵歌成了他们忘记他们所面临苦难的忘忧药和他们仍然能够保持与祖先联系的最后纽带。在日常的疲惫劳作中，他们在用歌唱减轻痛苦忧伤的同时也表达着对非人奴隶制的反抗。当然，由于他们的白人主人也在倾听他们富有异国情调的歌唱，他们不能及时表达真实情感，这也是灵歌有着深层内涵、单纯自然情感、健康主题和诗歌般语言的原因。无论如何，灵歌表达了黑人在荒野中寻求家园和栖息之地的向往和信念。据舒勒推断，黑人灵歌或"哀歌"大约产生于1820年，因黑人受奴役的经历而产生，因而和旧约文学精神惊人地相似。实际上，据纳森·小赖特(Nathan Wright Jr.)所言，灵歌文学可以说是——也许将来会被官方或普遍认为是——"第三圣约书"，增加了现代《旧约》和《新约》所提到的富有洞察力的"上帝意外相逢"新视角方面的希望(87)。他们是一个民族与在整个世界中留下印迹的当代文化的当代意外相逢。因此，非裔美国人灵歌是"基于激情和埃及希伯来奴隶最终胜利基础上的抗议和反抗"（Bennet 103）并富有历史意义的歌曲。如詹姆士·科恩(James Cone)所言："人们说以色列人在陌生的土地上无法歌唱上帝之歌，但对黑人而言，他们的**存在**借助于一支歌。"(8)

在莫里森小说中，精神流放与精神上无家可归的主题与黑人灵歌对精神荒野上家园、栖息地的渴求遥相呼应，完美地再现了黑人对精神生态良性发展的本能渴求。如在小说《爵士乐》中，黑人灵歌主要表现为乔对多卡斯的"铭心刻骨、怪异吓人”(*JZ*, 1)的爱：精神被界定为既具有“铭心刻骨”、内在的特质，又有“怪异吓人”、超俗的一面。乔对多卡斯的爱在很大程度上是一种精神之恋：乔的母亲瓦尔德刚生下他就弃之而去，没有母亲使他产生文化上的断裂感，他给自己冠以特雷斯(Trace，意为“踪迹”)的姓，以喻示自己就是父母“消失得无影无踪”(*JZ*, 124)而留下的“踪迹”，他在脸上有着马蹄形疤痕的多卡斯身上找到了这种“踪迹”，因此，乔对多卡斯的爱不仅仅是出于一种恋母情结，而且也为了解脱自己心理上强大的文化无根性的空虚感，为了寻求自己的精神家园，这与黑人灵歌寻求栖息之地的主旨是吻合的。因此，当多卡斯移情别恋时，乔潜意识中的精神家园与文化纽带受到侵扰，所以过去失母和寻母事件构成了杀死多卡斯行为的“潜意识动机”(Birch 189)——他从没想过要用枪伤害多卡斯：“我拿着枪，在城里四处游荡，但那不是枪——那是我的手，我想用它来抚摸你。”(*JZ*, 130-131)当年，他也曾用同样的方式在南方的丛林里企图寻找他的母亲：每当他举枪对着那棵“白橡树”射击时，他只是希望母亲能像那些“红翅黑鹂”一样从树林里飞现出来，让他见上一面，以此确认她的存在，并借以疗治自己文化无根感的精神生态困境。因此，射杀多卡斯“充分展示了乔试图触摸其母亲之手的情感印记”(Otten 162)和黑人渴求文化精神栖息地的精神生态危机。精神流放与精神上无家可归的主题与黑人灵歌对精神荒野上家园、栖息地的渴求遥相呼应，完美地再现了黑人对精神生态良性发展的本能渴求。

第一节　在精神的荒野上

音乐学家舒勒指出：“许多灵歌和布鲁斯一样传达了无根性和痛苦的感情……灵歌带有宗教色彩……而不是世俗的。比起直接表达个人感情来，更倾向于普遍适用和表达集体感情。”(*The Music of Black America*, 331)

莫里森小说关注就族系而言被移置、无家可归和与自己身份、历史相分离的人们。对大部分莫里森作品主人公而言，美国最初是一块放逐之地。定义这块土地为放逐之地的是到来者的心理状态——他们对栖息之地的向往，他们释放痛苦记忆的需要，最重要的是他们对自我欣赏能力的缺乏。如同他们被奴隶制驱散到各地的祖先，那整个“由于贫穷和暴力四处逃散的黑人大浪”(*JZ*, 33)是自中途就开始——但还没结束——不断流散循环的一部分。正如莫里森所言：“音乐使我们清醒，但不再能满足需要。”(“The Language Must Not Sweat”, 121) 隐含的意思是在北方工业城市长大成人的年轻一代，在大规模商品文化中不能忍受异化感。如同黑人灵歌中的歌唱家，莫里森用如歌的话语写出了黑人所遭受的无根和痛苦的感情。

莫里森的小说使《解放黑人宣言》发表以来一直烦扰着非裔美国人的问题——非裔美国人在美国社会的地位问题突出到前台。在莫里森小说中，流放/无家可归的主题与灵歌相呼应，强调了在精神荒野中对家园、栖息之地的需要。在某些小说中，为故事提供信息的文化信仰表现为黑人文化健康的反面。莫里森创造了一种环境或者说勾画出了一幅全景图，其中贫瘠是通常状况，有支持潜能的价值被颠倒或曲解；没有几个人能超越惰性。她所塑造的许多人物生活在社会的边缘。他们冷酷地对待彼此，部分因为奴隶制的残酷贻害使受害者永远保留着他们想方设法挺过来的残暴记忆，部分因为受挫而痛苦不堪。因为没有机会在当代美国社会中获得哪怕是微不足道的机遇，他们实际上处于一次接一次的苦难状态中。他们感觉迫切需要走出痛苦的通道。在写作中，莫里森提请人们注意到失根或无根的生活会使人格扭曲变形。她把这一教训运用到小说创作模式中，探求性别和种族身份这样的时代问题。如在小说《最蓝的眼睛》中，她描写了从秋天到春天这三个季节的循环。遗憾的是，季节的更替却没有给像金盏花这样的植物以生命。其神话意蕴堪与艾略特的《荒原》相媲美。她的小说体现着对文化消亡的仪式般探索。通过小说，她探讨了如社会如何才能自救，什么样的英雄、女英雄或心灵的英雄般转换才能弥补缺憾等问题。同时，她超越这些表面的比较，通过以黑人社区作为故事背景，她更强调社区内外的更新和再生仪式。她融于小说中的传统之线使她的小说丰富多彩，表现了人物的独特性或古怪性，把他们与更大的人类社区联系了起来。

在艾略特的《荒原》中，人们做爱却不分享爱情，实际上对对方毫不关心；金钱至上、人类交往毫无意义可言；由于道德堕落使人们产生了普遍的不安：与生儿育女相比，人们更愿意流产；不忠现象司空见惯，文化退化为跨栏。在莫里森的精神荒野上，对大多数人而言，婚姻成为他们逃避单调生活的手段；性交是为了赚钱(对妓女而言)、洁净(对吉拉尔丁和切丘之流而言)或者是退化(对波琳而言)。虽然不断有变化发生，却并没有给人们的生活带来多大改善。有支持潜能的价值(爱、道德和对上帝的信仰)已被弥漫在他们周围的制度(教堂和家庭)破坏。虽然在《最蓝的眼睛》和《天堂》中，麦克蒂尔一家和生活在女修道院中的女性让人们看到了贫瘠沙漠中星星点点的绿洲，莫里森的世界基本上是一个荒野世界。其中停滞是通常现象，对外来文化的盲从则最终导致毁灭。小说中不长果实的季节则是社会基础遭腐蚀的大环境隐喻。

莫里森小说中的所有人物都生活在由于其黑人性而备遭蹂躏并否定它的白

人社会所建构的世界中。社会的破坏性效果可以体现在外在的有形暴力，但莫里森世界中的压迫更多体现在精神心灵层面。在主题方面，她没有遵循非裔美国文学把斗争矛头仅仅指向外部白人种族主义世界的主潮流，而是检视黑人社区内部的问题，揭露性别主义和种族主义共同作用给黑人男性和女性带来的毁灭性灾难。她很少描写白人，因为她认为残暴与其说体现在某些具体行为上，不如说是对黑人生活现实的系统化或制度性否定。实际上，莫里森的作品不仅聚焦于黑人所经历的白人种族主义行为，也有对通过调适自己去适应白人社会和挪用白人价值观业已获得一定社会地位的黑人的描写。在白人生活中"隐形"黑人的"隐形"主题广泛存在于黑人作家的作品中，在莫里森作品中也不例外。她不仅描写黑白冲突，而且聚焦于黑人经历和黑人社区。但是，她也确实为使白人对那个具体、生动和多彩世界的忽视显得更加令人震惊而提供了更广泛的社会语境。黑人只有在适应其参照系并服从其需要的时候才能在白人文化中获得可见性。因此他们不断地遭到贬斥，失去了独立存在。这确实是扭曲人格的反映。

通过展示无父无母(孤儿)和无家可归、思乡(放逐)等集体危机，莫里森试图让人们意识到对于在充满着挫败、异化和移置感的土地上生存的黑人和黑人社区，一种确定的身份至关重要。因此，在莫里森作品中，身份是心灵斗争的产物，整个非裔美国种群，包括黑人女性被逼他们入绝境的身份环境所禁锢，加深了文化上的非洲人和生存本能上的美国人这一双重意识。正如帕特丽霞·沃(Patricia Waugh)所论："对于被主流文化边缘化的人物，由冷漠的身份关系所建构的身份感(而不是由内部'本质'所反映的身份感)已成为他们自我观念的重要方面。"(3)性别和种族成为身份和差别问题。因此，黑人长期饱受主体性和黑人身份丧失之苦。要重塑这种主体性和身份，黑人必须首先意识到失去它们的荒唐。因此，莫里森也探讨了黑人社区对于处于精神荒芜状态的反映，通过揭示由多重压迫所引发的损失让人们瞥见吞没一切的荒唐蠢行。同时，通过提出解决问题的办法和重新定义个体和集体身份的办法，也让人们看到一线希望的曙光。

第二节　主体性的丧失

在作品中，莫里森致力于揭露黑人所受的迫害，如身份和性别压迫所产生的情感和身份效果、非裔美国人在由白人文化价值主导的社会中试图获得身份感过程中所遭遇的困难。同时，她分析了阶级、种族和性别的复杂性以及它们如何影响黑人女性和当今社会中仍被困扰着的整个非裔美国种群。上述现象使黑人经常失去其主体性。莫里森启发人们思考每个个体和社区为获得自我感和身份感所进行的斗争的深层内蕴。她不仅描述了逐渐获得个性的黑人女性，而且也描写了承受着重重压力仍然不断争取种族健康和性别优势的斗争的黑人男性。通过探析不同人物的历史和记忆来表现这些男男女女斗争的方式，莫里森揭露了种族和性别偏见，肯定黑人为自我定义所做的不懈努力，并探讨了非裔美国人身份的真正内涵。虽然黑人男女两性既不同又对抗，他们的性别问题深深植根于他们身份的丧失：“他们不知应做什么工作、何时何地工作、何处安身。这些事情对于他们感受他们是谁，作为黑人的责任是什么很关键并至关重要。对于每个黑人而言，问题是他或她是否真的是那个部落的一员。”（Mckay 147）

显然，莫里森小说中没有“完整真理“或“完整的”人和主体性。至少从传统小说意义上说没有，尽管她在《所罗门之歌》中写道：“你必须是一个完整的男人。如果你想成为完整的男人，你必须领会完整的真理。”（*SS*, 70）正如她挑战语言和意义的主流文化观，莫里森也颠覆了关于身份和完整的西方传统观念。

一、女性主体性的丧失

著名黑人女作家左拉·赫斯顿在《她们的眼睛注视着上帝》中曾这样描述黑人妇女的地位：“那白人把包袱扔下，叫那黑人拣了，因为他不得不这样做，但是他并不背着它走，他递给他家里的女人。就我理解的来看，那黑女人是这世界的驴子。”（张岩冰 160）黑人妇女生活在双重甚至多重的压迫之下，她们有着比黑人男性和白人女性更辛酸的心路历程。“她们盲目地、跌跌撞撞地生活着：生命力被滥用，身体遭残损，痛苦使她们糊涂、迷乱。她们甚至认为自己不配怀有希望。”（Gilbert & Gubar 2374）非裔美国女性被不正当地奴役着。身为女性、黑人并且贫穷，她们饱受三重压迫。如其名所示，黑人女性身份是一种正在崛起的非裔美国人身份的副产品，因此更加边缘化。作为黑人女性作家，莫里森意识到自己作为黑人和女性所面临的问题，也因而更加重视自己的自我身份。

她在与盖尔·卡德维尔(Gail Caldwell)的一次会话中说：“我只是在坚持——坚持！——被叫做黑人女性作家。身为黑人和女性，我能进入到那些不是黑人、不是女性的人所不能进入的感情和感受的宽广领域。”（Taylor-Guthrie 243）此处她强调了两个术语的重要性——黑人和女性——给自己冠以种族身份和性别身份。因此，她质疑了黑人女性双重意识的困境。根据波伏娃的理论，黑人女性一方面受社会构建之苦。在这种社会构建中，女性“被男性定义，与男性区别开。他是主体，他是绝对法则——她是**他者**”（56）。莫里森作品中的黑人女性发现，“他们既非白人又非男性，所有的自由与胜利都与她们无缘”（*SL*, 44）。女性，正如黑人性，在这个社会中是**他者**，父权社会中的黑人女性困境与种族主义社会中的黑人困境相似：当被看见时，他们才能感受到自己是真实存在的。这种性别劣势使女性处于他者、客体的边缘地位，使她们意识到两性的对立，即客体与主体的对立。另一方面，这些非裔美国女性与她们的男性同伴一道经历着非洲和欧美双重文化。勿庸讳言，她们对自己的双重文化身份也有双重的认识。同样和她们的男性同伴一起，她们努力作为一个种族的整体生存。如 1977 年 4 月孔巴西河团体(Combahee River Collective)在其宣言中所评论的，在试图澄清种族、性别身份的过程中，“她们与黑人男性一道反对种族主义，另外，她们还因性别主义的存在与黑人男性抗争”(Eisenstein 275)。她们不得不在多条战线上作战：反对白人男性的父权、反对白人女性的种族主义、反对黑人男性的性别主义。黑人男性无法把斗争矛头指向压迫者，转而把他们所受的责怪耻辱转嫁给黑人女性——那些“看见”并为他们所“拥有”的**他者**。在《最蓝的眼睛》中，莫里森通过描写一群女性的苦痛揭露了黑人女性所受之苦：

> 世界上的每一个人都有权向她们发号施令。白人女性说“干这个”，白人孩子说“给我那个”，白人男性说“过来”。黑人男性说，“躺下”。她们唯一不用接受命令的是黑人孩子和彼此。但是她们接受了所有的命令并在她们的形象中重新创造。她们管理着白人的房子，并且知道这个事实。当白人打她们的男人时，她们擦干男人的血，回到家还要被受害者责骂。(138)

因种族、性别和阶级的原因，她们生命的全部历史是受压迫的历史。《最蓝的眼睛》的讲述者克劳蒂娅意识到了这一点：“阶层和阶级中的少数派、贫穷者、黑人、女性，我们在生活的下层游荡，奋力加强我们的弱点，紧紧抓住或使之悄悄潜进衣服的主要皱褶里。”(11)在这种历史意识中显现的是黑人女性截短了生命的荒唐现实。女性的屈从地位，她们对自己生命自主权的缺乏是莫里森小说的潜文本。

然而，她们的回答是重塑生命，并深深植根于她们的个人准则。莫里森不仅肩负起探索黑人女性的独立存在以使黑人女性自我概念化并揭露父权假设和偏见这一基本任务，而且从更广泛意义上检视非裔美国人身份。莫里森首先研究了诸如女性主体性等基于性别的身份问题。她检视了黑人女性被奴役禁锢的状态，她们双重“他者”的替罪羊地位，她们所受主体性丧失之苦和她们对更加健康个体性的追寻。抗争在精神的荒野中，她们中有的人采取了一些暴力方式，而有的人则在多重压迫下消亡，但大多数人存活了下来并获得了完整的自我身份。

丧失自我的女性

女性丧失主体性的原因之一是个性或“我性”（自我）的丧失。在《秀拉》中，莫里森有意描写了耐尔这个人物形象。耐尔由自我确定到婚后丧失自我再到最后重索自我的历程是黑人女性成长的典型过程。耐尔的“我性”和自我确定——无论是虚荣心作怪还是只是一种年轻的妄想——以与社区中其他女性融合的公共身份告终。至少对秀拉而言，耐尔已变成那些没有个性的女性中的一员，“她们的生命越窄，臀部就越大。那些有丈夫的把自己裹进了浆过的棺材里，她们的肋骨充斥着被别人剥去皮的梦想和瘦骨嶙峋的遗憾；没有男人的像打翻了的鸡尾酒一样没人要，无奈地睁着空虚的眼睛”（105）。

虽然耐尔开始时的确把追求“我性”作为信条并不顾母亲的反对从与秀拉的友谊中获取力量和愉悦，但嫁给裘德后，她的勇气逐渐消退。对于其他许多女性而言，“女性的热望是一个玩笑。女性的反抗也许是非常合理的，但隔壁没有好的宇宙，没有出路。具有反抗潜能的革命者无法找到她们的革命。她们怀着挫败感结婚或者在复杂的胜利感中极为恼火，这都意味着失败的不可避免”（Spacks, 158）。

对于耐尔的母亲，婚姻是定义女性位置的适当条件，耐尔也接受了相似的安排。她不是选择裘德，而是接受他选择她作为完善自己的方式。没有耐尔，裘德因古怪而只能是一个“像女人一样终日泡在厨房里的”易怒的侍者。“有了她，他是不得不因需要做不满意工作的户主。两个自我组成了裘德。”（71）嫁给裘德，耐尔放弃了她年轻时做“棒女孩”和“独自……到远方旅行”的梦想。也就是说，嫁给裘德，她放弃了自我。

秀拉出走十年，耐尔变成了传统女性“在照顾和保护他人能力的基础上体现其价值”（Gillingan 79）的具体化身。当裘德因与秀拉私自交欢被发觉而离家出走时，耐尔被痛苦折磨而精神崩溃，开始重新思考其失去的“自我”。在必要的康复后，她忍受着虚伪、空虚和自我的失落。她曾经想以死来寻求解脱，但考虑到她还有三个孩子需要抚养，她不得不放弃这个念头。在这种条件下，耐尔把自己裹入传统的奉献、牺牲精神的帷幕下，与社区中的传统女性毫无分别。她的一生都在努力压抑自己以保持有“美德”的自我形象，并显然以此自鸣得意。此后她摆脱了传统“美德”观，这种美德观强调“恰当”的举止，却不能培养澄清自我的关系所需的坦诚与真实。直到秀拉死后，青春不再的耐尔才意识到她的真正损失是没有失去自我的秀拉而非裘德。对耐尔而言，真正的悲剧则是她曾经任凭自己失去自我和背叛自我。

受不自信煎熬的女性

莫里森小说中充斥着试图按照外部标准——迪克和简一家、都市社会或大买卖——来塑造自己形象的女性。按照萨特的理论，她们是围绕着“注视”而活着的人。因为能“被人看见”既确认了现实又威胁着自由感：“我把别人对我行为的‘注视’理解为我自己成功希望的固化和异化。”(299)别人的注视使“我”看见在别人观念中作为对象性存在的“我自己”。“如果我能使别人成为我世界中的对象性存在，我就能‘超越’他；因此，我恢复自我的计划基本上是吸引‘他者’注意的计划。”(Sartre 340) 结果便形成了相互冲突、不断变化的主体——客体关系的怪圈。其中的双方都同时在试图保持对双方关系的控制，利用**他者**的注视来使身份顺从习俗。实现这样的企图很困难，这使人堕入不自信(Bad Faith)的深渊，“介于超越和现实存在之间的一种动摇不定，拒绝承认这两者的真实面目或把二者有机统一起来”(Sartre 547)。这种随大流现象并不只是一种伪装，却代表着人们获取力量和控制力的企图。人们总是希望如果能符合既定模式将被看做人。海伦娜·赖特穿上天鹅绒连衣裙并希望它和“她的举止和她的教养”能对白人他者瞧扁人的注视起保护作用(*SL*, 17)。与白人较接近的浅肤色女性则怀有上流社会的理想：绿眼睛的莫林·皮尔“迷住了整个学校”(*BE*, 62)，如杰拉尔丁一般的浅肤色女孩受过白人的伦理教育，“学习过优雅地做白人的工作”(*BE*, 83)。这种内化外人价值观的问题不在于其有野心，而在于它否定生命，去除“大范围人类情感的可怕激情”(*BE*, 83)。真正接受外部对自我的定义的人放弃感情和选择的自然流露，这种人不仅因互相的依赖而且因内化主流文化的“注视”而成为牺牲品。

由各种物质控制支持的白人社会的注视不仅定格黑人个体，而且把所有黑人都看做是一样的，因而定格整个集体。黑人们在**第三者**的注视下成为“我们——客体”，如詹姆森(Jameson)所言，

> 只有当我感觉自己和另外的人/别人一起在这样的“第三者”的注视下成为客体时，我才能经历我作为“我们——客体”的存在；因为那时，在我们共同的相互依赖中，在我们的耻辱和愤怒中，我们的存在不知为什么在旁观者的眼睛里就会掺杂在一起，对于他来说不知为什么我们是“相同的”：一个阶级或品种的两个代表，某种东西的两个无名种类……(Jameson 249)

当然，其基本问题是本体论的，但是关系的制度化、第三者的强制性力量使

其更加激化。这便是所有误称的原因：他们“选择”了作为客体的身份，甚至激烈地保卫之。就像《最蓝的眼睛》中的海伦娜和杰拉尔丁，她们越来越成为完美的形象而非自由的自我。在这个逃避自我的过程中，她们被作为第三者的白人社会所控制，而把秩序和稳定当作基本价值的社区起了推波助澜的作用。在《最蓝的眼睛》中，叙述者克劳蒂娅评论说最大的恐惧是害怕“在野外”（*BE*, 11）。任何可能挑战强大**注视**和增大其隔离的“越轨”都是可怕的。因而，把他们从现实世界中排除出去并造成异化的形象被有悖常理地接受并作为生活的成规模仿。生活在由种族主义者和大男子主义所遮蔽的白人男性（white-male）主宰的世界上，黑人女性被贬成**他者**和客体，这形成了一种宗主和非白人（non-white）**他者**注视关系的循环，其中宗主注视着**他者**，看到了人性的缺失。反之，**他者**注视着宗主，看到了无所不能和对自我的否定。[①]被种族主义、性别主义和阶级差别所包围的女性地位因非白人和非男性而具有双重尴尬。既非男性也非白人使她们在等级社会中不可见，而被世界所接受的最便捷方式便是接受白人男性标准价值体系。虽然蓄奴制已成历史，黑人在法律上被视为“劣等人种”的时代已经过去，但在白人主流文化中起伏的黑人一直无法摆脱多年来积淀于社会每一个角落的种族偏见，这种偏见顽固地蛰伏于白人甚至黑人内部肤色较浅的人的意识中。白人需要这种偏见来摆脱移民祖先来新大陆之前受压抑的阴影，而浅肤色黑人则需要通过这种偏见来确认自己的优越感。这是《最蓝的眼睛》中黑人女孩佩克拉成为他们心目中盲点的原因。这也是佩克拉的悲剧根源。

对佩克拉本体论问题有利的证明是她无法认识到黑皮肤之美。当佩克拉满怀喜悦和热情到白人店主的杂货店里买包装上有一个蓝眼睛小女孩的玛莉·简糖果时，白人老板从沉思中抬起头，蓝眼睛睡眼惺忪，他的视线“在视网膜和视觉对象之间的某个点上，在看见和没看见之间凝住了”，“他意识到不必浪费一个眼神。他没有看见她，……一个 52 岁，移民来的白人店主怎么可能看到一个黑人小女孩?”（*BE*, 41-42）佩克拉抬起头，看到店主对她的漠视中暗藏着厌恶。她发现所有白人的眼睛里都潜藏着这种眼神，并认定这是因为自己又黑又丑的缘故。由于白人主流意识的浸染，她从别人，特别是白人的眼睛里看世界，而白人眼神中表现出的种族主义色彩，又使她自惭形愧，扭曲了她幼小的心灵，导致她产生

①参见 John Berger, *Ways of Seeing* (London: Penguin, 1972), 96 页。或参见 Judith Williamson, “Woman Is an Island: Feminity and Colonization.” Modleski. 99-118。她评论道：“对于一个白人工人阶级而言，最有可能的他者或者是一个女性……不可能来自于控制其生计的阶级。”（103）

对自己的鄙视和厌恶。像白人店主的文化盲点造成了盖茨所阐述的“黑人性意味着缺席”现象。佩克拉无法被白人店主看到，“因为对他来说，没有什么值得看的”(48)。她成为不在场者。实际上，她内化了西方男权思想中对身体美的审美观念，无意识地取消了她作为自己文化标准代言人的资格。

佩克拉缺少爱的童年、她被几乎所遇到的每一个人所抛弃的现实、白人神话所强加给她的价值观、无法形成健康的自我认识、父母的负面效应和榜样的缺乏使她精神崩溃，使她异化于任何真正的黑人自我感，最后她以精神失常告终。她甚至不能依靠自己的家人走出僵化的荒原。没有支持她精神的价值，她游离于社区之外，也无法从家人之外的地方获得精神支持。

幽禁中的女性

莫里森的小说中也描写了因不被允许她们成长的社会“压得微不足道”从而失去主体性的女性。这些女性成了中产阶级思想的囚徒和奴隶。《所罗门之歌》中奶人的母亲鲁斯和姐姐们和《爱》中科西家的女性们便是其中的代表女性。

鲁斯出生于邻近最富有的有名黑人医生之家，是阶级意识的直接受害者和物质财富的间接牺牲品。为使自己和家人与众不同并与其他黑人区别开来，福斯特医生把鲁斯从小就禁锢在为显示成功和地位所建的大房子里，这使她性格扭曲，以为自己的父亲是自己唯一的朋友(124)。在父亲变态的呵护下，她成了轻声细语、步履轻巧、柔情温顺的依赖者。更加不幸的是，她的丈夫梅肯·戴德二世从岳父手里继承了这一接力棒，竭力想把她压成“一个小小的包裹”，不仅使她更显“屑小”，而且使她倍感异化，以至于她对已去世父亲的爱扭曲得几近猥亵。梅肯像她父亲一样爱显阔，依然把她关在那幢大房子里，让她操持家务、洗衣做饭。因她在家务上的无能，梅肯对她横加指责和抱怨。在卧室里，她则是他的玩偶，任凭他玩弄她内衣上的扣子。后来，因怀疑她和岳父关系暧昧，他的仇视和嫉妒让她“因恐惧而笨拙”。生下两个女儿，过了十五年没有爱情的婚姻生活，鲁斯在派拉特的帮助下才生下了奶人。在梅肯的统治下，她的创造性受到压抑，养的花也濒临死亡；她自己也成为“贬值凋谢的玫瑰”(Wilentz,10)。从一开始，与社区和文化相脱离的鲁斯就被变成了男人财产地位的装饰品，这使她成为从病态愉悦中寻求寄托的病态的人。当奶人发觉她定期躺在她父亲的坟头的秘密而质问她时，她无奈地说：“……因为事实上我是一个很屑小的女人。我的意思不是身子小，而是我这个人微不足道。我所以这么屑小是被压小的。我住在一座大房子里，这座大房子把我压成了一个小小的包裹。我没有朋友，只有一些想摸一摸我的衣服和我的白色丝袜子的同学。而我那时没有想到需要什么朋友，因为我有他(福斯特医生)。我很屑小，但他很高大。”(124)因无法在外部世界中寻求安全感和满足感，她在自己的内心中建立起一个世界。她蜷缩其中，成为其中唯一的居住者，并认为自己可以得到不受外界侵扰的自由和保护。被与自己的族人和外部世界异化疏离感所折磨，鲁斯从外物中寻求寄托和慰藉，成为有强烈占有欲的女性，越是得不到就越是想拥有。当然，这种占有欲是指对情感的占有。医生父亲曾是她的依靠，但父亲去世了；丈夫曾是她试图分享快乐的人，但丈夫严厉无情。她只有把希望寄托在自己的儿子奶人身上，喂他吃奶到六岁，以从中获得某些温情。这个喂奶秘密被人窥破，她由喂奶得到的亲情享受便也告终。因怀念医生父亲的爱抚，在丈夫的冷漠中，她几十年如一日定期在凌晨给父亲上坟。父亲当年曾爱在桌上放一束花或草，如今桌布上只留下一处水渍，她觉得那就像自己存在过的标志，因而细心保留。因为这些东西是"死的"，所以不会像人一样出卖或抛弃她。它们是她过去所享受到的父爱和些许情爱的见证，她急切地想从中获取一丝温情并想牢牢抓住哪怕一点记忆。遗憾的是，如同她和女儿们所制作的假玫瑰，美则美矣，却毕竟是虚假的。

两个女儿莉娜和哥林多(科林斯的全名——作者注)因社区中没有一个人能"配得上"梅肯·戴德的女儿而渴望爱与被爱。当莉娜最终对发生在自己身上的事情觉醒时，其强烈的呼声与吉他对白人妄图让黑人静下来和"死去"的谴责如出一辙："我是第一个开始做玫瑰花的。不是妈妈，不是科林斯，是我。我爱干那个。这活使我……沉静下来。这就是他们为什么让精神病院的人编篮筐、做布地毯的原因。这活使他们能沉静下来。如果他们没有那些篮筐，他们可能会做一些真正不对头的事……干些什么，什么可怕的事。"(*SS*, 215) 莉娜在说"沉静"之前的犹豫强调了此词对她和家人的重要性和意识到这一点的痛苦。"什么可怕的事"这一词组在停顿后说出，强化了白人对黑人从禁锢中崛起的恐惧。实际上，在小说开始时对史密斯跳楼自杀的描述中，玫瑰花与翅膀和歌声相伴，使文本中自由、起死回生神话的价值和祖先的作用等多层意蕴获得了连惯性："当他们看见史密斯先生和他那双宽大的蓝翅膀、那女人的歌唱以及散落在地上的红绒玫瑰时，他们一下都给惊呆了。"(*SS*, 6)

在《爱》中，莫里森描写了被囚禁在父权房子中的另外两个女性梅和希德。科西的儿媳梅既是科西神话王国的奴隶，又是牺牲品。她给三个月大的克里斯汀断了奶，在丈夫因病去世、公公科西对一切失去兴趣的时候日夜为饭店和度假胜地操劳，为建立和捍卫科西的男权神话王国丧失了母性和理智，在处理女儿的事情上没有做女儿的保护伞，一切听从公公的安排，换来的却是公公领回来的比自己女儿还要小的"婆婆"和如何教育女儿的尴尬。科西并没有因她的劳作和付出而重视她，反而对她所表现的对民权运动的恐惧表示鄙视，在未被 L 改过的遗嘱中没有给她留一点点安身立命的东西。最后她精神失常，老担心民权运动的烈火会烧到自己的家门口来，因为“梅所知道的世界一直在崩溃中；她在这个世界中的位置从未是安全可靠的”(96)。弥留之际是她不曾庇护的女儿让她微笑着离开了这个世界。

希德 11 岁时被“幸运地”选中作了 52 岁的科西的续弦和比她大 8 个月的两小无猜的好友克里斯汀的祖母。从此开始了无爱也无性的艰难的婚姻历程。新婚之夜，科西并没有守望在新娘身边，而是到外面鬼混；希德在克里斯汀 16 岁生日晚会上与之发生冲突而愤然离席时，科西把她夹在腿间像对付乳臭小儿一样打屁股，希德负气跑到饭店与别人跳舞，随后赶到的科西当众训斥她：“别对我摇你的小尾巴，我不想要它，我肯定不需要它。”(165) 说罢扬长而去，去找他“需要”的人。难怪希德称自己的婚姻为“我的越战”(129)。对于孙女克里斯汀的不幸遭遇，科西同样负有不可推卸的责任。他选中希德作新娘，一方面造成两个年龄相仿名分上却是祖孙的小姑娘相处的尴尬，另一方面也剥夺了克里斯汀享有友情的权利。继而，梅以有些东西她不该看见、听见和知道为由，把她赶出了曾与希德在床单下笑得打嗝的心爱的房间，致使她在极其悲伤中出走；希德因受科西训斥烧了她的房间，科西为了耳根清净同时又保全自己父权家长的面子，把克里斯汀赶出家门送到了枫树谷寄宿学校，理由是：“我娶的不是克里斯汀，而是希德。”(135) 由此造成了克里斯汀的叛逆心理和身心两方面的漂泊流浪。希德的悲剧回答了贝尔·胡克斯借《梦想者和交易者》的作者李·弗里茨努力想阐释的问题：“强加在一个‘有钱’妇女头上的并且导致她发疯和(或)自杀的无聊和空虚与一个靠福利救济生活但还保留着一些精神的贫穷妇女所遭受的苦难相比，哪个更深重呢?”(胡克斯 5) 希德的自白表明她自己试图通过婚姻来实现人生的目标：“婚姻是我摆脱困境的机会，它让我学会在真正的床上睡觉，有人问你想吃什么，然后给你精心制作……”(127) 总之希德试图通过婚姻实现摆脱贫穷、获取锦衣玉食与歌舞升平，实现自己灰姑娘的梦想。最后在希德和克里斯汀达成和解时，克里斯汀问希德是否她自己“想”嫁给科西，希德道出了另一目的：“我想与你待在一起。嫁给他，我本来以为我会的。”(193) 人们在感叹其目的的纯洁性的同时，不得不对女性得以安身立命的价值尺度进行深层思索：女性拥有、保持和实现自我的方式到底是什么？是破除自身的精神枷锁，自尊、自信、自爱、自强，实现内心世界的解放，还是依附于男性早已建构的物质与精神王国？莫里森曾在《乐园》中借米斯纳牧师之口表达了自己的看法：“上帝爱人们互爱的方式；也爱人们自爱的方式。”(146) 希德的婚姻虽然使她一夜之间成为身居豪宅、享受锦衣美食的小富婆，却并没有帮她保持友情，获得爱情，更何谈生命的美丽自由、人格的高贵丰裕和人们的尊敬理解！依附男性获得幸福的结果适得其反：好友与之反目、丈夫与之神离、社区对之侧目，最后落得离群索居、意外身死的悲剧，成为西蒙·波伏娃所称的没有自由意志的对象性存在的典型代表。

对彼此开战的女性

艾丽斯·沃克认为，黑人妇女所受的压迫除了来自异性和种族之外，还来自女性自身，即身受父权制文化毒害的女性会自觉地将男性对她们的要求变成她们对自己的要求，这种要求不仅使她们安心于自己的奴隶地位，而且还会充当她们的压迫者的同盟，成为压迫其他妇女的一股势力(张岩冰 179)。在作品《爱》中，莫里森不仅细致地描写了以科西为代表的黑人男性沙文主义者对黑人女性身心的摧残，还审慎地探析了女性之间因误解和受男权理论贻害而为自己的同类带来的痛苦。希德的父母因区区 200 美元把 11 岁的女儿送入 52 岁的老人的洞房，使当时身心均未成熟的女儿陷入一场婚姻的“越战”，造成女儿终生的孤寂悲苦；克里斯汀为了能与希德一起玩耍甚至要和母亲抗争，因为梅一直在试图阻止她们之间的友谊；梅因不想违背公公的意图在女儿 16 岁时就把她有义务也有能力亲自教育的女儿逐出家门送入寄宿学校，致使克里斯汀自己产生了永远不想当母亲的念头。在希德与科西的婚姻问题上，人们没有谴责 52 岁的老夫科西，却把批判与挑剔倾倒给一个价值观还未成型、身无分文、还不可能左右自己命运的娃娃新娘。希德、克里斯汀和梅在对科西爱情和亲情的渴盼中磨蚀掉青春与生命力，在科西为她们编织的宿怨网中玷污了母女姐妹之情。梅没有把作 11 岁少女“媳妇”的尴尬与怨气指向尴尬的制造者科西，却处处设置障碍，为难希德，对其言行穿戴横加指责、施以眉眼，并在希德与克里斯汀的友谊中打下了仇恨的楔子；克里斯汀与希德则为了争得一席安身立命之地在科西遗像的笼罩下为独享继承权而相互敌视。曾在度假酒店工作过的维达视希德为巫婆、妖女，认为是幼女希德因图谋饱经风霜、阅历丰富的 52 岁老人的财富与产业设骗局追求和引诱了他，而非科西鲜为人知的人性弱点与怪癖，如成年人的欲望、恋童癖、恋脚癖等。通过揭露这些现象，莫里森促使人们意识到女性之间团结和女性自爱的重要性。

二、狂野的女性主体性

主体性的丧失还有其他一些表现形式。其中狂野的主体性可以看作是一种派生形式。为了找回失去的尊严或名誉或重新界定自己，至少在表面上，一些黑人在同族人身上展示自己的力量，给相关的人造成了极大的损害。其中，《秀拉》中的夏娃和秀拉是试图用野蛮的方式重新界定自己的价值以反对父权社会的女性人物。

莫里森在接受贝蒂·帕克(Bettye J. Parker)的采访时说："夏娃是一个成功人物，无论是否是一条腿。她扮演着上帝的角色。她伤害人。但她道出了所有的重要的东西。"(255) 当然，开始时她是一个传统的母亲，在丈夫离开后，她试图拼命地维持家人的生计，但她的努力却一点也不见成效，徒劳无益。为了重新定义自我角色，她把三个嗷嗷待哺的孩子拜托给邻居照看，失踪了 18 个月。回来时，她失去了一条腿，却有了钱。她选择了牺牲自我，近乎不道德，因此变得自由。她与社区分离，与他们的规范相左，这使她的行为方式富有讽刺意味。她的自由多少与她的断腿有关，这使她自由地去爱、恨、创造、征服和扼杀，只对自己负责。如果她想，她可以自由地选择她想要的；如果她高兴，她会不遵守道德规则；如果有必要，她会采取不道德的措施。她的转变有点像乔利杀死三名白人男子后的情形。在超越了人性的束缚后，乔利现在可随意接受或抛弃这些束缚。同样，在被丈夫博伊遗弃并再访后，对丈夫的仇恨使她坚强，使她免受"日常的弱点"(*SL*, 36)之苦。仇恨使她"活着并幸福着"(*SL*, 37)。把恨变成了一种积极的、具有支持力的情感和动机后，夏娃颠倒是非概念，把道德抛诸脑后。她迫使其他男人拜倒在她的石榴裙下，以弥补丈夫没能给予她的关爱。多年来，她招惹那些到访的男人，让他们垂涎却永远没有机会去品尝。通过鼓励他们的存在和到访并与他们打情骂俏，夏娃使自己成为男性注意力的焦点，并以此挽回被丈夫遗弃受损的面子。她表现她的仇恨和蔑视的方式是让男人们认为她有魅力，没有他们的关注她不能生活。

她在家里以女神般居高临下的方式为三个杜威提供庇护所，但通过取乐和刻薄地把他们都叫做杜威，她使他们成为在成年后仍保持孩童式的思维和行为方式的"怪人"。她可以取笑他们或控制他们，因为她其实并不关心他们。作为她创造的这一巨大房子的景观之一，他们毫无个性可言。像一个堕落的艺术家，夏娃在家里为他们提供了一处住所，也给伯特姆(Bottom，意为"底部")社区的传说提供了素材。他们增加了莫里森作品中"怪人"的人数(Turner 38)。否定杜威们的个体存在是夏娃的消遣之一：她为了一己之娱创造了杜威们这一概念。她给他们取了同一名字，从而决定了他们的命运。她的儿子李子退伍后吸毒成瘾，她认为他死了会更好，怀着爱和憎恶交织的感情焚烧了他，消除了冒犯她的因素。其为所欲为的行为和心态体现了主体性的不切实际和狂野。

秀拉更是其外祖母夏娃不道德的翻版。她认为自己是宇宙中心，其他人可以视其需要绕之旋转或不作为。夏娃的行为，至少是出于爱她的孩子和仇恨她的丈夫。秀拉则本性如此，她只是因为觉得方便或可取或有意思才决定干某事，而不是因为关心或讨厌或害怕。身处社区中，他们的所作所为或如何回应她都对她毫无影响。她对其他人所做出的唯一反应是耐尔对她与裘德的上床行为出乎意料的反应，这使她感到略微有点懊悔，并感觉是因为自己对阿贾克斯占有欲越来越强而把他吓跑了。

三、男性主体性的丧失

19 世纪美国的历史环境扩大了欧洲思想传统上珍视为男子气概的精华要素：自主性、代理权以及权力，对自我、家庭和环境的控制。安东尼·罗通多(E. Anthony Rotundo)指出，免于欧洲等级的限制和社会所定义的身份使 19 世纪的美国白人男子相信他们拥有“创造自我的无限能力”(3-4)。美国被认为是尚在开发的处女荒地，等待那些毫无牵绊的白人男子的意志决定其去向。在《在黑暗中游戏》中，莫里森赞同对美国男性的这种解释，说明了“美国的新白人和男性”如何由“自主性、权威、新颖性和差异、绝对权力”(43-44)组成。莫里森认为，这种新型男性气概的一个关键特征是对非洲裔美国人的征服；对沦为对象性存在的男性的控制证实了白人男子的这种“绝对”的男性权力。对黑人男子而言，被剥夺了男人必不可少的因素——霸权理念是一种痛苦的丧失人性的体验，因此，奥兰多·帕特森描述奴隶经历时称其为“社会性死亡”①。他们不能拥有财产，也不能把自己的意志强加于任何方面的外部现实，甚至不能拥有自己的身体，他们被变得完全不像男人了。

莫里森本人在接受采访时说：“每个移民美国的人都知道，他将不会处于社会的最底部。他肯定会比至少一个团体的人地位高，那就是我们(黑人)。”(Taylor-Guthrie 115) 这表明了白人优越感和种族歧视对人们影响之深，影响面之广。这不仅导致黑人妇女遭受三重压迫，而且还导致黑人男子失去阳刚之气，成为懦弱的男人。其中一些人遭受去雄之苦，也有人奋力反抗这种失落感。然而，他们的反抗目标并不是加害于他们的人，而是比他们更惨的姐妹们。这是另一种失去阳刚之气的表现。因这种男子气概的丧失，他们也失去了主体性。

受去雄之苦的男子

黑人所处的社会背景非常恶劣，其中黑人男子受到白人的严重歧视。黑人社区中人民生活非常艰苦，充满屈辱，他们不得不努力寻求生存之路。《秀拉》中的一段描述最好地说明了这一情况：

①见帕特森关于奴隶制如何通过剥夺男人的代理权和尊严使人们感受到“社会性死亡”的论述(13)。此论述基于弗雷德里克·道格拉斯的一句名言：“一个没有力量的男人则没有人性的基本尊严。”

> 外人们所认为的涣散、邋遢甚至慷慨其实都是对力量(而不是好人)“合法性”的完全认可。他们不相信医生可以医治疾病——对他们来说，没有任何人治愈过疾病。他们不相信死亡是意外——生命可能是，但死亡是故意的……邪恶的目的是为了生存，于是他们决定历经洪水、白人、肺结核、饥荒和无知而活下去……(90)

这种局面摧毁了男人的信心和尊严，使其中的一些人失去了必要的责任感，变得自由得吓人。《最蓝的眼睛》中佩克拉的父亲乔利就是这样的一个社会受害者。同时，他又是施害女儿的父亲。他被剥夺了尊严，缺乏如何成为一个负责任和可靠父亲的榜样。被他的未婚母亲遗弃在垃圾堆里，他的尊严从出生时就被忽略。当他开始体验到发现自我的可能性，感受自然和他新生的男子气概时，他的第一次性经历成为一个考验。他和他的女朋友在交欢时被白人猎人发现，白人们迫使他们羞辱地展示交欢动作，公开嘲笑乔利的个人性行为。他不知道如何发泄自己的愤怒，便指责他的女朋友，而不是那些威胁他的白人猎人，因为这样更安全。这起事件说明了白人对黑人的行为和意识的破坏性影响。为了维护他的尊严，乔利必须把他的愤怒错误地转嫁到更无能为力的人身上。他不能挑战那些残酷侵入他的私人空间和意识的白人猎人。白人父权制下占主导地位的理论显然不包括黑人男性的男子气概以及他们的身份。如米歇尔·华莱士(Michele Wallace)所言：“在一个社会中，父权的统治地位和至高无上的阴茎共同起作用，黑人被永远剥夺了伟大的白人父亲的权威。”(232) 在变得“自由”之后，乔利很可能做任何事都毫无顾忌：自由地杀戮、培育或致力于别人的幸福。

在《秀拉》中，莫里森描写了一群逃避成人和男性责任的人。塞缪尔斯认为，在大多数情况下，其中的男子有的浅薄(阿贾克斯)，有的未成熟(博伊博伊，小鸡)，有的不可信(裘德)，而有的则无名(杜威们)(46)。夏娃的丈夫抛弃她和三个孩子，使他们几乎没有任何生存的机会；她的儿子李子被迫参加战争，复员后成为在海洛因中寻求寄托和遗忘的瘾君子。吸毒使他能退回到他梦寐以求的相对安全的童年回忆，可以逃避为自己支离破碎的生活确立秩序和找准方向的责任。他婴儿式的行为是缺乏独立性的隐喻。通过唤他为“甜心李子”，夏娃“阉割”了他的阳刚之气，使他更加婴儿化。李子完全地退化了，几乎完全是被动地做事，只有在窃取家里的东西时才变得有活力。夏娃痛苦地拒绝接受成人婴儿，她认为他正在“爬回去。无助，像婴儿一样思维，做孩子式的梦，裤子弄脏了而且他总是微笑”(*SL*, 62)。但是，在烧死他以切断他退回婴儿状态时，夏娃对李子表示了哀悼，为她孩子已经死亡的人格痛苦不堪。

耐尔的丈夫裘德是另一个例子。他是一个说明白人如何剥夺了黑人男子阳刚之气的绝好例子。黑人教育程度较低，他们无法找到工作。即使他们有就业机会，工作与他们的水平也不相称。裘德是酒店的服务员，他对这份工作很不满意，并一直在努力寻找一个具有挑战性的工作。机会来了——在社区附近要修建一条新的道路。他希望参与修建这条道路“并不只是为了钱，更多的是为工作本身。他想挥动鹤嘴锄，或跪在束带层上或铲砂石……”。“我建了那条道路。”他可以说(*SL*, 81-82)。但是他并没有幸运地得到这个工作来显示他的阳刚之气。“他排了六天队，看到领班挑选来自于弗吉尼亚丘陵的胳膊细瘦的白人男孩和长着牛一样粗脖颈的希腊人和意大利人，并一遍遍地听到，‘今天没有了，明天再来’。”(*SL*, 82) 更令人屈辱的是他们雇用了三个有色老男人，“但不是做修路的工作，只是捡捡东西，送送食物和其他小跑腿”(*SL*, 81)。裘德在无能的感觉中娶了耐尔。因为他被排除在建设新道路这一“男性”工作之外，裘德选择在婚姻中释放他的“愤怒并决心承担起男人的作用”(*SL*, 82)。他通过努力获得代理母亲来完成自己，这使他更幼稚，因为耐尔关于善良的概念损毁了她自己和那些她为之服务的人。为了确保她的丈夫仍依赖于她的善良，耐尔助长了他心中最坏的性状：“[裘德]告诉他们客人和他的老板侮辱他人格的事情——一些充满愤怒和渴望舒适的牢骚话。他以在这个世界上一个黑人男子的日子不好过结束这个抱怨。他预期他的故事能获得些许怜悯，……”(*SL*, 88-89) 这鼓励了他日后与秀拉的私情被发现后不负责任地遗弃耐尔和孩子的行为。

在莫里森的幼稚男人中，杜威们可能是最悲惨和最令人作呕的。杜威们的个人身份消失，完全融为一体，他们不仅肉体停止生长，心智上也仍然是男孩式的，“淘气、狡猾、隔绝并完全没有教养”(*SL*, 73)。杜威们是小说中幼稚男人的最极端典型，他们反常的矮小(4 英尺)反映了其迟缓的情感和心智发育。三个不同年龄、种族和性格的男孩在夏娃的指导下逐渐合并成一个实体。夏娃让哪个杜威干某事并不打紧，因为他们都是孤儿，不独立，容易受到恐吓；他们的性格和夏娃的房子让他们有多奇怪就多奇怪；并且他们的名字甚至没有大写，“他们杜威们”是有着复数名字的三位一体……不可分割的，除了自己别无他爱(*SL*, 38)，从外观到孩子般的行为方式上都毫无分别。他们滑稽的动作和矮小的身材增加了他们的滑稽，他们成年后仍如同孩童。他们矮小的体型再加他们有限的语言表达能力，在体征层面隐喻了他们的精神异在性。然而，他们更多地是作为一种概念，而不是小说中的独立实体而存在；他们名字的小写形式(dewey 而非 Dewey)加强了这一观点。他们一生无法照顾自己，开始时依靠夏娃后来依靠秀拉提供食物、住所和衣物并照顾他们。

在《天堂》中，迁移之前的老祖宗们的遭遇象征着非洲裔美国人与美国霸权意识形态下的阳刚之气之间的问题关系。作为重建时期的重要官员，老祖宗们可以很快地逃脱痛苦的对象化过程并想象自己是据美国霸权理想标准判断富有阳刚之气的男子和公共领域中博得尊重和权威的男子。但是，白人至上的回归剥夺了这种男性权力，使他们沦入可耻的无能状态，对此他们有意识地拒绝承认。他们激烈地压制种族主义侮辱下日益僵化和表面化的理想阳刚之气对他们男子汉气概的威胁。莫里森把这描述为“在每次不幸中变得更严厉，更傲慢”。他们举止“体面”，言谈字斟句酌，其他非裔美国人把这解释为“傲慢”(302)。撒迦利亚·摩根拒绝他的孪生兄弟，茶，因为他在醉酒的白人男子不跳就遭枪杀的威胁下为白人跳舞。这说明他们无法接受种族主义造成的可耻的无能现实。正如小说中一个人物最终认识到的，撒迦利亚不仅因为对茶的行为深恶痛绝而拒绝了他，而是因为他担心，看到他的弟弟将提醒他，由这种种族主义羞辱所导致的“耻辱”也存在于他自身(303)。丧失人性的排斥和白人种族主义所造成的可耻的无能使他们在精神上非常痛苦，他们迁移到了俄克拉何马地区，这代表着摆脱白人种族主义的主导力量的一个独特机会。然而，他们的迁移并没有加强其男子汉气概。相反，他们受到足以打破他们已经十分脆弱和陷入困境的男子气的威胁性侮辱：作为对他们黝黑皮肤的非人判决，浅肤色非裔美国人拒绝让他们在自己的土地上生存。

四、狂野的男性主体性

与遭受去雄之苦的男性主体性相比，狂野的男性主体性给黑人女性带来了更多的痛苦。在民权运动的政治语境下，《爱》叙述了黑人男权中心主义笼罩下的女性间的爱恨怨愁和离合悲欢以及她们渴望参与历史的评价与建构、在现实生活中发挥积极作用、消解男性种族主义与性别主义的心理诉求，并通过检视男权王国中女性遭受噩运的原因，揭露了黑人男性所建立起的男权王国对女性独立的威胁。身为一名女作家，莫里森凭借她独特的女性视角和女性经历，通过希德、克里斯汀和梅的遭遇，忠实地表达和宣泄了黑人妇女所承受的不为人知而又苦不堪言的心灵创痛；同时她又以文人的深邃和忧患意识，通过描述各色女性在科西光环笼罩下的行为方式，力图探索一条受阶级、种族和性别等多重压迫的女性“对抗历史”的可行途径。

比尔·科西是贯穿于故事始终的中心人物，是狂野的男性主体性的典型代表。生前他以神通广大的有产黑人业主、乐善好施的乡亲和恩主、身边各色女人的情人、丈夫、监护人和父亲身份，“研究对抗历史的各种方式”（*LV*, 103），把他于经济大萧条时从白人那里买下的店铺改造成富有黑人的乐园。在种族隔离时代，他的度假胜地给了那些赚了钱却还生活在白人的歧视中的黑人以无比的尊严感，让当地人因为度假胜地的存在有了独立谋生的尊严，为黑人社区的发展作出了贡献，并用直接为贫苦黑人付钱解困和向治安官说情营救黑人孩子的方式表达他对黑人个体的关怀。他如“一束光芒”(68)，象征着黑人倍受压抑的时代中黑人的辉煌和容光，似乎是黑人理想王国的构筑者。因此即便在他死后，他的幻影和画像仍然影响着小说中人物的心绪。

但是，揭开科西温情脉脉的“救世主”面纱，透过他所笼罩的光辉的迷雾，一个强势的、盛气凌人的黑人男权主义典型代表便跃然纸上。他用“对抗历史”的方式所建立起来的理想王国秩序也不可避免地被打上了男性沙文主义的烙印。可以说，他一边在“对抗着”种族主义的历史，一边却又在重写着黑人女性受男权压迫的历史。在科西遗像圣诞老人式的神秘而安详的微笑里浓缩着科西对女性的歧视和男权家长制下科西家女性的悲苦、压抑和无可奈何：“万物有其位，唯独女性没有，女人总是在床上、厨房里、院子里、餐桌上、你的脚底下或你背上之类的地方。”(42) 在妻子朱莉娅和儿子相继去世后，他没有娶一直与他有瓜葛的妓女西莱秀，却与孙女克里斯汀最好的朋友希德结婚，造成了两个女人之间一生的宿怨和儿媳梅教育女儿的尴尬。科西因家中三个女人的吵吵嚷嚷而恨透她们，报复性地立遗嘱把几乎所有财产都留给了西莱秀。厨娘 L 改写了遗嘱，把遗产给了科西家族的人。希德、克里斯汀和梅在对科西爱情和亲情的渴盼中磨蚀掉了青春与生命力，在科西为她们编织的宿怨网中玷污了母女姐妹之情。

女性的创伤不仅来自像科西这样的男性家长。即使是高举着反对种族歧视大旗的民权运动也对黑人女性地位的改善问题置若罔闻，甚至在民权运动的“同志”之间也存在着相当严重的性别歧视。克里斯汀与背叛自己的丈夫离婚后，成为民权运动积极分子弗鲁特的助手加情人，并在为唤醒沉睡的民众所进行的游行与静坐中获得前所未有的价值感与享受。在与弗鲁特同居的九年里，她做了七次人流，一方面因为她不想做母亲，“另外，没有人阻止她或建议她作。革命需要男人，而非父亲”(164)。民权运动的一位“同志”强奸了一名学生志愿者，当克里斯汀力促弗鲁特与该“同志”谈话时，他从未付诸实施，理由是“侵犯一个女孩与冒犯男性之间更强劲的友谊相比没有分量”(166)。为平等而战的黑人民权运动，本应肩负起追求黑白之间、男女之间都平等相待的重任，却把男女平等的使命留给了后继的黑人女权运动。

第三节　黑人身份的丧失

虽然定义各式各样，身份最基本的作用是提供了个人的位置感，即个性的稳定核心。卡罗琳·布朗(Caroline Brown)认为身份是复杂和矛盾的："身份是即兴的基本结构：不确定、含糊不清、灵活。它杂乱无章，根据需要、机遇和希望而变动不居。这是自我与环境的相互作用下自我创造和别人确信的结果。"(637)

维科罗伊(Vickroy)分析了社交无能为力感和贬值的种族身份等创伤经历如何阻止美国黑人社会联合起来或如实评价相类似的情况，认为这种经历也阻止他们反对主导力量(91)。同样，杰奎琳·德·威弗(Jacqueline de Weever)撰文探讨了《最蓝的眼睛》和《秀拉》中体现由白人社会定义文化价值时黑人的身份危机感。她明确指出："改变自己身份的欲望本身就是一个不切实际的愿望，当演化成对蓝眼睛的渴求时，就变成了佩克拉人格不稳定的症状。""她的两个女主人公在寻求拥有身份的过程中得不到帮助"，这表明"在不承认个人存在的世界上努力建构身份，有时会迷失"(403)。因此，一些黑人失去他们的种族身份。

一、黑色自我形象的自我贬抑

与白人妇女主要受性别歧视压迫不同，黑人妇女不仅受性别歧视的压迫，而且还受种族主义和阶级意识压迫，因是女性、黑人和穷人而遭受三重贬抑。德博拉·金(Deborah K. King)称其为"多重危险"，并认为，"性别歧视乘种族主义乘以阶级意识"(47)的结果是黑人妇女的从属地位。莫里森没有把重点放在对黑人妇女的直接压迫上，而是重视交叉压迫如何在黑人妇女的头脑中内化并成为损害他们身份的破坏性力量。有些黑人妇女内化了多重压迫，无法意识到黑色形象的美丽，因而无法捍卫自己的权利，并最终断绝了与他们的家庭和社区的联系而孤立了自己。因此，黑人妇女的身份的损失一方面是由多重压迫造成的对黑色形象的否定所导致的。未能意识到黑皮肤的美丽是黑人妇女贬抑黑色自我形象的原因之一，从而导致在种族内部接受世界对黑皮肤的诋毁、社会边缘地位处境和贬值的敏感性。黑人接受了那些富有破坏性和贬抑性的符合白人审美标准的价值观念说教，认为金发、蓝眼睛和白皮肤不仅精彩，而且还是上帝和造物主所造形象最佳特点的外在表现。电影和广告强压给人们的审美标准进一步恶化了黑人的自尊。莫里森笔下的黑人们内化了占主导地位的社会秩序的"凝视"，通过——在少数情况下反对——该霸主凝视所反映的意在贬低黑人的霸权意识形态，构建自己和他人的身份。他们不满自己的文化遗产，并使自己的外观尽力取悦于主流白人社会。

在《最蓝的眼睛》中，莫里森理论化了黑人混乱、破碎和神经质的自我形象的形成过程：

你看着他们，不知道他们为什么如此丑陋：你仔细研究，但没有找到源头。然后，你意识到，它来自一种确信，他们自己的信念。仿佛某个神秘并无所不知的主人给他们每一个人发放了一件丑陋的外衣，他们毫无异议地接受了下来。那主人说，“你是丑陋的人。”他们环视了一下周围，找不到任何可资反驳这种说法的东西。事实上，他们从倾覆而来的每一个广告牌，每部电影，每一道目光上看到了对这说法的支持。“是的，”他们说：“你说得对。”他们把丑陋握在手中，把它作为斗篷搭在身上，走到哪里都寸步不离。(34)

从佩克拉的日常生活经验推断，她作为黑人妇女的鲜明特点不符合白人男性占主导地位的统治阶级美学标准，而且她的“丑陋”使她在学校和家里都处于孤立地位。根据白人主流文化审美标准，白人的婴儿玩偶、白人小女孩和电影上的形象不断地提醒她黑肤色价值较低。她把暗淡的生活归咎于她的外貌，希望有一双蓝眼睛，这对她而言代表了能给予白人般特权的形象。“前一段时间佩克拉想，如果她的眼睛，这些眼睛能摄取图像富有视觉——如果她的眼睛是不同的，也就是说，漂亮，她本人将有所不同。”(46)

强加给黑人的白人意识形态已经深深地扭曲了佩克拉的心灵，她“每天晚上一如既往”祈祷蓝眼睛，相信她的丑陋将通过拥有蓝眼睛而变得美丽。她会与牛奶呆很长一段时间，以便凝视牛奶杯上秀兰·邓波儿的酒窝，并将抓住“一切机会从杯子里喝牛奶，只是为了摸一下并看一看甜心秀兰的脸”(23)。佩克拉觉着，吃玛丽·简糖果似乎是吃了超自然的神奇东西，意味着同时吞进了糖果所具有的魔力：“吃糖果有点像吃眼睛，吃玛丽·简。爱玛丽·简。成为玛丽·简。”(50)蓝色的眼睛逐渐剥夺了佩克拉的尊严、自信和身份，因为在她错乱的意识里她幻想着蓝眼睛取代了她乌黑的眼睛。她并没如她祈祷的那样拥有它们，而是被它们占有。它们吞没了她的心灵并摧毁了她的精神，使她成为最忧郁的“我”。

在“黑人之书成书的幕后”中，莫里森明确地点出如下观点：

当种族力量取决于其形体美，当重点是转向外表，而不是人的本质时，我们就会被西方世界最笨、最有害和最具破坏性的思想所左右。

我们应该与之毫无关联。形体之美与我们的过去、现在或将来没有任何关系。它的存在与否只对**他们**——白人是重要的，因而当他们想要任何东西时就利用它。(89)

因无法抗拒男性占主导地位的白人审美标准的压倒性影响，也不能感知黑色皮肤之美，一些黑人妇女模仿白人的打扮和生活方式，企图适应他们的审美标准，这进一步贬低了黑人妇女。

与乔利的自甘堕落不同，佩克拉的母亲波琳却是因不甘心做贫穷、丑陋、肮脏的“黑鬼”，在渴望和追求自身价值得到肯定的过程中发生母爱、情爱的畸变。她先天跛足，相貌平平。在与乔利最初的恋爱和婚姻中，她曾得到过他短暂的宠爱，享受过爱情带来的甜蜜和尊严。从南方移居北方后，经过白人文化的洗脑，她对自我的人生价值和身份发生怀疑，生活态度也随之改变。为赢得北方“白”化了的黑人妇女赞许的一瞥，她尽力模仿她们的穿着打扮，得到的却仍是挑剔的目光和窃笑。怀着佩克拉时，因为孤单寂寞，她常光顾电影院，电影里白人男性确立的白人文化的审美观和价值观无形中深刻地影响着她，使她意识到白人的美和黑人的丑。“把形体美等同于美德之时，她便剥夺并禁锢了心灵，同时收集了大量的自我贬低。”(97) 她开始在曾深爱过的、饱受创伤的丈夫乔利的堕落中寻找自己的高尚，在白人雇主家整洁宽敞的厨房里躲避自家陋室暗黑的边线，在对白肤金发的小女孩的爱抚中感受亲骨肉的丑陋，在白人雇主“理想仆人”的赞许声中寻求自我身份和价值的重构和确认。结果，她的畸变人格使乔利感到更加无助、挫折、孤独和异化，使儿子十四岁时已经离家出走了二十七次，使女儿佩克拉充满了对成长、他人和生活的恐惧，这些更加加深了她的自惭形愧和自卑。假如在外界的视觉盲点中丧失自信的佩克拉能在母亲的温暖怀抱里治愈创伤，感受被爱的甜蜜和尊严；假如波琳哼一曲颇有疗效的黑人歌曲，让自信而曼妙的歌声告诉女儿：残疾尚且无妨，丑陋更是无碍；亦或让她知道，美的载体是心灵而非肤色，自信、自尊、自爱、自强才能创造美，那么，佩克拉也不会迷失在别人的目光中，更不会如此渴望一双最蓝的眼睛。父母之爱的本质亦源于此。

通过塑造杰拉尔丁和切丘，莫里森揭露和批判了“混血儿审美意识”。杰拉尔丁出身于黑人中产阶级家庭，因皮肤呈浅棕色而自命优越于深肤色黑人。为被白人主流文化接纳，她不但想从外部特征上用各种药物、化妆品，洗、擦、刮、抹等来消除黑人特征，还极力模仿白人的生活方式，摒弃自己的种族亲情和黑色文化底蕴，直接导致生活中最大的乐趣——性爱、母爱和同宗人之间的大同之爱——的丧失，同时也导致儿子居尼尔因缺乏母爱而倍感痛苦、孤独，并把这种挫折感化为受虐狂(最喜欢让黑孩子们把他推倒在污浊的泥水里并压在他身上)和施虐狂(戏弄佩克拉的同时折磨猫)的表征。如同她所钟爱的那只黑毛蓝眼睛的猫，她蜷缩在强势文化和社会法则下，虽是黑人，却用“蓝眼睛”观察世界。佩克拉出现在她家里，使她不得不去面对自己不愿也不敢面对、正视的与生俱来的黑人文化身份，她恼羞成怒，咆哮着轰走了她。

切丘的家族是被西方文明扭曲得最为严重的一个。他们非常感激自己的不列颠祖先屈尊“白化”他们，他们不惜冒智力低能之险，近亲结婚以保持近似欧洲人白色人种的外部特征。为了赢得白人的赞同，他们在形成一种亲英情怀的同时，努力在身心等各方面与黑人特征隔绝。不仅如此，他们效仿自己梦寐以求的不列颠没落贵族的白色属性，同时也承继了这个阶级的统治阶级剥削人、剥削居住在西印度群岛上的非洲人的天性。切丘离群索居，结果与黑人社区格格不入，无法维持成人正常的两性关系，只能以变态的恋女童癖取乐。他默认了社区给的“无冕教士”的称号，以上帝的名义应许着他人的请求，却又否认自己作为凡人的无能为力。所以当佩克拉向他求告“蓝眼睛”时，他指使她毒死了一条他早已厌弃的狗，并声称若狗的反映强烈，她便已得到只有自己才能看到的“蓝眼睛”。他虽然欺人，却不自欺，因为他清醒地意识到了黑人在放弃弱势文化本位，转而追逐强势文化过程中发生的价值错位和迷失。在给上帝的信中，他坦承他这样的黑人资产阶级接纳了白人最恶劣的一些特征。

在《秀拉》中，耐尔的母亲海伦娜和杰拉尔丁一样对自己的种族表现了相同的否定态度。海伦娜极想融入白人社会，否定非洲裔美国人的身份。她坚持用晒衣夹夹她女儿耐尔的鼻子，象征着她引导女儿朝为社会所接受的方向发展的强烈心理需要。具有讽刺意味的是，海伦娜虽忠实地遵守中产阶级白人标准，却在去新奥尔良的火车上因误走进了白人的车厢而受到白人种族主义者的侮辱，遭到了乘务员的粗暴对待。那个乘务员轻蔑地称她为“姑娘”(gal)，她却讨好地朝他微笑。她的讨好不仅令其他黑人乘客作呕，也完全破坏了她与她的女儿耐尔的合法性母女关系。耐尔注意到假冒的优势只会对黑人显示，意识到她母亲骄傲的自以为是的欺骗性。

在《所罗门之歌》中，莫里森阐明了拒绝非洲裔美国人的起源和效仿虚假榜样的致命危害。因遭男友奶人的抛弃，哈加尔把他的拒绝归咎于她没有像白人女孩一样的直发和白色的肌肤。为了弥补这一不足，她决定要像白人模特一样装扮自己，认为这样一来她将能够吸引奶人。她疯狂购买化妆品和服装等白人消费文化生产的操纵性商品，以伪造她的外貌。在这样做时，哈加尔成为商品消费的最大受害者。从绝望购物中返回，她遇上了大暴雨，她购买的消费品淋湿了，她到家时“湿漉漉的丝袜已经被划破，白色的连衣裙被弄脏，块状扑粉粘乎乎的，化妆色一道道的，乱蓬蓬的头发也被打湿了”(318)。最终，她因高烧和未能把自己重塑成一个时髦白人妇女所带来的绝望而身亡。她所有用以装扮自己的撕碎了的服装和弄坏了的化妆品象征着盲目模仿白人女性风格的荒唐和严重的破坏性后果。她内化了消费主义的价值观，努力使自己符合主流文化的标准。而这种主流文化标准则有效地发挥了控制被压迫者的作用并给他们的身份以致命的破坏。

美国黑人族群是个在很短时期内形成的有着自己独特文化传统的少数民族，犹如白人美国肚皮内的一个殖民化小国，既不同于白人美国，又不同于新独立的非洲国家，而且他们从一开始便直接进入飞速发展的西方工业化社会，并没有经历本民族的工业化过程。由于他们早先的奴隶身份，他们在获得自由之后仍然被白人歧视，他们的文化也处于主流文化的边缘状态。美国黑人的这些特质，令他们进退维谷：黑皮肤成为他们无法抹去的种族印记，在新的文化氛围内，他们既不能像非洲祖先那样生活，也无法像白人那样举止行事。于是在白人文化的浸染下，变成了自我羞辱和灵魂痛苦挣扎的社会最底层人群。他们中的许多人为获白人的另眼相看，不择手段地挣脱自己劣等民族枷锁挤入上等社会，抹去自己与生俱来的黑色身份的耻辱，在无意中对自己的肤色面貌产生憎恨，从而在灵与肉上都处于一种自卑和自毁的可悲处境，陷入自己圈成的心狱藩篱中不能自拔。在这种异化了的人格中挣扎的黑人，置亲情、友情、种族情和爱情于度外，甚至抛弃了最起码的同情心和良知，扭曲人性，压抑生命。如佩克拉眼中的蒲公英，它们本来是因为实用而存在着，是这个世界美丽的一部分，但因为自我价值和自身存在在白人的视觉盲点中变成了虚无而发生价值错位，在主流文化的旋涡中谋虚逐妄甚至追腥逐臭，在畸变的审美观中认同了白人对黑人的评判标准：“它们丑陋，它们是野草。”(*BE*, 43)

二、缺乏情感承诺

由多重压迫所造成的黑人身份失落的第二个方面是他们对黑人家庭没有倾注自己的感情。波琳、杰拉尔丁·路易斯、梅肯·戴德和蔡尔兹一家是交叉压迫所造成的扭曲、异化情感和对家人和社区亲人的感情虐待的明显体现。

波琳从佩克拉降生之日起便不再爱她的女儿。在妇产医院接生室的经历使她失去了作为母亲的骄傲和尊严。本应教她如何生孩子的医生却对别人说“她们生小孩很快，不痛的，跟马生崽一样”(125)。这一番话使她本来准备敞开的母爱情怀淡化，并畸变成对亲生骨肉的漠视与鄙视。波琳本已经决定不管她的孩子相貌如何她都会爱它，但这次经历侮辱、伤害了她。她没有讨厌那些白人医生，却恨她的女儿，并认定她“黑而且丑陋”。

波琳·布里德洛夫(Breedlove)的姓名则因其无法提供爱、身份、社会交往与儿童健康成长和发展必不可少的安全感而颇具讽刺意味。生活的空虚和她对自我形象的否定尤其有害。她自认丑陋使这个家庭的成员与黑人社区进一步疏离。其实，这不是由于他们的丑陋，而是他们对丑陋的确信。显然，波琳这样的母亲只能给孩子营造一个异化、扭曲和自我仇恨的童年世界。其结果是，佩克拉在贫瘠的土壤上争取自我的斗争如克劳蒂娅种植的金盏花一样无果而终。

波琳对自己女儿佩克拉的态度与对白人雇主蓝眼金发的女儿的态度形成了鲜明的对比。因为波琳对女儿的黑皮肤感到耻辱，她对雇主的女儿比对自己的女儿更好。当佩克拉不小心打翻了熬果酱的锅时，波琳没有像通常情况下做母亲应做的那样去安慰、疼惜自己的女儿，而是对她拳打口斥，把她推倒在地并补上了几耳光。比起自己的女儿，她更关心吓哭了的白人小女孩和地板是否干净，向白人小女孩泼洒本应属于佩克拉的母爱甘露。这种损害是深刻的和毁灭性的。通过她母亲的态度，佩克拉得知自己是丑陋的，是令人无法接受的，尤其是无人爱的，这增加了她对蓝眼睛的渴望。

莫里森认为母女关系是黑人妇女之间的一项基本关系。帕特里夏·希尔·柯林斯(Patricia Hill Collins)在《黑人女性思想》中指出："黑人母亲通过传播对黑人妇女生存至关重要的日常生活知识赋予她们的女儿以力量。黑人女儿则确定了她们母亲对自己生活的深远影响。"(102) 为了帮她们的女儿获取技能，"母亲致力于确保其女儿生存的行为表现为各种各样的方式，如向她们提供基本必需品和在危险的环境中保护她们，以帮助女儿们获得超越自己母亲的能力"(184)。但是波琳没有帮助她的女儿来理解黑人女性。相反，她把自我厌恶传输给她的女儿。在她的眼里，佩克拉是"*丑陋的。头发倒是很美，但上帝，她真丑*"(126, 原文为斜体)。难怪儿子萨米老想离家出走，而佩克拉唯一的祈祷永远是蓝眼睛。因为感到亲生骨肉不堪一爱，不值得她付出感情，波琳动辄打骂他们，打得儿子想逃离家庭；打得女儿"害怕长大，害怕其他人，害怕生活"(128)。波琳显然从来没有亲口告诉她的孩子说他们是丑陋的，或她不爱他们，或他们应该是白色的等这类话，但她无疑已经用各种方式转达了这些感情。佩克拉意识到了这种暗示并正在寻求理解他们的公式。显然，绞扭着佩克拉心的不是"贫穷和疯狂，而是母爱的缺席"(Rigney, *Voices*, 13)。没有能教她女性语言以帮助她自爱和爱自己形体的称职母亲，佩克拉只有从三个风流快活的妓女处寻求慰藉。她们唱歌或讲故事给她听，揭露迪克和简故事中的谎言，使她在残酷的人生际遇中能稍作喘息。但她们的爱虽然真切，却不能代替母爱，她们的世界无法容留幼女，妓女身份和她们讲的故事不能成就她健全的人格，也无法使她免于最终的精神错乱。

波琳对丈夫乔利的态度是证明交叉压迫所造成的扭曲、异化情感和感情虐待的又一证据。她与乔利旷日持久的战斗涉及人身暴力和精神虐待两个层面。一方面，波琳在与丈夫的打斗中找到了热情和激情，而他则把他从白人对待他的方式中获得的内在自卑感投射给她。夫妻俩把性交作为外部动力，乔利为了对妻子保持某种程度的控制，而波琳则为了显示作为乔利的妻子是多么痛苦。他们在彼此折磨中，在踢、咬、打耳光和用棍棒、煎锅等物体击中对方中获得完整的满意度和成就感。另一方面，她非常需要乔利的罪孽。"她用迫使乔利沉溺于她所鄙视的罪孽中来惩罚自己和乔利。"(*BE*, 126)"她把乔利作为一种罪恶和失败的榜样，她像戴着由荆棘编成的皇冠一样忍受着他，像戴着十字架一样忍受着自己的孩子。"(*BE*, 127)仿佛"他堕落得越低，人变得越狂野，越不负责任，她和她的使命就越显得崇高"(*BE*, 42)。

最具有讽刺意味的并表现波琳与其家人疏离的是他们对她的称呼。孩子们不是叫她"妈妈"，而是"布里德洛夫太太"；丈夫乔利也不是喊她"老婆"，而是"布里德洛夫夫人"。而对于白人雇主，她则是"波莉"，这是波琳一直渴望的昵称。这个名字完全适合她，因为通过低三下四地伺奉白人，波琳降低了自己，正如佩克拉对蓝眼睛的渴望毁减了自己。很明显，命名对判断一个人的身份已经发挥了重要作用。对波琳而言，绰号"波莉"代表她对自我、她的种族和她的黑人文化的拒斥。

波琳对她的丈夫和孩子的冷漠甚至仇视加快了她的女儿佩克拉的精神毁灭。

如杰拉尔丁一般的女性则一生都希望摆脱"可怕激情的极度美妙，大自然的极度美妙，广泛人类情感的极度美妙"(*BE*, 64)。她无法真正地爱除自己之外的另一个人，对她的丈夫和儿子丧失激情和亲情，是身份萎缩的另类表现。她的丈夫路易和儿子均成了她维持体面家庭的道具：没有声音，没有形象。她对儿子冷漠严酷、缺乏爱抚，甚至不允许自己的儿子哭出声来。她不"跟他说话，对他柔声细语，或亲吻宠溺他"(*BE*, 86)，却总是让他保持清洁；而与丈夫之间的肌肤之触则成了龌龊的必需；除了猫，她不和外人交往。因此，她失去了生活中的所有乐趣：性爱、母爱、友爱和自我表达，却从她养的蓝眼睛黑猫身上体味到了某些感官快乐。猫成了她感情焦点和关注中心，比儿子和丈夫更能博得她的欢心。

在《所罗门之歌》中，莫里森以梅肯·戴德二世为例列举了因用精神自由换取物质财富而最终丧失精神自由的危害性。梅肯错误地认为"金钱是自由……是唯一真正的自由"(163)。梅肯建议他的儿子"占有东西。让你占有的东西占有其他东西。然后你就可以拥有自己并拥有其他人"(55)。但是，尽管他这样想，财产既没有将梅肯的地位提升到其他黑人之上，也没有赚取白人对他的尊重。事实上，黑人并没有因此对他致以崇高敬意，他们只是担心他无情地行使权力；腐化的白人并非尊重他，而是他的钱财。因一生都在努力获取财产、收取租金并与人交易，梅肯形成了贪婪、自私、无情的个性，无法表达爱意，也无法接受爱。拥有的资产损毁了他的人格，使他与家人和社区疏离，没有留下任何像爱、同情、仁慈和宽容等精神价值观余地。他爱的只是他所拥有的建筑物的钥匙，并把它们随身带在口袋里，常常抚弄。莫里森把钥匙作为他空洞胜利的一个象征。在此过程中，梅肯失去了自己，失去了原来想用白人自己的武器对抗白人的目标，失去了黑人的精神遗产，最终在积累财富的过程中失去了自我身份。因为抛弃了黑人文化，他成为无根的浮萍。异化往往与物化并行，梅肯在获得财富的同时也异化了自己的黑人文化。他恨自己的妻子露丝，无视女儿莉娜和科林斯的存在，并宣布与妹妹派拉特脱离关系。即使与儿子奶人之间可能使他较人性化的关系也因他窃取他认为他妹妹所拥有的金子而被玷污。对梅肯而言，家庭只是另一类个人财富。周日他喜欢驾驶着新买的名牌车，载着打扮得漂漂亮亮的妻子儿女穿行于市，以炫耀财富。而社区的人们则把那无生命的金属名牌车上的游行冠以“梅肯·戴德（死）的灵车”，象征着人们之间毫无亲情可言的僵死关系。

诚然，美国的统治阶级（过去均为欧洲血统）由那些拥有和控制生产手段的人构成，但也确实有一些人（包括非洲人）殷切希望属于这一类人，他们表现出与统治阶级同样的行为模式，以同样的方式穿着，使用相同的语言模式，最不幸的是，与他们的压迫者有着相同的意识形态。这一群人常常被称为小资产阶级，生存在两个世界之间，由于其缺乏财富和/或其黝黑的肤色被剥夺了进入统治阶层的权利，但他们也拒绝与他们本应效忠的非裔人民为伍。《柏油孩》中的雅丹、悉尼和昂达英就是代表着这个群体的非裔小资产阶级。

悉尼和昂达英象征着那些更认同他们的雇主和他们雇主的文化，而不是他们自己的人民和他们自己的文化的无意识仆人。他们裹在别人关于文明的概念之中，多年来一直甘心情愿由他们的雇主确定他们与自然世界的关系。不能或不愿把自己的身份与雇主的身份分离开来，他们也与他一样陷入了长期的不自然存在状态。这种与有机世界的不自然关系反映在他们与雅丹之间的紧张关系上。而雅丹则对如何做一个负责任的侄女/女儿/女人从来没有真正的概念。

悉尼有一天自豪地提到自己是“一个勤劳的费城黑人——这个种族中最值得骄傲的人”，却忘记了在漆黑的夜里，在无意识的梦境里，童年时黑人故乡巴尔的摩的鱼、树、音乐和马具等才是使他重新焕发精神的心之向往和追求的动力(51)。昂达英与《最蓝的眼睛》中的布里德洛夫太太一样，把雇主斯特里特的厨房叫做“我的厨房”，不希望非裔人滥用之。他们过着二手的生活，用着雇主用过的二手家具，接待二手访问者（“没有任何客人来造访他们”）和一个二手的女儿。由于雅丹只是一个侄女，她与昂达英之间的关系则成了“没有压力的母女关系”(17, 82)。最重要的是，他们姓蔡尔兹(Childs)，因为他们按照雇主瓦莱里安的吩咐行事，确实成了他的孩子。

然而，尽管受到成年人被视为儿童的侮辱和退化，他们都和雇主一样有着种族主义、资本主义意识形态。因此，他们不承认与其他非裔仆人如特雷斯和吉迪恩之间的血肉联系，与这些人没有形成联盟关系。事实上，悉尼和昂达英无法区分他们，这表现了不愿意承认“下层阶级”非裔人作为人类所具有的独特特征：吉迪恩被称作园丁，特雷斯则被认为是几个不同的玛丽。总体上，这些蔡尔兹们对其他非洲人的反应是所有非洲人看起来都一样，这证明他们本质上已融入了资产阶级阵营。

他们不仅和他们的剥削者一样怀有相同的种族主义成见，蔡尔兹们还使用相同的否定行话提及和他们有着同样黑皮肤的人，甚至优越感十足地藐视他们！在他们眼里，贫穷的非洲人是惯于偷盗的黑奴；与此相反，蔡尔兹们是黑人，是受人尊敬的非洲人。这是一种阻止他们把自己看做非洲人民一部分的所谓体面。例如，为了道明他与森的不同，悉尼的表白表明了他对非洲文化的无知。他指出“我是一个与书中提到的有着非常相同的名称的费城黑人。我的人民拥有药店和学校，而你的人民仍然要把脸割裂，以便能够把个人从其他人中区分开来”(140)。

实际上，只有通过了解悉尼的小资产阶级思想，人们才可以理解他的反应。森冲他友好地问候“你好”，这种问候在两个男人之间立即建立了一种联系和平等关系，但似乎这种问候剥夺了悉尼作为非裔领班的地位，因此只有当森知趣地称其为“先生”和“蔡尔兹先生”时，悉尼才开始和这个年轻人交流搭讪。

无论从现实层面还是从比喻意义上看，雅丹都是个孤儿。作为欧化的非裔，她对曾经滋养了她的人缺乏感情，却对给自己提供教育的白人斯特里特夫妇充满感激之情。她的行为模式、着装、语言、关系和意识形态都酷似那些统治阶级。因此，她对白人夫妇而不是为她付出很多的叔叔婶婶有“像家人，几乎”一样的感觉(77)。事实上，除了在困难的时候拜访她的叔叔婶婶，她的熟人都是欧洲人或如她一样的亲欧者。思想上，她像欧洲人一样思考，如同她的叔叔婶婶，她对非裔人充满成见，把森叫做黑鬼并认为他要强奸她。因与自己的文化历史缺乏联系纽带，雅丹是一个文化孤儿。她让叔婶服侍她，但不重视他们的意见，并在昂达英明确表示“永远也不要离开我们，宝贝。你是我们的全部”(40)时希望逃避承诺和责任，并认为自己是对悉尼和昂达英“扮演着女儿的角色”(68)，而不是他们的女儿。

没有祖先的指导，雅丹可能永远也无法发现成为真正意义上的黑人女性的途径。当为时已晚时，昂达英曾试图引导雅丹，但她所能做的，只是表示被雅丹忽视的遗憾："雅丹，一个女孩必须先做个女儿……一个关心自己来自何处，关心那些曾经照料她的人的女人。"（242）因为他们自己的骄傲和傲慢，悉尼和昂达英其实默许并鼓励其侄女的文化脱节现象，并以此作为他们成功的标志。他们喜欢她生活在巴黎，更喜欢雇主对她的情有独钟。但他们没有注意到这种接受的代价：他们培养了一个喜欢毕加索更甚于非洲面具的人，一个不知道如何对含辛茹苦抚养其长大的人表现敬意的女儿。莫里森表明，做一个黑人不仅是一个遗传学问题，也是一个文化问题。雅丹不愿做黑人，因为她从来不知道黑色性意味着什么，她被白人文化同化了。

雅丹没有学到昂达英所描述"真正的女人"所需要的素质。她从来不知道黑人女性的"古老属性"，"她还担心与自己遗产的亲密接触"（Reyes 23）。

三、压迫的内化

多重压迫所造成的黑人身份丧失的第三个方面是黑人放弃他们的斗争权利。如上所述，面对多重压迫，如波琳、佩克拉和梅这样的黑人妇女内化了这些压迫。他们没有勇敢地抗争，而是被动接受白人和他们自己的族人强加给他们的压迫。

在《最蓝的眼睛》中，波琳的悲剧在于，她认为对她的压迫理所当然。她从来不认为她有权利抱怨甚至反击这些压迫。波琳是美国文学史上一个典型的黑人保姆形象。波琳被认为是一个理想的仆人。因为她"爱、培养并照顾她的白人儿童和白人家庭甚于自己的孩子和家庭"（Collins 71）。她给白人小女孩洗浴，整理物品，打扫房子，并捍卫自己白人雇主费希尔的利益。她越来越忽略自己的房子，自己的孩子，自己的男人——"他们就像睡前的事后想法，她一日中清晨和深夜的两条暗黑的边线，这黑暗的边缘使得她在费希尔家的日常生活更明亮，更可贵，更怡人"（*BE*, 127）。她不再属于她借之"培养快乐"的南方家庭；白人雇主家的房子现在是她"可以整理物品，清洁东西"并收拾得井井有条的避难所，因为在其中她能找到"美丽、秩序、清洁和称赞"（*BE*, 127）。

然而，无论白人雇主多么"爱"她，波琳仍然很穷，因为她是一个在资本主义经济环境中经济上受剥削的工人。费希尔家庭保持其阶级地位，他们使用黑人女性家庭佣工只是因为她们是廉价劳动力。她甚至不能挣得足以养家的工资。不足为奇，她仍然生活在一个废弃的商店中，没有卫生间，没有隐私，没有尊严。无论波琳对她的雇主多么忠诚，她与她的雇主之间仍然无法实现真正的平等，更不会成为其家庭中的一员，因为她是生活在一个白人占主导地位的社会中的黑人。她黑色的皮肤使她感到自卑。她所能做的就是恨她自己的黑皮肤并艳羡白皮肤。不管波琳如何忠实于她的雇主，她仍然只是一个理想的仆人，因为她是一个始终为男权社会歧视的黑人妇女。波琳没有回击交叉压迫以获取更高的工资和真正的平等，反而在自己的私人世界里保持“这种秩序，这种美丽……从来没有推介进她的家或她的孩子”（*BE*, 28）。

与她的母亲不同，佩克拉的悲剧不是她没有意识到交叉压迫，而是她放弃了反击的权利。她只是通过其他人的眼睛来看自己，未能实现界定自己的责任。下面的例子将证明佩克拉没有认识到她自己才是负责为自己安排生活的人。这些都是莫里森展示给读者的关键点。

表现之一是当被莫琳指控时佩克拉的反应。莫琳·皮尔是刚转学到佩克拉所在学校的浅肤色黑白混血儿，“棕色长发编成两条小辫”并长着深绿色的眼睛。而佩克拉则是班级中唯一一个单独坐双人桌的黑人小女孩，在学校里受尽忽视或鄙视。同学和老师喜欢莫琳，因为她比一般黑人肤色浅。佩克拉被指责为看到“她的老黑爸爸”赤身裸体，为此她感到灰心丧气。对这种指责，佩克拉的反应是呆滞的被动承受。她悲伤无助地埋下头，似乎像折叠的翅膀一样蜷缩着。克劳蒂娅和姐姐为佩克拉的反应所激怒，甚至想“把一根木头沿着那弓曲的脊柱插下，迫使她站直并把那痛苦吐在街上”（*BE*, 73）。同样，当杰拉尔丁朝她怒吼，让她滚出去时，佩克拉只是悄悄地退出了那个房间。

另一个证据是当黑人同学取笑她的父亲以羞辱她时佩克拉的态度。他们叫骂她，取笑她的家人，“她的皮肤颜色和猜测成人的睡眠习惯”（*BE*, 65）。他们下意识地把黑皮肤所造成的痛苦转嫁给脆弱的佩克拉，把对自己黑皮肤的蔑视和仇视发泄到佩克拉这个社区替罪羊身上。可怜的佩克拉如风中的羽毛般，无助地在他们围起的圆圈中哭泣（*BE*, 66），连笔记本都掉在了地上。

佩克拉缺乏行动能力的最有效证明发生在她到白人商店买她喜欢的玛丽·简糖果时。当她在商店中遭遇到店主蓝眼睛中的“空白”后，因羞耻而尴尬地买了糖果离开。在商店外面，她把自己等同于路边的蒲公英。他们不再美丽，“他们丑陋，他们只是野草”（*BE*, 50）。佩克拉在白人店主瞥视中所感受到的不被认可正好印证了她自己对自我形象的否定。她认为自己只能是物化的对象性存在。在这种中心认识的指导下，佩克拉唯一的反应就是耻辱。当离开商店时，这种耻辱则渐渐退去，“她内心的愤怒激荡着唤醒了她”（*BE*, 50）。然而，她并没有反击，而是又一次被耻辱吞噬着。她发现愤怒并不能持久，而耻辱则时消时涨，当泪水涌上来时，她想起了她买的玛丽·简糖果。在自我仇恨的状态中，她求助于她所买的九颗玛丽·简糖果上的蓝眼睛，这使她感觉到了短暂的快乐。而无法被纳入白人审美标准摧毁了她的自信，她把父母的争吵、贫困和侮辱，尤其是她的丑陋归咎于自己，从而失去了抗争的勇气。她认为唯一的解决办法是逃离或消失。

四、抛弃黑人文化

黑人文化，包括黑人美学，作为在主流文化缝隙中寻求生存空间的分支，处于主流社会和非洲情结之间作用与反作用的紧张关系中。这两种力量的较量此消彼长，谁也不愿让位对方。而那些放弃自己历史和文化的非裔美国人则成了文化孤儿。

《柏油孩》中的雅丹可以说是最鲜明的例子。她被困于两种文化之间：黑人和白人，欧裔和非裔。她所受的欧洲教育使她脱离自己的黑人特性。通过让她在欧洲受教育，白人雇主斯特里特夫妇则强化了她的孤儿身份；在幼年的过渡和易受影响时期，外国文化烙下了深刻的烙印。因此，她因行为模式、着装、语言、关系和意识形态都酷似那些统治阶级而表现出对非洲和一切与之相关事物的仇视。良好的教育和特权意识使她在纽约和巴黎的时装界既与黑人性脱节又把黑人性作为商品。她贬低非洲艺术，认为“毕加索也明显好于非洲面具”（74），她承认在出席“狂妄”的黑人在欧洲举办的“可笑的”艺术表演会时她很尴尬。她嘲笑雇主的儿子迈克尔企图把她的非洲性政治化，并说：“其实我们并没有谈论；我们吵架。关于我为什么在斯诺提学校学习美术史而不是——我不知道是什么。组织或一些东西。他说，我在抛弃我的历史。我的人民。”（61-62）她早已进入了一个白人的社会里，在那里成功要求她“只要表现出惊奇……说明显的话，问愚蠢的问题，尽情地笑，表现得感兴趣，并在他们表现出任何人性时面露喜色”（126-127）。虽然她清醒地意识到她是文化孤儿，但她还是经历了文化洗脑。

五、狂野的黑人身份

通过小说，莫里森还审视了现存的黑人之间因仇恨虐待他们的白人而产生的黑人种族主义。她为小说中某些人物狂野身份的形成提供了更广泛的社会背景，探讨了这些事件的成因。

在《所罗门之歌》中，莫里森以吉他和“七日社”为例探讨了黑人种族主义的成因并陈述了其危害性。以吉他为例。吉他出身寒苦，幼年时父亲便暴死在白人老板的工厂里，全家人因此只得到了微不足道的抚恤金。吉他浪迹街头，怀着仇恨长大，喜欢冒险。白人对黑人的暴行如私刑、焚烧和谋杀等激怒了吉他，他被迫加入以暴抗暴的“七日社”，成为其中一员，代号“星期天”。白人种族暴力时间发生在星期几，该团体代号为星期几的成员便要以同样手段进行报复。吉他不相信黑人与白人有调和的可能，主张开展针锋相对的斗争。在此思想指导下，他决定采用古老的“世俗对付罪恶的方法”（Christian, *Black Feminist Criticism*, 61）：以谋杀对付谋杀。

这实际上是黑人种族主义的表现。而这种种族主义即使在还没有意识到自己的文化身份之前的奶人看来，也是没有道理的。莫里森通过奶人和吉他之间的一次辩论揭示了这种种族暴力的荒谬性，表达了她的文化融和思想。当吉他谈及他杀无辜的白人(而不是凶手本人)以替受害者复仇的原因时说："没有无辜的白人，因为他们每一个人都是潜在的针对黑人的杀手，如果不是真凶的话。"(156)"白人是不正常的人。他们是不正常的人种。"(157) 奶人反问道："那么好人呢？有些白人为黑人作出过牺牲，真正的牺牲。"(157) 而当吉他指出白人的病存在于他们的血液里，存在于他们的染色体的结构里时，奶人劝他复仇之前要先证明一下这是否有道理，并反问道："如果他们那么坏，那么不正常，像你说的，那你为什么要学他们呢？你不想比他们好一些吗?"(158) 并指出，吉他实际上在做他们当中最坏的人做的事。当吉他还是声称他做的事不是出于对白人的仇恨，而是出于对黑人民族的爱时，奶人反驳说，他的神经有些错乱了。

这段对话一方面说明此时奶人尚无种族、阶级意识，另一方面借奶人之口强烈批判了吉他的种族主义思想。

后来的事实同样证明，吉他的种族主义是偏狭的。他成了他所讨厌的那类人。虽然吉他自称是民族复仇者，但最终对黑人生命的爱却畸变成对权力的执著。他认为这一权力给他不分青红皂白杀人——白人和黑人——的权威。结果他变得自私偏执，以爱的名义实施恨的行为，模仿压迫者的行为，祸及自家无辜的兄弟姐妹。因为怀疑奶人想独占金子而在捣鬼，吉他竟然认为奶人背叛了他，并开始追杀奶人，至此其以爱的名义来实施恨的行为的可怕及罪恶昭然若揭。

《天堂》中鲁比的男性们对生活在修道院中的妇女进行的惨无人道的屠杀是野蛮黑人身份的另一表现。为了保护自己和他们的后代免受祖父们由于种族主义的迫害而遭受的拒绝，他们以暴力的形式释放痛苦记忆，侵害修道院中在种族和性别方面均被视为**他者**的女性们，这是典型野蛮黑人身份的表现。

第四节　黑人社区身份的丧失

莫里森没有谴责所有白人，与此同时，她也并不认为黑人的处境与所有黑人毫无瓜葛。莫里森不仅写失去了主体性和种族身份的个人，而且通过探讨黑人社区内部的问题根源探索社区身份的丧失问题。莫里森怀疑，经济和社会成果的牺牲是否能弥补社区的牺牲，因为没有社区，文化传统很难传给子孙后代。在莫里森的小说中，身份始终是临时的；孤立的自我无论怎样努力也不可能确定独立于社区之外的自我身份。个体必然由种族和性别构成的社会结构所形成，他们不可能与那些根源分开。反映在她小说中的多重分裂的自我有时是未定义的，没有定形，总是与社区作为一个整体的身份或黑色性这一概念本身合并。她在《天堂》出版时接受采访时谈到她的目的："我认为，威胁我们许多社区的是自相残杀。我的意思是敌人在内部，而不是在外面。是家庭内部争吵。"(Verdelle 56)

莫里森试图说明，黑人社区身份是建立在黑人们之间由家庭关系或他们之间互相帮助、分享秘密的能力和意愿联系的基础上的。莫里森试图通过检视失去黑人社区身份的后果启发人们认识到失去这种身份的愚蠢。

在《最蓝的眼睛》中，莫里森列举了否定对同宗人之爱的最典型的例子。由于为白人男性占主导地位的社会所左右，有的黑人社区完全放弃自己的黑人身份，把自己的审美原则建立在形体特征上。波琳刚到这个社区时他们嘲笑她"她没有拉直她的头发。当她试图像她们一样化妆时，后果更是不妙。他们对她说话的方式(称"chil'ren")和着装方式更加挑剔的眼光和窃笑刺激了她对新衣服的渴望"(*BE*, 118)。虽然他们属于同一个阶级和种族，这些黑人妇女使她感到不舒服，似乎"并不比白人好到哪儿"(117)。

他们对佩克拉的态度进一步表明了他们种族身份的丧失。如果说佩克拉的自我否定使她具有现代替罪羊的特征，那么来自于黑人社区的排斥、孤立和隔离以及父母的暴力和漠视则颇具古代替罪羊原型[①]的特征。莫里森将笔触转向黑人社

① "替罪羊(scapegoat)"一词由英国宗教改革家威廉·廷德尔(William Tindale, 1492—1576)将希伯来文译成英语《圣经》(旧约)时首次采用(Vickery & Sellery 36)。它是指用于献祭的羊的名字。在赎罪节，犹太大祭司把两只手放在一只活山羊头上，向它忏悔以色列孩子们的罪过，这样就把他们的罪恶转移到羊头上，然后叫一个健康的男人把它赶到荒野，使之永不返回，以免带回罪恶。这只羊就叫做替罪羊(Holy Bible, 116)。作为一种"驱邪"的工具，它在世界各地被广泛采用，且历史非常悠久。后来，替罪羊原型发生了实质性的变化，初始的由羊代替人作为燔祭向上帝表示忠诚的机制转变为由一个人代替他人或集体作为人牺，向神祭祀，或表示赎罪，或表示代人受过(希望"替罪羊"能把全民的罪过、灾难和忧愁都随身带走)，以图保集体的丰产和太平。"替罪羊"模式虽然带有浓厚的原始宗教神秘和迷信色彩，但它把个人的命运纳入人类的命运，成为整个人类的心理凝结物，凝聚着一些人类心理和人类命运的共同因素，反映了社会历史进程中个人命运和社会命运之间带规律性的复杂关系，是一种"集体无意识"(叶舒宪, 101)，体现了人类自童年社会以来的创世原则和社会建构原则(吉拉尔, 37)。在人类社会由荒蛮向文明推进的过程中，人牺现象逐渐减少，几乎绝迹，作为替罪羊的原始意象在人类历史的发展过程中却不断地复现，在人类文明历史的任何阶段和人类生存的任何空间，替罪羊的原始意象就会出现在艺术作品中。现代意义的替罪羊可指任何一个承担了不该承担罪责的人，无论他是有意识还是无意识，自动还是被动；同时，现代替罪羊也可指自身负疚感和自我否定的受难者(唐祖莲, 35)。

区内部，内省式地审视佩克拉成为“替罪羊”的原因。莫里森对替罪羊现象的剖析从不同侧面反映了奴隶制被废除后的黑人困境。他们一方面由于本国“内部殖民”的影响在主流文化的激流中无所适从，一方面由于不能完全摆脱奴隶制的阴影而身心受到戕害，但其困境主要来自于黑人社区内部，如贫富之间、男女之间、父子之间。

首先是在学校里。在班里佩克拉是唯一独自坐双人课桌的学生，老师们不会单独提问她，也从不肯瞥她一眼；如果某位女生想狠狠地羞辱一个男生或想得到某男生的反应时就说“你爱上了佩克拉·布里德洛夫”，她一定会惹恼那个男孩，并惹得大家哄堂大笑；放学回家的路上，男生们围着她骂：“你爹光着屁股睡觉……”；浅肤棕发蓝眼的富家小姐莫琳冲着她嚷：“我漂亮！你们丑！又黑又丑，又丑又黑！我漂亮！”这些来自同龄人恶意的心理折磨也从侧面反映了他们的自我厌恶。他们对自己黑人特征的反感和自己贫穷的耻辱(如果没有和自己的父母共享一间卧室，他们不可能体会别人身处此境的尴尬)使他们急于找一个替罪羊，借此发泄自己的郁闷情绪，寻求心理平衡。由于佩克拉比他们更黑，更具有黑人的特征，其父母失和，父亲酗酒、不负责任，母亲不入群，折磨佩克拉使他们觉得自己并不是很黑、很丑，她的贫穷使他们觉得自己尚有温饱，从而心理上产生一种优越感。然而这也正是他们对自己身份怀疑的表现。佩克拉因丑陋、贫穷和不幸成为其种族“替罪羊”的首选。

随着社会的发展，黑人中有一部分人幸运地步入中产阶层，在追求被认同的过程中心灵异化、行为变态，将自己曾受过的歧视与虐待转嫁给更贫穷、弱小的同胞。在同族人的痛楚中寻求自我身份的建构，是佩克拉走向主流文化祭坛的“帮凶”。带有白人血统的杰拉尔丁就是一个典型例子。当她儿子居尼尔把佩克拉引诱到家里，戏弄佩克拉并折磨猫(因为他母亲爱蓝眼睛的猫胜于爱他)时，她在佩克拉身上看到了自己先辈的影子以及自己身为黑人这一铁定的事实，这使她感到恐惧，对着佩克拉大骂：“滚出去！你这肮脏的小黑婊子！滚出我的房子！”佩克拉的出现无疑揭穿了她以前所编织的谎言，在佩克拉身上她看到了自己的种族属性，使她不得不去面对自己所厌恶的、想竭力避开的、不愿也不敢面对、正视的与生俱来的黑人文化身份，因此此时的佩克拉成了整个黑人种族的替罪羊。佩克拉身上实际上层叠了几重“替罪羊”形象：猫是居尼尔讨还母爱的替罪羊；居尼尔把使猫奄奄一息的罪责嫁祸到佩克拉身上，使佩克拉成为居尼尔的替罪羊；杰拉尔丁将自己对于自身黑人性的恐惧转嫁到佩克拉身上，使佩克拉又成为了民族的替罪羊。

这种层叠的“替罪羊”悲剧在索卜汉德·切丘那里和佩克拉父母那里又重新

上演。作为“白化”黑人，他指使佩克拉毒死了一条他久已厌弃的狗。这里，吃药后抽搐挣扎的狗既是切丘变态心理的写照，又是他“白化”的变态自我的牺牲品；同样，佩克拉被挑选作毒死狗的实施者，则成了他这种被西方文明扭曲的变态行为的“替罪羊”。

佩克拉父亲乔利不幸而多舛的人生经历造就他对女儿欲爱不能以至于强奸女儿的分裂人格。他被主流文化扭曲的心灵使他辨不清父爱与情欲，用女儿的清白作祭品，使佩克拉成了白人“物化”黑人的无辜的羔羊。其后，佩克拉母亲波琳和整个黑人社区的反应透射出古代人选择“替罪羊”作人牺的原型仪式。在古代，当以抽彩的方式选出人牺作“替罪羊”后，人们要把“替罪羊”或放逐，或吊死，或用石头砸死。在得知丈夫强奸了女儿后，波琳没有从自己和罪魁祸首的丈夫身上找原因，却把怨气撒到受害者佩克拉的身上，几乎把佩克拉殴打至死。社区人们听了这个消息，则是恶心、好笑、震惊、愤怒甚至兴奋，但没有人表示关切和同情。这种反应恰似古人对待“替罪羊”的方式：他们因为自己幸免于难而庆幸甚至兴奋，因为“替罪羊”承载着他们的苦难、救赎着他们的罪恶而急于用落井下石的方式表示自己的厌恶与愤怒。

黑人社区对她的冷漠与隔离使她孤立于群体之外。这更加造成了佩克拉的无所归属感。她想得到整个社区的承认，从而对蓝眼睛的渴望也更加强烈，而切丘的允诺则催化了她的精神崩溃。神志失常——精神死亡后，波琳带着她移居到小镇边缘，她成了被放逐的“替罪羊”。成人躲避她，小孩们讥笑、鄙视她。在小说的结尾，故事的叙述者克劳蒂娅谴责因白人主流审美观误导而使佩克拉成为“替罪羊”的黑人社区：“她吸纳着我们倾倒在她身上的废物……所有人——所有认识她的人——在她身上擦净了自己后都觉得自己无比健康。当我们践踏着她的丑陋时，我们那样美丽。她的朴素装点了我们，她的罪过使我们神圣，她的痛苦使我们焕发出健康的气息，她的狼狈使我们相信我们具有幽默感，她的笨嘴拙舌使我们相信我们具有雄辩的口才。她的贫穷使我们慷慨……她磨利了我们的自尊，她的软弱衬托了我们的品性，使我们惊奇于自己幻想的强大。”(159)

在谈及《宠儿》的《圣经》隐喻时，科里探讨了莫里森如何“呼吁黑人社区注意协作，拒绝把黑人描写为受害者”(Corey 42)。因为反感塞斯过于孤傲的排他性言行并嫉妒她的自由，人们抵制她婆婆萨格斯的宴请和林中空地的布道。这种隔阂造成的后果则是，当奴隶主“学校教师”带着人马抵达辛辛那提捉拿塞斯时，黑人社区中没人出来给她通风报信。他们的背叛乍看起来似乎只是一时疏忽，从而无可指责，但正如科里所言：“虽然[黑人]社会没有像犹大出卖耶稣那样直接出卖塞斯，他们像彼得一样间接背叛了她，因为他们未提醒她即将到来的危险。”(157)他们不采取行动可能很容易被解释为“无私的扶危济困主义”和“好心的撒玛利亚人”[①]的反面，因为他们本应该警告塞斯奴隶主的来临，却选择不，这无疑违背了社区规范。而对于紧密联合的社区而言，互助对生存是至关重要的。

这清楚地说明了莫里森如何把弑婴事件牵连进黑人社区。特里·奥腾(Terri Otten)也谈及“罪恶表现在黑人在白人要追回塞斯时拒绝为塞斯通风报信”(82)。当莫里森说明塞斯自己的社区如何背离了她时，她突出强调了分裂和“异在性”的程度。当白人男子询问时，克利尔林人本能地知道麻烦即将来临却没能警告塞斯，这实际上就是对贝比·萨格斯和她的家人的背叛，是未能对黑人个体履行其义务的表现。贝比·萨格斯遭受了致命的幻灭打击。她放弃了爱并慢慢放弃了生命。“属于一个自由黑人社区，爱与被爱，提出忠告并接受忠告，保护并得到保护，养育并被养育——然后该社区退步并保持很远距离——它可以损耗掉甚至圣贝比·萨格斯的生命。”(*BE*, 177)通过描述贝比·萨格斯的感觉，莫里森阐述了她对社区不忠的关注。

如同组成社区的个人，社区表现了集体性格缺陷：对贝比·萨格斯的慷慨和塞斯的年轻灵巧的嫉妒最后发展成了刻薄。她弑婴后被逮捕，邻居们反应却很冷淡：

> 要不然，她一出现在布鲁斯通路边房子的门口，歌声立即就会响起。披斗篷的声音很快就会把她裹住，就像一双双手把她搀着扶着上路。实际上，他们只是等着，等到那大车转了向，朝西往城里走去。随后，没人说一句。有嗡嗡声。根本就没人说一句话。(152)

后来他们中传起了怀疑塞斯过去的传闻：她这样的情形算是真正摆脱奴役了吗？贝比·萨格斯的儿子真的是她孩子的父亲吗？10 年后，贝比·萨格斯葬礼过后，他们聚集在院子里，吃他们自己带来的食物，而不动塞斯带来的。在那之后，没有人访问 124 号，对她的独立和自足不快，好像每个人都希望塞斯遇难。塞斯和女儿丹芙离群索居了近 20 年，邻居们也不与她们来往，她们孤独地生活在社会边缘。

莫里森没有贬斥或判决社区对待塞斯的方式。在她虚构的世界中大多数罪孽是可赎的。例如，社区人尽管冷淡，却也没完全驱逐塞斯。最后，当她为女儿的

①(来自耶稣讲述的故事)给需要帮助的人以无私帮助的人。

幽灵所困扰不再自给自足时，社区重新索回了塞斯，使其重新成为其中一员。

第五节　精神家园

非裔美国人似乎永远在精神的荒野上。没有搞清楚他们是谁，他们应该怎样找到自己，他们不断受到认同危机，进而导致他们渴望和探索永久精神家园，这与黑人灵歌寻求灵魂解放的主旨相对应。因此，身份形成一直是莫里森的主要侧重点。对美国黑人身份形成的描写体现了莫里森通常和最突出的主题——在倡导生命、自由和追求幸福是所有人“不可剥夺”的权利的种族主义的、白人的、重男轻女的美国社会领域追求自由、身份和完整性。

托妮·莫里森不仅书写非裔美国人在精神荒野中的社会状况，而且描写他们失去黑人身份后，又踏上肯定黑人自我的旅程。这是一种解构白人逻各斯主义的诉求，但最后以重建为中心，发现隐藏在黑人逻各斯中的权力。她为摆脱黑洞(black hole)、创造一个全黑色文本而写作。她以新奴隶叙事的话语揭开了殖民历史的面纱，并指出了受压迫的黑人通过建设黑人们健康的主体性和身份而反抗自己所处的社会边缘地位的道路。黑人必须觉醒、不断深化、发展并最终建设主体性和身份。因此，在莫里森的小说中，构建与完善主体性和身份成为黑人团结一致、争取民族权利和改善民族立场的一种有效武器，这给当今的黑人运动带来了深刻的影响。

如同为黑人提供真正家园的灵歌，莫里森的小说帮助非裔美国人找寻一个正确并充满希望的精神家园。因此，如何重新确定黑色的身份是莫里森的主要关注点，这也是成就精神家园的主要内容。她更关心的是面对多重压迫如何维护黑人的身份和尊严。在谈到黑人妇女的身份从属现象时，黑人女权主义者帕特里夏·希尔·柯林斯认为：“黑人妇女在日常生活中与各种控制支配自己的力量努力抗争，创造使我们能够抵抗压迫的安全空间，以形成完整的彼此互爱关系。”(274) 如果这一理论适用于整个黑人民族，那么热爱自己的黑色自我，热爱自己的家庭、社区和文化将是维护黑人身份，从而构建黑人精神家园的具有重要意义的解决方案。为使黑人意识到精神家园的重要性，莫里森列举了几宗例子。其中，《最蓝的眼睛》中的麦克蒂尔一家、《所罗门之歌》中的派拉特、《爵士乐》中的乔和维奥莉特、《天堂》中的康索拉塔和修道院妇女都能够建立自己的精神家园，从而为莫里森所歌颂的完整的民族性树立了最好的榜样。通过这些人并通过借鉴灵歌主旨，莫里森试图展示精神家园的实质。当谈及《最蓝的眼睛》的写作目的时，莫里森宣布，她的目的是为了显示“在一个从某种程度上说我们都是某种事物的受害者的世界上如何获得完整生存”(Bakerman 78)。她坚持认为，这对黑人尤其是黑人妇女通过自觉或不自觉地传承黑人文化的传统价值观和不盲目遵循白人审美标准以保留其身份是必不可少的。由于麦克蒂尔一家并不痴迷于美丽、富裕或白肤色的需要，他们集中精力于家庭和社区。即使他们也遭受多重压迫，他们仍然彼此互爱。女儿们爱她们的黑肤色，这是维护黑人妇女身份的一个重要途径①；父母则保持孩子们精神和道德的完整性。母亲通过她具有治疗和康复功能的布鲁斯歌曲传递黑人文化，而父亲则日夜劳作以保持家人有饭吃、有衣穿并受到保护。这家人还在乎是否有人“无家可归”。当佩克拉的父亲焚烧了房子，使家人“无家可归”时，麦克蒂尔则收留了无家可归的佩克拉。显然，麦克蒂尔一家没有时间、精力和资金去享受一切幸福；他们仍然分担着社区责任，这确实是一个奇迹。正是他们说服莫里森，使她坚持认为没有令人生厌的黑人，并使她产生“揭开面纱”以发现他们生命中的复杂性和微妙之处的兴趣。

《所罗门之歌》中的派拉特、《爵士乐》结尾中的乔和维奥莉特、《天堂》中的康索拉塔和修道院妇女都以各自的方式定义了什么是精神家园，这将在第四章详细讨论。因为爵士音乐也是从灵歌和布鲁斯中演变而来的音乐形式，这决定他们必然共享一些主题。

黑人们的日常生活中一个无可争辩的现实就是白人美国的独特权力和决策，如无形的上帝，虽不见形体却无处不在。对于外部生活环境受到制约、限制和被不当权力运作战略性地影响着的黑人而言，黑人灵歌具有解放、释放、救赎和康复作用。因此，灵歌的“精神”意义在于，它使“家园”不再遥不可及，而是大有希望。詹姆斯·科恩(James Cone)指出，黑人灵歌触及“那块岩石”，奴隶的真正家园，“河边”的应许之地，在那里“在那个早晨醒来，这块土地上被压迫的人被纳入‘新耶路撒冷’”(98)。由此，灵歌的作用可见一斑。

莫里森的小说创造了一个灵歌的世界。莫里森小说中的大多数黑人是在由于种族主义或性别歧视或两者兼而有之所造成的精神荒野中，遭受不协调和不稳定的内心危机。因此，他们的经历正如那些唱着灵歌的人们：虽然遭受精神动荡之苦，但是他们长期不断地寻找精神家园和希望，因此，其中一些人可能会因希望之光而获得释放。除了感情的悲痛、绝望和痛苦，她的小说还包括爵士乐和蓝调音乐所具有的精神因素。

①莫里森认为通过剥夺个性的方式鼓励种族团结是危险的。

第四章

莫里森的布鲁斯：从痛苦与挣扎中的痛哭到宣泄痛苦

从词源学角度看，Blues(布鲁斯/蓝调、忧郁)这个词是指一种沮丧的情绪，意思是精神萎靡不振，失望颓废。包括非裔美国人在内的许多人视布鲁斯为一种对那些少数误入歧途者的不幸与悲惨命运令人沮丧的评论。歌手不时地吟唱出他们在这个现实的残酷世界中所遭遇的不幸与悲哀：一份失去的爱、警察的残忍、在白人手下所遭受的压迫以及艰辛的时代。然而这也未免失之偏颇，因为蓝调同样也是一种创新的形式，宣扬积极向上的信息。詹姆士·鲍德文认为“白种美国人似乎认为开心的歌曲表达的就是高兴，而悲伤的歌曲也只能是沮丧的载体……爵士乐尤其是蓝调却有点儿尖锐讽刺，权威性与双刃性”(*Fire,* 60-61)。因此，蓝调并不仅仅是黑人对自身命运的哀哭，还是借艺术来维持个人和集体尊严的方法，是对奴隶制度这种极端恶劣的压迫的反抗，也是后人对美国社会从未摆脱的种族歧视的声诉。

蓝调的美学观点决定了其深沉的愤怒基调。因为美国梦不是不分肤色的，却是肤色意识强烈的，非裔美国人为了维系社会关系承受了难以想象的艰辛。他们经历了无法想象的残酷和屈辱，这使其种群支离破碎，使其身心痛苦不堪。也许这种个体的难以愈合的心灵创伤导致黑人仍游离于精神的荒芜中。正如道格拉斯所争论的一样，音乐的神圣之处在于每个音符都在痛陈奴隶制的罪恶却又祈祷上帝将他们从苦难的枷锁中解救。这些乐符诉说了一部慷慨激昂、久经风霜而又见地深刻的灾难史，隐藏着“受极度痛苦煎熬的灵魂的祈祷与哀怨”(24)。

第一节　黑人所经历的痛苦与挣扎

作为美国这块看似遍地黄金之地的贫苦族裔，黑人处于苦难的最底层。莫里森以她敏锐的直觉意识到了导致黑人身份缺失的多种原因。因此她的小说与蓝调那种饱受痛苦、历经混沌和遭受隔离的基调不谋而合。这也正是由于蓝调是一种深深扎根于奴隶制与奴隶贸易的音乐类型："非洲第一代伟大的音乐歌颂的并不是一种失去的甚至是未名的天堂，而是一种淳朴的人间乐趣，而这种乐趣却永远的被即兴创作了它的密西西比河两岸不幸的人们扭曲了。有一种巨大的悲哀，永无止境的痛苦呐喊带着它那干涸的源头闯入了欧洲的音乐世界，这就是蓝调。"(Malraux 30) 经过了奴隶制、殖民主义、新殖民主义和国内殖民主义的压榨，受到了伊斯兰与基督教意识形态的影响，莫里森笔下的黑人面对非裔美国人文化错位所表现的困惑凸显出他们的痛苦与挣扎。她在小说中所表现的非裔美国人痛苦的根源如下。

一、原罪

莫里森 2008 年新作《仁慈》探讨了美国奴隶制启动之初各色人种所遭受的苦难和奴隶贩子、奴隶主们所犯的滔天罪行。这部小说既没有《宠儿》的激情洋溢，也不像《爱》那样构思精妙，但却是作者对美国历史最深刻的发掘。故事发生时间比《宠儿》故事发生时间早约二百年。那时美洲殖民地尚处于开拓时期，17 世纪初英国人由于经济原因或宗教原因登上新大陆，奴隶制作为一种经济机器刚刚处于启动状态，还没有成为制度；当时的美国还没有人种的偏见，人与人之间的关系还要靠仍然变动不居的风俗和法律来确定，并且几乎每一个人都可能被买卖，"奴隶"和"自由人"尚待界定。故事背景是 1682 年—1692 年间的弗吉尼亚。在此之前的 1676 年，黑人、本土人、白人和混血儿(包括自由人、奴隶和契约奴)发动了一场针对当地上流社会人士的战争，结果以失败告终，但却促成了一部决定美国历史的法律——人身保护律的诞生：南方通过法律"永远把所有白人和所有其他种族区分开来，以保护白人"，而北方则开始迫害被控有巫术的人。当时，种族之间还没有明显的仇恨，但却已经播下了互相仇视的种子。宗教迫害盛行、阶级分化明显，空气中弥漫着由于偏见与压迫所形成的敌对气息。在这种背景下，《仁慈》探讨了促成奴隶制的各种残酷力量，并以历史的眼光洞察了美国这块人们所向往的人间"伊甸园"的两大"原罪"——对本土印第安人惨无人道的几近灭绝政策和从非洲贩卖奴隶，而诱发"原罪"的真正毒蛇则是"欧洲人"。通过莉娜的叙述可以得知，导致印第安人村落几乎绝迹的天花是由欧洲人传入美国的。对于印第安人的人口，美国历史上的统计有很大出入。据 1492 年(哥伦布第一次涉足北美洲)的估测，北美印第安人总数大约有八百万到一千万人。随着欧洲移民者的陆续踏入，本土人的健康和领土受到严重威胁。由于欧洲人带入的各种病菌，在150年内，本土人的人口锐减了90%；他们的村落被摧毁，原本用于畜牧和种植的土地被破坏。历史事实也记载了美国西进运动中为夺取印第安人的土地而对他们实施的赶尽杀绝的政策。莉娜的遭遇实际上浓缩着殖民者对美国原住民所犯下的滔滔罪行。在殖民地时代，伴随着与印第安人的长期战争，严重的劳力缺乏产生了像奴隶和契约化奴役这类的非自由劳动力，万恶的黑奴贸易也在美国盛行起来。

莫里森在接受NBA主持人采访时曾说，她写这部小说时极力想把"人种从奴隶制中去掉"[①]。在写小说前，她曾研读过唐·乔丹和迈克尔·瓦尔什写的《白货船》(*White Cargo*)并惊讶地发现美国白人的祖先也是奴隶。她说"世界上的每一个文明都是建立在奴役之上的。"[②]《仁慈》深入探讨了在美国"成为美国之前"的奴隶制基础和各种形式的奴役，可以被称为美国的《创世纪》。小说所展现的美国早期的"大熔炉"现象丝毫不亚于当代。小说中受奴役的不仅有黑人(弗罗伦斯)、印第安人(莉娜)，还有混血儿(扫罗)、白人契约奴(斯卡利和威拉德)。白人契约奴是用自由换取到达美国的通行费的人。虽然名义上他们可以用七年左右的契约劳动还上这笔费用，实际上他们可能一生都摆脱不了契约奴的身份。小说中斯卡利和威拉德的契约主人总是能找到种种理由延长他们的契约奴时限，并且似乎永远不会终止。来自非洲的奴隶和来自欧洲或英国的奴隶唯一区别是后者可以逃跑并隐身于人群中不被察觉，前者则因为炭黑色的皮肤易被发觉。

"伊甸园"的隐喻在小说中时有体现。白人主人公住在弗吉尼亚一个被闪烁其词地称作"弥尔顿"的小镇附近，而弥尔顿本来是以《圣经》伊甸园故事为叙事原型的史诗《失乐园》的作者。他本来可算作一个较有人性的欧洲人，虽然三个女奴帮他打理农场，但他拒绝直接参与贩卖奴隶的勾当(弗罗伦斯虽是用来抵债的，但他主要是可怜她而收留了她)。但遗憾的是，他的钱也绝非一尘不染：他靠从贩卖朗姆酒中获利，而这种酒正是加勒比地区的奴隶们用甘蔗汁制成的甜酒。同时他也是通过对奴隶主投资而赚钱。所以，尽管他并未直接参与贩卖奴隶，却也是奴隶贸易的间接获利者。小说中瓦克的最后举动是投资巴巴多斯的种植园。在美国历史上，这个举动具有举足重轻的定格作用，代表着新大陆的资本主义机器将是遥远土地上的奴隶劳动。他用赚来的钱建造了一座旨在炫耀财富的可笑的大房子，却并没带来任何好处：在此过程中，砍倒了五十棵树，他唯一没有

①NPR's Book *Tour with Toni Morrison*, http://www.npr.org/templates/story/story.php?storyId=95961382 (accessed 20/11/2008).

②NPR's Book *Tour with Toni Morrison*, http://www.npr.org/templates/story/story.php?storyId=95961382 (accessed 20/11/2008).

夭折于降生之初的女儿在建造房子的一次事故中丧生，而他自己还没等房子完工就死于天花。“仁慈”的奴隶主足以致命的虚荣自负在雅各布的死亡中可见一斑。更耐人寻味的是他为这所房子定做的两扇大铁门：上面各装饰着一条铜制毒蛇，当门关闭时，这两条舌头凑到一起正好形成一支盛开的花朵形状。他认为自己正在创造一个人间乐园，但莉娜却认为她正在“进入一个可怕的世界”。的确，北美在对殖民者敞开大门之前确实是一个不为外人所扰的人间乐园。从另一层意义上说，如果盛开的花朵象征着美国这个所谓人间乐园的繁荣，那么，这两条毒蛇是否意味着美国的繁荣是以印第安人的几近灭绝和奴隶贸易这两桩罪恶为代价而促成的？“伊甸园”的大门则同时被赋予了双重意义：仁爱之心使其成为人间天堂；反之，仁爱之心缺失它便会变成人间地狱。雅各布和丽贝卡虽貌似友善，却还是与欧洲人的罪恶摆脱不了干系。堕落的种子已然在他接受弗罗伦斯抵债时侵入雅各布的领地生根发芽。其后，他间接地染指于奴隶贸易并仿造了奴隶主的别墅。一位印第安人酋长诊断了这一独特现象的病理：他们脱离自然的灵魂，却坚持要收买它的土地。他们像孤儿般贪得无厌，注定要嚼烂整个世界，并吐着那足以毁掉所有原初民族的毒液。莉娜甚至认为所有的欧洲人都是“欧洲垃圾”。没有人有据地球为己有的特权。从这个意义上说，财产都是盗窃来的，而殖民于美国的欧洲人便是窃盗。因此，这部小说也是关于占有的罪恶和剥夺的危险的隐喻。

莫里森善于赋予同一物体以多重隐喻。毒蛇既可隐喻美国发家史上的“原罪”，也可隐喻从事肮脏的奴隶贸易的两种人：欧洲人和非洲人。欧洲人并非是美国这个“人间乐园”中的唯一毒蛇。参与奴隶贸易的不仅有欧洲人，也有非洲人。小说借一位被敌对部落俘虏并贩卖到巴巴多斯的非洲女性道出了这一事实：男人因凌辱牛群、女性、水、庄稼而强盛。他们焚毁房子，不能杀死的就卖掉。

二、奴隶制的影响

正如苏珊·鲍尔斯(Susan Bowers)所言，非裔美国人从他们的家庭、社区、精神传统以及其语言中被剥离开来，丢弃在一个充满痛苦、死亡阴影以及种族隔离的世界中。美好的生活并未出现在他们面前，却在他们身后。他们被各种试图粉碎他们过去记忆的企图所困扰着。奴隶主把奴隶们与其种族的其他成员隔离起来，以免他们用自己的语言进行交流从而维持他们自己的传统(211)。在她的小说中莫里森从不同的角度用实例阐述了她对主流文化侵蚀非裔美国人身份认知方式的理解。

在《宠儿》中，她描述了这种在奴隶制压迫下的痛苦经历及其后果，而这种经历却是通过莫里森所称的“民族失忆症”极其想要抹去的记忆：

> 我认为这应该是我所写的书中读者最少的，因为这是一本关于许多人最不愿铭记的事，我不愿意记起，黑人不愿意记起，白人也不愿意记起。然而，《宠儿》并非关于奴隶制作为制度的故事；而是关于那些被称为奴隶的无名人。(Angelo 120)

诸如塞斯这样的奴隶们，遭受的不仅仅是肉体的折磨，还有心理暴力。因此，为了不使她的孩子落入奴隶主“学校教师”之手，她割断了小女儿的喉咙，结束了她的生命。往事的梦魇萦绕在她的脑海中久久不能忘却，直到在保罗·迪和社区群众的帮助下她才得以走出阴影，获得救赎。

《爵士乐》则追根溯源，以维奥莉特家三代女性形象的遭遇隐喻了整个黑人民族从黑奴制经南部重建、大迁移和城市化过程的苦难史和精神生态困境，揭示了奴隶制和种族歧视的贻害。维奥莉特的外祖母特鲁·贝尔是南方奴隶制时的黑人保姆(mammy)。因白人小姐和黑人私通怀孕，其父母为免遭蒙羞厄运，打发她去了北方。27 岁的特鲁·贝尔被“幸运地”选中，“毫无选择地”(142)随这位小姐北上生子，撇下 8 岁和 10 岁的两个女儿，成了白人小姐情欲和个人欲望(“特鲁·贝尔是她**想要**并带走的”，141)的牺牲品，其个人的情欲被忽视、家庭完整性被抛诸脑后——在奴隶制被废除之前黑人是不允许有自我的，他们只是主人的财产。22 年后，当特鲁·贝尔带着白人小姐施舍的 10 美元重返家园时，奴隶制折光的射线直接投射到了缺乏人身自由的前奴隶的后代身上，维奥莉特的母亲罗丝·迪尔便是无数奴隶制贻害的牺牲品之一。从小被剥夺了正常的母爱，罗丝·迪尔因不知如何做女儿而缺乏做母亲的责任感，是南部重建时混乱、无序、不确定性的直接表现者。维奥莉特九岁时，常年在外的父亲因参加“修正党”争取黑人自由活动，房子被人收回，全家流落街头。母亲罗丝·迪尔早已被生活的重负拖跨，在被一群索债人拿走了家当、牵走了牲畜并把她从桌旁掀翻在地后，她恐惧到了极点。当她母亲特鲁·贝尔从北方回来后，她抛弃了做母亲的责任心，选择了投井自杀。历史学家琼斯分析了这一重建时历史现象的根源：“联邦政府没能建立起土地没收和重新分配的有效机制，加之南方白人蓄意拒绝出卖田产或借贷给前奴隶们，这意味着大多数黑人将会在经济上继续依附于那些……他们曾为之奴役的人。”(De Weever 52) 没有保障、不受保护的自由仍然会成为枷锁，奴隶制的贻害之大，破坏力之深远可见一斑。在奴隶制时期，罗丝·迪尔的家庭被无法弥合地摧毁；奴隶制结束后，由于种族主义并没有因为奴隶制的废除而消亡，她仍然未逃脱种族主义压迫性歧视的厄运。

三、作为控制工具的误称和命名

周围社会对黑人生活不断地审查和侵扰不只表现在特殊事件中，更体现在一贯的误称模式中。在《黑人过去的神话》中，麦尔维尔·赫斯科维茨重点写了起名在美国黑人文化中的重要性。他把起名习惯与他们的黑人祖先联系起来，评论道："在西非，名字至关重要……因此一个人的名字在许多场合会随时间而改变。每当他生活中发生了重大变故，或在他经历了成长过程中新的发展阶段后，便会有一个新的命名。"（191）由此可以看出在非洲文化中名字的重要性。因此黑人对起名很重视。名字被看作是灵魂的表达方式，只有在有了恰当的名字之后，人或物才获得了真正的存在。它是一个人身份的象征，是其家族史的记录，也是保持自己祖籍及血缘关系的关键。没有名字就没有根，一旦失去名字，死去时就无法与祖辈取得联系。"如果你来自非洲，而你丧失了名字，那便会相当麻烦，因为这不仅仅是你的名字，而且代表着你的家系部落。如果你失去了名字，死后怎么跟祖先联系？那是一个很大的心理伤疤。"（LeClair 28）因此，选择并保持一个名字非常神圣，而丧失姓名则被看作是对神灵的冒犯。《所罗门之歌》的派拉特因此日夜佩带着刻有自己名字的耳坠，而奶人的父亲梅肯·戴德（Dead，意为"死"）二世因为接受了从父亲那里继承来的假名戴德变得如同行尸走肉，全然失去了黑人性，成了一个同化于白人，占有钱财并支配他人的冷酷资本家。莫里森在接受采访时说："我从来不知道我父亲的朋友们的真正名字。至今还是不知道。他们用别的名字。其中部分是因为文化上的孤儿身份，部分是因为他们拒绝在他们无法选择的情况下给起的名字。"（LeClair 28）戴德（Dead）这个名字切断了梅肯同祖先的联系，充分体现出他的文化孤儿身份。

寻根前的奶人没有意识到自己的假名，不知道自己真正的家系，不认同自己的黑人民族身份，因此也没有意识到自己的黑人性。无根的感觉使他没有归属感，因此只知自恋自爱，没有责任心。但当他成功寻获了家族史并把自己与祖先的名字和生活联系起来后，他也抛弃了原来的自恋倾向，学会了关爱别人，进而开阔了眼界，增强了洞察力，并最终获得了飞翔——超越自我和自爱的勇气。

名字和命名的意义是很多美国黑人作品的主题，命名还被看作一种通过黑人文化实践来反抗白人社会霸权的方式。在很多非洲人和离散者眼中，名字的力量很强大，以致于人们常常保留一个秘密名字，这样敌人就不能把它用作恶意。在新世界，一个名字也可用来反对压迫者，以前奴隶经常这样做。主流社会一方面创造定型的刻板形象来限制美国黑人的行为，玷辱他们的价值，另一方面它还操纵着美国黑人的取名，这是压迫权力结构的另一种表达形式。一个人知道自己的名字与他或她证明自己身份的能力有重要的关系，而不知道自己的名字使美国黑人对他们自我意识和根源意识感到异常困惑。美国黑人价值损毁与他们原始非洲名字的丧失有密切联系。在与托马斯·勒克莱尔的一次会面中，莫里森讨论了处于奴隶地位的美国黑人的文化孤儿身份，他们在自己无法选择的环境中被迫接受别人的命名。当他们从家乡被绑架的时候，他们就被剥夺了名字，同时也失去了家庭和部落(LeClair 28)。通过把他们同原始名字和家乡隔离，压迫者们摧毁了他们对自己民族和文化的自豪感，削弱了美国黑人的团结。莫里森主要针对作品中的主要人物及其家人被迫使用假名发展了名字这一主题。对一个没有真名的家庭来说，使用假名是一个永远的困扰。这样，重索原名对黑人真正身份和他们对自己民族和文化自豪感来说是很重要的。

莫里森的小说世界以名字和现实的矛盾为特点。名字和现实的不一致反映了强加在黑人民众和黑人社区的讽刺，这从小说《最蓝的眼睛》中莫里森选择布里德洛夫(Breedlove)为姓可以体现出来。在布里德洛夫家庭中，没有任何爱的源泉。具有讽刺意义的是，只有乔利对佩克拉的乱伦行为体现了爱。正如托马斯·H.费克(Thomas H. Fick)指出的，由对女儿的厌恶和爱而诱发的强奸是一个“矛盾形容法”，这一矛盾形容法并不能像他自相矛盾的姓一样与他变态的行为相联系(20)。由于种族和贫穷而被冷落，被看不起，布里德洛夫一家不能够享受他们作为一个家庭聚在一起的基本人权，英语“Breedlove”一词蕴含着一个家庭中的温暖、爱意和关怀的交流，但他们的家庭和生活与他们的姓氏相反，自相矛盾地否定了爱。最终，这个缺乏爱的家庭被遗忘和摧毁了。

在《秀拉》中莫里森通过把一个坐落在山上的黑人社区命名为伯特姆(Bottom，意为“底部”)进一步指出了名字与现实的矛盾。莫里森把它作为笑话讲述：山区被称作底部，这是由一个白人统治者命名的，他违背诺言，不愿意把肥沃多产的谷地给他的奴隶耕种。这个白人统治者推脱道：“当上帝往下看时，看到的是底部，这就是我们这么叫它的原因。这是天堂的底部——是当今最好的土地。”(5) 被驱逐到雨水容易冲刷掉土壤、斜坡使耕作更艰难的丘陵地区，黑人群众在被叫做底部的山区辛勤地耕种。命名的过程反映了统治阶级为了保护自身特权维护统治阶级和社会秩序而如何蓄意使用命名这一计策，利用黑人并把他们驱逐到永远落后的边缘地区。

莫里森进一步强调，美国黑人很容易被剥夺原名而被误称。《所罗门之歌》中尽是有滑稽名字、复合名字或遗失名字的角色，如梅肯·戴德一世，他的真名为杰克·所罗门，但二战后偶然被一名喝醉的士兵登记时改了名字。被问及他在哪里出生和父亲是谁时，杰克·所罗门回答出生地为梅肯，父亲已死(dead)。“北方佬都写下来了，但在错误的空间。”(53) 结果，杰克·所罗门所说的出生地为梅肯(Macon)，父亲已死(dead)成了他的新名字梅肯·戴德。虽然父亲没有给他取名为梅肯·戴德，但在种族歧视政府随意将他视为对象性存在而不是个体的情况下，杰克·所罗门不能够保留自己的真名。然后，梅肯·戴德取代了更真实的名字。这名称甚至暗示它自身的终极作用：它“致人死”(makes dead)。

在《柏油孩子》中，莫里森用人名作主题来反映西方等级制度的阶级问题。在这种等级制度下，处于下层社会的人被他们的压迫者剥削了他们自己的名字。在白人奴隶主斯特里特所居住的别墅阿布尔克鲁娃(L'Arbe de la Croix)中，没有一个人知道园丁吉迪恩和特雷西这两个不可或缺的本地奴仆的真实姓名。人们只知道他们分别被称为园丁和玛丽，这称呼与他们的个性毫不相干。他们只是被给予了一个标记，一个与他们本身和事实不符的面具，而并非一个名字。在他们主人眼里园丁和玛丽是无足轻重的。因为他们的主人最关心的是安全保护权力结构和利益不受所征服奴隶的干涉。

在《宠儿》中，种植园“甜美家园”这个名字显示出白人统治者无视奴隶的生命和个人特征，控制着他们的命名。加纳先生，这个表面上仁慈的奴隶主，吹嘘说他像对待真正的人一样对待他的奴隶，从不虐待他们，如果他们愿意，还允许他们表达自己的思想和获取读写能力。然而，在加纳先生死后，甜美家园失去了它“甜美”的一面，新的主人“学校教师”剥夺了加纳先生慷慨地赋予奴隶们的所有特权。正如保罗·迪后来所意识到的那样，即使在他们以前的主人活着时，奴隶们也不可能拥有像真正的自由人那样的自由。因为那时，他们的生命在一种不合理的条件下依靠着他们的主人加纳先生，“这个生前在‘甜美家园’中把他们叫做‘人’和宣布他们是‘人’的主人”(220)。在“甜美家园”中，由“学校教师”建立起来的关于奴隶制度的绝对的等级秩序给奴隶们带来了一些意想不到的变化，这些变化显示出：不论他们的统治者多么仁慈，他们的生命一直在受到威胁。“甜美家园”这个名字矛盾地表现出了在这个统治者的家中，主人“甜美”的一面和奴隶们脆弱的生命之间的差异。

在这种奴隶制度下，正如大卫·劳伦斯(David Lawrence)所记录的那样，奴隶命名的权利绝对地掌握在白人统治者的手里(191)。加纳先生和加纳太太从来不叫贝比·萨格斯的真实姓名，他们只是用她被注册的名字“珍妮”这个印在标志着他们合法拥有这个奴隶的销售单上的称呼。她缺少名字——正如她自己说的“没有什么……我什么也不称呼自己”(*BL*, 141)。这个事实是处于孤独的中心的奴隶们的真实写照。在这里，没有人会感到有家的感觉(*BL*, 140)。贝比·萨格斯没有“自我”，因为她没有一个可以建立起自我的参照系。没有家庭，没有孩子，没有身世背景：“可悲的是，她不知道她的孩子们埋在哪里，不知道如果他们还活着，他们会长得像谁。事实上，她比了解她自己更了解她的孩子。她从来没有一张图像可以去发现她自己像什么。”(*BL*, 140)甚至当她在获得解放，要求获得自己的真实姓名时，加纳先生却不赞成，因为“贝比·萨格斯不宜作为一个自由的黑人”(*BL*, 142)。对这些被分散在这个国家各个地方的奴隶来说，名字是认出他们失散的家庭成员的一条重要线索。“贝比(Baby)”是她丈夫对她深情的称呼,“萨格斯(Suggs)”是她丈夫的名字,她说那是她丈夫留给她的一切(*BL*, 142)。加纳先生否定了贝比·萨格斯原来的名字，虽然他没有恶意，但他剥夺了她丈夫找到她的可能性。因为她丈夫可能通过自己知道的她唯一的名字打听到她。加纳先生满足于他自己的慷慨大方，他通过决定他以前的奴隶们的名字来维护他的统治，展示他的傲慢自大。和奴隶们的生命比起来，他对这些更感兴趣。最后，当自由已不再有多大意义时(贝比·萨格斯已年迈)，加纳先生同意让哈利(Halle)赎回了他的母亲——贝比·萨格斯的自由。然而，就是在这种受人摆布的环境下，贝比·萨格斯还是保持住了她原来的名字，并希望以此来和她的丈夫取得联系，尽管这不符合白人命名的规则。她作为一个在奴隶制度的痛苦折磨下幸存下来的非裔美国妇女，强烈的身份感使得她能够宣扬爱的重要性和在一个团体中关爱的重要性，使得她能够吸引着那些社区黑人。直到她过分炫耀与她的儿媳塞斯和孙子孙女们重新团聚的快乐，并因此偶然轻率地侮辱了他们，才终止了她自己对人们的吸引。

某些奴隶主通过字母的顺序来识别他们的奴隶。如保罗·迪是一连串保罗中的一个，而西克苏(Sixo)大概是同一组中排行第六的奴隶。[①]斯坦普·佩德(Stamp Paid)是出生在奴隶制度下的天生的约书亚，然而却选择和设计了他自己的具有象征性的名字，表现出了对白人命名传统的反抗，也是一种对获得自由的庆祝。更确切的说，他的名字也是摆脱债务获得自由的一种象征。因为他曾经受到奴隶制度的折磨，因为他已经在悲惨和不幸中对人性履行了一切责任义务，尽管他相信，他在地下铁路作为向导期间连续不断的活动终究也会表明这一点。莫里森暗示了所有的非裔美国人实质上是“付了钱的邮票”(Stamp Paid)。

在所有的这些事件中，这种错误命名并没有将黑人世界存在的现实去除，隐

①正如特鲁迪尔·哈里斯在“碎片的重新连接：《最蓝的眼睛》中的美国黑人民间传统”中所写的：“被人叫并非自己所取的名字会产生很大的消极力量，就像外号会产生消极力量一样。”(72)

匿不见不代表不存在。但是，它的确反映了一种扭曲和失真。只有在黑人符合白人文化的参照系并服务于它的需要这个范围内，黑人对白人文化才具可见性。因为他们在被不断地毁损和具体化，从而失去了他们独立的本体。在《最蓝的眼睛》中，布里德洛夫夫人有一个绰号“波莉”，只有白人用这个称呼。这个称呼降低了她的尊严，并把她确定为“最完美的仆人”（*BE*, 99）。当优雅端庄的海伦娜·赖特变成白人列车员眼中的“姑娘”（gal）时，她和她的女儿耐尔感觉她是有“缺陷”的，在优雅端庄的表面下是“真正的软弱”（*SL*, 17-19）。

四、双重意识

在黑人文化身份建构过程中最大的障碍来自于白人意识形态的毒害。按照西方马克思主义学者阿尔都塞的说法，意识形态、国家机器作用于日常生活，使人们受制于努力想把他们整合进一个社会系统之中的主流意识形态。这样，权利通过体制化的机构、制度化的话语得以复制和再生产，使大众于无形之中同化主流的价值观。种族主义作为一种制度化的实践，不仅规训黑人的肉体，而且摧毁黑人的主体性，使黑人内化白人的价值观。如杜波伊斯所言：“这个世界不让他具有真正的自我意识，只让他通过另一世界的歧视来认识自己。这给人一种非常奇特的感觉，这种双重意识，这种永远通过别人的眼睛来看自己，用另一个始终带着鄙薄和怜悯的感情观望着世界的尺度来衡量自己的思想，是非常奇特的。”（Du Bois 12）

当谈到美国黑人“被埋葬的”灵魂时，杜波伊斯认为美国黑人的身份特征是由其“双重意识”决定的。他谈到：

> 美国黑人的历史便是这种斗争的历史。他们渴望实现自我意识中的男性气概，来使他们的双重自我融合为一个更美好、更真实的自我。在这个融合过程中，美国黑人也不愿摒弃原来的任何自我。他们不愿将美国非洲化，因为美国拥有太多对世界和非洲有教益的东西。他们也不能使自己的黑人灵魂在白人美国的潮流中漂白，因为他们知道黑人的血液里含有传给世界的信息。（215）

他认为，已获得人身解放的人民还需要进行精神斗争，而这种斗争充满着他们的父辈母辈所经历过的危险和他们几乎力不能及的灵魂上的痛苦历程。他们几乎被疑虑与渴望撕成两半，两种灵魂，两种思想，两种不可调和的努力，在一个黑色的身躯里有两种相互较量的理想（134）。只有布鲁斯的悲剧色彩才能允许他们描绘出被奴役之人的灵魂抗争。因此，美国黑人的愿望就是“让既做美国人又是黑人成为可能”(365)。结果是自相矛盾的集体身份：既是美国人，又是分离的。

从弗雷德里克·道格拉斯和威廉·布朗到伊斯梅尔·里德和托妮·莫里森，美国黑人文学的主流一直是在各种压迫下寻求自由的斗争和寻求实现作为非裔美国人的复杂双重文化身份。然而直到20世纪60年代，黑人作家不得不时时与詹姆斯·鲍德温在讨论对抗文学所阐释的“神学恐慌”作斗争。他们必须在呈现美国人眼中的黑人与呈现复杂人性个体之间做出选择，也必须在赞美非洲种族文化和融合于欧美文化之中作出决定。黑人作家往往都陷入了过分强调单一而忽略其他的夹缝中，因而他们不能呈现出黑人作为具有非洲血统的美国国民的完整性和平衡性。直到今天黑人作家才对美国黑人有了一个更全面的理解，才能探寻到一个可供他们生存的更广的现实领域。托妮·莫里森便是其中之一。

从杜波伊斯的“双重意识”到拉尔夫·埃里森的“看不见的人”都或隐讳或直接地启示人们，在一个充满敌意和对抗的世界里，有关身份的问题总是至关重要的。通常情况下，这种对身份的追寻往往会导致两种截然相反的途径：主流同化(适应)或种族分离。《所罗门之歌》中的两个人物证明了这些纷争的种族派系：奶人的父亲梅肯·戴德二世(被同化的代表)，还有奶人的朋友吉他·拜恩(分裂主义的代表)。除此之外，莫里森援用了两个美国年轻人的例子，即《所罗门之歌》中的主人公奶人·戴德和《柏油孩》中的主人公雅丹·蔡尔兹，阐明黑人身份的真正意义所在。因为徘徊于被中产阶级白人价值观同化和回归黑人种族身份之间的心理空间，他们的身份最起码刚开始是不完整和令人困惑的。

雅丹的双重意识在她对阿尔玛·艾斯蒂的反应中表现得最为明显。阿尔玛·艾斯蒂是西印度本土人，长期困惑于白人价值观。当雅丹走近艾玛的时候，她接受不了阿尔玛那红色的假发，内心有一种莫名的想要逃离她的迫切感。巴黎是当时贵族时尚和白人审美的繁华中心，而雅丹此时正在去往巴黎的路上。这也就表明她心中有难以用言语表达的复杂心情。一方面，她试图接受西方人的形象和观念，否认被边缘化的种族血肉同胞的在场，比如当她看到阿尔玛和她第一次看到森的时候的反应即说明了这一点。另一方面，她虽然排斥非洲裔美国人的价值观，但仍然感觉到自己种族血统的丧失，并下意识地开始害怕随之会发生的身份丧失危机：她永远都无法从西方价值观和传统道德价值观的冲突中解脱出来。

雅丹不知道自己的无归属感到底源自何处；然而，她自己内心的困惑是由阿尔玛的红色假发引起的，也是以它为象征的。阿尔玛的红色假发隐隐约约地提醒她被白人同化的危险和愚蠢，同时又促使她思考盲目地接受白人文化和价值观的代价。幼年丧失双亲，被叔叔西德尼和婶婶昂达英养大，接着由他们的白人雇主资助被送到学校接受正规的高等教育。雅丹其实就是文化意义上的孤儿，她对她的父母、她的种族根和她的过去都一无所知，永远在非裔美国人和白人世界之间徘徊不定。

奶人在一个中产阶级黑人家庭中长大，他的父亲已经被中产阶级白人的价值观念同化，但这个美国黑人小伙子在寻找家族渊源的过程中摒弃了已经被中产阶级白人同化了的价值观，为其他人树立了榜样。正是他的黑人意识使他超越了自己的愚蠢行为，开始热爱他本族的兄弟和社区。奶人这个形象真正体现了非洲裔美国人想要超越双重意识从而实现从无知到心灵超越的顿悟的愿望。

五、商业文化

文化，正如种族一样，没有好与坏的区分，然而当两种文化相遇在同一种社会背景中时，由于它们的经济、政治和影响的不同，主导文化将会加强它本身的价值体系和生活方式，并将这些传输给弱势文化。渐渐的，主导文化将影响、减弱并最终吞并掉弱势文化。同时，作为主导文化的一部分和最重要的传播工具——大众传播媒介将主导文化的思想体系以信息和形象的形式传播出去，就如洋娃娃、食品和电影。大众传播媒介在定义美的标准方面起着十分重要的作用，而任何偏离这些标准的东西都被认为是丑陋的。白种人的消费文化也是一种致命地摧毁黑种人身份的元素。许多黑人变成了商品消费最大的受害者。美国是一个商业化社会，毫无疑问，消费文化带来了所有种族平等的商业化的渴望，所有黑人急切地去买和白种人一样的商品。然而这种消费文化仍然将黑人与制造业的主导方式分离并将他们排除在从事商品制造之外。[①]根据莫里(Aoi Mori)的说法，白人资本主义最强有力的破坏是由商品文化创造出的各种形象，它们控制着非洲裔美国人的行为和思维方法，使他们的思维方式由一些刻板定型形象主导(37)。这些黑人队伍的发展与壮大也标志着这种文化的日益流行。

《所罗门之歌》中的哈加尔正是这种洗脑的众多受害人之一。正如芭芭拉·里格尼(Barbara Rigney)中肯的评论，哈加尔把“镜中反映的自我的影像当作她自己”并被这种映像所摧毁，其实“镜子反映的只是白种人的审美标准”(“Hagar's Mirror”, 52)。同化并内化了白人的审美标准，哈加尔认为这些标准是普遍的，把自己无法吸引奶人的现象归咎于自己无法符合这些标准。为了找回失去的爱，处在精神崩溃边缘的哈加尔买了一堆化妆品和其他符合那些审美标准的商品。结

①对商业文化及其主导性进一步的阐释见苏珊·威利斯的“我买故我在”(Susan Willis, “I Shop Therefore I am”)。

果，她没有嫁给奶人·戴德(Dead，意为死)，却把自己托付给了死亡"先生"。

《最蓝的眼睛》中的佩克拉在精神失常之前也经历了这样的洗脑，这在第二章里已经做了分析。哈加尔和佩克拉的悲剧在于她们没能理解自己是无法融入白种人的标准的，相反，她们自我毁灭性地内化了性别歧视和种族歧视带来的伤痛和忧虑。新的主导形象很方便地控制着非洲裔美国人的行为和思维，这些新形象由社会和商业主义借助于现代科技有效地保存下来并加强了以往的旧形象。波琳讨厌自己的女儿，因为女儿的外表一点也不符合美国电影业的审美期望。她融入电影世界的企图使她与自己还不成功的人生现实疏远了，这一企图摧毁了她的现实世界——一个与荧屏上展现的商业化的奇妙世界不同的现实世界。由于相信影片中的幻觉是真实的，她开始感到很难面对不负责任的丈夫、她黑皮肤的孩子以及她的贫穷。她的无能感和不满被好莱坞式的充满焦虑的丰富物质和顶尖时尚的快乐生活所加强。她没能发现这个由商业企业展示的荒唐世界的瑕疵。

另外，大众传媒在维护不公平的等级制度中起着重要的控制性作用。它们是通过信息和图像来传播意识形态的重要手段。科学技术先进的社会，如美国，不仅仅依靠武力，也利用意识形态上的霸权通过民众舆论来维持不平等体系。大众传媒颇具渗透性的影响力与资本主义垄断紧密相关，而这使那些掌权者能通过所有权和经济支持来控制社会准则和价值观。现代的主流社会不再像以前奴隶制下那样实施明显可见的人力剥削了，取而代之的是美国消费文化占据控制性的地位。因此，黑人女孩被置为社会最底层，例如佩克拉和哈加尔，而这最终可能被认为是合乎规范的，并被迫接受文化控制和由传播媒介传播的具有控制性的影像。

苏珊·威利斯(SusanWillis)强调通过媒体施加在黑人女孩的人身自由上的强有力的、不可抗拒的影响力的禁束时说："白人文化的控制太过复杂，而不仅仅局限于采取报复性的方式。对文化控制不能简单地一概而论，更不用说被料想到了，因为控制与传播有密切联系，而又与商品满足感相关。"("I Shop Therefore I am", 175)

传媒费劲心机使他们的价值观保持完整无损，并从被降至次要地位的人群中分离开来，蓄意排除美国黑人文化遗产中具有反对他们影响力的观念以便避开能够积极地进行文化同化的来源。控制传播媒介的目的在于稳定被压迫者，消除边缘群体中任何重新得到他们自己个性和自由的尝试。

在《柏油孩》中，雅丹是消费文化的一个标志性人物。她身穿价格不菲的时髦衣服，佩戴着昂贵的珠宝，取得了哈加尔和佩克拉所没有取得的成功。尽管她很成功，却被客体化了，没有完整的心声来表达她自己。就像玛丽·简·卢普顿

(Mary Jane Lupton)所说，雅丹只是个单纯“被待售商品装饰的人”(417)。她作为模特的工作表明她被用作人体模型来展示那些消费文化试图销售的衣服。正如米基尔·华莱士(Michile Wallace)指出：“黑人妇女更多的是在美国主流文化中作为时装模特或音乐电视中的演员出现，而不被允许表达她们自己的心声，或作为有色人种妇女和作家来探讨她们自己的处境出现。”(3) 雅丹直觉地察觉到只有她的青春和具有异域风情的美能够使她保住她的工作，而年龄将会很快阻碍她继续她的名模生涯。尽管她隐藏她的忧虑，但是雅丹潜意识中理解到作为模特展示时尚的代价就是对她的种族个性和敏感性的禁锢。在那些对不熟悉的和有别于他们文化的事物展现好奇心的西方人看来，雅丹是一个没有自己独特的美国黑人特点的异域混血儿。如果雅丹能够把她的失落感与她的美国黑人血统联系起来，她就会变得坚定，而不会总是担忧她的信仰和行为表现。

不像雅丹一样有一份成功的职业，西印度本土人阿尔玛·艾斯蒂则更被人贬低和不被人注意，她在《柏油孩》中展现了西方文化否定种族价值观的严重性。就如哈加尔展现了一个黑人妇女沉浸于白人文化的荒唐尝试一样，同样被白人价值观毁灭的阿尔玛相信，假如她戴上一顶红色的假发会让她的外表变得更好看。被震惊的森试图让她摘掉这个假发。而阿尔玛用她在多米尼克机场清洗马桶攒的钱买假发，她确信这会让她看起来像白人女孩。很显然，被种族化的商品文化甚至在剥削她作为看门人的劳动力的同时，也在让她蒙受耻辱。

由此可见，黑人身份认同首先要解决的是黑人如何表现自我的形象问题。是继续遵循白人社会的话语模式，还是创建自我的身份模式，一直是黑人作家关注的焦点问题。如果要建立黑人自己的独特形象，就要对黑人形象的歪曲表述进行清理，为黑人正名。在美国主流文学中充满了对黑人的歧视和刻板成见。如埃里森在 1953 年发表的“二十世纪文学与人类的面具”一文中分析了海明威、斯坦贝克、福克纳和马克吐温笔下的黑人形象后指出：“不管是海明威和斯坦贝克还是早期的福克纳，他们都趋向于忽视黑人的存在，或者是歪曲黑人的人性以适应他们个人关于黑人的南方化版本。他们很少考虑到黑人性格中也拥有复杂人性的多样性。”(*Shadow and Act*, 54) 因此，黑人要赢得白人社会的尊重、建立自己的文化符号，必须根除自卑心理和对白人文化沙文主义的盲目崇拜，并对自己的文化价值有独特的认识。

六、大迁徙和文化孤儿身份

莫里森的小说大部分都是关于地点和错位，指涉到她所在的社区，则能强烈地唤起人们对心情、文化和心理的记忆；指涉到她的人物，则常常与那些赋予他们身份的人和地方格格不入。她更偏爱一种对迁徙的独特描绘方式，这种刻画盘点了身体和心理错位对那些在文化上具有流动性的黑人所造成的毁灭性和人格扭曲。

人口分散循环开始于跨大西洋奴隶贸易，这种贸易在商业层面上把上百万来自非洲中部、西部和西南部的非洲人驱逐出境到欧洲、美国和加勒比海沿岸。这一循环主要包括：难民从地下铁路通道逃避到北方；在美国殖民社会保护下，19 世纪早期自由非裔美国人被驱逐出境到利伯瑞亚；欧洲殖民统治者的“争夺非洲”运动分散了非洲民族并且瓜分了他们的土地，不同的帝国主义统治分裂了他们的文化国籍；后重建时期的大迁徙运动把来自路易斯安娜州、密西西比州、佐治亚州、亚拉巴马州、卡若里那州还有其他地方的成千上万的非洲人向北、向西驱逐到俄亥俄州、纽约、宾夕法尼亚、伊利诺伊州、堪萨斯州、俄克拉荷马州；后解放时期在大量的加勒比海沿岸国家中非洲人的内部迁徙，他们迁移到巴拿马和哥斯达黎加，在那里他们为巴拿马运河的建设和美国所拥有的水果出口产业工作；20 世纪从加勒比海、美国和非洲迁徙到欧洲和北美大都会——巴黎、伦敦、里兹本、纽约、迈阿密、多伦多；日后为追求前所未有的更加具有冒险性的“进步和提高”[①]城市间及城市到郊区的连续迁徙等。

莫里森的小说以严肃的方式展示了改良型的变化——机会、流动和“成功”，在这三者之间存在着一个抗衡：那就是文化冲击。[②] 人类学研究展示了这种文化冲击，也就是人们对文化错位所产生的严重心理反应，这种反应是在旅行或者迁移到一个在很大程度上与他或她自己的文化相差很大的文化中时，要求他们个人能够正常发挥他们的身体机能时而产生的。

莫里森的所有小说都刻画（也有人说是哀叹）了黑人的多种多样的心理失调现象，他们和他们本土的、赋予他们文化特征的、真实的群体失去了联系或者说是被拒绝给予这样的机会。当这些黑人丢弃传统的文化观念和准则而去适应那些生疏的文化观念和准则时，他们就会变得荒唐不稽、可怜并且不能发挥他们个人的作用。由于缺少本土的文化来告知或解决他们的生存问题，文化流动者的生活会变得生疏、没有意义，并且令人费解地“格格不入”。

莫里森的作品详细地记载了文化冲击这一现象。莫里森把文化冲击这一现象

---

①见罗伯特·斯特伯图（Robert Stepto）的“来自面纱之后：对非洲美国人叙述的研究”。此文讨论了斯特伯图所称的由“限制性社会结构”所推动的、“向上的”旅途。

②“文化冲击”这一术语是在 1945 年由卡勒沃·奥伯格（Kalervo Oberg）引入到英语里来的。参见 *Culture Shock: Psychological Reactions to Unfamiliar Environments* by Adrian Furnham and Stephen Bochner (Mrthuen: London, 1986)。

描绘成那些向上层社会流动和迁徙的黑人或者是漂泊的黑人一种痛苦而又不可避免的后果。例如，在《最蓝的眼睛》一书中，在布里德洛夫一家迁徙到洛哈恩(Lorain)之前，波琳深爱着乔利。尽管她长着一只弯曲而又无足弓的脚，乔利对她的爱却使她的这一缺点看上去既特别而又令人爱慕。那也是波琳平生第一次感觉到她那只无用的脚却成了她宝贵的财富(116)。在乔利的保护下，她感觉到"既安全而又心存感激"。他们一起出门采集浆果并且感受着火热的六月带来的绿色气息(117)。她以前并不知道这世界上会存在着这么多的欢声笑语。乔利和波琳·布里德洛夫刚结婚不久就离开了肯塔基州边远落后的农村。他们来到了俄亥俄州的"城市"洛哈恩，去追求经济改观的美好前景。北方充满敌意的环境最终使他们的爱和生活走向了毁灭，所有的一切都被改变了。乔利开始整天呆在外面，工作、喝酒、与同事厮混，而波琳则不得不经常一个人在家空守寂寞，她慢慢变得无奈且充满忧伤，开始出门看电影，按照白人的眼光打扮自己。乔利的脾气则越来越差，他放弃工作，整天酗酒度日，只靠波琳在白人家里工作赚钱养家。最后，他们两个都未能成功地实现由迁徙经历所要求的必要的过渡和转变。波琳认识到生活将会在很大程度上与她的老家肯塔基州不同。她被安置到一个生疏而又对她不利的土地上，在那里，相对于黑人来说，白人们在数量上占绝对优势；在那里，对她的评判标准并不是她高质量的工作而是她相关的外部长相特征，甚至那些受白人价值观影响的黑人也对她评头论足。她的生活不再充满家庭的平静宁和。波琳到家庭之外来寻求一种目的感和认同感。因为丈夫和孩子都是黑人，对于她来说，他们长相丑陋，她对照顾丈夫和抚养孩子不再抱有热情。渐渐地，钱的问题就成为他们所有争吵的焦点。和小说开头描写的迪克和简理想家庭大相径庭，布里德洛夫夫妇的婚姻里充满着争吵并且带有暴力倾向。

在《秀拉》中，当秀拉·皮斯结束她在米达林之外的世界十年的旅居生活后，预言灾难的知更鸟瘟疫预示了她的文化迷失。在她将祖母送入养老院并独占了"木匠路七号"的房子，毁掉最好朋友的婚姻，而且再三与白人厮混后，她在很大程度上表现出了与伯特姆社区文化的疏远。结果，她孤独地死去，未曾被爱。

在《所罗门之歌》中，由于被贪婪和权力欲所支配，梅肯·戴德二世全盘抛弃了他的文化根基，而采纳了使人无能的主流成功意识形态。在目睹了白人将其父亲残忍地杀害以后，他心理上受到伤害。他发誓要学会白人游戏规则，以此来报复。然而，梅肯所知道的唯一白人游戏就是对黑人的压迫。

《柏油孩子》中的文化孤儿雅丹·蔡尔兹也许是莫里森笔下描绘得最丰满的一个人物，因而也是文化污染和无根性的最可怜受害者。尽管她在媒体界很成功，有着显赫的国际美人的声誉，雅丹却被谴责为西西弗斯般的游离者，因为她不能真正地或有意义地从属于任何一个文化群体。

在《宠儿》中，奴隶塞斯在向成熟自我成长的过程中没有从能给予文化滋养的社区中获益。为了俄亥俄州自由之岸的生活，她逃离了肯塔基的奴役生活。在这之后，她享受了自由和“亲情”，但这仅维持了28天。后来她企图杀掉她的所有孩子而不愿看到他们重新落入奴隶捕捉者之手。因为塞斯显然跟他们有着不同的文化视角，她被刚收容她的社区抛弃了：人们没有在奴隶主到来时向她通风报信。

如其音乐化的名字所示，“都市蓝调”《爵士乐》详细描述了城市黑人充满创痛的“蓝调”、移民的不同经历及其结局。莫里森在《爵士乐》中审视了黑人在“大迁移”中所遭受的错位感和疏离感：地点是在纽约，莫里森的人物都被这座城市所诱惑和抛弃。跟许多其他人一样，乔和维奥莉特·特雷斯在世纪之交和一战期间从南方搬到了纽约，也跟其他人一样，南方的政治经济艰难时段和对北方美好时光的向往驱使他们搬迁。然而他们在这座城市中没有找到他们的麦加圣地。当特雷斯夫妇遭受一系列文化冲击时，他们的计划和梦想受挫了。在北方，没有熟悉的文化社区来支持他们，乔和维奥莉特无法应对城市生活的挑战。在努力适应城市节奏的二十年中，乔和维奥莉特迷失了方向。首先是乔然后是维奥莉特。跟其他众多非裔美国人的现实和虚构生活一样，在一连串的使他们越来越远离文化根基的改善性行动中，如大多数处于相同处境追求北方所能给予他们的机遇、平等和财富的黑人一样，乔和维奥莉特50岁时发现生活如同碎片。乔成为“知道错误不正确却还是做了”(74)的人。

在《爵士乐》中，主要人物形象都处于无父无母状态并呈不完整的精神碎片状。乔从来不知道自己的父亲是谁，母亲是个被人称做“瓦尔德”(Wild)的疯女人。她自从生下他就弃他而去，在蔗田与树林中与虫鸟为伴，过着穴居生活；维奥莉特的父亲一直弃家在外，母亲被生活的重负拖跨，在她年幼时投井自杀；多卡斯的父母在东圣路易斯的种族骚乱中丧生，年幼的她5天内参加了两次葬礼。从文化的角度来看，母亲代表着文化传承，父亲代表的则是根基、精神。因此，从社会学角度来说，父母之爱的缺失代表着文化的失落感，具体到个人身份，则表现为文化上的孤儿身份。这种文化孤儿身份的直接外在表现则是人物精神世界的不完整性，如价值取向偏狭、情感世界苍白、人性扭曲变异、灵魂苦苦守望等精神危机。《爵士乐》中一再使用“破裂”、“破碎”和“碎片”这一支离破碎的意象来隐喻人物自我分裂、主体缺失和异化的倾向。如维奥莉特总是看到乔的“碎片”，维奥莉特的大脑和乔的眼睛都被描述成分裂性等。不同的是，乔对自己一生经历的七次自我变化的自述表明，他不断变化的自我呈历时性，他不断地从一种自我身份向另一种转变；而维奥莉特分裂的主体性则呈共时性：几种自我同时存在于维奥莉特一体。在小说中，作家用十四个斜体的“那个”(that)放在维奥莉特(Violet)之前，用以说明维奥莉特分裂的内心世界和多重人格。“那个”维奥莉特是年轻的、她母亲“会喜欢的和以前的”(208)维奥莉特，她没有受过城市的喧嚣与骚动侵蚀，充满了力量和热情、敢爱敢恨但纯朴真实、人格独立精神自主；另一个则是被北方城市生活压抑而异化失落、感伤无助的中年黑人妇女。

分裂的形象隐喻着人物分裂的人格。作者通过维奥莉特的外在行为表现描写了这种分裂人格，如无缘无故地坐在大街上(失去生活的勇气)、差点偷抱走别人家的孩子(文化寻子饥渴)、大闹多卡斯葬礼并用刀子划死者的脸(歇斯底里的精神分裂状态)。

维奥莉特的分裂人格凝聚着祖辈和母辈屈辱的历史积淀，映射着黑人被迫融入大迁移狂流和城市化过程中的失落、异化。作为“自杀者的后代”，从小在缺父少母、流离失所的艰难生活中漂泊，她无法找到一个完整的自我并因此产生一种失落感，对为人母产生了恐惧心理；母亲自尽的井使她难以入眠，甚至见到深洞她都害怕；代替母亲照顾她们的外祖母则因为白人小姐所生的金发混血儿格尔登·格雷的故事而在她内心深处植入不可企及的梦想。和乔婚后不久就被白人用他们“从没看到过也从没签过字的两张纸”(126)赶出了家园，加入了“大迁移”的浪潮；在迁徙过程中，为了遵守吉姆·克罗法[①]，她和乔“五次被赶到四节不同的车厢里”(127)；在车水马龙的城市里，她努力维持拥有私人空间的乡村自我和大众化的城市自我、无母亲的乡下自我和无女儿的城市自我之间的平衡，却发现自己失去了乡村时的主体性，成了城市中的客体。在城市里她始终有一种“无形人”的感觉，觉得自己是可有可无的，从来没有人关心她是否存在，所以她宁愿搂着布娃娃睡觉，跟鸟儿对话，这种异化、碎片和疏离感最终导致了她人格分裂，出现了小说开始时持刀闯葬礼的一幕。

---

①伯纳德·W. 贝尔，《非洲裔美国黑人小说及其传统》，四川人民出版社，2000，第201页。美国内战以后，原来的奴隶制度尽管在形式上被废除了，但形形色色的种族歧视却在“重建时期(Reconstruction)”以后日益发展，最终进化成一套合法化的制度，名曰“Jim Crowism”，即主要针对黑人的种族隔离和种族歧视。在这种制度下，黑人在教育方面以及在公共交通、剧院、旅馆等一系列服务性行业方面都遭受非人的待遇。这种制度化的种族主义的一个典型事例就是所谓“以种族为导向”的房地产经营制度，白人住在白人居住区，而黑人则必须住在种族混合区或纯黑人聚居区。

第二节　宣泄痛苦

上述现象并不能解释莫里森小说真正目的的全部意义。就像布鲁斯并不只是表达忧伤的音乐一样，在莫里森的小说中随处可见"精神解脱"的主题，尽管有些获得精神解脱的方式并不是那么体面。超越——即从痛苦和渴望走向解脱——的主旨和布鲁斯音乐的推动力如出一辙。正是这种力量推动小说深入描写人类关系——包括人与人之间的关系以及个人与其过去自我的关系。

莫里森以小说的艺术形式探究黑人灵魂深处的心理状态，为深受罪恶的奴隶制残害的黑奴们写了一部部心灵史。尽管她的创作主要围绕着美国黑人尤其是黑人女性心灵世界的冲突，但这一内在的冲突主要是用来反映外在的黑白两种文化的对立与错位，展示文化冲突中的心灵困境，并向读者展示非洲裔美国黑人的精神内核，揭示了奴隶制的精神贻害。同时，莫里森用细腻的笔触描绘了黑人为争取身心自由而进行的心灵跋涉与生生不息的追求，为美国黑人重新建构了一部属于自己的历史。

一、用自杀或施暴寻求宣泄或解脱

因饱受社会否定、性格分裂、人际疏离、生活缺失、人格错位和与现实脱离的痛苦，黑人们找不到健康的解脱方式。为了发泄愤怒，表达痛苦，他们或通过自杀(革命性飞翔)来寻求摆脱困境或飞回非洲老家；或借助暴力来伤害与其有关的人。莫里森小说《最蓝的眼睛》中的乔利、《秀拉》中的夏德拉克、《所罗门之歌》中的吉他和"七日社"、《爵士乐》中的维奥莉特和乔、《宠儿》中的塞斯和《天堂》中的鲁比镇男性家长们都是符合上述情况的例子。

飞往自由的彼岸乐土

自由、歌唱与飞翔是莫里森小说中主人翁魂牵梦绕的东西，歌唱与飞翔赋予他们追求自由的灵性，就连"自杀"也成为他们表达对于"自由的彼岸"——非洲故土的向往和对于非人生活环境的抗拒。死亡与自杀充斥着托妮·莫里森的作品。她于 1955 年在康奈尔大学获文学硕士学位的毕业论文题目是《论威廉·福克纳和弗吉尼亚·伍尔芙作品中的自杀主题》。《宠儿》描写了被贩运途中一黑人女性纵身从甲板上跳入海中的情景；《爵士乐》中维奥莉特的母亲罗斯·狄尔于 1892 年投井自杀；《秀拉》中在战争中被弹片炸伤的退伍老兵沙德拉克于 1920 年 1 月 3 日建立了"全国自杀日"；《所罗门之歌》的前几页描写了罗伯特·史密斯于 1931 年 2 月 18 日从医院屋顶上纵身跳下的场面；《最蓝的眼睛》中佩可拉·布里特洛夫因渴求拥有一双最蓝的眼睛而希望自我消失（“请求你上帝，……请让我消失吧。” *BE*, 59）。这些人的自我毁灭并非是向种族主义妥协的行为，而是公开地参与种族与阶级斗争，试图揭开“烙着历史烙印的躯体”（Foucault 148）的奥秘。以下将按照莫里森小说中所描写的美国历史中自杀事件的年代顺序，而非根据小说的出版日期，探讨其小说中“自杀主题”的深刻内涵。

《宠儿》叙述的现在时间是美国南北战争结束以后的 1873 年，即“南部重建时期”。当时奴隶制虽已正式废除，但它给黑人身心烙下的烙印并未消失。小说的中心事件围绕着南北战争以前奴隶制的罪恶产物——一个黑人妇女塞斯杀婴事件而展开，痛陈了奴隶制对黑人身心的伤害与留下的梦魇。通过多角度、多叙述者的描述，莫里森试图使读者了解官方的历史记录是如何操纵与篡改真实的历史的。塞斯的弑婴行为是恐怖的，但正是这一令人发指的行为揭露并控诉了南方白人庄园主的残酷和没有人性。小说的目的在于重新定义内战前后的美国历史。

《宠儿》的最后一段描述道：“渐渐地，所有的踪迹消失了，被遗忘的不仅是足迹，还有水和深埋在下面的东西。”（*BL*, 275）“深埋在下面的东西”就是在罪恶的奴隶贸易中丧失性命的数百万计的非洲人，包括被贩运过程中不堪忍受折磨宁愿纵身跳入海中的黑奴。书中有一节经常被人忽视：一个女人不是被推入海中，而是自己纵身跳了进去。宠儿回忆道：“她为什么在快要朝我微笑时那样做（跃入海中）呢。”（*BL*, 214）这个没能完成的微笑发生在自杀前的最后一刻，是黑人渴求自由的最好例证。无独有偶，在一部描写大西洋奴隶贸易的书中，也曾经有人回忆起 1788 年一艘奴隶贩运船上的故事：有的黑奴认为，如果他们死了，他们的灵魂就会返回自己的故土。为了消除这种想法，船长命人把死去的黑人首级割下，威胁说如果他们坚持要死，即使能回到祖国，他们肯定也没有头颅。被迫目睹这一惨状的黑奴中，有一人奋力挣脱，飞奔到船边，跃入海中，“作着语言无法表达的幸福手势”（Cowley and Northrup 108）。

生不如死，这是被贩黑奴的写照。贩卖黑奴是人类历史上最残酷最可耻的行径。宠儿描写自己“总是蹲伏着并注视着别的蹲伏着的人”（*BL*, 210）；曾经在四艘船上工作过的外科医生也在议会中证实船上每个人所占空间“在长度和宽度上还不如棺材大”（Cowley and Northrup 100-101）。在贩运船舱内装着拥挤不堪的黑奴，船上的死亡率通常是 30%。莫里森曾把那些死于横渡大西洋过程中的非洲人称为“海洋下面的整个民族”（Furman 80），并且把《宠儿》献给“六千万甚至更多”（《宠儿》扉页题词）的黑奴亡魂。黑人妇女更是双重（或多重）弱势群体，受到来自阶级、种族和性别各方面的歧视和压迫，因此这种自我毁灭（自杀）

代表着弱势群体对于自己所受到的非人虐待的反抗和对自由公平的向往。

在《革命性自杀》一书中，美国学者休伊·牛顿把自杀分成两种：革命性自杀和反动性自杀。前者燃烧着希望而后者充斥着失望："通过希望和失望，革命自杀者选择再生，用尼采的话说，他是'一支向往彼岸的箭'。两种自杀者都藐视暴虐专制，但革命自杀者既藐视暴政又向往彼岸。"(Newton 371)

"向往彼岸"是莫里森小说中"自杀"主题的典型特征。宠儿渴望穿越大洋，加入到与她长着同样脸庞的妇女行列，便是这一特征的佐证。在那些被贩运的黑奴看来，彼岸的故土是他们魂牵梦绕的自由乐土，在那里，他们采撷生活的花束，"我看到她从叶子上摘下花朵，放在一个圆圆的篮子里"(*BL*, 210)，滋润着自由的甘露。

《秀拉》发表于1973年，以一次把两次"世界"大战与越南"冲突"联系起来的大规模溺水为议题。故事发生在20世纪40年代的黑人聚居区，人物是一战后生活在美国工业社会的黑人。小说的开端便交代了故事发生的背景：这一时期正是为了发展城市资本主义而牺牲损失某些地方的时期。失去土地的黑人感觉到自己如无源之水，无本之木。通过对这一时期的描述，莫里森试图再现广大美国黑人的历史生存现状，探索生活在充满种族偏见的美国社会的黑人的喜怒哀乐，寻求美国黑人的文化之根。小说中两位女性秀拉和耐尔决心抵御通常的文化价值，按照自己的理解做一个非同寻常的黑色女性，但在白人占主导的社会中，黑人妇女的命运不是为环境所不容，成为没有结果的叛逆和抗争(如秀拉)，就是为环境所同化而回归传统女性的角色(如耐尔)。

从作品的第一句话开始，未来前景已展示在读者眼前："在那个地方，他们把夜幕与黑莓块地连根毁掉，好为米达林城市高尔夫球场腾出空间。就在那儿曾经有一处住宅区。"(*SL*, 3) 成书于美越战争时期，《秀拉》旨在痛惜黑人聚居区的消失和"和平"愿望的破灭，也从一个侧面反映出一战对美国黑人的影响。他们中有40万人在一支隔离军队中服役。1917年到1923年之间，美国发生了363桩私刑，在1919年大批老兵回国后达到顶峰。这一年，"潇洒而满面仓痍"的退伍老兵沙德拉克返回俄亥俄州的米达林，经受着由内到外，由此时到彼时的巨大裂变感。战争所带来的幻灭感和不安全感及退伍后恍如隔世的异化感，使他几乎认不出自己。"暴力与其说伤害和歼灭人们的生命不如说打断了他们的持续性，使他们扮演在其中认不出自己的角色，使他们不仅出卖职责而且出卖自己的形体，使他们实施破坏任何可能行为的行为。"(*SL*, 21)

而沙德拉克却保有了行为的一个可能性：创建了"全国自杀日"。这个节日甚至在伯特姆的日历上占有一席之地。人们"把它纳入他们的思想、他们的语言、他们的生命”(*SL*, 15)。除了二战，从来没有任何事情打断人们庆祝这个节日。沙德拉克每年一度的假日鼓励人们通过自杀来避免死亡漫不经心的打击、摆脱恐惧，并且扼住死亡命运的咽喉，抵制骚乱。但是直到1941年小说的倒数第二章，这个仪式才以真正的死亡而告终。人们甚至不知道是谁于1941年1月3日发起了这场运动。大多数人认为是迪威夫妇，少数人认为是黛西“第一个打开门”。她笑着站在那儿：“也许是太阳，也许是小山上葱郁的绿色给人太多的希望；也许是沙德拉克的钟在诱人的阳光下闪耀着充满劫数的幽暗之光；也许只是一刹那间的无所畏惧使她在阳光下直面死亡，她笑了。”(*SL*, 158-159)

也许，户外人们的不顾一切与这种“在阳光下直面死亡”而无所畏惧的气氛有关。黛西的笑引发了艾维的笑，逗得孩子们也咯咯地笑起来，沙德拉克到来时，“他正面对着一队快乐的面孔”(*SL*, 159)。因为政府停止修建河道隧道而被剥夺了工作机会的人们，怀着怨愤把用来修建隧道的砖块击得粉碎，把一袋袋原先不允许他们拖拽与搅拌的石灰撕开。他们拥挤着，微笑着，葬身于新河道隧道。“全国自杀日”不是以个人的光荣牺牲而告终，而是以一场集体的政治抗议而结束。整个黑人聚居区成了种族主义统治的牺牲品。然而阳光下快乐的死亡牵动着每一颗因在白黑两种文化冲突中处于劣势、饱受煎熬而遭扭曲的心，于是他们选择阳光下的暴力死亡表达一种黑人集体对人类大同之爱的渴望和对归属感的追求——穿越生命的隧道，彼岸是他们的故乡，是黑人非洲祖先生生不息、朝起耕作、暮至酣睡的地方。沙德拉克敲起的钟声为小说的集体自杀创造了一种合理的气氛。这钟声成为一种理智地反对不理智战争的警铃和一种自发地对种族主义政府雇佣制度的暴力反应。“全国自杀日”用“自杀”把人们从孤独者和绝望者的假想王国里解救出来，预示着基于爱和归属感的基础上的一种变革性的道德观的到来。在《所罗门之歌》里，这一主题得到了更加清晰的再现。

《所罗门之歌》(1978)的主要故事发生在20世纪60年代，中西部已形成黑人社区，也出现了黑人中产阶级。成长在这种环境中的黑人青年面临的问题是如何选择人生道路：同化于白人(即战后唯物质重商)价值观和文化还是认同黑人传统？小说并没有作出直接回答，而是以1931年保险代理商罗伯特·史密斯从医院顶部纵身跳下为例，间接回答了这一问题。他在门上贴了一张纸条，上写着：“1931年2月18日星期三下午三点，我将从墨西医院起飞，用我自己的翅膀飞走。请饶恕我。我爱你们大家。”(*SS*, 3)

就在那日，史密斯在风中扬起他的蓝绸翅膀，伴随着散落的花瓣和黑人妇女深沉浑厚的歌唱：

心爱的人儿飞走了
心爱的人儿走掉了
心爱的人儿穿过了天空
心爱的人儿回到了家园。(*SS*, 9)

歌唱与飞翔，这是黑人性(blackness)中最具代表性的特点。在许多记载奴隶贸易的历史文献与文学作品中，黑人渴望通过飞翔返回非洲家园的举动时有发生。莫里森在访谈录《语言不应流汗》中曾说："我的意思是具体的：这是关于会飞的黑人。那总是我生活中所听到的民间传说的一部分；飞翔是我们的天赋之一。"(LeClair 26-27)史密斯在古老的"所罗门之歌"的伴随下"穿过天空"，表达了一种博爱的情结("我爱你们大家")，一种对回归家园的期盼和对自由的向往，象征着黑人文化寻根的历程。

而这种历程经过30年的颠沛流离，又由绰号奶人的主人公继承下来。30岁时他仍未选择好自己的人生道路。他既不愿步父亲后尘做一个占有钱财并因此成为支配他人的冷酷资本家(同化于白人)，也不愿像他的好友"吉他"似地投身于某项政治活动(如向白人复仇)中去，便决定离家出走，阴差阳错地跑到南方老家去寻找一袋金子，结果却发现了家族的历史，追出了他的美国黑人根：他曾祖，传说中飞回非洲去的奴隶，所罗门。寻根给予他新生，加深并丰富了他对世界和自我的认识，使他走出唯物质主义的生活，认识到爱和精神解放的意义。因此，当他的好友"吉他"因迷念金子，决定要除掉奶人时，奶人没有擦掉悼念姑姑派拉特(被吉他误杀)的眼泪，没有深呼吸，甚至没有屈膝——他纵身飞跃起来，如同北极星般闪着亮光，飞速地向着自己的同宗兄弟怀抱盘旋而去……

许多评论家评论说，奶人的飞翔是成功的，是一种精神觉醒。"在这一时刻，他最终收回了神话般的文化遗产"，并"赋予它新的含义"。"所罗门最初的飞翔把自由定义为逃离现在，但当奶人穿过天空，向那个作势想杀他的'兄弟'臂中跳过去时，他拥抱了现在和传奇式的过去并把自由定义为复杂的联系。"(Guth 584)

因此，莫里森并非在饶有兴味地咀嚼着非洲裔美国黑人的血泪史，而是借此歌颂他们对于自由的无限向往与争取自由的勇气。这些自杀性事件大多取材于黑奴传说的"飞回非洲的黑人"。她意识到黑人的种族尊严和身份是建立在一个相对完整的黑人文化之上的，所以在小说创作过程中致力于为当代黑人重构源于历史又见融于现代美国生活的黑人文化。因而读她的小说，似在聆听一首如泣如诉的旋律，由一位黑人歌手幽然地慢声低唱，哀婉地诉说着历史与现实……黑人的自杀也犹如凤凰涅槃，追求的是死而复生的觉醒和解放，适彼乐土的美丽与自由。

用施暴的方式寻求宣泄

对于遭受去雄之苦并生活在主流社会阴影中的黑人男性而言，如果没有一种健康的方式助其宣泄痛苦和创伤，他们很容易诉诸暴力寻求解脱。

《最蓝的眼睛》中的乔利·布里德洛夫是最典型的代表。他从小生活在受虐待、被漠视的环境中，无父无母，监护人死后又过着漂泊不定的生活，第一次的性经历又被白人拿来奚落和羞辱。扭曲的感情生活以及在处理家庭关系上表现出来的暴力和兽性都是乔利那被扭曲得一塌糊涂的生活状态的外在表现。莫里森认为由于社会否定和生活缺失造成的“自由”是危险的，以乔利为例：

> 甚至在死亡这个问题上，他也是完全自由的——在何时以何种方式死亡对他来说毫无意义。他被母亲扔在垃圾堆里；被掷骰子的父亲怠慢，一无所有的他也无所谓失去什么了。他独自沉浸在自我感知与欲望当中——也只有这些能引起他的兴趣。（*BE*, 125-126）

因此，当他看到他的女儿站在厨房里刷煎锅，看到“她的脑袋朝向一边，如同在躲避一记永不解除的重拳一样”时，他内心充满了怜悯、愤怒和无助（*BE*, 127）。在喝醉酒神志不清的情况下，他摸索着什么想送给女儿，来表达他的慈爱，并以此作为找回自尊的方式。他在哑然、无助、深受煎熬的情况下奸污了佩克拉，部分原因是为了表达他的爱；另一部分原因是他被内心的力量所驱使，这是一股和他的欲望对抗的力量，是一股他酒醉的昏昏沉沉的大脑无法理解的力量，是这种力量使乔利做出这种“野蛮的，禁忌的，但能让他兴奋的事情”（*BE*, 128）。

《所罗门之歌》的“七日社”成员则代表着黑人集体暴力宣泄。1962 年—1963 年是奶人的晚熟时期，正是美国民权运动和黑人好战种子萌芽的时期。那时候，黑人领袖请求其追随者以及支持黑人运动的白人在非暴力抵抗和频繁使用暴力反对种族歧视之间做出选择。

在这部小说主要情节发生的时期，许多黑人感觉到他们被强迫接受人们（像莫里森小说里简单提及的马尔科姆·X[①]和美国黑人伊斯兰教领袖穆罕默德[②]）所拥护和宣传的那种带有偏见的思想。黑人的好战势力连同偶发的恐怖主义开始

---

①马尔科姆·X 是毫不妥协地反对美国政府及其政策的黑人领袖之一。人们称他为泛非主义者、黑人政权之父、宗教狂热分子、秘密的保守党。

②穆罕默德（1897.10.7—1975.2.25）因其于 1934 年逝世前曾领导过黑人穆斯林和伊斯兰民族而闻名，这一时期即 20 世纪中期是黑人穆斯林和伊斯兰民族发展最快的时期。

在黑豹党这样的组织以及新一代领导人[1]身上显现出来。这些组织的成员支持利用暴力夺取政权，支持性别歧视以此来恢复和重塑黑人男子的气概。比如说，论·坎伦伽(Ron Karenga)曾公开宣称：黑人女性的角色正好完成或补充黑人男性的角色。这种观点使得黑人男性和黑人女性的两极分化情况继续保持，并且它的存在也为莫里森的小说增加了巨大的张力。

在对恐怖分子同志会"七日社"的描述中，莫里森触及了这些社会背景中的极端表现。这一组织成员沉浸在过去被伤害的记忆中不能自拔，而不能将自己从对白人的仇恨中解脱出来。因此，他们不是选择去创造，而是去毁灭。

正如"七日社"这一组织的成员吉他向奶人所解释的一样，"七日社"通过《旧约》中以牙还牙的形式获取公平。比如说，当一个黑人小孩或黑人男子被白人杀掉而白人的法律和法庭对此无动于衷时，这个组织会任意选择一个相似的受害者；如果可以的话，他们会以相似的方式将他或她处死。如果黑人是被绞死的，那么这个白人也会被绞死；如果是被烧死的，这个白人也会被烧死；如果是先奸后杀，那么这个白人也会被先奸后杀。

"七日社"组织的哲学依据是：为了一个生命冷酷而蓄意地报复另外一个生命，而不去考虑过程是否得当，也不去考虑被报复之人无辜还是有罪。他们在白人和黑人之间划了一道明显的界限，并认为攻击白人内含的东西就是保护黑人。

对"七日社"来说，一旦有黑人被杀，唯一可做的事情就是使其保持平衡，即杀害相同数量的白人。从表面上讲，在他们眼里，除了杀戮之外没有任何东西能使得事情变得公正。他们称他们行为的出发点是爱。他们想通过杀死白人来报复，来挑战白人政权，来警告白人对黑人的不端行为，来改变黑人的社会地位。但是他们的努力终结于杀戮，这正体现了他们的仇恨与病态。与他们宣称的憎恨杀戮恰恰相反，他们在杀戮中发现了美。

表面上看，"七日社"组织成员为了他们崇高的事业及其人民的幸福牺牲了他们个人的幸福、家庭甚至生命。他们甚至不需要从他们服务的对象身上得到报答、感激和认可。"七日社"组织成员认为白人那样残忍地对待黑人是罪恶的。因此，在他们眼里，白人受到他们的攻击是罪有应得。而事实上，他们依靠杀害白人的生命以实现心理平衡，而不是真正的使被杀白人和被杀黑人的比率保持平衡。因此，他们是否已实现保持比率平衡这一目标，是否带来任何好处都值得怀

①这些新一代领导人包括许特·牛顿(Huet Newton)、安吉拉·戴维斯(Angela Davis)、斯托克利·卡迈克尔(Stokely Carmichael)、拉普·布朗(H.Rap Brown)、博比·西尔(Bobby Seale)和埃尔德雷奇·克利弗(Eldridge Cleaver)等。

疑，更不用说将黑人从他们糟糕的生活和工作环境当中解救出来。他们没有采取积极的预防措施，而是等待有人被杀然后再去杀害白人以求报复。他们的行为远远没有改善黑人的生存环境，而是给他们罩上一层恐怖与焦虑的阴影。种族问题日趋尖锐，被离间和不安全感加剧，这正与他们的愿望背道而驰。正是这种不安全感，才使得吉他向奶人开了枪。他希望他的这一举动能符合黑人的传统，然而他却用错了方法。和初衷相反，吉他最终背离了黑人文化。

吉他的主要前提是他的杀人动机是出于对非裔美国人的热爱，奶人反对这个前提，他指出："除了肤色，我不觉得白种女人和黑种女人想从我们这得到的东西有什么不同。你说她们都想要我们的命。所以如果一个黑人女人被强暴杀害后，为什么'七日社'要再去强暴杀害一个白种女人？究竟为什么这么担忧黑人女人?"(223)吉他生气地回答："因为她是我的。"通过这回答，莫里森立刻让我们意识到了种族主义这一问题，揭示了问题的关键，即男人对女人的占有。这表明，正是对占有未果的憎恶极大地刺激并促成了那些血腥的努力，而不是出于对黑人的爱。因此"七日社"拯救非裔美国人的英勇立场如同族长权威和黑人种族主义的渗透——是黑人男权走向粗野的典型标志。

"七日社"是父权组织的典型代表。这个组织里的所有成员都是男性并且不允许他们结婚或与女人产生长久的爱情。正是这个名字暗示了西方一神论圣父创世的权威性，即上帝是在六天内创造天空和大地，在第七天休息。但是对于"七日社"来说，他们没有休息日(吉他实施以暴抗暴的时间是耶稣安息日)。他们自己也无法表达清楚他们通过实施暴力显示阳刚之气和通过有权决定自己的女人做何事来确定男人气概的努力到底是为了什么。其实"七日社"看上去未被明示的任务是：如果白人男人的暴力工作阻止了非裔美国男人对白人女性的占有，那么他们就需确认他们对非裔美国女人的继续拥有权。

"七日社"过度沉溺于个人和种族的创伤历史不能自拔。他们是一个误入歧途的组织。他们性格敏感且易沮丧，把自己隐藏在过去的阴影里。他们被残忍的激情扭曲了原有的准则。当他们把自己当做优秀传统的捍卫者时，他们沉迷于自怜和病态的复仇欲望中，陷入了恶性循环之中。结果他们的探索离目标越来越远，却并未捍卫保留人类和谐相处的传统主张。令人同情的罗伯特·史密斯之死和吉他对奶人疯狂的射击证明了他们所走道路的危险性。只有波特，在与科林斯相爱后，离开了组织，过上了充满真爱的正常充实的生活。

尽管莫里森向读者描述了这个组织的产生背景即白人针对黑人的种种暴力袭击，她也让读者看到了"七日社"的暴力行为仅仅是培育了疯狂和更多的暴力。因此在这部小说中她反复揭露了"七日社"成员所受的精神折磨。例如亨利·波特第一次出场时是一个挥舞着枪的醉汉；只有与科林斯一见钟情之后离开恐怖组织，他的精神才得以修复并达到平衡。至于吉他，他最终精神恍惚，并且在试图杀害自己的种族兄弟时，反而杀害了无辜的派拉特。莫里森的观点是正确的：由于受暴力本身的性质所限，施暴者难以辨别好坏；行凶者必会自食恶果。她让读者在某种程度上对他们非常同情甚至对秘密反抗感到满意，但是渐渐的她也揭示了这种短暂的满足后所付出的真正代价。只有好好地融入到小说当中去，读者才会明白那个试图从慈善医院楼顶纵身飞起的疯狂保险经纪人罗伯特·史密斯也是“七日社”的成员。他的死因引出了另一个话题：一个黑人出生后可能会选择史密斯走过的路来求得公正和逃脱。

《爵士乐》中的乔和维奥莉特从南方种植园被驱赶出来，又因城市的诱惑和压制以及当时的社会、政治、经济状况等外界原因产生碎片感。奴隶制摧残人性的遗风、种族暴力行为以及种族歧视和隔离等压迫势力使他们误入歧途，有一种被驱逐、孤立、分裂、打垮的感觉。一系列悲剧由此而发生：乔开枪打死了他以前的情人多卡斯，维奥莉特偷走了别人家的小孩，就连已经死去的多卡斯她也不放过，用刀子划她的脸。他们靠从精神和肉体上折磨他人的暴力行为缓解自身再次遭受的痛苦。

在《乐园》中，莫里森通过描绘一个父权制下的鲁比镇来阐明靠暴力缓解因种族主义造成的痛苦的这种行为的后果。鲁比镇是建立在排外主义、种族主义、因循守旧和反抗的基础之上的。在这个与世隔绝的社区中，男性反对女性，年老者反对年轻人，过去反对现在。文中这个纯种黑人社区的出现是对等级和种族主义的双重批判。鲁比镇的前身黑文(Haven)是由一群因内战结束而摆脱奴隶制桎梏的非裔美国人建立的。1889 年，他们在撒迦利亚带领下携妻将子从路易斯安那州向北赤脚徒步迁徙以寻求属于自己的自由乐土。虽路途艰难，因肤色黝黑遭到白人和浅肤色黑人的双重拒绝，受尽冷遇，却凭着对生活的美好信念和憧憬，终于于 1890 年在俄克拉何马州建立了自己的纯黑人“山巅之城”(Byers 86)、“心灵之园”黑文镇。黑文(haven)意为“安全之所、憩息处、避难所”，在发音和书写上近似于“天堂”(heaven)一词，表达了黑人建立自己的尘世乐园和圣地的憧憬。而他们的朝“圣”之行，则被赋予了最初移民到美国的清教徒的寓意。怀着对拒绝排斥他们的白人和浅肤色黑人的怒气与傲气，他们把自己的苦难史圣化为《圣经》中被迫出走埃及的以色列先民的历史，视自己为“上帝的选民”。他们筑烤炉为约，一度建立起了夜不闭户、路不拾遗的理想乌托邦，在与世隔绝中享受着自主的幸福。但到 1949 年由于小镇经济受国际、国内政治的侵扰，黑人与西进的白人混居，黑文的“乌托邦”乐园随之衰落。

于是，第三代黑人摩根家孪生兄弟迪肯和斯图尔德退伍后，怀着对被拒绝的历史的痛心疾首，为扭转黑文镇的颓势，寻求新的发展机会，带领十五户人家，把烤炉拆分装载，再次踏上迁居征程。迁移途中，摩根家的女儿鲁比在急需治疗时因是黑人被医院拒绝住进病房而死在医院的走廊里。这使他们变得更加狭隘排外。为纪念死者并寄托希望，他们把新的定居地取名鲁比，在镇中心重筑了祖传的烤炉，企图重建"乐园"和黑人的生活理想。吸取了前人的教训，牢记着被拒绝排斥的历史，他们在鲁比镇中把屈辱的历史倒置，上演了一场以血统论优劣的黑人种族主义闹剧，致力于保护与他们祖先在被那些肤色较浅的黑人拒绝后而产生的具有相同意义的排外主义。对鲁比镇的人来说，他们的排外主义和自由感是建立在未受任何白人血统污染的纯黑人血统之上的。鲁比被描述成"安详，井然有序的社区，独特，隔绝"(8)。在了解了他们祖先被拒绝接纳的经历之后，鲁比人把他们的与世隔绝看作是一种自我保护方式。

然而，隔绝就意味着排斥异己。正如小说里说的那样，鲁比镇不欢迎任何外来者。对他们而言，外来者同敌人是同一概念。肤色最深的七大家族被称为"八层石头"[①]，他们实行封闭隔离、自给自足的政策，认为外人和敌人"是一回事"(*PD*, 212)，并实行黑皮肤至上的种族主义，以肤色深浅论道德优劣。他们"头脑中固有的东西，即奴隶制下他们所被禁止的白人方式，对外人的猜疑和排斥都在重演，以另一种方式再现"(高春常 110)。为了保持血统的纯正，他们强迫米努斯与白肤未婚妻离散，造成他终日借酒浇愁；他们歧视罗杰·贝斯特，因为他娶了白肤的混血女子，他的女儿帕特里夏和外孙女比莉·狄利亚因承继了浅肤色也倍受心灵折磨。比莉因三岁时当众把礼拜天的紧身短衬裤拽了下去而被视为疯丫头、放荡女子并被母亲痛打，原因不言自明：她肤色浅。具有讽刺意义的是，在她未婚先育的密友阿涅特举行婚礼时，她仍是守身如玉的处女，而阿涅特因为血统纯正，尽管十四岁时就有了性经历却受到镇上人的保护。足见在鲁比"血缘法则"规定着人们的双重道德标准。肤色之战中，道德被迫让位于碳黑肤色的尊严、母爱屈服于血统的纯正、爱情服从于种族的永生。

实际上，《天堂》里的男主人公们在试图建立他们的"乌托邦"乐园的过程中，的确承受着种族主义的苦难与耻辱，在反抗与消解肤色所带来的尴尬过程中，他们自己也由争取自由的斗士变成了固步自封、惟我独尊、隔绝孤立的顽固派。"就在他们在人身接触上逃离白人的同时，他们的生活方式却在急速地美国化。他们是以躲避白人的方式接近白人的理想；他们创造的社会是对他们脱离出的那

①"八层石头"指煤矿中最底层的又黑又亮的煤块，比喻黑肤色之纯正。

个社会的模仿。”（高春常 110）因此，他们所引以为豪的小镇鲁比，也不免打上了种族隔离的烙印，成为矛盾重重的“乌托邦”。而“乌托邦”、“世外桃源”和“天堂”这类词本身就意味着或多或少的与世隔绝、闭塞保守，其结果必然是一个大大的问号：在一个没有参照物的孤岛社会中，人们单纯凭对理想蓝图的憧憬建设家园，在缺乏博爱和宽容的条件下，“天堂”安在？因此，鲁比镇并不是一个完美的天堂，最终以一个“保守，完全种族化的父权制社区”（Dalsgard 97）而结束。他们保护自己和子孙后代不受他们祖先曾经所受的种族歧视的意图转变成了对他人的暴力行为。由种族主义而引起的鲁比镇严格的血统统治最终又导致了种族主义、排外主义以及同种繁殖的文化身份，这是黑人身份变狂野的一个缩影。正如托妮·莫里森在“吉姆莱赫(Jim Lehrer)新闻时段”节目中提到的那样：“隔绝本身就带有自我毁灭的种子，因为随着时间的变化，外部的事物会渗透进来，就像发生在鲁比镇上的那样。”在与种族主义作斗争的过程中，鲁比人经历了一个内在化的过程，他们把自己重新定位到种族主义思想观念的殖民话语中，却仍然无法发展其民族自主性。在与恶魔作斗争的过程中，他们本身已经变成了恶魔。可以理解的是，他们的所作所为是在反对民族压迫，这是他们社区历史的组成部分，他们的目的在于维护黑人的民族自主身份。然而，它对殖民意识形态的反应限制了反殖民话语的功能。诚如霍米·巴巴所言：“它总是跟殖民理想阐述的‘他者’地位相联系，那种幻想的压迫空间是任何一个主体都不会单独或固定占有的，因此能允许角色互换梦想的存在。”(44) 巴巴认为，殖民主体地位是在不断变换而并非一成不变的。在殖民主体性的创造中，殖民话语形成这样一个空间：主人和奴隶的地位不仅可以相互定义，还可以相互转换。

鲁比人的行为就是角色互换的表现。在使修道院的妇女们“他者”化的过程中，鲁比人内化了殖民势力。这些殖民势力是在种族差异的基础上把他们和自己的祖先定义为“他者”，如此一来，他们就得到了主人的角色。尽管他们是把修道院的妇女们而不是白人种族主义者看作“他者”，他们的行为表达了他们想通过一种角色互换而维护自身主体性和自主身份的愿望。就像白人种族主义者一样，他们的“他者”是构建在一套二元对立的理论之上：正常与非正常、理性与非理性、健康与病态、浅色与黑色。这都是带有暴力性的等级制度，两个术语中肯定有一方会强有力地统治另一方。通过揭示种族主义思想的内在化过程和角色转换，莫里森解构了主导话语，认为主导话语必然会导致“他者”被暴力性地边缘化。因此，这种种族纯洁性的需求也就解释了为什么男性特别关心他们妻子的贞洁，为什么男性必须拥有对他们妻子的性绝对权。在他们维护纯种黑人女性身份的表面目的下，实施了对修道院妇女的屠杀。当修道院作为包罗一系列宗教、种族、等级、性别的空间出现并使文化杂交成为可能时，鲁比镇的男人们把这种混杂性看作是威胁他们个人及民族独立感的分裂恶魔。他们下定决心要维护民族同一性和民族等级观念，决定通过屠杀修道院的妇女来消灭差异性。所有可能会威胁到他们建立与世隔绝和种族纯洁的社会秩序的人都会被驱逐出他们的社会，这样就消灭了分歧。然而，他们的这种做法恰好违背了他们祖先试图避免的行为——与世隔绝和杀害无辜。他们把种族主义矛头对准其他种族，揭示了他们把植根于社区历史中种族主义思想内在化的过程。他们对乐园的追求是建立在把与他们有差异的人“他者”化的基础上，因此违背了乐园生存的最重要原则“多样性，舒适性，灵活性”（*PD*, 120）。他们把过去二十几年的谣传收集整理出一个把这些妇女描述成危险“他者”的故事。在鲁比镇男人的眼中，修道院的妇女与他们社区中有教养的妇女不同，他们是小孩的谋杀者、同性恋、妖妇，甚至把修道院变成了女巫的集会地。而真正具有威胁性的是这些妇女声明她们不受男性的虐待，有权给自己起名字，并有权定义自己的身份。她们还代表一种被鲁比镇男性内化的殖民论述所需要的“差异性”，这是屠杀修道院妇女的潜在原因。因此，当鲁比镇潜在的危机一触即发时，这些女性成了解决危机的替罪羊——他们袭击了修道院。失乐园的悲剧在高度的期盼和现实的毁灭中通过暴力的方式达到了极至。修道院妇女们与鲁比镇的接近意味着鲁比镇的妇女是自我创造的另一种模型。当修道院中的女性建立的一个女性理想国对鲁比镇面临着崩溃的乌托邦式乐园构成了潜在威胁时，“新小镇之父们”把它看作是一座反乌托邦的地狱。她们海纳百川的气度投射着他们的偏狭闭塞，她们的独立自由挑战着他们的至高男权，她们混杂的肤色（其中有一个纯白人）威胁着他们依据“血缘法则”建立起的纯黑人乌托邦……

在诉诸谋杀上，这些人简单地采用了比《所罗门之歌》中“七日社”稍深点的逻辑。鲁比的男人构想了一种叙述话语，在这种话语里，他们对黑人妇女的保护授权他们杀死一个白人女孩和“四个玛丽没有救赎过的黑人夏娃”，在谋杀的一刹那间他们像“受惊的母鹿”（18）般跑着。这些男人对这一举动的看法由一个入侵修道院的男人清楚地表达了出来：

> 城里的任何地方肯定都不会有一个邋遢拖拉的女人，至于原因，他认为这很清楚。从一开始，镇上的人们就获得自由和受到保护。一个失眠的女人总可以从床上起来，在肩上披一件披肩，坐在月光下的台阶上。如果想走出院子到街上去，她不会点灯，也不会害怕。路旁的嘶嘶声和劈啪声从不会吓着她。因为不论是什么弄出那声音，都不

会是尾随她并恐吓她的东西。方圆 90 英里没人把她看做猎物。当小孩们安静下来后，她们会一起坐一会儿，说一些家长里短，低声地笑笑以免吵醒别人。(*PD*, 8-9)

在这个男人的眼里，鲁比对女人们来说代表了所有可能的最美好的世界。但很明显，莫里森通过这个主人公的思想展现了男性集体叙述中未被承认的主要矛盾。这种男性霸权叙述授权他们在保护女性的名义下追逐女性。鲁比的女人们可以毫不畏惧地在街上行走，但依然是在黑暗中行走；总的来说，除了家庭生活，她们没有受到任何启迪。她们走路但不驾车；因为最近的镇在 90 英里之外，所以她们实在无处可去。这是一种建立在近乎隔绝基础上的安全。再者，鲁比女人的安全依赖于鲁比男人的好心。把自己的安全梦寄托于男人的女人是妥协的女人。只有当女人抛弃这种梦时，她们才能开始建立自己的身份。这个镇上支持男权的女人是以牺牲她们可能享有的地位为代价来支持男权的。她们把自己的地位限制在一个男人的侍者和一个男人的孩子养育者这个范围内。但即便以这个为代价来换取安全可能也是不够的。因为任何威胁过男性命令的女人都会立即从“非猎物”的行列进入“猎物”的行列——这便是疯狂的男性主体性的本质：控制女性生活的男权。独立的女性主体几乎是这些男人无法忍受的。这些男人感到他们需要绝对控制女人来使她们服从男人的阳刚地位。

莫里森不断地借她的主人公之口表达小说的深意。“他们认为自己比白人男人要聪明，而事实上，他们只是在仿效白人男人，”她在小说的末尾写道，“他们认为自己在保护妻子和孩子，但其实是在害妻子和孩子。当受伤的孩子要求帮助时，男人们却到别处去寻找原因。生于古老的仇恨中，他们的自私在高傲、错误和冷漠冻结思想的那一刻已毁灭了 200 年的痛苦和欢乐。这古老的仇恨开始于一个黑人男人训斥另一个黑人男人之时，而第二个黑人男人又把仇恨带到另一个层次。”她补充道：“鲁比是一个受男人控制的并不存在的地方。这些男人的控制欲已经变得疯狂。他们竟有勇气说谁会活下来，谁会死去，在哪死去。他们一旦在自由、可爱却手无寸铁的女人身上发现母性的叛逆就要去消除这些叛乱。”(*PD*, 306)他们企图强化已过分僵化的社区和谐，但这不仅致人非命，还会很容易地扰乱到期望中的和谐。过分的统一只能加剧它原本要阻止的分崩离析。

二、有益健康的释放痛苦

莫里森的小说不仅揭露了因非裔美国人遭遇的野蛮和落魄造成的不良影响，而且也提供了通过恢复和重新装扮其受伤的心灵超越并释放他们的痛苦这一有益的方式。在这些可以愈合伤口和治疗心病的方式中，音乐就是最重要的方式。我们可以在麦克蒂尔夫人在《最蓝的眼睛》里充满情感的布鲁斯音乐表现上，从派拉特和沙利玛尔人带有历史引导意义的歌曲中，从保罗·迪和奴隶们富有宣泄痛苦功能和保护意义的民谣中，从乔和维奥莉特有助于恢复愉悦状态的爵士乐和L的可以促使人康复的哼唱中看出这一点来。

除此之外，莫里森还提出了一些其他的治疗创伤的方法。例如在作品《秀拉》中社区群众通过参加由沙德拉克发起并领导的“全国自杀日”活动“跳入生活中”来，而这个社区也确确实实通过从过去被压制和屈辱痛苦记忆的解脱中得到重生。

对于在《天堂》里所描述的那些挣扎于众多痛苦记忆中的修道院女性，交流成了另外一种可以帮助他们释放痛苦的方法。康索拉塔在反思自己面对天主教义和性欲的抉择时的经历和令其压抑的紧张后，建议这些女人们绝对不可以让身体和心灵分开，也绝对不可以把其中一方看得比另一方重。她们愈合伤口的方法就是互相大胆地倾诉自己的故事，就像做梦一样。这一方法可以和用大声尖叫来发泄情感的方式相媲美。通过这种方式，她们获得灵魂净化，如此一来也有益于身心健康。通过“大胆做梦”，她们自我修复创伤，在获取共同和谐的同时，实现自身的和谐。她们获得了自我也获得了团体的利益：“她们理解了并且准备重新开始。”这些变化非常明显，因为她们拥有了与以往不同的表达方式，其中有了某种乐于与外界交往和联系的、成熟的、平静的并不再被烦恼纠缠的意蕴。

这种积极互动的集体构建使她们超越各自的差异，把她们从被迫遭遇的不公的恶果中解脱出来，在她们之间形成了战略性联盟。修道院的妇女们营造了一个温馨的对话式的空间，在这里呈现着她们各自新的主体性。这种主体性不仅可以让她们集体从种族主义和性别歧视的文化中存活下来，而且可以帮助抵制和校正这种文化的不公。

上述分析解释了这一事实：莫里森小说让奴隶们在多方面的充满人性情感的人物描写中回想起过去的生活，就像布鲁斯音乐能使人从痛苦与折磨中解脱出来一样。他们既爱且恨，既有罪恶也会宽容；他们既英勇也会卑劣，既会自我牺牲也会非常刻薄。

总而言之，莫里森的小说基调就是像布鲁斯音乐的基本旋律一样帮助人们超越痛苦和断裂感，从而重构他们的文化身份。

第五章

莫里森的爵士乐：通过文化杂交重构身份的框架

黑人灵歌和布鲁斯主要从主题方面陈诉黑人心与灵的本能，但从莫里森小说总体叙事技巧和谋篇布局来看则是借助于爵士乐的章法达到了完美的体现。

爵士乐于19世纪末、20世纪初诞生于美国的南部城市新奥尔良。大部分的音乐学者都肯定爵士乐源于非洲黑人传统民谣，由于当时黑人音乐为白人社会所带来的震撼，在欧洲某些地区如巴黎等地的音乐家，也尝试着将白人音乐的元素揉入黑人音乐里，进而创造出极为复杂且多层次、多变化的音乐类型。所以，爵士乐并不是单纯的黑人音乐，而是黑白共同参与的多样融合。因其超越了阶级、性别甚至种族的界限，爵士乐被进一步推广开来，成为20世纪二三十年代流行的主流音乐，被人们称为陈述“心与灵本能的音乐”，具有“解放灵魂”的作用。因此，莫里森借助爵士乐来谋篇布局，匠心独运地表达了小说文本所没有深入展开的对黑白共同创造和谐社会的诉求：黑人要想增强自己的力量，他们需要摆脱白人种族主义文化价值观念影响，在吸收白人文化精华的基础上保持“神秘的黑人性”，找回并尊崇自己独特的文化之根。

1951年，詹姆斯·鲍德温写道：“……唯有在他的音乐里……美国黑人才能讲述他的故事。”（“Many Thousands Gone”, 24）正因为爵士乐既是美国黑人艺术的典型形式，也是一种文化杂糅，莫里森以雄壮气势探究历史意义和身份，努力实现“将世界译成爵士乐”（Janowitz 24）的目标。正如勒罗伊·琼斯（LeRoi Jones）所解释的那样，“看起来自相矛盾的音乐是思想的成果。音乐是在它最有证实力处得以完善思想的结果——作为**态度或立场**”（106）。莫里森的小说也是非裔美国人民深刻思想的体现。正如她所模仿的音乐，在她用文字谱写的乐章里，她竭力讲述的是黑人坚持不懈的精神独立斗争。

爵士乐作为奴隶制、种族隔离、贫穷和剥削的产物，也代表了许多观点：一种“难以理解的愤怒”（*JZ*, 59）；当时的自由放纵；一种受排斥人群的个性主张、文化生机与艺术自豪的表达；通过冲突形成音乐融合的希望等。卡洛琳·布朗(Caroline Brown)认为，爵士乐创作于非裔美国人的不可见性和所受侮辱得到社会认可的时代，"它也是个人与群体价值的证明：灵魂对其补充物(被拒斥的肉体)的爱的宣言。音乐是心灵净化的产物，它是自我治愈的全过程"(629)。

爵士乐最显著的特征可能是它的可变性，以及它在形式多样的曲目中包含不同文化风格和乐器演奏表演的元素，却又能保持自己根本特性的能力。爵士乐虽然因其与众不同性和创新性而闻名，它也采纳了为人熟悉和固定的成分，并使之新奇独特。爵士乐起源于拉格泰姆乐和布鲁斯乐在各地区的结合，受非洲复杂韵律和欧洲和声音乐结构的影响，经常被称为"经典音乐"(Brown 631)。正如爵士乐运用并改变来自非裔美国黑人经历之外的资源，因而其自身曾经是一种融合，而现在也是一种融合。莫里森的文学爵士乐告诫我们，爵士乐是矛盾体：是一种明显的美国黑人艺术形式，也是一种"世界音乐"；正如爵士乐根植于美国黑人经历的同时，挑战黑人和白人组成的两部分，挑战新旧世界(既包括欧洲也包括非洲，甚至包括亚洲)，挑战压迫与自由，"挑战爵士与非爵士"(Grandt 316)。莫里森的文学爵士极力讲述美国黑人的痛苦遭遇，也努力要打破黑人和白人，男人和女人，个人与社会，南方与北方，乡村与城市，过去与现在的界限。尼古拉斯·埃文斯(Nicholas Evans)试图解释这种自相矛盾，认为爵士乐"总是涉及种族、民族和相关的关注，因为它增强了可听性，提高了可知性，甚至扩大了文化共性的可见性与黑白人种之间的差异性"(18)。莫里森已经创造了这种杂交的文学作品，并通过这种文学作品宣扬通过不同文化和不同性别的交流进行文化杂交的可能性。

在《宠儿》中，通过塑造"白人女孩"艾米·丹芙，莫里森清晰地体现了这种跨文化的祈祷及其引发的情感。在逃亡途中，艾米给临产的塞斯按摩并鼓励她，帮助她分娩。伴着她的"修复工作"(*BL*, 80)，艾米哼唱着一首有三小节的歌曲。其中第一小节是这样的：

当忙碌的一天终于过去，
我瘦小疲惫的身躯
轻轻地来回摇动；
当晚风轻拂，
峡谷里的蟋蟀，
吱吱吱地叫个不停，
在那幽灵出没的草地上，

小仙子们围着它们的女王舞蹈，
从那笼罩着薄雾的天际，
扣眼小姐翩然而来。(*BL*, 80-81)

值得注意的是，艾米的歌曲并不是莫里森自己所写的，而是引自圣路易斯白人诗人尤金·菲尔德(Eugene Field)所写的《扣眼小姐》("Lady Button Eyes")(Field 61-63)中第一、二、四节。和贝比·萨格斯的布道词或者保罗·迪的布鲁斯音乐相比，菲尔德诗中那纯粹的奇异性就立刻显现出来。埃克斯坦(Eckstein)认为，这首歌曲中格式化标准英语的运用与布鲁斯音乐和号子歌中的黑人方言英语发生“冲突”，严格的抑扬格四音步句诗与劳动歌和布道词的多韵律无固定韵脚的短句相“碰撞”，有着严格押韵规律的规则十行诗节与黑人灵歌和民间布鲁斯音乐中有正规传统的连续歌词相“矛盾”(Eckstein 275)。莫里森并非是用菲尔德的诗来指出非洲音乐和欧洲音乐的对抗性特质，但在艾米和塞斯谨慎的跨文化相遇中，这首歌作为一种积极的文化产物清晰地表现出来。尽管一些批评家认为，爵士乐是一种黑人独有的文化形式，但在这里，莫里森似乎并不认同。爵士乐并没有一个清晰明确的定义，说它是在与美国人文化交流中产生并从18至19世纪的原始音乐发展而来更为保险。这些原始音乐一定是存在于奴隶居住区的公共击鼓乐和故事宣讲会中(Eckstein 275)，《宠儿》体现了这种音乐的起源，如非洲基督徒布道和歌唱的传统仪式(贝比·萨格斯)，或展现劳动歌、牧场号子歌和其他布鲁斯音乐(保罗·迪)。然而这些传统总是和欧洲音乐传统元素、和声结构、它所运用的乐器、当然还有英语这种语言①相磨合。在艾米·丹芙的歌唱中，莫里森象征性地展现了西方音乐元素与现代黑人艺术的融合。西方音乐与非洲音乐在风格上的相悖并不意外，出人意料的是黑人音乐文化从一开始就根据其自身需要不断调整以适应西方形式。通过艾米·丹芙这一人物形象，莫里森象征性地解释了现代爵士乐的跨文化诞生所带来的重要影响，这也表明莫里森认可西方对美国非洲文化及其特性的影响；反过来这些文化和特征也影响了西方文明。从这种意义上说，爵士乐成为莫里森通过文化融合和交流复原文化特性的框架。

在《黑色大西洋》中，吉尔罗伊(Gilroy)探讨了黑人音乐中涉及的“轮唱伦

①舒勒(Schuller)的《早期爵士乐》开这方面研究之先河。他说明了最初美国的非洲音乐是如何以克里奥尔语的形式大大发展的。例如，非洲击鼓乐的节奏复杂性已经大大降低，然而相应地，为了更好的适应非洲歌曲中大量的五音阶结构，欧洲音乐中的全音阶和西方音乐中的和音都减少了。参见 Gunther Schuller. *Early Jazz: Its Roots and Early Development*. 1968. Oxford: Oxford UP, 1986. 6-26, 38-54.

理”(ethics of antiphony)(200)。他认为，除了音乐家集体的即兴互动外，黑人音乐也接纳了听众的参与。它努力创造集体身份。这个过程根植于以演员和观众、参加者与社区之间关键的伦理关系为着眼点的表演经验(203)。埃里森在《查理基督故事》(*The Charlie Christian Story*)里以同样的风格写道：“真正的爵士乐是一种彰显个性的艺术，身在群体里，行在群体外。每一曲纯正的爵士乐均开始于艺术家们向其余人发起的挑战。每一次独奏或是即兴表演象征着对他作为个人，作为群体中的一员，作为传统链中的一环的身份的肯定，就像一位画家所画的一幅成功的油画作品一样。”(234)莫里森把爵士乐当作在文化杂糅过程中用来重新确定身份的框架，或是用爵士乐作为文化交互作用和同化作用的结果。因此她不仅写了关于个人的存在感如何在受剥削、被边缘化和被否定的经历中产生，还定义了在这个多元文化相互碰撞、相互交融、相互作用的跨文化、全球一体化的世界中，真正的人类应该是什么样子的。凭借敏锐的女性直觉和强烈的种族意识，她不愿局限于提高物质生活质量和社会地位，而是关注从整体上解决黑人问题。她希望帮助黑人从认知误区中获得解放，帮助他们形成主体性，大力传播民族文化精神，用黑人自身的建设来增强他们的凝聚力。而且，她想让黑人和白人共同认识到在这个以文化相互作用、文化的同化作用为特征的世界上，没有种族、阶级和性别的差别，没有贵贱之分，人们最终会以相互交流和融合这一不可避免的方式来解决文化差异问题。因此，莫里森将小说创作与民族解放的历史任务相结合，全方位描述了黑人的生活现状，呈现了霸权文化对少数民族文化的破坏。她呼吁黑人知识分子通过把论调转向黑人的民族文化来重建民族观念，这种观念要基于被主流文化所轻视的传统文化之上。更重要的是，她号召人们无论是黑人或白人，男人或女人，人与人之间应彼此交流，相互帮助地去重建他们各自的身份。同时，作为一名女作家，莫里森用她独特的女性视角和特殊的女性经验，将妇女的自我发现与重建黑人民族意识紧密结合。她的小说涉及黑人的实力和恢复力，以及歌曲的影响力。在此情况下，爵士乐和蓝调音乐与灵歌的力量相结合，给了非裔美国人生存和克服困难的力量。对她来说，精神独立预设了智力的独立，并且任何一点都不是轻易能做到的。但是通过她的小说，她却全都做到了。托妮·莫里森的小说世界充斥着对多元文化语境下非裔美国人生存困境的思考以及克服这种生存困境的理性探讨。深切的民族忧患意识和民族使命感使她从来没有只限于对现实的揭露，而是试图于充满精神挫败感的现实中寻求摆脱精神危机的答案，寻求民族精神再生的出路。其笔触深入到现代美国黑人的灵魂深处，通过描述在精神生态困境中挣扎着的美国黑人形象，展示他们的困惑和迷茫，探讨摆脱精神危机的初步答案。她的小说追叙了美国历史上的黑奴制、南方重建、大迁移、“爵士乐”时代的“哈莱姆文艺复兴”等作者的历史观照中几代黑人的精神命运，在历史与现实、个人生存危机与社会变迁的交织互动中凸显作者对种族生存、性别解放和个人健康精神生态的关注和思考，并通常于结尾处以诗化的语言隐喻性地描述或预言了黑人在克服了精神生态危机之后，夫妇和睦、种族精神自由和自然相亲的良性精神生态，是整个美国黑人民族艰难地弃绝奴隶制及其贻害的羁绊，在创痛中求弥合、夹缝中求生存，依靠强大的自愈本能寻求精神再生的民族精神历程的史诗式隐喻。

第一节　再继承黑人文化遗产与唤醒黑人文化意识

为了宣传文化遗产，托妮·莫里森想让她的小说具有口语式的、容易理解的特点，可以唤起非洲演唱者部落讲故事的传统。这些演唱者依靠像灵歌、蓝调歌曲和民间故事这类口头传诵文本的形式复述历代人的传奇轶事。莫里森为非裔美国黑人开辟了一片可以保留他们口头风俗传统的天地。这一风俗传统可以书面形式记录或者以“听觉”形式记录，并且这一风俗不仅忠实地参考了像文本一样的书面文献记录，而且参照了故事讲述方式和人们对言语词汇反应的可洞察力。[①]很明显，这一行为表现出她对于仅以书面话语形式反映其本身价值观念的主流文学与历史的挑战。莫里森试图通过即兴创作犹如爵士乐般的小说并使其富有美国黑人口头风俗传统的流畅优美性，来解构表现者与被表现者、界定者与被界定者以及压迫者与被压迫者之间所形成的固定关系。她将口头形式的语言渗透进书面语篇，并巧妙地修订了口语化形式。她使自己的语言形式不同于那些常被用来加强和规定统治阶级按等级划分利益的主流语言文化形式。通过此举，莫里森试图拓展美国文学经典的界限。

莫里森作品中的主人公也具有特别的精髓：他们是具有传承性与持久性的。为了使这一个性化、富有艺术特色的设想成真，莫里森虚构了非同寻常的人类经历故事，而这种能使读者有所启迪的尝试也许是那些缺乏独立性的作家不会涉足的。她的小说不仅只为了艺术而艺术，并且也是政治性的艺术。事实上，她说：

①莫里森的文章“根性”显示出她的文学目的是将美国黑人口头复述的传统融入写作之中：“有些东西是我试图融入小说之中的，它们直接或小心翼翼地指向我所谓的形形色色的黑人艺术主要特点，不论黑人艺术身在何处。其中，一个特色就是既可书面又可口头的文学体：把两方面相结合，从而使故事既可被安静地阅读，当然，同时也可使读者聆听到它们。”(341)

"最好的艺术是政治性的。"(Morrison, "Rootedness", 345) 其政治性不带有义愤填膺式谴责的贬损意义，而是从容地激发。莫里森拒绝接受艺术与政治一分为二的观点，而是坚持认为艺术应该是"同时兼具无可厚非的政治导向性与无可替代之美"(345)。她谨慎地说："我对使自己沉迷于自我的、封闭的想象中不感兴趣。这种想象只能实现我的个人梦想。"(345) 她的小说是传播文化知识的媒介，填补了曾被讲故事所占据的空白。它们代替了"那些我们几十年前听到的，古典的，神话的，典型的故事"(340)。她相信艺术家们通过"见证"(Thomas LeClair 26) 的方式了解并演绎过去，可以引发文化共鸣与凝聚性的结合。这种责任感很大程度上显示了她的文学艺术审美。她避免发出"分离的，孤立的象牙塔声音"(Morrison, "Rootedness", 343)。对莫里森而言，(黑人) 艺术家"不是对社区不负责任的隐士"(Davis 418)。

她在自己虚构的世界与非洲裔美国黑人音乐的结合中找到了自己的感情表达方式。莫里森认为，即使被社区本身反对，也绝对不可能让美国黑人音乐与声音收声。与此同时，她的小说证明了找回音乐与声音的表达方式既是不可避免的，也是非常实用的。[①]

一、黑人妇女作为文化承载者

女性的口述文学体现着面对奴役与压迫时，她们的忍耐力与毅力以及她们的源泉——非洲共同体价值观。被遗弃的母亲们(外祖母、姨妈、姐姐、女祖先等) 不仅歌唱着布鲁斯音乐，还歌颂着家园。在这种非洲语境中，女性扮演了教育者的角色，教授孩子黑人文化。伊波(Igbo)社会学家埃达·梅雷(Ada Mere)认为妇女的角色是讲述故事者和教导者，"是首要的固定不变的儿童社会化的代理人"(3)。此外，作为这种教育的代理人，女性"是口述传统的主要支柱"(15)。菲拉米娜·斯泰德(Filomina Steady)则认为，黑人妇女通过非洲和散居地"代表了生活上的终极价值观，即群体延续"(32)。可以说，非洲人在美洲的部分文化成就来自于散居国外的女性，她们"孕育"了非裔美国文化(177)。对莫里森和其他同时代的黑人女作家而言，她们对女性传承这一角色的关注直接来源于非洲人及非裔美国人的女祖先。作为故事讲述者，莫里森在她的小说语境里为讲述女性

①莫里森试图利用美国黑人口头习俗和音乐创作上的声音效应——即其所谓的"视听文学"(Morrison with Christina Davis, "An Interview with Toni Morrison 1988", 148) 来复兴被埋没的声音。在另一次接受麦凯(McKay)的采访中，莫里森也强调了"我书中的声音元素非常重要——你可以聆听它，我可以聆听它……你听到的才是你会铭记的"(1983a, 427)。

故事创造了环境，派拉特的故事则是其中颇具代表性的一例。她们是“成年人”，有能力回应书中人物对指导与认知的需要，莫里森称她们为“先祖”。她们在生活方式上很明智，能把自己的睿智和知识传输给那些缺乏本民族知识经验的人。“先祖”这一术语在非洲宗教和文化中本来是指已故老人，这些已故者在子孙后代的生命中继续扮演着她们的角色。莫里森拓展了“先祖”这一术语在非洲宗教和文化中的神学用意，用来指那些带有类似责任和能力的“活着的长者”。在“城市局限性，乡村价值观：黑人小说中的近邻概念”中，莫里森把她们描述为“指导、仁慈、爱护、英明”(39)。莫里森认为：“在一个城市中发生的最糟糕的事情是先祖变得仅仅是一个母亲或一个成年人并且因此被看成背叛者——一个放弃了与过去有着密切联系的传统指导者身份的人。”(40)

在《最蓝的眼睛》中，莫里森描述了像吉米姨妈和她那些维护传统和道德的朋友们那样的女性群体，她们有足够的灵活性来确保她们的生存。她们的双手与双臂是识别这些女性的最好信物，她们通过这些纽带伸手触及并联系她们的后代。

> 她们一边打孩子，一边又为孩子的生存而偷窃。用砍伐树木的双手切断脐带；用拧断鸡脖子、屠宰猪的双手抚育非洲紫罗兰慢慢盛开；用载着大捆粗布袋的双臂摇晃着小孩入睡。她们把饼干拍成片状的卵形盖在死者身上。她们一整天都在犁地，回到家像羊羔般偎依在丈夫的怀里。(108)

莫里森把这些文化承载者描述成是“自由的”，但她们所经历的自由是她们在培育子孙的过程中形成的，而不是在蔑视和毁灭他们中形成。

麦克蒂尔太太也有着那些能够拯救乔利但被他拒绝了的手，一样的粗糙、平凡无奇，但又承载着爱的维系。她们照抚由于热病而发烧的克劳蒂娅并鼓励她恢复健康。尽管克劳蒂娅曾拒绝她母亲那双粗糙的手在她胸前擦膏药，但她认为这种行为是“一种有效并且有成果的痛”，它所代表的爱“如亚拉格糖浆般浓厚深沉”(*BE*, 7)。她记得一双脚稳步进入她的房间，一双粗糙布满皱纹的手“为她重新盖好被子，并在她额前停留了一会儿”。当她想起秋天时，她记起了“那个不想让她死掉的有着勤劳双手的人”(*BE*, 7)。

在莫里森作品的荒原世界里，麦克蒂尔太太是养育照料孩子的典范。当乔利烧掉自己的家使家人无家可归时，麦克蒂尔一家收留了佩克拉。佩克拉月经初潮，麦克蒂尔太太指导照料她，并安慰或拥抱她（这是佩克拉在青少年时曾收到的唯一拥抱；她母亲布里德洛夫太太的拥抱和爱为白人雇主家的女孩保留着）。尽管她与佩克拉短暂的相遇不能拯救那个年轻女孩，但在小说中麦克蒂尔太太仍旧有着非常牢固的地位，正如萧条的世界中那一点丰饶，黑暗的精神世界里那一点亮光。

在《所罗门之歌》中，通过塑造女性先知派拉特，莫里森强调了主流文化同化与绝对分离主义的僵持并呈现给读者一种新的可能性，这种可能性或许不是对两者的调和，但却是对通过接受自己非洲文化的价值观和文化遗产而形成双重自我的更清晰有力的逻辑论证。文中奶人的真正继承物——黑人文化的身份和家系是来自他的精神导师姑妈派拉特。他的姐姐莉娜、母亲露丝以及远房表姐苏珊的故事和派拉特讲述的祖先历史叫他懂得了如何成为“一个独立、自立的非洲裔美国人……同时与家庭、集体、文化不分离”（Skerrett 200）。正如灵歌将奴隶的痛苦融入音乐，《所罗门之歌》中的派拉特和其他的女性故事讲述者将她们的抗辩声化在了音乐里，并将对被掠走名字的记忆和被禁讲的故事传给了下一代。“原始母亲女神”派拉特既是老师、哺育者、生命的救世主、家庭的维护者、代母亲，也是布鲁斯传统的守护者。派拉特体现着歌唱者的精神和社区价值，是向子孙后代传播文化的“文化监护人”（Arhin 92）。派拉特古老、神秘而又自由，她所体现的人类性格中值得纪念的个性品质成为莫里森作品的主题：精神至上和精神保护。派拉特是“伟大的母亲”、“大地母亲”的原型，她“平坦的腹部就是她不是人类女性所生的标志——她就是大地，万物之母”（William K. Freiert 78）。

在“根性”中，莫里森阐发了派拉特以奶人先祖角色存在的观点。在她的引导下，奶人变得富有责任心且有人情味儿。作为先祖，派拉特在小说中肩负着向奶人和读者传播文化的主要任务。她是将智慧传播给他人的永恒人物之一，有意无意地将非洲-美国文化以人生持续性和目标的方式传授给他人。派拉特并没有压抑过去的记忆，而是将过去以歌曲、故事和她背负的白人之骨的形式携带在身边。她相信人对身份的归属感源于对过去的回望和对现实的综合，将过去置于身后而只是向前是不够的。正如她对梅肯所说的：“你不可能要了一个人的命然后一走了事。生命就是生命，是宝贵的。你杀的人是你的，他们无论如何都会在你的意识之中与你同在。所以不管你走到哪里都带着那些骨头是一种好的做法，一种更好的做法。那样，你的头脑就会宽松、解脱。”（*SS*, 210）

在奶人的幼儿期，甚至在他更小的时候，派拉特保护着他以不受梅肯的伤害；在他的青春期，派拉特帮他实现自我发现。她挑战着他的冷漠，给他讲述关于黑人女性作为守护者的传奇，那是一部智慧与信仰的传奇。关于她在农场的生活，关于她父亲的勇敢，关于她哥哥的爱，还有她向毫无意义的礼教的挑战——这些故事都反击了梅肯关于征服、膜拜和统治的观念。更重要的是，派拉特的故事和歌曲解开了他一直以来想要知道的家族历史之谜。她完完全全地成为了奶人的人生导师，并实现了她父亲的预言：在她的信念之地上根植着一棵树，这棵树以六尺之躯和爱心保护着她下面的东西。

派拉特不仅留给奶人生存的权利，还给了属于他的能够让他飞翔的传奇。“她曾给他讲故事、唱歌，她曾喂他吃香蕉和玉米饼，还曾在一年中最冷的第一天给他热花生粥喝。”（211）其实派拉特给予他的不仅仅是西非传统的花生粥，还通过基于非洲语的口述传统将属于他的遗产呈现给他——虽然多年以后他才可能理解这些故事和歌曲的真正价值。那些被派拉特转化成女性布鲁斯形式的儿童歌谣将奶人带回了他曾祖的精神遗产和会飞的非洲人故事。

故事结束时，派拉特像其他因付出辛劳和心血的女性一样累垮了，却将健康和乐观的自我认识态度给了奶人。派拉特是一个有着自由思想、从未被身体上的重压打倒的人，虽然牺牲了自己的生命，却也赢得了胜利。她终结了曾导致她的家园分裂的、属于历史的和时代的事件，而且成功地消除了“七日社”所实施的仇恨的驱动力。因此，派拉特的牺牲在更广的层面上看具有家族和社会意义。她是一个具有再生能力的女性，因为她不仅仅为自己民族的传说而歌唱，更为之生活。

在《爱》里，通过97岁高龄的L用自己的话来表达情感，莫里森展示了民俗故事的力量。L是一名厨师，分别在科西家的宾馆、旅游胜地、咖啡厅工作过，这份工作本身就与哺育相关而被认为是一种爱的艺术。在莫里森的作品里，向家庭和社会提供食物的人经常被描述成具有治愈拯救作用的角色。①这一繁重的任务标志着L在科西家作为厨师、拯救者和和平制造者的地位。L以其博爱的胸怀、果敢的行为改写了由男人确定的历史并因此成了科西家女人的守护神，展现了女性间互爱的伟大力量。她同情梅为维护科西家男性王国操劳却不被尊重的处境；在克里斯汀3个月大时就承担起抚养她的重担，她的床底是克里斯汀每次受委屈时的避难所；在科西打希德时，她挺身而出，打抱不平并威胁科西若他再打希德她就永远离开。更重要的是，她果断地改写了科西把除一只小船之外的全部遗产留给一个不需要也不珍惜这份遗产的情人西莱秀的遗嘱，使科西家的女人免

①莫里森作品中的许多人都与食物密切相关。《所罗门之歌》中的派拉特便是通过食物治疗他人创伤的富有启发性的人物。初遇奶人和其朋友吉他，她给他们煮很嫩的鸡蛋吃，并给女儿和外孙女制作各种各样的可口食物。而鲁斯则不会做可口的事物，这标志着她无能为家人提供精神滋养。

受身无分文、流落街头之苦。通过L，莫里森试图告诉人们，黑人妇女为了生存就必须紧紧团结在一起。女性的解放不仅仅是某个妇女个人的事，而是靠妇女之间的团结、友谊甚至是爱来实现的。

二、黑人妇女作为希望之光

在重构种族意识的过程中。作为希望之光的黑人妇女起了不可或缺的作用。在《宠儿》中，莫里森通过对贝比·萨格斯的细致描写，呈现了黑人女性在唤醒沉睡的种族意识中所起作用的完美典型。伴随着社区的祈福，贝比·萨格斯为自己举行了宗教仪式，成了不入会的牧师，使自己走出了痛苦和耻辱的经历，也表达了她对于可以自我主宰的现状的欢愉。她成为了“圣贝比·萨格斯”。贝比·萨格斯之所以受尊敬不仅因为她在林中布道，还因为她家是地下铁路站点和社区聚会中心。在她与聚集在克利尔林(在星期六下午，而非星期天早上)的群众的交流中，贝比·萨格斯采用了几乎包含所有非裔美国人民间故事的“呼-应”传统，在精神典礼中去引领社区黑人民众。他们哭泣着，舞蹈着并欢笑着来庆祝他们赋予自己的人性。然后她指引所有人去深爱自己，“这里”，她说，“在此地，我们养育自己的肉体；那哭泣的肉体，欢笑的肉体，光着脚在草地上跳舞的肉体。爱我们的肉体。深切地爱它。在那儿，他们不爱你们的肉体。他们鄙视它……你们得爱自己的肉体。你们！……这是我在这儿所说的肉体。需要爱的肉体。”(88)

通过告知黑人们“他们所能拥有的唯一恩赐就是他们可以想象”，贝比·萨格斯强化了命运掌控在他们自己手中的理念。正像他们的奴隶祖先努力奋斗一样，他们必须为自身的立足之地开辟道路。在传统鼓舞人心的语言大师外衣下，贝比·萨格斯很好地将神圣与世俗结合到一起。

贝比·萨格斯成了社区的一名诗人/艺术家，一名邻里间零落经历的收集者，以及将这些经历转变成社区陈词的塑造者。她的角色很大程度上像典礼的神职人员[①]。在特定的时间，她召集群众，鼓励他们去采取行动。她还主持了驱魔仪式。奴隶制的疼痛与悲伤在集体净化过程中被暂时赶走。在奴隶制剥夺了她八个孩子中的七个后，贝比·萨格斯更加清楚地知道将那些被撕扯成一片一片的心凝聚到一起意味着什么。作为表达未被抒发的情感的媒介，贝比·萨格斯清楚地表达了很多其他人所无法言喻的情感。她因而成为了参与者和见证者，成为了创造

①塞缪尔斯和赫德森·威姆斯也认为贝比·萨格斯是“司典”牧师(“ritual priestess”)，这个词的内涵是她是一位世俗的而非正式的神职基督教牧师。参见 Wilfred D. Samuels and Cleonora Hudson-Weems. *Toni Morrison*, (Boston: Twayne, 1990), 117.

力的主体和客体。在典型的黑人北移进程中，贝比·萨格斯被移植到了俄亥俄州辛辛那提市的土壤中，成为漂泊不定的群众领导者原型。

因此她在社区中的角色使她比生命本身更伟大。作为希望之光和梦想者，她向邻里们暗示俄亥俄河以北的可能性终将被实现，作为一名伟大的女人，一个明智健谈的夏德拉克，一个无私的夏娃，贝比·萨格斯用她的心灵拯救了整个社区的灵魂。

第二节　黑人文化和西方文化的融合：南方的过去和北方的现在

在记录过去以及取得它和现在之间联系的过程中，莫里森同样也对过去和当代文化中的某些方面作了修正。在小说中，莫里森试图寻找通过将南方的过去和北方的现在并列而将非洲文化和西方文化融合起来的方式。因为“一个民族的历史……必须用阐释现实的观点去对待过去。它不仅要反映客观发展而且要关注价值判断领域的讨论”[①]。

在谈到20世纪50年代后期和60年代初期黑人的态度时，莫里森写道：

> 在为了更好的工作和居住条件而合理必要的奔波中，我们抛弃了与之相伴的过去及许许多多真理和养料。在治疗奴隶制毒瘤及其贻害时，有些健康的细胞和恶性的细胞一道被破坏掉……关键是不能沉浸在对过去美好时光的怀旧情怀中不能自拔——过去没有什么值得留恋的——而是要认出并挽救组成我们过去身份绝大部分的、对我们有所裨益的优秀和正直品质。（“Rediscovering Black History”, 14）

美国南部尽管有着不合理的种族隔离历史和奴隶制度，但它仍成为许多美国黑人作者写作的传统资源，成为他们的家园。霍尔特(Holt)评论说，南方“象征着美国为黑人所提供的最糟糕的处境——种族主义、贫穷与压迫。但它同样也是黑人文化、历史和‘家园’的起源。对于许多并没出生在那儿的人而言，美国南方‘老家’同样也是那些父母去世几十年的人的家园”(137-138)。这看起来也许是讽刺，但事实上这就是美国黑人的起源，这也是黑人关系根基最坚实的地方。很多美国黑人在寻找能代表他们稳定和基础的家园时转向了这个“圣地”。对他

①参见 Renato Constantino, qtd. In Roy Armes's *Third World Film Making and the West* (Berkeley, 1987), vii.

们来说，它已经是他们的起源地，是黑人精神的根基。对很多美国黑人来说南方仍旧是一个舒适和矛盾的地方，既是一个想去的地方也是一个想离开的地方。在莫里森的小说中，现实是北方，过去是南方。书中人物从南方到北方的旅行有着深刻的社会和心理意义。这种行为经常发生在俄亥俄，因为俄亥俄"令人费解地并置"(Tate 119)南北方并在地下铁路中占据领导地位。[①]当北方人尽力创造一种健康的身份时，他们必须通过融会过去和现在与他们自己的或他们祖先的南方过去达成某种形式的和解。他们必须通过放弃他们过去的排场来做出让步。在北方，尽管他们想努力抛弃自己的为奴历史，他们却仍然保留着过去的踪迹——名字、语言、仪式和传统。

然而，小说人物历史上的南方黑人社区是充满着快乐和耻辱的记忆。乔利·布里德洛夫在其前期的南方生活中有着可以赖以生存下去的家庭和社区。尽管他没有父母，但他从他姑妈和姑妈的朋友以及精神上的父亲布鲁·杰克那里得到安慰。然而同样在那个平和的地方，他被他父母遗弃了，他姑妈死后他在某种意义上又被遗弃了，因此他学会了疏远和仇恨。对耐尔来说，过去是在新奥尔良，在那里她发现了广义上的大家庭和自身的身份感。但是，这种过去也被她祖母的死和她母亲的耻辱给损伤了。同样，沙利玛尔为奶人提供了一种归属感，然而这里也是他遭受最严厉考验的地方和其精神母亲派拉特去世的地方。埃罗是森唯一的社区，然而正是在那里他造成了他妻子的死亡并开始产生了错位感。对塞斯和保罗·迪而言，"甜美家园"是乐中带苦的地方，是一段几乎可以摧毁他们的记忆。尽管存在暴力剥夺和其他明显歧视的行为，乔和维奥莉特在南方维斯帕(Vesper)县曾经快乐而坚强地生活着。对鲁比的创建者来说，南方是他们因团结一致而找到力量的地方，但是那里同样也是他们被驱逐被迫去西部的地方。

现在的北方和过去的南方之间的辩证关系为莫里森的小说提供了方法和结构。介于两者之间的人们必须协商，但他们之间存在着惊人的鸿沟。作为控制恐惧的方法，他们必须为恐惧留一个位置。有些情况下这种调解必须涉及从南到北或从北到南的身体旅行，而这旅行会变成决定时刻(耐尔、戈尔登·格林)、"神话探求"(奶人、派拉特)、"失败的回归"(森、雅丹)或英雄成就(塞斯)(Atkinson and Page 97)。

然而莫里森表明，对于 20 世纪的美国黑人社区，这种孤立的个人主义抹去了南方记忆并破坏了精神和道德认同。因此，去南方旅行对莫里森颠覆美国经典

①两位评论家 Dixon (*Ride Out the Wilderness*, 141-143) 和 Rigney (62) 曾经评论过俄亥俄在莫雷蒂小说中的象征性重要地位。

的成长故事起到了关键作用。莫里森塑造了这样一些人物，他们的人生开始于南部农村或开始于北方但后来去了南方，他们把过去理解为是贮藏美国黑人存在所必需的知识和文化的不可或缺的手段。

莫里森书中的主人公到南方或是寻到了家族之根或是疗治了他们的疏离异化感，意识到了他们在南部海岸地区的文化传统。因此，南方之旅重申了他们与非裔聚居地之间的联系。

对《所罗门之歌》的奶人而言，他在南部的旅行是一次学习的经历，他将不同的故事和家族史融合在一起。因出生在一个被孤立、被同化了的家庭，他对自己的文化一无所知。在白人主流文化的熏陶下，奶人养成自私冷漠的处世态度，并追求享乐，唯白人的价值观念和行为方式马首是瞻。其绰号"奶人"暗含着他具有婴孩般不负责任和自我中心主义的心态，即所谓"孩童式的男人"。他从祖父那里继承来的假姓"戴德"表明了其文化孤儿身份及由此带来的文化无根性。这种无根性导致了奶人丧失黑人性，而对于少数族裔青年而言，失去自己的民族特性意味着自我的丧失。寻根前的奶人没有意识到自己的假名，不知道自己真正的家系，不认同自己的黑人民族身份，也没有意识到自己的黑人性。无根的感觉使他没有归属感，因此只知自恋自爱，没有责任心。为摆脱父亲的控制以及使他厌倦、困惑的生活，他只身南下，寻找姑姑与父亲当年遗留在南方的金子。奶人"退化"的南方旅程最终使他了解了他自己、他的家庭以及他们的文化，他在黑人居多的南部的经历使他褪去了标志着现代文明的浅薄外部道德规范，并且使他沉浸在大家庭的集体精神文化中。

从老一辈认识的人那里，他知道了他祖父母的原名，形成了集体主义思想，并且还获得了古老的智慧。在他找回像伯德（Byrd）和所罗门（Solomon）这样的家族名字后，他实现了他一生的梦想，就是像鸟（Bird-Byrd）一样飞翔。这一巧合事件的发现对黑人文化遗产的重聚以及西方文化和黑人文化的结合起着激励作用。非常有趣的是，当奶人姓戴德（Dead）（意为"死亡"）的时候，他所拥有的不仅是毫无意义的过去也是毫无生机的现在，得到这个原始的名字后，他就发掘了飞的能力并且达到一种完美的生存状态。奶人也从一个被动的、不负责任的人变成了黑人社会集体生活中积极可靠并且热爱自由的参与者，象征性地完成了成人仪式。在宾夕法尼亚州时，当他听到有关自己家族文化遗产的故事时，他意识到了他从前忽视的文化中的力量："来到一个陌生的小镇找到那些了解你家族的人是一种很棒的感觉。在他的一生中他听到过一些话语，但他并不知道那意味着联系。"（*SS*, 231）奶人意识到人比物质重要，家庭和集体能形成力量，了解一种文化和拥有金钱是两种截然不同的力量。这些观点有意无意地影响着他。他对集体、文化以及他身边自然世界的认识使他重新审视了他的家庭和他的自私，并从不同的角度领悟了大家庭的意义，对他父亲那被扭曲的野心和他母亲可悲的无助产生怜悯的感情。他变得成熟并不再被异化感折磨，原因是他意识到南部黑人过去的文化还在继续并以更开放而不是限制的方式创造着20世纪的现在，所以奶人能飞的能力不同于他的曾祖父所罗门，这种能力深深地基于他与人们的联系中，基于黑人社会和黑人文化，最重要的是基于一种强烈的责任感。

“黑人文化和白人社会之间的矛盾在黑人社会中造成了创造性的也是毁灭性的紧张情绪。”（Bell 9）在这些矛盾中，为了紧紧抓住想象中的美好未来而抛弃黑人传统，钻进钱眼的梅肯和因过去心中充满仇恨的吉他都逃脱不了无根感和不安全感。和他们的初衷相反，他们都失去了传统文化的支持和保护，而最终被困于现在的生活。实际上，对过去的过于追究和忘记过去都会使人失去根性。因此应该调和这两种行为。只有这样才能得到飞翔的秘密。奶人从南方的旅行中得到的精神财富使他能把过去融合到现在，并且紧紧立足于家族关系。他因此具备了如派拉特一样的立足于大地就可以飞行的能力。这些都源于黑人文化和责任感，若非把家族世系铭记于心，奶人和派拉特很难从历史中挣脱，很难对现实有清晰明确的理解，很难超越种族界限，也不可能在社会中生存或得到精神上的自由。也就是说，若非把家族历史铭记于心，他们永远也达不到完美的境界：不离开地面的飞行。

在《爵士乐》中，莫里森描述了当文化旅居者们放弃他们所熟知的传统和所遭受到的文化冲击，然而这次莫里森并没有像她构思的其他小说那样以一个搬迁家庭的毁灭、混乱或是绝望结束该故事。相反，她绕过乔和维奥莉特经历过的后迁移情感危机的低谷期——如当他们试图谋杀乔的女朋友多卡丝——去记载他们最终的治疗过程，即他们适应环境的过程并努力与彼此和新环境和睦共生[①]的过程。乔和维奥莉特并没有被文化冲击摧残，在多年以来尝试着去满足城市生活的标准时，他们发现抛弃他们的南方之根和传统而去接受北方的做法并不能解决目前难以适应的困境。相反，他们发现，为了恢复他们个人内心的平静并与社会保持平衡，他们必须重新阐释并创造可以变化的本民族文化主义，以融入新环境并满足进化的需要。这样以来，他们重建了社区和相应的民族认同感。根据莫里森族人的传统，特雷斯一家回归并找到了根性，用以纪念集体和个人的过去。那段记忆——历史上的文化观念和对现实的解释——帮助他们解构并成功把握当前。正如乔和维奥莉特的故事所展示的那样，一个人的本民族文化始终如一永

①共生，指一个环境中构成要素之间和谐共存或者至少不能伤害彼此。

远存在，即便它会被抑制、被取代或是被蒙蔽。因此在《爵士乐》中，莫里森不仅标示了文化冲击的心灵路径，而且编载了非裔美国人文化主义在大迁徙时期从南到北（并且向西部中央大平原）的迁居过程。这是莫里森为现代文化迁徙者规定的路径。

然而，莫里森避开简单的二元主义，通过在《柏油孩》中描绘的远古和现代文明社会之间、乡村和城市之间存在的根本冲突，指出了回归过去的不现实。通过展示森尝试回归到以往黑人纯真世界中去的蠢行以及雅丹对以欧洲为中心的生活方式和文化的全盘接受，莫里森使人意识到在经历过充满剥削的奴隶制体制、殖民主义及新殖民主义和国内殖民主义之后，并且在接受了伊斯兰教与基督教有关教义的思想意识之后，无论是雅丹还是森，还是普遍意义上的非洲人民都不可能回到过去，即埃罗所代表的高度理想化的生活方式当中去。那里边远落后，文盲遍布，经济落后。[①]用艾梅·塞泽尔（Aime Cesaire）的话说："假如非洲人……只不过是重蹈他们以往生活方式的话，就必然会失败。"[②]南方的埃罗在拥有所有建设性特点的同时——诸如人文主义、集体主义和平等主义——也有它本身的消极特点。这是一个贫穷落后、未接受过教育的社区。谈到《柏油孩》，拜尔曼（Byerman）认为，雅丹和森二人"实际上都否定历史：森相信回到以往黑人纯净世界中去的可能性，雅丹却认为黑人性恰恰脱离了以欧洲为中心进步的事实"（215）。莫里森似乎在告诉人们不要回到那悲伤的岁月，森和雅丹和所有普遍意义上的非裔人必须从传统非洲文化和现代资本主义文化中提取积极的精粹，以非洲文化作为中心点形成新型非裔社会。

第三节　超越历史、创造未来：新文化身份与创痛的黑人身份

受过去为奴历史的阴影和伤痕累累的黑人身份的影响，莫里森作品里的黑人在割断与过去的种种联系时，往往很难适应现状，也不易创造未来或找到新的文化认同。在莫里森的小说里，过去意味着黑人置身于漫长的奴隶制和种族暴力背

①在讨论集体主义对埃罗群体的重要性时，莫里森表示："我认为仅靠一对父母不能抚养好一个孩子，你真的需要整个村子所有人的帮助，而且如果你没有拥有的话，最好尽快与村民建立良好的关系。"（Wilson 86）这段表述是对莫里森知识的检验，也是对传统非洲生活方式的赞美与渴望。

②陈伟祖（Chinweizu）在《西方》（*The West*）和《我们其余的人》（*The Rest of Us*）中曾经引用过塞泽尔的评论，莫里森作为《西方》的编辑，很有可能当时也注意过这段引言。

景下的个人体验。尽管奴隶制已经结束，历史依旧不断地给黑人造成创伤，而奴隶制意识形态和种族主义剥夺了他们掌控自己命运的可能。刚刚摆脱了奴隶制的昔日奴隶依旧很难找到自己的身份。有意识地遗忘历史以避免其痛苦的影响，无意识地回想以寻找利于现在和未来发展的身份，处于两者的矛盾中，他们常常无所适从。在《宠儿》中，莫里森描写了那些经历过奴隶制的黑人无可奈何地回忆过去，却又在过去那些渗透着种族暴力恐惧的阴影下痛苦生活的境遇，这些痛楚既是肉体的，又是精神上的，阻碍了脱离殖民地化的进程。在《爵士乐》中，莫里森探究了那些为摆脱种族仇恨移居到北部的黑人因无法接触南方过去而产生了心灵空虚。这将永远推动他们去填补这一空白。在《天堂》中，她描写了一群被种族歧视和种族仇恨排除在外并残害、为了使自己免受进一步伤害而在僵化停滞中保护自己的黑人。然而，过去是开放动感的。它不可能被简单地重复，相反，为了他们心灵的健康与幸福，历史必须被重塑。过去需要被修正。人们考虑事物的方法也需要改进。不然，他们仍将处于殖民化状态之中，也将不会得到掌控自己命运的身份感。

因此，在这三部小说里面身份与过去紧密联系。在奴隶制与种族主义思想体系里，黑人认同感要么是残缺的，要么具有“他者”特征。要想获得具有主体性和自我主宰的身份，黑人必须重温历史、审视历史并重塑历史。与历史确立一种客观的联系对寻求黑人身份感绝对必要，正如斯图尔特·霍尔(Stuart Hall)所概括的：“身份是我们被昔日叙事定位和我们在昔日叙事中自我定位的不同方法。”(225) 莫里森的三部曲为那些在过去经历过奴隶制、种族主义和性别歧视的黑人提供了某些方法：在种族主义依旧存在的当今社会，应通过铭记过去、创造过去和审视过去来走出精神创伤的经历并重塑黑人个体。莫里森小说致力于证明当历史被遗忘(如《宠儿》和《爵士乐》)或僵化(如《天堂》)时，努力是如何归于失败的。她的小说体现了建立与过去的联系对美国黑人心理健康的必要性。这也非常符合霍尔的观点。他认为：“文化身份扎根于历史中。因此，要确定一个人的身份感，有必要回顾历史。不然，在后殖民时代的个人身份是有缺陷的——或者不完善或者是凭空想象的。”霍尔进一步强调，文化身份并不是“固定在某些本质化的过去”。相反，“它们取决于历史、文化和权力的相互作用”，绝不是仅仅基于过去的“恢复”(225)。无独有偶，霍米·巴巴(Homi Bhabha)在《文化定位论》(*The Location of Culture*)的第二部分“审视身份”中讨论了回忆对身份的重要性。“铭记绝不是反省或回顾的静态动作，它是痛苦的再次铭记，把忘记的历史整合，以理解当前的精神创伤。”(63) 那么，铭记过去对昔日的奴隶们赢得“没有自我的自我”是非常重要的——在奴隶制下被否决的身份，将在后奴隶时代被获得。历史不是固定、一成不变的，相反，只有用开放的态度去审视、重建和再读历史，美国黑人才会从奴隶制思想体系下解放自我并获得独立人格和身份。

在《宠儿》一书中，塞斯被饱受奴役的过去无情地吞噬着。她没能找到一种语言来有效地回击由其他话语造成的偏狭和蹂躏。尽管她为应对绝望境地作出了最大努力，尽管她试图通过成为话语主体来坚持自我，塞斯发现自己受制于历史暴行。事实上，《宠儿》书中那些遭遇过这种制度的人们都携带着关于奴隶制的记忆。可以理解，由于奴隶制记忆所带来的伤痛，他们宁愿忘掉这种记忆。他们宁愿逃离过去，活在当下。保罗·迪把他的过去紧紧地尘封在烟草罐里，以致于"世界上没有任何东西能将它打开"（*BL*, 73）；塞斯竭尽全力试图避免她对奴隶制经历的回忆：她在"甜美家园"作为奴隶的生活，逃亡的故事，以及当"甜美家园"的第二任主人"学校教师"追来抓她时她杀死自己孩子的经历。通过拒绝回忆过去，塞斯渴望超越遭遇殖民统治的不安现实，从中寻求解放，去寻求当下和未来不带有这种记忆之痛的生活。但是"过去会以其他形式回来，除非你去面对它，克服它"（*BL*, 239）。通过告诉人们"解放自己是一回事，而索回那个解放了的自我的所有权则是另一回事"（*BL*, 95），莫里森指出了人身自由与精神自由的区别。

只有当这些人物从过去的伤痛中康复，他们才能够设想未来。在《宠儿》中，莫里森描绘了人物直面暴行，重塑尊严，以及从被白人压迫而玷污的自我中恢复过来时所作出的挣扎——将他们的经历转化为知识。《宠儿》将个人探索的主题与种族残暴的集体记忆相结合，描绘了个人命运与个人及群体的救赎。保罗·迪试图通过告诉塞斯"我和你，我们过去遭受的惩罚比任何人都要多，我们需要某种不一样的明天"（*BL*, 273），从而将她从灾难的过去带往一个新的开始。保罗·迪认识到重新命名、重新认同他们的过去和他们可能的未来的必要性，这表明他已经朝着超越父权结构和奴隶制暴行的方向努力。他想要把自己的故事和塞斯的故事并排，改写并重新设定他们的叙事进程。回想起"学校教师"统治下的生活，他们都再次回到痛苦的过去，并描绘了一幅关于他们逃亡途中所闻所见及之后生活的完整画面；他们都审视着过去的完整画面，这些在双方的记忆中是零碎的、不完整的；他们都充实着对奴隶制与其毁灭性的新的理解；他们现在都对加纳先生的仁慈发出质疑——自由话语权取决于并完全依赖于加纳先生的喜好。这些关于他们过去的理解和质问为寻找新的文化身份铺平了道路，并且对于他们索回"对解放了的自我的所有权"（*BL*, 95）是至关重要的。因此，对过去的奴隶来说奴隶制的记忆对于形成新的主体感而言，其"建设性超过毁灭性"（Laurence 243）。

在塞斯对过去的记忆里，她也形成了自己对实际发生事情的话语权，与主流话语权交涉使塞斯逐渐形成了主体意识，并最终形成了自我确定的黑人身份。

实际上，塞斯从一开始就在为独立而抗争，并在一定程度上实现了独立。至少她成功地为自己争取到了更能反映她真实意图的话语权。她决心杀死自己孩子的情节在小说中十分突出，不是因为她想剥夺奴隶制下孩子最基本的生活权利，而是试图寻求在奴隶制下自己甚至不敢想象的东西。当保罗·迪坚持"你本身就是你所拥有的最好东西，塞斯，塞斯，你是的"，塞斯的最后回答是"我？我吗?"，这似乎在暗示她可能迟早认识到并要求她的主体地位。

丹芙是莫里森所推崇的具有可贵品质女性形象的代表。同时，也是莫里森小说中希望之所在。她是历史的女儿，从过去汲取生活的经验并展望未来。与被周遭境遇逼疯的佩克拉不同，丹芙带着全然不同的健康生活的可能性茁壮成长。在莫里森的小说中，几乎没有一位女性在饱受精神打击和肉体的折磨后生存下来。佩克拉疯了，秀拉和哈加尔失去了生命，贝比·萨格斯刻意求死。丹芙却在得知塞斯弑婴故事后默默坚韧地生活。她在邻居的排斥和母亲失控的情绪中生存了下来。事实上，目睹了塞斯被宠儿掌控后发生的一切是促进丹芙成长的动因。当塞斯和宠儿都不在乎明天会怎么样时，丹芙知道她是在乎的。她应该离开那个小院——那个世界的边缘地带，去寻找帮助。对她来说，离家寻求邻居的帮助，恢复与奴隶主尼尔森的关系，发现自己能够强有力地表达对现实的看法而不是一味听信保罗的想法，这些都预示着一种可能性。莫里森很少赋予其他女性角色这些可能性。丹芙不仅仅代表着未来，她使一切成为现实，她的努力使每个人都得到了拯救。从人们开始赠送礼物和食物到后来女人们一起来到 124 号院帮助驱除宠儿，大家真正团结在了一起。

在《爵士乐》中，作者通过黑人特雷斯夫妇在"爵士乐时代"的精神康复历程，隐喻再现了黑人民族摆脱精神生态困境、寻求精神自立的艰难历程。在《爵士乐》中，莫里森表明，非裔美国人只有正确地看待过去并逐步发展自己崭新的文化身份才能真正获得精神上的幸福。维奥莉特直到与多卡思具有母性形象的姨妈爱丽丝达成和解后才开始恢复健康的心理状态。乔在菲利斯告诉他多卡思临死时对他念念不忘后，才开始逐渐走出阴影。作者呈现的最后一个景象是菲利斯、乔和维奥莉特在一起的情景。最令人印象深刻的叙述是，菲利斯就是多卡思。"我看见菲利斯、乔和维奥莉特。他们像是镜中多卡思、乔和维奥莉特的影像。"(*JZ*, 221）这一幕暗示了乔最终必须认识到他一直以来对于具有母性特征女性的渴望都源自于他那在一开始就拒绝了他的野性难伏而且穴居山野的母亲，以至于最后他那备受折磨的意识混淆了他的母亲和同样拒绝他的多卡思。《爵士乐》独特地表达了莫里森小说的中心思想：无论是人还是历史都要从过去中走出来，展望未来。这就是为什么乔决定开始新的生活。就这样他摒弃了过去支离破碎的生活，创造了崭新的文化身份。

在《天堂》中，莫里森以鲁比镇男性和修道院女性之间的对比指出了黑人走出历史阴影和创痛的黑人身份，以超越历史并创造未来的可行之路。受历史阴影和创痛煎熬的鲁比镇男性因不能超越历史而实行排外主义和种族主义，以肤色深浅论优劣，结果施害于鲁比镇所有违背了血缘法则的人，并枪杀了修道院中的女性。莫里森一方面以“天堂”里的悲剧对非裔美国人在争取自我权利和重构自我的过程中某些绝对化的倾向提出质疑，并借锐意改革现状的米斯纳牧师之口，表达了对“乌托邦”理想绝对理念化的担忧，警示人们在反对种族歧视过程中走向固步自封极端的危机：“我们生活在这个世界上，帕特，分隔我们、孤立我们是他们的惯用伎俩。与世隔绝无异于扼杀好几代人，这是没有前途的。”（*PD*, 213）另一方面，莫里森又以女修道院中的女性为例向人们展示了走出创痛、获得精神自救的女性创造尘世乐园的奇迹。修道院中的女性们接受了一种更具变化性的身份准则从而确保了可持续发展的恰当联盟。虽然修道院的女性们有悲伤的过去，但她们对外人的开放态度和对光明未来的渴望表达了莫里森对解决新文化身份的态度。

莫里森喜欢写悲剧。在一次访谈中她说：“我写的东西我想可以称做悲剧形式，里面有净化和启示。”（Leclair 27）在莫里森的悲剧作品中，人们读出的不仅仅是悲剧人物的前车之鉴，还有被压抑的生命中折射出的人性的光辉和建立人类精神家园的希望。在《天堂》中，莫里森又一次凭借她对人性的深刻洞察力，让人们在混沌黑暗中看到了重构种族自我，建立精神家园的曙光。她以袭击修道院事件做分水岭，让读者在惋惜之余看到僵化的小镇所经历的变化：“新小镇之父”之一的迪肯·摩根对自己的行为进行反省后同他不知悔改的孪生兄弟分道扬镳，赤脚到米斯纳牧师处忏悔，并坦承自己“还有很远的路要走”（*PD*, 291），这预示着迪肯向作者所倡导的对待种族问题的开放态度的转变。通过迪肯，莫里森传达了这样一种讯息：如果黑人要从烦扰他们的精神创伤和暴力中解脱出来，他们必须消除过去悲伤的回忆和暴力并建设性地向“他者”开放，同时去理解开放向未来的“门”和“窗”的含义。为了达到精神健康，每个个体都必须接受他或她的记忆。

小说最后一章，从来不承认死亡的鲁比镇居民为一个小女孩举行了葬礼，标志着他们开始接受死亡，承认客观现实；暴行过后，小镇自我封闭的局面难以维系，小镇自此由墨守成规走向融合开放。米斯纳牧师之语设计的人类精神家园的蓝图正在人们的悔悟中悄然降临："我不是指天堂，而是指一个真正的人间家园。不是用钱可以买的、可以建造的、然后把别人挡在外面的城堡……"（*PD*, 213）他相信"未来正在门口焦急地等待着。罗杰会得到他的汽车加油站，与外界连接的公路也将铺好，外来人来来往往，来来往往，有些人还会买个三明治或一听啤酒……"（*PD*, 306）。只有打破自我封闭的局面并超越无法摆脱的过去，鲁比镇才会享有繁荣的未来和尘世的天堂。小镇接生员娄恩在获悉修道院里被杀死的女子遗体都神秘地失踪，没人感觉有叫白人警察来的必要时，也表达了相同的信念："上帝给了鲁比第二次机会。"（*PD*, 297）作为迎接新生命的接生员，娄恩看到了鲁比从苦难中复活再生的希望。失去和复原模式在小说中可能从灵歌中摘录的三句话中有所暗示："我内心的一些东西可以驱逐痛苦，我内心的一些事情我无法解释"（*PD*, 211），"我曾经迷失但已找到自己"（*PD*, 12），"我曾经失明但现在可以看见"（*PD*, 213）。

在莫里森获得诺贝尔奖授奖词中，瑞士皇家学院评价她"想把语言从种族的桎梏中解放出来"。其2008年新作《仁慈》又一次体现了莫里森作为一个有着深刻洞察力的作家对人类普遍命运的深刻省察。《仁慈》虽然是关于奴役的故事，但从最普遍的意义上探讨了人类由于宗教或对浪漫之爱的追求而加于自身的种种限制和所受的禁锢。但在描写这种种禁锢的同时，她也呈现了沧桑中的希望。这也是莫里森所有小说的力量所在：她不仅呈现压迫，而且展现心灵的港湾；这部小说也并不止于抨击剥削和压迫，而是关于控制和受控于他人他物的罪恶。在人人都可能沦为奴隶的背景下，作者探讨的另一中心问题是：什么是身份？怎样创造自己？什么是真正的奴役？什么是真正的自我和自由？书中人物都以自己的成长历程或多或少地说明了这个问题。而作者也在结尾处通过弗罗伦斯母亲表达了自己的观点，即"接受要求来支配别人是艰难的事；夺取对别人的支配权是错误的事；把自己交由别人来支配是邪恶的事"（*MC*, 167）。

这部小说中，殖民地初期到处都是没有归属的人。他们努力同命运抗争，想在新世界上寻求到一方立足之地。小说中所有主要人物都被剥夺了根基：雅各布本身是贫民院幸存的孤儿；丽贝卡既是宗教迫害的受害者，也是某种意义上被家人抛弃的离弃者，而且在残酷的新大陆上接连失去四个子女后，她内心也在信仰的归属上激烈地挣扎斗争；莉娜目睹了儿时"伊甸园"的堕落，是一个几乎被天花灭绝的印第安村庄的幸存者；扫罗是一艘奴隶船上可怕事故的幸存者；而弗罗伦斯也因母亲让她替主人抵债而被遗弃感折磨。四个女性人物似乎都被自己头脑中固有的被离弃感和自己的命运所禁锢。她们都是某种意义上的心灵奴隶。没有归属意味着心灵的荒芜，因而孤独感占据着各色人物的内心。小说的许多意象都体现着心灵的跋涉：肉体的匮乏、精神的饥渴、对家的渴望，土地持有者的强取豪夺……渴望与恐惧交织，枷锁与自由并存。自由与诱陷似乎处于永不停止的争斗之中。当肉体背负着沉重的枷锁，这群心灵的孤儿都试图寻求完善自我的出路，都在努力走出创伤记忆的阴影，寻求着灵魂的自由，并都在以不同的方式在荒芜中创造着自我。

弗罗伦斯沉浸在被母亲离弃的记忆中，虽然后来在莉娜身上重新找到了母爱的感觉，却从一种枷锁转到了另一种禁锢：她为自由铁匠而痴迷，成了感情的奴隶，而铁匠虽同情弗罗伦斯的遭遇，却不能接受她带有奴性的付出。换而言之，他不能接受她心甘情愿地作生活和爱情的奴隶这一现实，因而不为其付出所动。铁匠在拒绝她时说的话很发人深思：有的奴隶比自由人还自由，这样的奴隶是披着驴子外衣的狮子；而有的自由人是在外衣掩盖下的驴子(160)。真正的奴役是枯萎的内心世界。弗罗伦斯没有理性，精神荒芜，放荡不羁，因而没有获取铁匠所称的自由。她就像她必须有鞋子保护的双脚经不起风霜，而这双脚必须经受磨练，就像她须经锤练的人格。铁匠同时告诉她："拥有你自己。"(141)这句话也是对人类存在实质理性思考后的结论。当弗罗伦斯在回思中把这些话刻在去世主人的房间墙上时，她自己也在省察中认识到了真正的自我和自由的意义，意识到只有心灵摆脱枷锁，精神才能无限自由，因而更加坚强而有责任心。这一行为具有重大的象征意义：历史上的一个黑人女性终于留下了书写的记录，获得了可资流传的话语权。当她被安排去寻找自由黑人铁匠时，作者象征性地让她踏上了寻求心灵自由的历程(黑人铁匠是自由的化身和隐喻)。她说："我怕无路的黑夜，在黑夜中我怎样才能找到你?"(5) 这也是作者努力通过这个隐喻想让人类思考的问题：在黑暗中如何才能找到自我和自由？当她摆脱了记忆阴影的禁锢，心灵也便获得了自由，进而变得更有担待力。她本来可以选择借机逃跑，但她却选择了承担：找到了铁匠，因而治愈了丽贝卡的天花。在与铁匠一番争吵之后，她也摆脱了一直依赖的鞋子，经不起风霜的双脚变得坚实，象征着她已摆脱了对男性和他人的依赖，从精神到肉体都变得坚强有力。

对莫里森而言，揭开她描写的那些人物内心生活的面纱是一种巨大的责任。她是在续写一份未完的、开始于两个世纪前的第一个奴隶叙事的脚本。她必须真实并诚实地去续写。莫里森的人物代表着那些未被礼遇或确认而被随便掩埋的奴隶和前奴隶们。她感觉自己"恰当而有艺术性的"被他们选去参加他们的葬礼(*Conversation*, 585)。这是一种用叙事寻求从过去的记忆中恢复过来的行为。她试图"将这段不能忍受、无法诉说的记忆写入文学作品"(Carabi 88)。莫里森相信只有这样才能让黑人、让社会继续发展。历史的阴影威胁着内心的平静，因而人们必须抵制它，只有记住过去并从阴影中开创未来才能从重负中解脱。

在奴隶制作为制度已结束但思想体系仍然萦绕不去的时代，前奴隶们要在非裔文化和美国文化相互交融而形成新的文化特点的新时代过精神健康的生活并形成新文化身份，暴力和创伤是一个必须经历的过程。这很符合哈奇恩（Hutcheon）的观点："过去不应被逃避、拒绝或控制，过去是我们必须调和的，这样的对峙包括了对局限和力量的认可。"（58）在现代，只记住和重复历史是不够的，它们应被变得同当代相适应，过去是可塑的，向不同的见解开放。美国黑人的未来在于他们要正确理解过去并走出历史阴影去开创新的文化身份和基于他们文化的尘世天堂。

第四节　参与、交流与沟通：姐妹情、社区和博爱

爵士乐是相互作用和影响的声音的混合。正如埃克哈德（Eckhard）所说：

> 矛盾的是爵士乐既是一个实体的反映，也是多个实体的反映。它用多变的音调和节奏传达了不同的声音，就像一场由多种乐器共同演奏的爵士音乐会。声音一个接一个地发出，个体的不同有时会很明显。同时，这些声音在乐章中混合，从而给人以单个实体的印象。（13）

正如爵士乐的目标是用团体即兴表演的美感使个体和群体融合一样，莫里森小说的目的是通过在作品中描写姐妹情、社区和博爱来体现团体的作用和对不同风格、种族和文化的宽容接纳。她的小说志在通过融合混杂的大众文化传统来实现变革。莫里森本人也早已声称："我写爱或爱的缺失。"（Danille Taylor-Guthrie 40）莫里森的小说一次又一次向人们展示了"爱"的万花筒。挣扎在对情爱、母爱、友爱、姐妹之爱、手足之爱、骨肉之爱、同志之爱、种族之爱、人类大同之爱……求而不得的痴迷与苦闷中，黑人及其女性位卑而未敢忘使命，心忧而不轻言放弃，为种族平等与性别解放不懈地奋斗着。

一、姐妹情

女权主义者认为女性之间的友谊是女性彼此安慰、支持并团结起来对抗父权社会的重要方法之一。当妇女团结起来的时候，她们就有了力量。这一主题已在女性的文学创作中，尤其是在黑人文学中引起了广泛讨论。作为一位黑人女作家，

托妮·莫里森清楚地了解姐妹情对女性，尤其是黑人女性的重要性。在作品中，莫里森用很大的篇幅描述了姐妹情，包括黑人女性之间以及黑人与白人女性之间的友谊。由于历史原因，姐妹情对黑人女性更加有帮助。黑人女性通常不能从男性朋友那里得到帮助和力量，从她们丈夫那里得到的帮助就更加少得可怜，却经常会从她们的女性朋友那里获得助益。在《所罗门之歌》中，派拉特保护嫂嫂露丝而且在梅肯拒绝与露丝同房时帮助她怀上孩子。在《宠儿》中，莫里森通过刻画一个帮助塞斯的白人女孩艾米的形象，给我们展示出了另一种姐妹情——超越种族的姐妹情谊。这表现了莫里森的又一观点，即，尽管时代、种族、年龄和肤色有所不同，全世界的女性应当而且能够凝聚她们的力量，为她们的未来共同努力。在《爵士乐》中，多卡斯的婶婶爱丽丝·曼弗雷德帮助维奥莉特·特雷斯从她支离破碎的自我中解脱出来，让她重新爱上生活和她自己。维奥莉特和爱丽丝则共同进行了她们的"记忆殿堂"之旅。在这个"记忆殿堂"之中，两个女人回忆并重塑了一种能动的个体身份和人生目标。通过对这段的描写，小说暗示了家庭、个人和人生目标的重建是互为补充的，并且需要女性之间的合作。因此姐妹情成了黑人女作家的宝贵经历和可资认同的文学传统。莫里森在一次接受采访时讲到："当我创作《秀拉》时，我知道我将要写一本关于善恶和友谊的书。女性之间的友谊是独特的，与众不同的。"（"Interview with Claudia Tate", 157）莫里森认为男性倾向于从他们的友谊中得到竞争和利益，而女性之间的友谊则更加纯洁长久，并能相互扶持。

在《最蓝的眼睛》里，莫里森讲述了佩克拉、克劳蒂娅和弗里达之间的友谊。克劳蒂娅和姐姐弗里达少不更事，没有意识到为什么他们能不顾大人对佩克拉的态度，无私地去帮助这个智力低下的小女孩。她们本能地同情和喜爱这个无家可归的孩子，并且也是为数不多怜悯她的人中无论发生什么都能够一直保护佩克拉的人。他们试图保护这个女孩免受妈妈无恶意唠叨的伤害，并尽力保护她免遭那些坏男孩的骚扰。当佩克拉被父亲强暴并产下一婴儿时，克劳蒂娅种下万寿菊并祈祷种子的破土发芽能保佑婴儿的健康成长。而对于她来说，这也代表着种族集体的复活。

在小说《秀拉》中，尽管在各自的家庭中缺乏基本的关爱，但秀拉和耐尔的友谊使他们能够互相温暖，互相鼓舞。秀拉不惜一切去保护耐尔不受男孩子的攻击，而耐尔也竭力为秀拉无意中杀死外号叫"小鸡"的男孩保守秘密。也是这种深厚的姐妹情谊使她们勇敢地面对危险保护自己。她们也曾有共同的理想，追求"精彩"。尽管结婚之后，在耐尔的世界里，丈夫曾一度替代了她们间的姐妹情谊，而当秀拉出走外地再度回来之后，耐尔在婚后第一次尽情欢笑。秀拉在十年的漂泊生活后回归故里，很大原因是因为怀念两人自童年结下的深厚情谊。当耐尔看到秀拉与裘德睡觉时，姐妹情谊曾一度破裂。许多年里，耐尔不曾与秀拉谈话，就算秀拉躺在床上奄奄一息时，耐尔曾帮她抓药，但耐尔也没有从内心原谅她。

直到秀拉死后几年，在她的墓前，耐尔才意识到她真正失去的是秀拉而不是裘德，真正令人悲哀的是，她让自己变成一个自我迷失的女人。耐尔明白了莫里森所歌颂的"焦油特质"(Tar quality)("City Limits, Village Values", 35)，尽管独身一人，她却能完成秀拉未完成的使命。从另一方面说，秀拉独立和富于想象的精神使耐尔从道德上符合常规却平淡无奇的生活泥潭中解脱出来。全新黑人女性身份离不开两个人完好的友谊，正是她们互相陪伴的友谊使她们自我完善。这也是为什么两个人的友谊能够如此持久，富于魅力，无可替代。

在《天堂》中，修道院中的女性们通过康索拉塔姐妹般的帮助，不仅愈合了自己的创伤，而且将她们的帮助施及到那些饱受种种苦难的鲁比妇女。在这 20 多年里，目光呆滞、面有愠色、含辛茹苦或迷失的女人们在鲁比镇与修道院之间来来往往，艰难跋涉(*PD*, 270)；修道院给予她们"早期的消息是仁慈，是佳肴"(*PD*, 11)。修道院的女性们以海纳百川的气度接纳着那些受伤的女性如十四岁就未婚先育无处分娩的阿涅特、连生了四个畸形儿精神几乎崩溃的丝薇蒂、因肤色浅受尽歧视并被母亲毒打的比莉·狄利亚，为她们治疗肉体上的创伤，同时也给予她们照顾、关爱和基于相互尊敬的包容。索尼·摩根依靠着康妮(康索拉塔)为她准备的一种补药，帮助她远离由两个儿子死于越南战场所引起的绝望和令人窒息的气氛(*PD*, 100)。

在没有种族歧视、没有等级制度并没有父权制度存在的修道院期间，妇女们通过彼此相互照顾和关爱，重新找回了自我，找到了自己的出路。她们被吸纳到这个社区，并参与其中，有了自己的话语权。比莉·迪丽娅把这里描述成为"一个毫无疑问你可以停留一段时间的地方"，"你可以使自己安静下来的地方"，"你可以抛开一切事情，任何事情和任何人在任何时间都不会打扰你的地方"。她们关心你，但不打扰你——你可以按照你的方式做你想做的(*PD*, 175-176)。她们跨越年龄、阶级、种族和经历的明显差异，结成相互关照的联盟。妇女们能够治愈创伤的很大一个原因是因为修道院是一个男人缺席而充满幸福愉悦的环境。"就像一个没有猎人的保护区"(*PD*, 177)，至少暂时是这样。邻近深受强势美国文化熏染的鲁比镇以深重的男性中心思想和行为支配着妇女。在男人不在场的社区，更多集体与公平地重新诠释的力量成为可能(*PD*, 10)。此外，没有男人的社区允许女人不仅摆脱痛苦，而且还可以开始构建符合自己的身份。

在《爱》中，希德和克丽丝汀之间的友谊使得她们愉快地度过了少女时代，但是友情的破裂使她们痛苦不堪。虽然小说中充斥着对一个已故男人的爱，加深爱的却是女性之间深沉的友谊。经 L 修改过的写在菜单上的遗嘱消解了科西家女人们之间的矛盾。希德和克丽丝汀彼此谩骂，相互刺探对方的秘密，直到奄奄一息才化解了宿怨。尽管遭到梅(科西的儿媳)的辱骂和嘲笑，希德仍然尽力照顾她。最后，希德去了旅游胜地——科西的旅游度假村和旅馆，在那里，克丽丝汀和她以前最好的朋友希德经过相互交谈消除了过去的仇恨，重新开始了她们的友谊，并且在精神上更加坚强。

在小说中，莫里森用希德与克里斯汀通过交流和沟通最终达成心灵的和解和 L 前后照应的歌声预示这种奋斗的前途。女性之间的沟通使之不再孤独地生活在这个世界上无依无靠。姐妹情谊在交流中被唤醒，异化的爱被重拾，几十年的宿怨被冰释，代之而起的是浓浓的爱的春流。而 L 的歌声总是会适时地出现，在小说开头两性关系和谐共存时，在结尾西莱秀在科西墓前哼唱时。L 的“泛母爱”形象赋予她唱响“爱”之歌的资格和勇气。歌声呼唤着妇女自身的自爱、自立、自强和女性之间的互爱互助、男性对女性价值的重新确认和两性关系的协调以及缺失的爱的回归。黑人女性将支离破碎的声音变为齐声呐喊，以消解男权至上主义。

小说《爱》中女性形象无一不渗透作家对妇女解放问题的思索。莫里森通过艺术的形式把受主流意识形态压迫和排斥的黑人妇女凸显到前台，通过她们独有的经历和体验，以“爱”的名义，呼吁社会改变对黑人女性性别角色的限制，同时希冀黑人妇女摒除历史与社会强加于黑人女性的束缚和重负，重新审视自身的内在需要和价值观念，弘扬黑人妇女的传统美德，从而做到自尊、自信、自强、自爱，真正实现妇女解放的梦想。萨特认为：“人，不外是由自己造成的东西，这就是存在主义的第一原理，这一原理，即是所谓主体性。”（萨特 337）黑人女性摆脱“第二性”、“他者”身份，建构“主体性”的过程，需要她们自身的努力。当黑人女性不再甘心扮演父权文化要求她扮演的角色时，黑人男女之间业已形成的固有关系模式会被打破，促使男性用一种更客观的眼光来看待自己和另一个性别，逐渐意识到自己并非天生的强者，也并非天生具有占有、支配、奴役女性的权利。也只有男女两性都意识到建立新型男女关系的重要性时，爱才不会缺失，人类才能谱写出“爱”的乐章。

二、社区与社区治疗

莫里森在“黑人的痛苦”当中写道：“你需要整个社区——每一个人——来

抚养一个孩子。”（Taylor-Gutherie 260）在莫里森的小说中，社区是抚慰并治愈人们痛苦的地方，是可资找到家谱的地方，也是力量的源泉。

在和 A. J. 薇达尔（A. J. Verdelle）一次访谈中，当谈及《天堂》时，莫里森谈到了社区的重要性：

> 对我来说，最为重要的是社区、城镇和它们之间的关系。关于我们“作为美国黑人”最为简单且又明显的事情是：关联性、家庭关系、个人的人际交往历史和人们基于你所可能不知道的一些轶事和传说对你所采取的态度。所有这些如何交织并组成了一个社区。他们所有的秘密。所有的对峙。所有的调和。还包括内部的等级制度。（56）

在《最蓝的眼睛》中，莫里森写了成人仪式。在仪式中，在无家可归的佩克拉月经周期开始之后，麦克蒂尔夫人加入了佩克拉、弗里达和克劳蒂娅当中。他们相互扶持，相互帮助。而波琳·布里德洛夫从阿拉巴马州迁到俄亥俄州的洛雷恩后失去了社区扶持体系，作为黑人的人格也遭贬低。《所罗门之歌》中，沙利玛尔的南部社区给予奶人归属感，社区的帮助使他找到自己的家谱。而同时，处在北部的哈加尔尽管拥有有根性和充满爱意的外婆派拉特，却由于缺少社区扶持体制，从而在物质主义和文化迁移中迷失。在《宠儿》中，把塞斯从饥荒中解救出来的是写有施舍者名字的食物。最重要的是，奴隶制濒危遗产的宠儿是由于集体意愿和行动而消失的。社区的 30 个女性组织起来，由艾拉领导来到 124 号房屋驱赶宠儿。相应地，成功的驱赶宠儿给了包括塞斯在内整个城镇的人一次情感净化。

在《天堂》中，公共治愈体现在康索拉塔领导的修道院女性身上。康索拉塔把精神疗法提升到了新的层次。修道院这个社区的特点是开放、宽容和多样性。她面向大众开放，吸引了 7 个女性。她们都由于种种原因从男权统治和物质享乐主义文化中寻找解脱，并在修道院找到了庇护。所有人都从那里得到了慰藉。另外她们还经常帮助鲁比镇有困难的人。修道院周边的居民也可以自由进出。

这里的女子们本来都是在外面的世界中饱受创伤和耻辱的女性：梅维丝，因不慎使两个孩子窒息车中受到家人无尽的怨恨与指责；帕拉丝，目睹自己的男友和母亲肌肤之亲后又遭强奸；佳佳，渴望被爱但内心充满对种族冲突的恐惧；塞尼卡，自幼被少女母亲抛弃而饱受身心创伤，常通过自虐寻求安慰和同情；院长康索拉塔虽自幼受到玛丽院长的庇护，但被迪肯始乱终弃再加上老院长的去世使她曾一度怕见光明，躲在太阳镜后和地下室里醉生梦死。但来自各地的这些“碎心的女孩、惊恐的女孩和脆弱的女孩”（*PD*, 222）唤醒了她迷醉沉睡的母爱意识，她在自省中意识到“可怕的东西不在外界，而在内心”（*PD*, 39），于是引领着这些受伤的女子开始了一场战胜自我和心魔的心灵之战。她教会她们自食其力，成为不依附于男人的独立主体；同时她教她们学会自爱和互爱，热爱自己的心灵和肉体，战胜自我，忘掉痛苦。在她的指引下，姑娘们在地板上画下自己的身体轮廓，在地下室温暖的灯光里，以一种新的方式展开、临摹与解读自己的肉体；她们对着栩栩如生的人身图诉说自己过去的苦难和压抑以释放自己，卸下心灵的包袱；她们通过互相倾诉与倾听克服内心对外部世界的畏惧，化解过去的伤痛，勇敢地面对被噩梦般的过去困扰的身心，以把握自我的方式获得身心的自由和愉悦。战胜了自我这个最大的敌人，她们找到了身体、灵魂和语言之间的秘密通道，最终达成灵与肉的统一，形成完整的身心。她们不再逃避，而是直面惨淡的人生，学会在困境中建构心灵的乐园。她们之间也逐渐由陌生疏离走向交流融合，建立起了一个远离尘嚣、独立、互爱、自爱和自由自在的女性“天堂”。犹如红尘外的另一个世界，这里的祥和平静充满了拯救的意味。她们以博爱和宽容接待鲁比镇那些受伤的女性，用无微不至的照顾抚平她们的精神创伤，提供给她们一片精神的避难所。与封闭的鲁比相比，修道院邀请所有人加入到流动性和多样性社区的持续创造或再创造的过程中来。耐心、无私和友爱的关注表达了她们对被残酷世界所伤害的其他女性的深切同情。这种同情是作为一种“团结和联盟的基础”（hooks 27）而存在的。

为了明确集体行动和社区对于美国黑人生存的紧迫性和必要性，莫里森把孤立斗争与集体斗争、自私的个人主义与基于社会责任感的个人主义并列起来。在她的小说中，大多数孤立的斗争形式是种族灭绝性的。秀拉在伯特姆区的个人斗争、吉他和“七日社”孤立的复仇、丹佛孤立的生活、124号房屋社区中的孤立、宠儿孤独的死亡和鲁比孤立的“天堂”等，所有这些都使美国黑人社区进一步分裂，并使相关者易受奴隶社会的压迫和剥削。

三、博爱

黑人男性与女性、非洲生与美洲生黑人，他们之间的交流合作在于他们在一起协作创造出了黑奴社会的主要艺术形式。同样，正是由于美国黑人与白人之间的交流合作和文化互动创造了爵士乐。从爵士乐的产生得到启迪的莫里森尝试确定黑人与白人之间心灵的有机联系，后者因自鸣得意的冷酷和傲慢态度很大程度上造成了前者的痛苦。莫里森传播了重要信息，强调了沟通、自尊、教育、自省、联系和人性本质这些超越种族和性别的普遍永恒因素的重要性。她不仅探究了妇女和社区的重要性，而且探索了如黑人男女、黑人与白人之间的交流与联合这样的博爱关系。莫里森通过她的小说呈现了那些接受他人并超越自我的心灵医生，他们不仅包括黑人，同时也包括那些参与到黑人人格重塑过程中的白人。

黑人女性忍受着与男性同样的痛苦与折磨，为了生存而奋斗，和男性形成了独立自主同时又与之合作的关系。作品《宠儿》是这种关系的最好诠释。在塞斯和保罗·迪的故事中，他们走到一起是因为他们必须克服奴隶制记忆所带来的痛苦，在争取独立性的时候，他们把自己的故事告诉对方，并建立了互助关系。

《爵士乐》中的维奥莉特和乔既是历史和移民过程的受害者又是加害于别人的人。但最后还是通过沟通加上音乐的帮助达成理解并且重新爱上对方。这对夫妇所形成的情感纽带让他们与现实调和并和对方幸福快乐地生活下去。作者也没有让维奥莉特停留在持刀闯葬礼的精神困境中，而是让她走上了精神自救的历程。维奥莉特因为丈夫的外遇本来想通过交男朋友报复，但发现乔对此不以为然，便转而打算用爱来唤回乔对生活的信心和对自己的爱，于是，暴力事件之后，维奥莉特决定停止沉默、仇恨，寻求爱和和解。在努力了解和认识多卡斯的过程中，维奥莉特在多卡斯姨妈爱丽斯身上找到了母亲般的呵护和精神向导，并在其引领下踏上了找回自我和失去的母爱的自愈征程。“在黑人女性生命的某些关头治愈创伤并更新自我很重要，黑人女性之间在这种关头必须互为治疗者/母亲。”（Davies 41）爱丽斯是个缝纫女工，她不顾最初对维奥莉特的怨恨帮她缝合撕裂的袖口。当她用“肉眼看不见”（*JZ*, 111）的针脚缝合维奥莉特衣服上“松开的线”和“撕裂的缝”时，象征性地愈合了维奥莉特自我中“那样黑、那样窄”的泪痕，缝合了她分裂人格中的裂片。爱丽斯忠告说：“如果还剩下谁可以去爱，不管是谁，就去爱！”（*JZ*, 112）并使她意识到黑人社区内部团结的重要性，质问她：“你斗什么呀？跟谁斗呀？是跟那遭受虐待、亲眼看见父母被活活烧死的孩子去斗？……没有谁叫你去忍。我的意思是去爱，去爱！”（*JZ*, 113）黑人妇女的共同遭遇使她们结为朋友，在笑声中清除掉痛苦忧伤，互为对方抚平创伤，获得完整自我。维奥莉特开始真正去爱丈夫，与他言归于好，并恢复了中断了多年的感情交流。小说结尾处，当维奥莉特和多卡斯的朋友费莉斯谈起往事，她说：“（我）杀死了她，然后我(I)杀死了那个杀死了她的我(the me)。”（*JZ*, 209）根据上下文判断，此处，“她”应该是指那个因沉迷于对金发混血儿所代表的白人的年轻男性世界而否定自己真正的、本原的黑人女性自我的维奥莉特。宾格的“我”(the me)指代城市化了的特雷斯夫人，淹没于城市的车水马龙、灯红酒绿之中，她失去了主体性，变成了宾格、客体；主格我(I)在从意识中驱逐了那个“骗人的金发小男孩”和“想成为别的东西”的城市化了的特雷斯夫人之后，重获主体性，找回了真正的自我，并获悉她其实是自己“最好的东西”。莫里森认为，自我应受到尊敬并获得解放，即人类应了解并热爱自我。当一个人不能拥有真正的自我，就会失去、忘却或者如维奥莉特一样任真正的自我沉沉睡去，因此，保持或重获自我对一个人的精神生态平衡至关重要。①以维奥莉特从失去自我、出现精神生态危机到重获自我、重获主体性为例，作者实际上探讨了在一个充满挫败感的社会里，黑人民族如何保持精神生态良性发展的问题。其中，社区互助起着至关重要的作用。

在《爱》中，莫里森塑造了桑德勒祖孙二人，让人们在笼罩着全书的悲剧氛围中看到了男女之间相互尊重、相互平等关爱的希望。桑德勒曾受邀与科西一起钓过鱼，也曾受雇于科西饭店。他从一个男性的视角敏感地觉察出众人眼中可亲可敬的“老爹”科西阴暗的一面。他是唯一一个站在希德的立场上对这场老夫少妻婚姻做深刻的理性思考并真诚地尊重希德的人：“人人都原谅科西。原谅他的一切，甚至到了因为成年男人对她发生兴趣去责怪孩子的地步。他们以为她该怎么做？逃跑吗？跑到哪里去？”（147）桑德勒的家庭和科西那充满仇恨的家庭形成了鲜明的对比。他虽是一介贫民，为了生计不得不把孙子罗曼送到希德那里打杂，但在他的家里，夫妻之间互相打趣、互敬互爱，祖孙长幼之间虽存在代沟但平等且亲密无间。同样作为监护人，科西对使自己为难的孙女的处理方式是放逐，而桑德勒小心地维护着自己和孙子之间的互信，努力想把孙子教育成一个正直的人。得知孙子罗曼与一个年纪比他大四岁的女孩谈恋爱时却是心平气和地通过谈话与引导来影响孩子，而不伤及孩子的自尊。他的教导让罗曼懂得真正的好女人的内涵和忠诚的含义：“女人是非常重要的人。有时候你会因为赢得她而赢得三项桂冠：美食、美色和知音。大多数男人得到其中的任何一样就满足了，若能得到两样就会非常知足……好男人是尤物，但这世界没有一样东西能比得上一个好上加好的女人。她可以是你的母亲，你的妻子，你的女朋友，你的姐妹，或与你比邻工作的人，是谁无所谓。关键的是，如果你找到了这样的女人，就维持好这种关系。如果她是个可怕的人，就要躲开。”（155）在他的影响下，罗曼尊重女性，拒绝像动物一样轮奸女性，并因此惨遭其他六个已轮奸了这个女孩的男孩的殴打，在恐惧中学会了坚强。在朱尼尔的主动追求下，他与之发生肌肤之触，原因是“她不仅喜欢，她渴望”（153）。这说明在两性关系中，罗曼已经摆脱了男尊女卑、男性对女性实施性压迫的观念，开始追求真正的两情相悦。当然，他也

①参见 Wachtel, Eleanor. “Interview with Toni Morrison.” CBC FM Radio, 18 July 1993.

从中受益匪浅。两情相悦带给他的是建设性的自信、坚强、力量、责任感和风度，他原先鬼鬼祟祟的行走方式消失得无影无踪。在故事高潮处，也是他赶到饭店阁楼，把已断气的希德和受伤的克里斯汀抱下楼梯，再把克里斯汀送回家，把希德送往太平间，路上尽量放慢车速，努力不惊动希德已饱经沧桑的灵魂。桑德勒和罗曼的行为，代表着一部分黑人男性在两性相处过程中已经能够设身处地考虑女性的处境。罗曼也因此成为了互助友爱的典范，尽管对方是女性，黑人男性还是能体会到黑人女性所遭受的痛苦，因此把他们的同情化为行动。

《所罗门之歌》中的派拉特、《宠儿》中的艾米和《仁慈》中来自各色人种的人们则体现了超越种族的互助友爱。莫里森小说中，人类的大同之爱是打破人与人之间鸿沟、架起沟通理解桥梁的源泉。

派拉特是莫里森笔下最仁慈的角色之一，她总是注重人与人之间的无私利他关系。她表达出了人类之间的共通性。派拉特向奶人展示的是无条件的、胸怀更为宽广的爱的必要性及可能性和文化间互相尊重的思想。她不仅热爱并帮助自己的家人和社区群众，同时把爱延伸到了所有她遇到的人身上。虽然因为没肚脐眼而被很多人拒绝，但是她依然带着本地理书走遍全国，并从每个地方捡起一块石头收藏为标记，以此向她碰到的人表现出她的爱。尽管她的父亲被白人杀害，但她想建立一个不分种族的社区。为此，她阻止自己的哥哥在山洞里杀死一个白人并背负起一具她认为死于她哥哥之手的白人尸体。尽管最后，事实证明尸体是她父亲的，但这一行为本身表达了她渴望人类大同之爱与文化融合的思想。通过让派拉特临终前表达“我真希望能结识更多的人。我会爱他们大家的”(*SL*, 340)，莫里森扩大了这种精神超越。

当奶人最终完成他的成长仪式，派拉特作为精神领路人的使命便也结束了。作为对奶人成长仪式的最后祭品，她以自己的生命换取了奶人最后的顿悟：要想获得飞升，必须立足于地面，即黑人只有了解了自己的文化身份与黑色文化底蕴，才可能超越自身的局限性。

派拉特为吉他误杀表面看来似乎荒唐，因为他们的信念基本上是相同的，都相信每个人对种族的发展负有责任，但当吉他想杀死奶人却误杀了派拉特时，却使派拉特成了集体、家族和个人价值的牺牲者，并把爱种族以至为之杀戮和爱家族以至为之献身的人联系起来进行对比，凸显了作者的良苦用心：仇恨与杀戮其实是具有种族自戕性的行为，为了获得精神解放与民族发展，种族之间必须用爱架起一座沟通的桥梁，以保存和发展自己。因此，当奶人掬起派拉特脖子上流下的血，听着派拉特表达她想结识更多的人并爱得更多些时，派拉特的思想浸染着他的心。而他的最后一跃便也具有了更多的含义：一是标志着他已抛弃了原来的自恋倾向，获得了超越自我和自爱的勇气，二是象征着他继承了派拉特的观点，担负起自己作为黑人的责任，在认同自身文化身份的同时，为黑人文化争取更大的自由发展空间，使其融入主流文化而努力。

存在主义哲学家萨特认为，人在获得自由的同时，必须“担负起世界的重量”[①]。莫里森通过《所罗门之歌》也表达了类似的观点：人类要想获得真正的自由与完整的存在，实现人类大同，必须尊重、牢记、见证并传播自身价值的精华，在此基础上，认同并继承发扬个体的文化身份。这样，也只有这样，人类才能获得完整的精神自由，超越个人与种族的自爱与自恋，插上思想的翅膀，实现全人类的飞升与超越。

在参与了黑人身份重建过程的治疗者当中，《宠儿》中的艾米·丹芙被塑造为通往理解的桥梁和消除仍旧存在于黑人和白人之间的种族主义分歧鸿沟的希望。在一本关于奴隶制度罪恶的小说中，人们很容易画出一条作为倡导者和反对者之间的黑白分明的分界线，甚至完全将之合法化。莫里森用艺术笔触拓展了传统奴隶叙事的界限，以此不仅仅探索奴隶制度贻害的深远影响，而且探求种族之间相互接受和相互拯救的希望，从而再一次超越二元思维模式的界限。作为先知的拯救者和富有同情心的白人妇女，艾米这个契约奴起着黑人和白人之间、种族歧视和种族平等之间、毁灭和复兴之间的桥梁作用。当她满怀爱和同情向塞斯伸出援助之手，塞斯得救了。在逃跑途中(代表从死到生的过渡)，艾米热情地帮助塞斯，不断地鼓励她，并帮她接生，还用歌声为她的“修补工作”伴奏(80)。尽管在人生经历和种族背景方面有天壤之别，她们还是本能地从心底互相吸引。诚然，出身于白人主流社会中的艾米不可避免地对黑人——特别是对黑人奴隶抱有诚见，但是，通过看似毫无意义的闲谈，艾米被塞斯的信心和勇气深深地打动。她们的姐妹情在闲聊中不知不觉已经建立起来了。由于担心塞斯被蛇咬，艾米建议她去近郊的房间过夜。为了安全，塞斯在艾米的鼓励和陪伴下开始向近郊的房间爬行。通向近郊房间的小路代表着通向自由的路，在这条路上，一个白人女孩和一个怀孕的黑人妇女相互搀扶，共同和困难作斗争。

这是艾米这个白人女孩的动人之处，她用其“万能之手”(*BL*, 77)帮助塞斯在水中产下一个婴儿，这不仅给予塞斯自身不幸遭遇以慰藉，更重要的是让读者也看到了希望。佩奇看到了艾米身上所蕴含的希望，并认为她是“另一个不顾自身遭受的虐待和打击，为塞斯提供身体和精神解脱的拯救者”(Page 146)。艾米

---

①参见 Jean-Paul Sartre, *Existentialism and Human Emotions* (Secaucus, N.J.: Citadel Press, 1984): 15, 52.

不仅满腔热情地对待塞斯，更重要的是，通过她的言辞，塞斯至少暂时在上帝的救赎之爱中找到了慰藉和希望。艾米那种有改造作用的力量足以减轻“作为一个奴隶的伤痛和耻辱”(Page 146)。当种族主义利用种族偏见鼓动黑人和白人相互抨击之时，艾米和塞斯证实了人们可以借助爱的力量化解这种偏见的可能性。而艾米和塞斯一直在搭建这个桥梁。

根据 1850 年奴隶逃亡法的规定，艾米将因帮助逃亡的奴隶而面临严酷的惩罚，并且不排除坐牢的可能。作为一个违背合法契约而逃跑的契约奴，她有机会出卖塞斯来邀功领赏。尽管她可以加入那些从奴隶贸易中大发其财的白人行列中，但她却没有那么做，相反，她救了塞斯。

如果说艾米是通过作为塞斯陪衬者的角色来搭建桥梁的话，“这种志趣相投的精神关系的双重性是(莫里森的)人物所实践的从来不选择，从而从来不排除的绝对准则。这就意味着将再一次在多样性中‘看到’统一性，在异在性中看到‘身份’可能性”(Harding and Martin 41-42)。如果白人社会不能像艾米忽略种族差异而去救塞斯一样接受这种异在性，那么改变非洲种族偏见观念或实施任何方式拯救的希望都是渺茫的。通过描写艾米和塞斯的相遇，莫里森希望展示人与人之间相互理解和相互关爱的可能性。以艾米为例，她促使读者反省自己的生活，希望如果将读者置身于同样的环境中，他们将会具备如艾米一样善良的心肠和豁达的胸襟来牺牲自身对自由追求的希望并因帮助那些急需帮助之人而获得安全感。

后来，为了纪念艾米，塞斯用她的姓“丹芙”为新生女婴命名。像蓝蕨类植物一样，丹芙代表着民族的前途和命运。评论家拉什迪(Rushdy)评论说：“在《宠儿》一书中，丹芙成为希望之女。”(“Daughter”, 126) 丹芙出生并幸存的重大意义在于颂扬了艾米帮助和他们之间相互联系的重要性，因为艾米直接确保了丹芙的幸存，因而保证了丹芙后来得以完成的使命。通过丹芙的存在，希望从精神到名义上都从艾米传给了丹芙。“正如她的同名人艾米一样，丹芙不仅是与白人社会相连接的纽带，也是人种之间互相拯救的标志。”(Conner 45) 最后，鉴于艾米是一个富有同情心的白人妇女，莫里森将她作为一座联系白人社会的桥梁。

在 2008 年新发表的小说《仁慈》中，生存的力量来自于各色人之间的互帮互助。书中人物形成了某种特殊形式的“家庭”，并从彼此的安慰中互相弥补缺失的遗憾。雅各布虽然染指奴隶贸易，但却是这个特殊“家庭”的家长和庇护者；荒蛮的拓荒环境中，丽贝卡和莉娜从怒目相向的主仆变成了真心互爱的姐妹，莉娜帮丽贝卡接生孩子，把丽贝卡看做是她破碎世界中的唯一稳定性；莉娜和弗罗伦斯则形成了精神上的母女关系；两个白人契约奴最后被发现是同性恋，他们帮扫罗接生了一个女儿，后者因此给自己重新起名叫“考木普利特”（Complete，完整之意）；自由黑人铁匠在没有任何回报许诺的前提下帮白人奴隶主之妇丽贝卡和混血儿扫罗治愈天花。爱给他们以力量，使他们完整。在能经受住岁月变迁考验的爱的浓浓春流中他们寻求到了心灵的满足感。弗罗伦斯相信，“当生命结束时，我们受到了洗礼，有了幸福快乐”。在这些人身上，作者寄予了美国的最大希望。

第五节　超越强加的姓氏、重塑身份

在美国黑人文学里，因为双重文化传统的影响，命名一直是一项很特别且具有双重意义的事。丢弃一个具有奴性的名字然后像自由人一样重新命名开始生活通常是“从前的奴隶自我解放的第一步”（Hayes 675）。根据佩雷-托雷斯（Perez-Torrez）的说法，“当可资建构主体性的其他渠道不通时，重命名的力量代表着重新回收权力”（99），因此，对于莫里森而言，力量很大程度就是命名权、定义现实的能力和感知力。莫里森的小说选用命名作主题以重述心灵康复的历史。她用命名作为过去持续萦绕的缩影。因为名字有能力去定义和拥有它所认同的东西，寻回过去和真实的名字显然是解决名字和身份遗失的解药。因此，超越被迫接受的名字并认同被授予的美国黑人名字的意义对生存是极其重要的。命名是一种通过实行非洲文化来抵制白人社会霸权的方法。名字的力量对于很多非洲人和流离在外的人来说是非常大的，所以人们常常用保密的名字使敌人无法用它去进行一些邪恶的意图。在新大陆，奴隶们习惯用名字和命名反抗压迫者。在莫里森小说里使用的《圣经》人名代表一种神秘姓名。因为它们很少切合人们的命名，所以彻底改变了《旧约》（当然，派拉特是最明显的例子）。莫里森表示：“我使用《圣经》的名字去展现圣经对黑人生活的影响，他们对圣经充满敬畏和崇敬但也有为了自我的目的而扭曲它的能力。”（LeClair 28）显然，命名是可以重新掌控自己人生的方法。

名字的遗失和命名过程代表一个埋葬和康复的系统，它对于美国黑人身份确认是具有重大意义的。为了反对强加且狭隘的限制，莫里森检视了更广泛的文化谱系，以寻找非裔美国人的根。因为如果没有超越基督历史的历史知识，非裔美国人民将很难弄明白他或她存在的原因和他们自己的身份。在莫里森的小说里，命名是他们努力索回自我身份的重要证明。通过抵制奴隶主强加姓名给他们和夺取自我命名的权利，从前的奴隶们为获取自己的身份发起了一场有意识的抗争。

在《所罗门之歌》的第一页，黑人传统中命名过程的重要性表露无遗。奶人在仁爱医院出生。该医院因以前拒绝接受非裔美国人到产房接生被人们称作“不慈医院”，坐落在被周围居民称作“血液银行”的居民区，“因为那里血液似川流不息”（*SS*, 32）。这条街原名“大马路”街，但自从这个城市的第一个黑人医生福斯特医生在“大马路”街建立了他的第一个诊所，这条街就有了另外的名字“医生街”。此后，白人立法者公开公告这里的官方名字是“大马路”街且宣告“医生街”作为邮寄地址是无效的。在这个官方公告发布后，居民们及时蓄意地改称这条街为“不是医生街”，表明了他们对任何压迫的创造性抵抗。

作为身份来源的名字与历史间的联系以及在美洲文化中超越名字的至关重要性，已由奶人·戴德清晰地演绎出来。他为获得对过去和未来、男人和女人的全面知识经历了一个由无知到顿悟的历程，是莫里森成长型人物形象的具体体现。开始时，由于他缺乏对过去和他祖先的了解，奶人·戴德割裂与市井人民的关系，为了成为非戴德(Not Dead，意为“不死”)，他必须用某种方法重新找回“真实的名字”。奶人·戴德的姓戴德在多方面显示出重要性。首先因为它篡改了他们的起源，由联邦机构强加给他们新的身份，这个名字是证明主流文化不关注除它以外的任何历史和身份的活证；第二，它意味着黑人中产阶级对于奴隶过去的态度：他们宁愿将之遗忘，也不愿让它继续作为耻辱的记忆。奶人·戴德的爷爷认为名字可以“抹掉过去”(*SS*, 54)给他一个新的开端；正因为如此，奶人·戴德成为了历史失忆症的继承人。这种失忆症即使不是致命的，也是有削弱心理和文化的负面效应。奶人·戴德的南方之行让他丢弃祖先的假名，恢复他们的真实名字“所罗门”。对原本名字的恢复无疑帮助非裔美国人认可承认自己的根、寻回历史并重塑他们的身份和开辟他们自身的价值。真名是身份意识所不可缺少的，那些被否认了人性的人，必须为着他们做为人自身的价值这个大目标奋力抗争。想要知道自身的真正价值就要知道自己的名字。通过超越戴德这个意味着白人对黑人压迫和藐视的名字，奶人·戴德重获了丢失的身份和精神的自由，开阔了视野，认识也变深刻了。同时他摈弃自私，学着去培养对家庭成员及黑人社区的责任感。

莫里森通过小说宣扬发现自己的名字对于发现自身特性是至关重要的；名字和起名字在体现自我意识以及个人与过去关系的意识发展过程中起着重要作用；起名字和重新拥有原本名字的行为，是对主导人群通过强加给他们以形象和概念而试图控制他们的一种拒绝；通过这些方式美国黑人能够获得他们的身份和历史；因此，在《宠儿》中斯坦普·佩德(Stamp Paid)甚至早于解放前就给自己重新命名，以此作为对奴隶制的否认和要求主体性的一种手段。在她得到释放时，贝比·萨格斯拒绝接受“珍妮·惠特洛(Jenny Whitlow)”这个除了白人外没有人曾这样称呼过的奴隶名字，继续使用贝比·萨格斯这个名字。

实际上，黑人作为一个民族，在过去几百年来一直努力争取获得在美国社会中的自我认同以及情感和心理上的成熟，这已经成为黑人文学中经久不衰的主题。莫里森密切关注重新定义黑人身份的问题，并试图去为那些遭受身份问题困扰的黑人找出解决方法。正如爵士乐引领人们获得新的认知，莫里森的文学爵士乐也带领人们通过自我分析、自我理解和自我改正去实现改造、重塑和复兴。

300年来，黑人虽然走完了从奴隶到自由人的路程，但生活一直受压抑、受歧视。所以，黑人文学传统从开始阶段就基本上是隐喻性的，这是他们在白人文化压抑中求生存的一种基本方式。莫里森继承了这种黑人文学传统，在写作中或用个人遭遇隐喻种族命运，或通过个人的精神觉醒寓示民族的精神再生，或在个体的顿悟中体现民族的认知历程。黑人民族在顺命运而甚感失落、异化，逆命运而备受煎熬、挫败的历史黑洞中挣扎、徘徊并自我疗治的过程通过隐喻、象征的方式被表现得淋漓尽致。

第六节　与白人主流意识和男权王国抗争

莫里森与早期赖特等为代表的“抗议小说”作家不同。她的小说中虽然不乏对种族、性别歧视的揭露和抗议，但其立足点是如何唤醒在西方社会的精神奴役下产生精神危机的黑人男女，敦促他们在与白人主流意识和男权王国抗争中寻找自我，寻找黑色文化底蕴并最终返璞归真。

为此，莫里森在《最蓝的眼睛》中塑造了克劳蒂娅·麦克蒂尔一家。这一家人母慈子孝，夫唱妇随，尽管家境贫寒，终日为生存而奔波，却尽力避免因种族主义和经济贫困所导致的“精神贫困”，他们自尊、自爱、自强，在母亲充满喜怒哀乐的歌声里寻找自信和信任；他们富有社区责任感，在乔利放火烧了自家的房子后，收留了佩科拉。歌唱和社区责任感是黑人的文化传统，作者以此申明她一贯坚持的观点：美国黑人首先应是美国人，他们有权使梦想成真；但他们同时还是黑人，在追求美国梦的同时，必须尊重、牢记、见证并传播自身价值的精华，在此基础上，认同并继承发扬民族文化身份，保持自己的文化独立，倡导民族文化，保存黑色文化底蕴，共享民族亲情。毕竟黑人文化是美国文化的一个重要组成部分。从一定程度上，白人主流文化也给麦克蒂尔一家以一定影响，他们也用画有秀兰·邓波儿头像的杯子，也给孩子买金发碧眼的娃娃，但他们并不以白人价值作为评判优劣的标准，而是批判地接受(克劳蒂娅肢解洋娃娃的举动表明她拒斥白人文化强加的价值观)，保持了黑色文化底蕴，这是贫困中他们夫妻和睦、女儿身心健康成长的源泉。克劳蒂娅本能地与这个崇尚白人审美的黑人社区斗争，她故意弄坏大人给她的白人小洋娃娃，以抗拒白人主流文化。她从来都不喜欢秀兰·邓波尔(Shirley Temple)和波强格斯(Bojangles)跳舞，因为波强格斯是她朋友、她的叔叔，他应该跟她一起咯咯地笑，而事实却是他与这个袜子从来都没有滑下脚后跟的白人女孩一起跳舞，还玩得不亦乐乎(*BE*, 13)。克劳蒂娅以此对命运提出抗争，对黑人种族的美丑观提出质疑。克劳蒂娅和她姐姐播撒的金盏花种虽然没有发芽，但他们仍然可以通过固守自己的民族文化，努力改造那不适宜栽种某种花的土壤，让自己的民族之花即使在隆冬中也能绽放并傲霜挺立。作为小说的叙述者，克劳蒂娅也因此被赋予另一种象征意义：通过讲述佩科拉的故事，让黑人意识到应如何在强势文化的冲击下生存，即：在黑白两种文化的相互错位和作用中，黑人文化作为弱势文化，若要达到从边缘向中心位移，"让美国成为寻梦者追寻的梦"(Hughes 1964: 5)，必须摆脱其自卑情结，摆脱其失望和无能的散沙状态，从而使非洲黑人文化传统获得某种民族自豪感，并在强硬的殖民制度中去治疗自我的精神创伤(Fanon 1965: 118)，保持和建构民族文化。正如20世纪美国民权运动的领袖之一杜波依丝在《黑人的灵魂》中所强调的，在处理黑白文化冲突时，黑人应时刻将两种文化铭记心中。美国黑人不再是数百年前非洲大陆上的祖先，也非生活在美洲大陆的欧洲移民的后裔，他们是作为少数民族存在的美国人。两个自我不应互相排斥，而应相互补充，相互依赖(Du Bois 78)。

在《爱》中，莫里森不仅探讨了黑人男性科西"对抗历史"的方式，而且还触及黑人女性"对抗"男权家长制历史、获取身心自由的种种方式。希德、克里斯汀、L各以自己的方式反抗着科西的专制。希德曾在被科西击打后，公然跑到饭店里和其他男人跳舞，也曾经爱上一个与自己年龄相当的男子并怀上孩子，一度产生过与之私奔的念头，只是相约"永远"的情人再也没有露面。希德想修改科西"遗嘱"的举动也反映了她潜意识中对科西遗志的反抗。克里斯汀曾经因为比自己小一岁的好友希德成了自己的"祖母"、自己被迫搬出喜欢的房间难过地出逃。离家出走是妇女争取自我解放的一个基本步骤。就如同易卜生要娜拉出走后人们不免担心她最终不得不回来一样，莫里森描写让希德出走未成、让克里斯汀出走后又被捉回来，其用意是很明显的：黑人妇女争取男女平等的斗争与其反种族主义、反经济压迫的斗争紧密联系在一起。没有经济、文化上的独立，没有女性人格价值尺度的再造更新，没有女性姐妹般的支持，没有男性“同志”式的参与，黑人女性的独立和自由就无从谈起。

如果说希德和克里斯汀反抗科西男权的斗争是无果而终，朱尼尔则代表着女性寻求解放的另一种途径。她生活在贫穷的黑人社区，却能在不鼓励女孩子上学、黑人男生吊儿郎当的学校环境中在班上大胆发言、认真做作业；她为了不受制于舅舅们离家出走流浪街头；在教养学校里凭借自己娴熟的打字技术自立自强从而免受校长的骚扰，当毕业时校长以谈话为由企图强奸她时，她不甘受辱，奋起反抗，乘其不备，猛地把他推下阳台；从教养学校毕业后，她凭口才在希德处找到了工作，并主动出击俘获了罗曼的心。与之相比，希德由于在经济上依附于科西从而产生心理上的依赖，在情人毁约时不敢摆脱对男人的依附独自出走，是人格独立意识不健全的表现。

第六章

莫里森小说中融入的音乐元素

黑人音乐让白人目瞪口呆地从中碰触到了赤裸裸的“心与灵”。在这之前，所谓的正统音乐多半将感情藏匿于制式结构里，即使是澎湃的命运交响曲，听者也很难跟着音乐的流动直接呼号出自己真正的感受。黑人音乐不一样，从歌曲中直陈想法几乎是他们的本能。黑人音乐和语音的独特风格、节奏和技巧也反映了黑人经验的特殊性和要求。因此，莫里森不仅仅将音乐主题融入她刻画的人物生活中，也不仅仅以类似于展现音乐主题的方法来创作她的小说主题，而是将音乐作为一种写作技巧来整合她的小说。莫里森将她的小说音乐化：在匠心独运的角色选择上，她追随了爵士乐的起源和传统。许多评论莫里森作品的人都认为爵士乐是真正黑人性的标志牌。她虽不是作曲家，却赋予作品丰富的音乐元素；她汲取和提炼黑人文学艺术精华，将边缘文化与主流文化融合，打破雅、俗的界限，从内容到形式开创了美国黑人文学的新天地，创造了属于自己、属于自己民族的艺术风格。她所创作的小说中富有音乐感的语言节奏和即兴随意的叙事风格无不体现着文学的艺术美。作者通过这样的写作方式告诉读者：故事情节是偶然中的必然，是意料之中的意外。

1983 年，莫里森就已经强调过爵士乐对她的写作有着至关重要的作用，当时她将她的小说风格描述为“始终坚持这一不可言喻的奇特黑人特质。而我知道的唯一能和它比拟的就只有音乐了。约翰·科尔特拉尼(John Coltrane)的音乐听起来就不会像是刘易斯·阿姆斯特朗的音乐，并且也没有人会把他们俩混为一谈，也更不会有人置疑他们是不是黑人。这就是我所试图要达到的境界……”(McKay, “Interview”, 153)。阿兰·杰·瑞斯(Alan J. Rice)也这样总结道：“莫里森的爵士乐风格散文体是一种用来突出强化她黑人特质的美学艺术技巧。”(424)罗宾·斯莫尔-麦卡锡(Robin Small-McCarthy)也深情地说：“通过连续使用有选择性的爵士乐审美传统，通过与我们黑人祖先们同心协力，莫里森仿佛大声呼喊

‘没有歌曲，[神圣的]灵魂将不会降生’。”(295)

为了在作品中获得音乐感和观众参与，莫里森大量地使用灵歌、布鲁斯音乐及爵士乐的特点，如，反复、副歌、即兴重复段、嘘词和没有实义的拟声词。另外，值得一提的是莫里森的小说常常以不协调和句子无规律著称，而所有的这些都是爵士乐精神在文学作品中的表现形式。莫里森使用“呼-应”的模式，创造出一种强势的互动氛围。她还诉诸于音响效果的使用，如头韵、共鸣、叹息声、呜咽声及呼喊声，这些手法显示了爵士乐对她艺术创作的直接影响。

本章的以下部分将主要以《最蓝的眼睛》、《所罗门之歌》、《宠儿》和《爵士乐》为例，诠释其作品对黑人音乐技巧的具体使用。

第一节　结构层面

在结构上，莫里森小心地揉进了正规爵士乐的一些布局技巧。文章的结构和风格都包含了从爵士乐衍生出的某些元素，如，即兴发挥、重复段、呼-应等。通过这些元素的运用，她把单个角色的语言融入了小说整体当中，以致小说能通过它本身展现出各个角色的语言，能平衡差异，能填补任何角色个人故事中不为人知的一面所留下的缺口。从实用的角度说，她利用了黑人音乐的表演和表现形式。正如拉尔斯·埃克斯坦(Lars Ecstein)所说的：“在这种爵士乐式策略的协助下，莫里森成功地运用了文化财富和集体功能。她将这集体功能和某种黑人音乐联系在一起，使之为她的散文增色。”(271)

一、布鲁斯叙事体

布鲁斯(又名蓝调音乐)“乐如其名”，听起来十分忧郁(Blue)，以表现黑人的苦闷与伤感为主要特征，是20世纪初期美国黑人创造的一种音乐式样。它源自黑人劳作时的田野呼唤和歌声，后又融合了灵歌、教堂唱诗以及民间幽默与智慧等各种元素，可以说是一种在体验最深刻的人生后，藉由生命的创造，转化为一种对生命的歌颂与热爱的乐曲，被黑人作家拉尔夫·埃利森称为“悲-喜抒情诗体”(tragi-comic lyricism) (Ryan and Májozo 138)。乐句起初会给人们一种紧张、哭诉和无助的感觉，然后接着的乐句便像是在安慰、舒解受苦的人，就好像受苦的人向上帝哭诉，而其后得到上帝的安慰与响应。歌曲哀怨婉转，震撼心灵，着重自我情感的宣泄和原创性或即兴性。

在莫里森的小说里，一般都是由黑人妇女来演唱歌曲，体现音乐所具有的言语无法表达的独特魅力。莫里森似乎在暗示她小说世界中黑人妇女的歌唱是她们打破沉默、抗议种族压迫、抚慰自己心灵的有效方式。

在小说《最蓝的眼睛》中，布鲁斯随处可见。只要听听《最蓝的眼睛》中的蓝调歌曲，就不难明白黑人妇女的生活状况和她们丰富的内心世界。作者通过第一人称克劳蒂娅来讲述佩克拉的悲惨故事，这种叙事方法沿袭了布鲁斯叙事体的传统。佩克拉一次又一次由于自己是丑陋的黑人女孩而遭到白人的冷嘲热讽，生活在最低靡的情绪状态下。但由于佩克拉无法用布鲁斯表达她的苦楚，因而在整个故事中，她的好友克劳蒂娅作为黑人传统文化的继承者从她母亲的歌唱中得到安慰和启迪，并为佩克拉演唱布鲁斯，述说佩克拉的悲惨命运。不难看出，小说中出现的蓝调歌曲都是出自黑人妇女的口中，这些黑人妇女的蓝调又通过她们的听众，也是她们的下一代——千千万万个像克劳蒂娅、弗里达(Frieda)，还有佩克拉这样的小孩——传下去。也许她们在听这些歌的时候还不能理解歌曲的含义，然而，有哪个黑人小女孩能逃得过这周而复始的命运呢？等到她们在重复自己妈妈生活的时候，她们会发现，这样的蓝调，其实很艰涩。

《最蓝的眼睛》与拉尔夫·埃里森的小说《看不见的人》(1952)在主题和结构上有很多相似之处。“我做错了什么以至于如此伤痕累累?”不管是有意还是无意，在佩克拉的整个悲惨遭遇中，这个问题时时萦绕在她的脑海里。多少次，人们欺辱她、逼她“往后站”，只因为她是个黑人；多少次，她迎面遇到的人们强加给她的观点就是黑人男孩只配拉煤，这个世界只认同白人，因为她的朋友邻居还有家人都认为“白就是对的”。她一天二十四小时都生活在忧郁中，熬过了一个又一个冗长的小时中一个又一个漫长的分钟。麦克蒂尔太太总是唱着“困难的时候，糟糕的时候，以及有人消失和离开我的时候”，渴望不要“让我的名字模糊暗淡”，讨厌“看到傍晚的太阳落下去”(*BE*, 18)，因为“他已经离开了这个城市”(*BE*, 44)；波兰会唱，“忧郁在我的餐桶里，忧郁在我的书架上”(*BE*, 38)，“有一个男孩，他有如天空般柔和明亮的棕色皮肤”(*BE*, 44)。而佩克拉则丰富了他们的忧郁蓝调。佩克拉自认的丑陋如密西西比河三角洲决堤的洪水一样引发了她的忧郁。至少洪水能够释放，餐具室也有可能被重新填满，佩克拉的丑陋却无法改变。她想从这种蓝调式的忧郁状态中解脱出来的愿望是永远都不可能实现的，因为她所生存的社会不让她有这样的奢望；它总是要她相信忧郁是她的宿命，她永远都不可能摆脱这种蓝调式的抑郁状态。

她的种种遭遇和她的父亲一样“只能在一个音乐家的脑海里”或者在克劳蒂娅的想象中“找到连贯性”(*BE*, 25)。小说结构布局的建构类似于布鲁斯式的写作。尽管布鲁斯音乐是人们不自觉的发泄痛苦和自我安慰的方法，以不拘形式的内容表达了黑人群体的不幸，但是佩克拉却不能够将她的痛苦通过布鲁斯音乐表达出来。如同她幻觉中所拥有的来自于黑人社区之外的蓝色眼睛，她的忧郁很常见。但因没有榜样引领她与黑人社区价值联系，却把她与社区分割开来。然而，作为故事的叙述者和歌唱者，克劳蒂娅却能坚持像蓝斯顿·休斯在《忧郁的蓝调》[①]中生动地描述和体现的那样用蓝调来消除不愉快的记忆。这个悲剧性的故事被讲述、复述和再现，听者和读者被深深地打动着，以至于不但受到了净化启示，而且意识到从当前情况中寻求超越的重要性。

作者的精心安排体现在《最蓝的眼睛》的结构和页面安排上。小说包括引言、正文和尾声三个部分，正文的四章分别又由几个小节组成，除了第一个小节之外，其他每个小节都有一段文字作为引子。作者还刻意在引子与正文之间留了一段空白，这种安排使整部小说看起来就像是首蓝调音乐，文字部分是不同的角色以不同的音调唱歌，空白部分则像是配乐，给人思考的空间。正文的四章分别以秋、冬、春、夏命名，莫里森在每章第一小节的文字安排上独具匠心，每一页的左面按照常规排列，而右边参差不齐的设置使行文从感觉上跟蓝调的书面格式很相似。这些部分正是叙述者克劳蒂娅作为歌唱者出现的地方，我们从如歌般的叙述中了解到了她的童年，也从她的眼中看到了佩克拉的遭遇。这种特殊的页面安排还出现在波琳心理独白的章节。在这段独白中，波琳向读者讲述了她是如何遇见乔利·布里德洛夫，他们如何一见钟情，一起去北方，又如何渐渐陷入无穷无尽的争吵和相互憎恨之中的坎坷经历。起初波琳的故事就像是一首甜蜜浪漫的蓝调歌曲，但随着受北方生活的沉重压力和白人文化侵蚀性影响的加剧，他们的爱情代之以争吵和憎恶，她心中原来甜蜜的爱情蓝调慢慢变得无奈且充满忧伤，她开始出门看电影，按照白人的眼光打扮自己。乔利的脾气则越来越差，他放弃工作，整天酗酒度日，只靠波琳在白人家里工作赚钱养家。这段长长的心理独白以斜体标记，并且以不同于小说其他部分的形式出现，作者的目的是要制造出一种相似于蓝调乐句的视觉效果。

蓝调歌者在表达内心苦闷的同时，还在向黑人后代传达黑人文化和价值观。蓝调歌曲的主题经常跟性或爱情有关，美好爱情的变质、邪恶的女人和糟糕的人、酒精、贫穷、死亡、寻求更美好的生活等都是蓝调歌曲经常引用的题材（古拉尔尼克等, 13-44）。因此，有些布鲁斯歌曲听起来甜蜜而且有力，而有些却显得哀

①蓝斯顿·休斯的《忧郁的蓝调》是通过叙事者的口吻描述了夜晚他在哈莱姆听一位蓝调音乐家演奏的情境。诗歌的措辞、反复以及其内含的布鲁斯式抒情风格唤起了布鲁斯音乐伤感的旋律和节奏，使读者在诗歌中体会到布鲁斯音乐家的悲伤。

伤而充满无奈；蓝调歌曲就是因为其丰富的表现力而深得黑人的喜爱。《所罗门之歌》中“奶人”的姑姑派拉特就是一位杰出的布鲁斯歌手，用歌声教育“奶人”走向成熟。她那贯穿整部小说的布鲁斯小调取材于黑人民间文化关于所罗门的传说。这首歌最初由所罗门的妻子演唱，表达了她被丈夫抛弃后悲伤哀怨的心情。在派拉特临终前，“奶人”深情地为她演唱她最喜欢的那首布鲁斯小调，并将“Sugarman”改为“Sugargirl”。至此，“奶人”也变成了一位能即兴演唱的布鲁斯歌手。“奶人”用布鲁斯这种艺术形式升华与派拉特生死离别之苦，同时对派拉特的演唱也体现了他未曾有过的无私的爱，暗示他已经通过了解黑人民间文化走向成熟。

如同其同名音乐形式爵士乐，《爵士乐》弹奏的是一曲灵魂解放的和弦音。小说共分十章，但章与章之间并不用文字标出，而是用一空白页间隔开，而且各章上下呼应，相互衔接，这使小说如同一部浑然一体、一气呵成的音乐作品，空白页成为构成节奏所必需的休止符。如同其同名音乐形式爵士乐，《爵士乐》弹奏的是一曲灵魂解放的和弦音。这组和弦包含着三种音乐乐旨，即黑人灵歌、布鲁斯和爵士乐。黑人灵歌表达了黑人在荒野中寻求家园和栖息之地的向往与信念；布鲁斯用音乐的形式表现由痛苦忧伤、心神不宁到解脱精神生态困境的情感历程；爵士乐则重复了重获自我确认的主题。莫里森将小说题目定为《爵士乐》说明作者意欲以爵士乐为主旨，当然，由于在爵士乐的生成过程中也吸收了布鲁斯和黑人灵歌的一些要素，其中必然包含布鲁斯和黑人灵歌的抒情成分。

在《爵士乐》中，忧郁/忧伤(the blues)贯穿于小说结尾除外的其他部分：乔寻母不得和被恋人背叛的痛楚；维奥莉特因身为黑人和女性所承载的历史创痛；爱丽斯被丈夫抛弃的辛酸；多卡斯五天之内参加父母两次葬礼的不幸……小说就像一支蓝调乐曲，如泣如诉地诉说着黑人的忧伤和承载的历史不幸。但在结尾处，如同维奥莉特/瓦奥莱特(Violent, 意为“暴虐的”，维奥莉特持刀闯葬礼后人们给她的称谓)的遭遇，忧伤(the blues)被“摔倒在地并赶出了教堂”(*JZ*, 3)，主要人物在交流中自我疗治并达到了精神生态平衡，完成了“悲-喜抒情”的历程，人与人之间的关系(包括个人和自己过去之间的关系)、黑人在悲苦的人生旅途上由痛苦渴望到最后的解脱和“超越自我”的精神历程以及黑人百折不挠的生命力和热爱、拥抱生命的生活态度在黑人布鲁斯音乐中得到了淋漓尽致的体现。

二、呼唤-应答模式

呼唤-应答模式是最能清楚识别黑人灵歌和布鲁斯音乐的非洲音乐传统的特征之一。这是一种呼者和听者互相起应的模式。听者的回应强调了呼者的呼唤；

而听者的回应可以是歌者要求的或者是自己发自内心的自然而然地唱和。实际上，莫里森不光是想用这种以领唱者为主的呼叫应答模式表达感情，她还想让她的读者们也参与到书的写作过程中来。

呼唤-应答模式在《宠儿》中反复出现，神圣的森林布道者贝比·萨格斯向黑人群体中的男女以及儿童们呼唤着，他们用笑声、舞蹈和叫喊声来回应，最后她和着这种应答式的音乐跳起舞来。无生命的物体也可以作为合唱中和声的一部分。当塞斯清楚地意识到她不想再让保罗·迪睡在寒冷中时，"她对着他微笑，就像他亲爱的朋友一样，烟囱将天空中突袭进来的寒气喷了出去"（*BL*, 130）。在小说的结尾，这种类似的呼唤-应答模式又出现了："丹芙看到的只是低的更低的头，却听不到领唱者的呼唤——只剩下少许诚挚的和音片段还在为它伴奏着：是的，是的，是的，哦是的。请聆听我，请聆听我。就这样，上帝，就这样。"（*BL*, 258）

呼唤-应答模式也构造和揭示了塞斯和宠儿之间的关系主题。塞斯杀女的罪恶感使宠儿的灵魂一直存活了下来最后得以还魂肉身。宠儿的呼唤激起了塞斯对过去的回忆，塞斯突然意识到自己是谁，于是无休止地应答着。当塞斯和宠儿被锁在鬼屋中时，塞斯被逼得差点走向毁灭。然而，作为应答，丹芙从自我的束缚中解放和成长了起来。她和黑人民众一起通过物质和精神上的帮助将塞斯唤了回来，使塞斯开始面对新的生活。

三、即兴演奏

爵士乐作为一种风格很难定义，但是即兴创作是这种音乐形式中的关键因素。在演奏爵士乐过程中，一般要围绕一段很短的基本素材。乐队的每个成员，不仅仅是独奏者，都要做即兴演奏。"对于乐师来说，'即兴'一词的含义是一边演奏，一边现编音乐。"（李忠霞，于娜 59-61）乐师对基本素材的多次重复和重复过程中的即兴演奏构成了乐曲。乐师彼此之间自发地互相谦让与合作，只受和弦结构的限制，他们在演奏过程中可以自由、大胆、随心所欲地发挥。"音乐部分可以是旋律、伴奏、低音等等。但演奏者却又不可随心所欲地胡乱演奏，否则就会与乐队其他成员合不上拍。"（李忠霞，于娜 59-61）从这种音乐形式的早期开始，即兴创作就是美国黑人音乐里必不可少的元素，并且与美国黑人文化中的呼唤-应答表达密切相关。

萨伦（Southern）认为：

> 爵士乐最显著的特征可以直接追寻到布鲁斯。爵士乐是一种口头

形式的音乐，乐器演奏者用他们的乐器来代替声音，但是试图用滑动、嘎吱声、咆哮声和假声的效果来重新创造歌唱形式和蓝调。如同布鲁斯，爵士乐注重个人表达。演奏者同时也是作曲者，以一定的风格和形式创作音乐。传统的旋律或和声框架可以为即兴创作做铺垫，但这就是演奏者的个性和他即兴创作方法(如这是由 6 位有较大影响的乐师演奏的话，用法就会开始快速地改变。大部分著名的爵士乐歌手都是女性，许多优秀的乐器演奏家也是如此)所创作出来的音乐……音乐要素优先存在的核心……一般来说是短暂的。爵士乐乐曲的长度来自于对基本旋律的反复。(363)

这听起来像是莫里森的《爵士乐》和《最蓝的眼睛》的概述。《最蓝的眼睛》和《爵士乐》的叙述结构都如同一个由不同的声音/乐器在主旋律的基础上做独奏变化的爵士乐团：《最蓝的眼睛》中迪克和珍妮的启蒙故事，《爵士乐》中的孤儿身份和放逐现象。

因此，可想而知，在《最蓝的眼睛》里，莫里森的解构意图在故事开头就初露端倪。迪克和珍妮启蒙故事的一段被重复了三次，每次都从形式上进行了改写，逐渐地破坏了语法和象征的顺序：

Here is the house. It is green and white. It has a red door. It is very pretty. Here is the family. Mother, Father, Dick and Jane live in the green-and-white house. They are very happy. See Jane. She has a red dress. She wants to play. Who will play with Jane? Here comes a friend. The friend will play with me. They will play a good game. Play. Jane. Play.[①]

这是一座房子。它是绿白相间的。它有一扇红色的门。它非常漂亮。这里有一个家庭。妈妈，爸爸，迪克和珍妮住在这绿白相间的房子里。他们非常快乐。看珍妮。她穿着红色的裙子。她希望去玩。谁将会陪珍妮玩耍呢？这里来了一个朋友。这个朋友将会与我玩耍。他们会玩一个很好玩的游戏。玩耍吧。珍妮。玩耍吧。

这一自然段用的是双倍行距，句子开头字母大写并且标点规范，描写了一个典型的中产阶级白人家庭，并象征着佩克拉心目中快乐家庭生活的美国梦。然而

①本章部分引文加入了英文原文(以阴影衬底)，以便读者更好地理解、鉴赏。

在第二段中，莫里森抹去了作为特权标志的大写符号和意义丰富的标点符号，用几乎相同却又不完全相同的差异性改写了第一段。

Here is the house it is green and white it has a red door it is very pretty here is the family mother father dick and jane live in the green-and-white house…

这是一座房子它是绿白相间的它有一扇红色的门它非常漂亮这里有一个家庭妈妈爸爸迪克和珍妮住在这绿白相间的房子里……

在第三自然段中她再次进一步改写了第一段，去掉了字与字之间的字间距，撇开了词与词之间的空格，使传统的意义和顺序产生混乱。

Hereisthehouseitisgreenandwhiteithasareddooritisveryprettyhereisthefamily motherfatherdickandjaneliveinthegreen-and-whitehouse...

这是一座房子它是绿白相间的它有一扇红色的门它非常漂亮这里有一个家庭妈妈爸爸迪克和珍妮住在这绿白相间的房子里……

毫无疑问，标点和字间距的省略象征着佩克拉的失败。违反语法和句法规则使传统标点符号系统陌生化，因而破坏了完全熟悉的符号学规定。这种违规反映出莫里森不把父权语言与任何特定关系相连，以此创造重新题写并重新解释美国黑人现状的另外语言空间。通过提请大家注意象征性的逻辑中心主义秩序，莫克森向世人呈现了引发佩克拉失败的险恶社会传统。[①]

启蒙教科书不仅教佩克拉如何去阅读，并且也作为反面教材，让她感觉到她背离了社会标准。权威的社会标准强加给她，损减了她的身份并败坏了她的价值。她努力地抑制她的意识并内化了统治阶级白人的霸权思想。

①很多评论家讨论过莫里森不遵守句法规则现象。凯特曼评论说，布里德洛夫一家的一生“犹如‘迪克和珍妮’故事的第三世界版本——扭曲的衍生品，他们的孩子佩克拉生活在一个畸形的世界中，这最终毁了她”。格雷瓦尔也认为，这是对阶级结构和第一世界对第三世界奴役的讽喻。他进一步谈到：“第一世界通过小说中的不平等性获得控制第三世界的权力。而且第三世界被评定为违抗这种标准，那么第三世界必将永远被归为是不发达的，被置于第一文本 / 世界定义的病态中。”参见 Gurleen Grewal. “The Decolonizing Vision: *The Bluest Eye*.” In *Circles of Sorrow, Lines of Struggle: The Novels of Toni Morrison*. Baton Rouge: Louisiana State University Press, 1998. 23.

小说《宠儿》中最重要的核心事件如塞斯弑女、塞斯逃亡、丹芙出生等都是不同人从不同角度多次即兴讲述的。每个人讲述的似乎都不完整，只是从不同侧面为故事提供了一些相关信息。在小说中似乎有多个角色、多重声音在重复述说。多重叙述视角的重复叙述把零散的故事碎片组装成一个完整的故事情节，强调读者参与的重要性。这些组合看似随意，但都经过了作者的精心安排。规律性中存在即兴，即兴中能看到故事的主旋律。以塞斯杀婴为例：小说开篇提到割断喉咙的婴儿，第三章丹芙想起了小时侯别人问过她她母亲是否是因杀人被关起来。然而，此事的具体过程到了第二部分中间才由一个真正的目击者向保罗道出，故事至此才完全浮出水面，这种多角度重复语言叙述突出了写作手法的“即兴”。

同样，小说《爵士乐》就像一部爵士乐作品，叙述声音以多种语调和节奏表达不同的声音，如同爵士乐演奏时多部乐器所发出的多重乐音，各种叙述声音平分秋色，有时又明显不同。小说以一个情杀事件作为基本素材，并通过对这一事件的重复来谋篇布局，而这个事件在小说的第一段就已交代完毕：

> 嘘，我认识那个女人。她以前住在莱诺克斯大街，家里养着鸟儿。她男人我也认识。他迷上了一个十八岁的姑娘，爱得铭心刻骨、怪异吓人。他心碎肠断，又欣喜若狂，开枪把姑娘杀了，仅仅为了要留住那分恋情。那个女人叫维奥莉特，她去参加葬礼，看到了死去的姑娘，就拔出刀子要划她的脸，结果被人推倒在地，赶出了教堂。(1)

以后的章节就是遵循爵士乐合奏曲规则的多种声音/乐器对这一核心事件的重复和即兴创作，在此过程中扩充并变更内容。例如危机来临时维奥莉特的反应便可被看成是一种即兴创作：当用刀切割死者遗体的愿望只是得到部分实现时，她决心“给自己找一个男朋友以惩罚乔”(4)。因没有兴趣维持这种关系，她又决定“重新去爱自己的丈夫”(5)。当此举受挫时，“她决定去爱——去试着了解——那个十八岁的姑娘”(5)。她“审慎的调查”把她带到多卡斯常光顾的有合法营业执照的美发师那儿、多卡斯上过的小学、中学，最后和多卡斯的姨妈爱丽斯成了知交。虽然她名义上是去找寻有关多卡斯的信息，但当她告诉爱丽斯“我得找个地方坐下。我想这儿可以”(82)时，她其实表达了潜意识中对“家”，一个精神栖息地的向往。但无论怎样变化其主旨永远都围绕着文化孤儿身份和精神放逐这一主题展开，透过不断变化视角的重复性叙述，作者全方位地描述了美国黑人精神苦难史，记录了美国奴隶制和种族歧视对黑人精神心灵的践踏，并以其独特的叙述手法叙述了一种复活仪式。在这个仪式中，人们受到召唤，在贫瘠的精神流放地建立家园、从失落和渴望的痛苦中重振士气并以新的视角认识自己。小说改写了《新约》中早期基督徒、年轻的女裁缝多卡斯突然死去并被耶酥门徒彼得救活的故事并对这一即兴创作加以反复演绎。只不过在《爵士乐》中，那个使多卡斯复活的人变成了一个黑人女性维奥莉特。根据古老的《埃及死者之书》记载，古埃及人认为肉体之外另有生命，因此在埋葬死者时，他们必须举行切割死者遗体的仪式以使灵魂得以解脱超生并开始新生。这赋予了维奥莉特持刀划多卡斯遗体的脸部以新的象征意义：从文本中我们得知，多卡斯活着时无异于行尸走肉，维奥莉特此举使叙事方向和意义从葬礼变成了复活，死亡成了新生的开始。通过“举行”使多卡斯“复活”的葬礼，维奥莉特重建了一个精神家园，释放了她的痛苦并重获创造能力。以上述三项为契机，她为自己、爱丽斯、她丈夫乔、多卡斯的朋友费丽斯和其他人找到了精神再生的未来之路。至此，生与死的界限被打破，追求精神自由的心灵本能获得了满足，一曲爵士乐回荡在历史和现实之间，曲终时主要人物在彼此关爱中找到了摆脱精神困境的真谛。

四、重复

莫里森对音乐的建构原则还可以从她对重要事件和细节的重复叙述中看出来。由于重复是爵士乐的另一组成要素，莫里森使用重复也表明了爵士乐的艺术风格影响着小说的形式。莫里森部分小说的篇幅长度源于“基本内容的重复”。比如，在《宠儿》一书中，作者一遍一遍地讲述丹芙出生的故事，而且这些故事对塞斯、丹芙以及宠儿产生了不同的影响。例如，丹芙不仅从欣赏她步入这个世界的多彩生活细节中得到满足，而且把那些趣事讲给宠儿听，并从中得到乐趣。“学校教师”的几个侄儿强行吃塞斯的奶这一事件总是以各种形式重复出现，并且让读者难以忍受。故事从不同的角度、以不同的篇幅、不同的细节重复出现，这种手法很有意义，因为它能够让读者铭记：不能忘记奴隶制时期的故事。莫里森创造的“再记忆”(rememory)一词强调故事本身的作用和重复的特征。除此之外，谢里·豪尔(Chery Hall)曾说，“复杂的重复体系”(93)在《宠儿》中起到一定的作用。一些重复只是起到修饰的作用，而另一些则包含了主题内容。鞋子、色彩、 心灵、树木，所有这些都反复以不同的形式多次出现。保罗·迪的香烟嘴作为一个主题意象，基本上以一种相同的形式贯穿在小说中(虽然这个道具以不同的方式出现)，并与奴隶制和典型的奴隶生活有着复杂的联系。树的意象多次以不同形式出现：塞斯背上的鞭痕形成的树、悬挂的树、在甜美家园中保罗称作“兄弟”的那棵树，还有保罗按照印第安人的建议顺着北上并受到考验的那些树。鞋这一主题的重复与贝比·萨格斯作修鞋匠的经历联系在一起，更重要的是这里的重复让人们关注那些象征地位而否认奴隶的鞋子。在《爵士乐》一书中，文中的重复起到了主题与结构搭配的作用，这些将会在本章的最后一部分作详细叙述。

文本之间也有重复。在《秀拉》一书中，沙德拉克在1941年宣布1月3日为“国家自杀日”。在《爵士乐》一书中，这天维奥莉特的母亲撞墙自杀。1926年1月3日这天维奥莉特企图划割死去的多卡斯的脸。当多卡斯为拖延时间让乔逃跑而宁愿死于肩膀上的枪伤时，她重复了维奥莉特母亲的自杀事件。秀拉·皮斯看着自己的母亲汉娜被活活烧死，多卡斯的母亲在一次房屋失火中丧生，多卡斯“一定看到了火苗，一定，因为街上所有的人都在大叫”(*JZ*, 57)。当自己的母亲去世时，两个女孩都保持沉默。《秀拉》和《爵士乐》这两部小说的结局都是开放性的，并没有一个最终的定局。

文本间重复的另一种形式是相似的短语重复出现在不同的小说当中，以提示人们作者的写作意图。在《最蓝的眼睛》一书中，尽管他们试图隐瞒事实真相以免被他人知道，但佩克拉因父亲乱伦怀孕的悲剧和婴儿之死还是在同乡之间传播了开来。莫里森说“静静地保守着这个秘密”(9)。在《爵士乐》中，人们也知道维奥莉特企图绑架那个婴儿。莫里森再一次提到“静静地保守着这个秘密”(17)。莫里森意指非裔美国民众不可压抑的强烈呼声和在公众面前保守秘密的不易。非裔美国民众强烈的呼声进一步表明不管是来自集体内部还是集体外部，压迫越严重，反抗越强烈。这表明遗存下来的口头传统在不依赖书面文本力量的前提下保护了美国人民的话语权利、价值观和历史。

在《所罗门之歌》一书中，莫里森充分展示了自己的信心与决心，她要以回忆往事来充实自己的小说世界，以增强往昔在整个美国文化中的重要性，憾动主流文化；她想通过“传递”(238)来抚慰她的人民，传承他们辉煌的历史和灿烂的传统文化。《宠儿》进一步描述了非裔美国民众对压迫的强烈反抗，也证明了口头历史传统的顺利传承。通过反复坚持在最后一章节中忌讳提及塞斯的故事，莫里森多次重复道：“这不是一个要传承下去的故事。”(274) 然而这种禁令激发了人们讲故事的冲动和逃离权威审查的勇气。利用书面证据缺失而不能使故事流畅的优势，口头传统保留了历史与文化，并且深深印在人们的脑海之中。正如黑人社区的每个人都知道是什么导致了佩克拉的悲剧和维奥莉特的怪异并悄悄地将那些事情告诉了别人，只要他们有一个完整的集体来呼吁人们传播他们证据的历史，布鲁斯通社区的人们便会铭记塞斯痛苦的生存处境。塞斯的故事可能不会成为主流文化历史叙事的正式内容，但毫无疑问，这个故事将形象地代表非裔美国民众历史情感的前景。尽管叙述者告诫：塞斯悲惨的故事不能被“传承”[1]，但它会在同乡人之间流传，确切表达塞斯和社区的历史。

通过重复事件、语言，莫里森强化描述了人物的内心世界。但值得注意的是，故事安排每次重复的场合、方式又有所不同。

五、爵士乐即兴演奏会

爵士乐即兴演奏会被拉尔夫·埃里森称为“爵士乐演奏者的真正艺术团体”(245)，是爵士乐表演的另一个极具特色的特征。在其以艺术的形式存在的最初五十年里，爵士乐即兴演奏会并没有正式的训练，当然也没有引起艺术界的关注。在一些非正式的聚会中，乐师们不受制作人、经纪人、企划人和俱乐部老板的要求限制，临时即兴组合在一起彼此即兴演奏。这些非正式聚会为爵士乐演奏者提供了练习场所和实验室。演奏期间，几位乐师一起参加独特的音乐体验活动。不同的乐师各自表演不同的独奏，这些独奏大部分都是即兴创作的。这些曲目都是乐手根据一些标准功能键范围内的固有特殊音符，最后形成一系列的即兴重复段。独奏者们经常吸收先于他们的乐手的一些优秀片段，然后混合一些其他演奏者的音乐元素，把它们稍作改变，或者突出每种不同乐器的特殊音效。爵士乐演奏会总是在合奏时达到高潮，那时乐手们都紧密配合，但对不熟悉爵士乐演奏的人来说，高潮时只是一些复杂的非协和音。

在《宠儿》第二部分的结束章节，莫里森用自己的方式体现了爵士乐艺术家们在音乐上所取得的杰出成就。在这部小说中，当塞斯、丹佛和宠儿相遇时，她们各自的思绪像独奏尝试，其中的基本主题或重复乐段不断被改变措辞重述，并被全面演绎。主题句就是那一句“宠儿，她是我的”，紧跟着主题句的是一段有联系的解释这个观点的狂想曲。在这种语境里，基本乐段的精髓以变奏的形式往复出现——“宠儿，因为你是我的，所以我必须把这些事都告诉你”(*BL*, 201)——在真正的爵士乐方式中，塞斯以重述基本乐段“她回来了，我的女儿，她是我的”(*BL*, 204)的方式结束其独奏。接下来的是丹佛的声音，她以不同的方式重复“宠儿是我的妹妹”(*BL*, 205)这句话，对这一主题做了广泛的即兴探索。丹佛的思想旅程也是在新的背景中变换主题，围绕主题循环往复，最终重述基本乐段，并以“她是我的，我的宠儿。她是我的”(*BL*, 210)结束。最后，蓝石街

①拉什迪指出了莫里森对口头传统的运用，认为故事“是通过耳朵传承的”(585)。而且霍洛韦(Karla F. C. Holloway)认为：“莫里森重现了‘传承’并倒置之，使之意味着继续……讲述。她赋予回应结果以特权，并以这种方式使这些词语/话语声音与可视/书面文本相对立。莫里森‘传播’着这一故事，以反抗那些损减这些经历的人，并给这些经历找到在场的话语权。”(517)

124 号的第三个声音，宠儿，同样也加入了。她同样引出这个主题的一个变奏“我是宠儿，她是我的”（*BL*, 210）。她以一段冗长的节拍和短句展露出痛苦的回忆。她越来越多地加入一些抒情词句，例如“极好的事物”。而在随后的部分中，她不再使用片段性语句。《宠儿》也以一段重述“我将不会再失去她。她是我的”（*BL*, 214）作为结束语。每一部分的开始几行都足以说明每一个演奏者都是在寻求同一主题的特殊变奏。这个主题就是“宠儿，她是我的女儿，她是我的”（*BL*, 200），“宠儿是我的妹妹。我将她的血和我母亲的乳汁一起吞下”（*BL*, 205）和“我是宠儿，她是我的”（*BL*, 214）。每一个声音都以利用每一种个性化的乐器为意向，以高度个性化为风格。塞斯以宠儿为主题的变奏曲是一种解释和补偿，是在整部小说中都压迫她思想的忧虑的集结。丹佛的变奏曲是对她自己和她重新发现的妹妹的一种保护，是表现对塞斯的恐惧感和对她父亲的理想化看法的过程。宠儿变奏曲涉及损失和认同，当她的决心坚定、意识增强时，重新找回的母亲填补了她语言中句读的空缺（在文中视觉上表现为语句之间无标点，以空白代之）。

在宠儿第二变奏曲之后，母亲、女儿和妹妹的声音融合成一个声音。相同的变奏曲重新出现，这次以呼唤-应答模式重奏。塞斯、小女儿丹佛和大女儿宠儿的变奏曲随后被莫里森视为“一种可以像对话一样交流信息的哀歌，又像三方会谈，但是都没有言语……没有说出”（*Conversations*, 249）。首先，是塞斯和宠儿之间的二重唱：

你归来了，你归来了
我们会对我微笑吗？
难道你没看见我在微笑？
我喜欢你的脸庞。（*BL*, 215）

告诉我真相。你不是来自天的另一边吧？
是，我是从另一边来的。
你为我归来？
是的。（*BL*, 215）

这段二重唱又为丹佛和宠儿的另一轮问答对话提供了方式。接着，丹佛和宠儿之间的对话：

我看过了这房子，我看着这院子。

她离我而去。
爸爸要来接我们。
一件高兴的事。(*BL*, 216)

她说你不会伤害我。
她伤害了我。
我会保护你。
我想要她的脸庞。
不要太爱她。
我爱她正深。(*BL*, 216)

然后，这三种声音以一种急促的复调音乐形式交织在一起，每个声音开始混合成随意的会合段，最终彻底混合在基本重复乐段的集体咒文中：

宠儿
你是我的妹妹
你是我的女儿
你是我的面容；你就是我
……
我喝了你的乳汁
我看见了你的微笑
我将会照顾你
……
你是我的
你是我的
你是我的。(*BL*, 216-217)

尽管塞斯、丹佛和宠儿看似迷失在自我的思绪中，她们的嗓音还是会会合起来，成为一个富有诗意的整体。人们几乎可以听到对“我的”这个词简洁、乏味的强调——毋庸置疑，这是小说中重复最频繁的词。

六、对抗淘汰赛

对抗淘汰赛是一种在乐师之间开展的特别有竞争性的爵士乐师即兴演奏会

传统。在一次对抗淘汰赛中，两个或更多的独奏者轮流在相同的曲调上即兴发挥，其最终目的是通过对抗、颠覆、扩张，最后超越对手的音乐理念来淘汰或胜过对手。独奏的空间是根据即兴演奏者的成败来分配的，由现场演奏的音乐家和听众裁决。竞赛经常使两个演奏同样乐器的乐师斗智斗勇，使得一个合唱部分一开始根据每个演奏者而定，随后稳步地把独奏空间降到每个人四小节(因此产生了术语“trading fours”)，偶尔甚至是两小节或者一小节。对抗淘汰赛因此构成了像呼唤-应答形式的非裔美国人口头传统的音乐多样性。①

对抗淘汰赛与托妮·莫里森的《爵士乐》有很多相似之处。对抗、猎寻和追逐的主题渗透到了这篇小说中。第一段的内容为叙事者陈述的即兴发挥提供了基础，它提及维奥莉特“去葬礼见死去的女孩并要划割她的脸”，尽管是一出悲喜剧，但这在一定程度上是一个划割对抗赛，女孩是她的对手和挑战者，因为她偷走了她的丈夫(*JZ*, 3)。后来，叙事者的声音对葬礼进行了更详细的描述，把维奥莉特令人费解的行为归咎为她分裂意识中好斗暴力的那一半。“那个维奥莉特”找那把刀已经一个月了。她绝不会想到她用它做了什么，但是**那个**维奥莉特知道并直接找到它，并且晓得葬礼在哪举行(*JZ*, 90)。尽管因有人拦阻没有给多卡斯的脸造成多大伤害，但是维奥莉特和试图阻止她的年轻强壮的门卫厮打起来，叙事者的声音猜想是因为“也许她在意识里有更多的暴力行为”(*JZ*, 91)。

致使维奥莉特划割情敌的分裂意识是乔寻找母亲和追赶情人多卡斯的先兆。小说的戈尔登·格雷部分以交互平行情节线结尾：首先，乔一直寻找一个他认为是自己母亲的神秘女人，弗吉尼亚的维斯帕(Vesper)郡郊区的当地人给她起绰号为怀尔德(意为“野女人”)。②乔一直从师亨利·莱斯托尔(Henry Lestroy)学习伐木手艺，亨利又名亨特斯亨特。野女人不仅是那种“能让男人磨尖她的刀”的女人，而且一群“翅膀上带有红色条纹蓝黑相间的鸟”通常会预示她的出现。

①参见斯科特·德沃(Scott DeVaux)的《比博普起源——社会与音乐史》及皮特·汤森的《美国文化中的爵士》。

②勒罗伊·琼斯(LeRoi Jones)指出如果非洲俘虏没有成为美国俘虏，那么“布鲁斯就不会存在”，同样地，如果《宠儿》中的主要角色——宠儿与中途有很大的联系——没有以怀尔德的形象再现(17)，那么《爵士乐》就不会存在。怀尔德神秘、捉摸不透、安静，是一个裸体的黑莓样女人，一个黑人女性。她满身是泥，头发上还有树叶。当戈尔登·格雷第一次见到她时，她蜷缩在雨夜的路边(144)。怀尔德在小说中代表的是非洲人，这是莫里森一直想在她的语言中找寻的“黑人”典型。这些“黑人”神秘、不可捉摸，但却确定无疑地“出现在那”，并且推动了整部小说故事情节的发展。也许，怀尔德也是爵士乐评论家所面临的困惑：怎样来描述和定义难以捉摸的“摇摆感”特质。

尽管乔三次试图找到怀尔德并曾经非常接近过她，但他不能确定她是否就是自己的母亲。这两条平行情节线的第二条是乔在三十年后的纽约城追逐他的女朋友，她刚刚因为一个和自己年龄相仿的男人而离开了他，乔追逐多卡斯使得他记起了自己的过去：

> 在一月一个寒冷日子里乔正在想发生的一切。他离弗吉尼亚很远，离伊甸更远。当他穿上外套和斗篷，他能真实感受到当他全副武装出发去寻找多卡斯时维克托里（他儿时的玩伴）就在他身边。他没有想伤害她，或者正如亨特曾经告诫的，把年轻的她杀掉。她是一名女性。她不是猎物。所以他从未那样想过。尽管他确实是在猎取她，而打猎时，枪如同维克托里一样，是再自然不过的了。(*JZ*, 180)

乔跟踪多卡斯和她的两个女朋友去了一个爵士乐舞会，在那里因被爱冲昏了头脑，他射杀了她。两条情节线不仅述说了一个追逐的故事，它们还以与任何对抗淘汰赛的结构相似的方式交替：叙事者的声音叙述了在乡村对怀尔德的追寻，乔自己的声音叙述了城市对多卡斯的追寻，两者交替出现，而篇幅则逐渐递减。下一部分的结构也根据相同的原则展开，只是这里叙事者的声音与多卡斯的内心独白交替出现。不只是这里的叙事策略使人想起爵士乐术语“双重时间”，文本实际上也在过去和现在两个“时间”之间来回往返。[①]就像是在对抗淘汰赛里，竞技者双方就同一和弦变化来即兴创作，两个平行情节线也是基于同一主题——对所爱之人的追寻。就像在一次严酷的对抗淘汰赛中，最终以一方死亡来结束。而且，乔对母亲的追寻以及后来对多卡斯的追逐与戈尔登·格雷对他生父亨特斯·亨特的追寻是平行的。戈尔登·格雷把自己的寻找比作是寻找一条截肢的胳膊：“我将找到它的位置，以使剩下的部分能够记起它残缺的那片，也许那时那条胳膊将不再是一个幽灵，它将形成自己的模样，长出自己的肌肉和骨骼，它的血液将会从已找到目的的小夜曲的高声吟唱中涌出。”(*JZ*, 159) 这里，叙述声音再一次在即兴创作中将对抗淘汰主题与身份、意义和音乐联系起来。重要的是，在故事的结尾，叙述者本身承认被击败了——在一部充满像爵士乐演奏会、

① “双重时间”是指节奏上看上去加速，比如一个独唱者从一个很高很显著的音，例如从八音符减半至十六音符，因而速度成双倍。在早期比博普爵士中，这一技巧也指“双音”。管乐器弹奏者通过快节奏弹奏发出双音（参见 Buster Smith. Interview. *Bird: The Legend of Charlie Parker*. 1962. Ed. Robert Reisner. New York: Da Capo, 1987. 214）。在“追逐”部分中，莫里森的文本与这一主题相衔接。两种“语调”或声音就同一主题在独奏。

对比、竞技声音的爵士乐即席演奏会的小说里，叙述者看起来像这场特殊对抗淘汰赛的输家：

所以我全然失去了它。我肯定一个人会杀了另一个人。我等待这件事的发生，那样我就可以进行描述了。我是如此确信它将会发生。过去是一个毫无选择只有在裂缝中不断重复自己的滥用的唱片，并且世上没有力量能够提起拿着唱针的拾音臂。我是如此确信，他们在我眼前舞动。他们很忙碌的，忙着成为与众不同、复杂、多变的人——人之常情，我猜想你会说，我是个墨守陈规的人，在孤独中由迷惑走向高傲，考虑到我的生存空间，我的观点才是唯一重要的。(*JZ*, 220)

然而小说并没有就此结束——叙事者实际上脱掉了一个“音乐的保护膜”(Grewal 135)。作为这时创作的音乐，所有的爵士乐，特别是爵士乐即席演奏会和对抗淘汰赛，都依赖于乐师本身之间和演奏者与听众之间的相互作用。像爵士乐一样，《爵士乐》也同样依靠声音与听众。叙事者与读者之间的相互作用甚至比任何一部莫里森小说使用的都多。它以一个要求我们回应叙事者呼唤的请求结尾：“如果能够，我要说：创造我，重新创造我。你完全可以这样做，而我也完全允许你这样做：因为，瞧、瞧、瞧你的手放在哪儿呢。现在！”(*JZ*, 299) 读者受邀参与到叙述者故事的展演，而维奥莉特在最后指出：“如果你不能按你的方法做事，那你为何活在这个世上。”(*JZ*, 208) 因此仅仅当我们不能回答它的问题并拒绝它，当我们谢绝参与一个共同创造意义的过程时，叙事者的即兴发挥才是失败的。爵士乐评论者阿贾伊·赫布尔(Ajay Heble)提出“通过例子，即兴发挥让读者意识到身份是一种对话式建构，自我总是一个过程的主体”(95)。

尤其重要的是，当爵士乐再次被引进到他们家的时候，维奥莉特和乔的破碎生活再次变得完整而有意义。字面意义上以多卡斯的好友菲利斯带来的奥克(Okeh)唱片形式，比喻意义上以他们所买的一只非常喜爱音乐的鸟的形式。因此爵士乐促成了小说的美好结局——这在莫里森的作品里并不常见。乔和维奥莉特完成了从分裂到完整的旅程。然而，叙事者零碎的故事最终变成《爵士乐》——只有通过与读者共同相互作用才能产生的爵士乐。如小说结尾在探讨黑人社区内部因为缺乏交流而导致冷漠、疏远甚至敌意之后发出的对建立在相互关心、沟通、理解基础上的互爱的呼唤：“我爱的只有你，把我的一切只交付给你，再没有别的人。我要你也爱我，并表示出你的爱……跟你说话，听你回答，这是我的乐趣所在。”(229)

七、开放性结尾

爵士乐另一独特的特点在于开放性结尾。莫里森在接受耐莉·麦凯的访问时评论道："古典音乐是令人满足的，有结尾的。而黑人音乐不同。爵士乐往往使人疯狂。它没有终结的和弦……它拨动着人的心弦，会使人焦躁不安……在这种音乐背后总有一些东西不完整。你总想从音乐中得到些别的东西。我希望我的书也是如此。"（*Conversations*, 155）

《所罗门之歌》以开放性的结尾给人们留下了思考的空间。结尾中既没有点明吉他是否对自己的行为感到内疚或自责，也没有表明奶人的感情：他朝吉他那轻盈一跳是包含着爱还是愤怒呢？这一点遭到了许多读者的强烈批评。种种迹象表明他甚至原谅了对派拉特的射杀行为。"你想要我的命吗?"奶人在枪击后向吉他喊道："你想要吗？就拿去吧。"（*SS*, 341）奶人面对被贪欲驱使的吉他仍含泪献出自己生命这一行为，充分表明了他视爱高于一切。在他旅行结束时，奶人的行为最接近真正意义上的博爱。他在岩石上的最后一跃并非重演《所罗门之歌》开头时描述的那个绝望的戴着蓝色绸缎双翼的斯密斯先生的悲剧，而是像派拉特一样，在来之不易的信念的支持下，他敢于面对人生中包括死亡在内的任何事件。虽然奶人迫不及待地想与吉他分享他的顿悟，但他只能为吉他的迷失而悲哀。就像奈尔和秀拉一样，奶人和吉他决裂是不可避免的。在吉他的胁迫下，奶人选择了自由，因为精神的自由使人无惧于死亡的威胁，这一点是派拉特早就知道的。小说以奶人朝吉他盘旋飞去结束，暗示着黑人愿望的特点有待定义和解决：是强烈的独行专断，还是为自我认知、爱和社会结果或"权力"（这是充斥整个小说时代背景的字眼）的合法形式而进行的成熟斗争。莫里森形象地刻画了追求黑人意识与公正的两种代表性方式：一种是公开的、暴力的，另一种是私下的、个人的。莫里森用奶人的跳跃将美国黑人小说带离了文学的黑洞，带给我们一个完全的黑人文本。"完全"是指奶人已经逃离了语言禁锢，走出了由于那个醉酒的北军士兵不负责任而强加给他祖辈及后代的假名。他发现了"真正的姓名"和根植于黑人性的肯定、神奇的力量和由衷的自豪。莫里森巧妙地运用灵歌的精髓，以布鲁斯音乐的一节"甜大哥飞走了……甜大哥回家了"从语义的阴影中析出"家"的真正意义，并找回黑人逻各斯中固有的力量和快乐。而这些力量和欢乐的真正感情却被长时间地禁锢在黑洞中。杜波伊斯所渴望的圆满状态最终在奶人身上得以实现。而他的最后一跃便也具有了更多的含义：一是标志着他已抛弃了原来的自恋倾向，获得了超越自我和自爱的勇气；二是象征着他继承了派拉特的观点，担负起自己作为黑人的责任，在认同自己文化身份的同时，为黑人文化争取更大的自由发展空间，并使其融入主流文化而努力。

在《柏油孩》中，莫里森同样以让读者为森的困境担忧作结局，森最后面临个人的抉择——是否追随雅丹——已经不再是个人的问题，而是被提升到了政治危机的层面。当特雷斯让森选择时，两种观念摆在了眼前：文化磨失(雅丹的生活方式)，还是文化抵制(盲马夫的反应)。“忘了她(雅丹)，”特雷斯劝告森，“她那里没有适合你的东西，她已经忘了她祖宗的传统……选择他们(盲马夫)吧。”(305-306)“你确定吗?”这是森最后的话。通过问这句话，莫里森把森放在了尼日利亚作家史努亚·阿切贝(Chinua Achebe)所说的“文化十字路口”。“非常危险的境地；危险是因为人也许会在与多种精神的斗争中毁灭，但也不排除他凭借先知的视野幸运地回归到族人中去的可能。”(67)

莫里森承认她是通过爵士乐的启发创作出了《宠儿》的模糊性。副歌“不是可以流传的故事”(*BL*, 274-275)表明这部小说力证了回忆和记忆力的重要性。“pass on”这个英语词组有双重意义，意味着既是拒绝，也是接受。一方面，要重复这故事实在是太痛苦了，但同时，这个故事在追溯身份的历史上非常重要，所以他们要传诵下去，或者以后世代相传。通过讲述这个故事，莫里森实际上是想将这个故事一直保留在读者的脑海和心灵中。

《乐园》的开放性体现在两个方面。首先，突袭急剧改变了鲁比镇的人们“惊天动地的事情已经发生了”(*PD*, 296)，使得镇上人出现了有益健康的混乱和疗治性的内省状态：他们开始怀疑“如此纯净神圣的使命到头来怎么会吞噬自己，并把世界变回他们曾逃离开的那个样子呢?”他们“迷惑、气恼、伤心、恐惧”(*PD*, 292)，但是这种感觉驱使着人们思考长期困扰着他们的问题——他们是谁，他们想变成什么样的人：“这些难题搅动和纠缠着每一个人：推诿指责，祈求理解和原谅，自以为是的辩护，冠冕堂皇的谎言，以及理查德·米斯那牧师不停追问的一大堆尚未回答的问题。”(*PD*, 298)虽然是开放性的，但是这混乱的思绪才是富有人情味的——并且基本上是健康的。它吸纳不同观点，允许不同的解释，包容变化和发展。通过刻画这座虚构的意蕴丰富深刻的小镇，她主张非裔美国人的社会政治问题和他们没解决的充满创伤的非裔美国文化遗产亟需通过不同于族长制的方式去解决。

其次，《乐园》的另一个开放性结尾是修道院女性尸体的消失。屠杀过后，小镇的居民都回家了，罗杰·贝斯特被叫去用“救护车/柩车”装运尸体；然而，当他赶到时，他发现“没有尸体。什么也没有。甚至凯迪拉克也不在了”(*PD*, 292)。虽然被枪杀的女人的尸体消失了，但这些女人在别的情境中又重新出现了。不清楚她们到底是以肉身还是以鬼魂的形式留下来——后者更有可能。因为他们看起来总是徘徊在过去曾伤害过她们的人的身边，但是修道院女人们一直象征着希望。从某种程度上说，女人消失的尸体是对传统结局的排斥，是拒绝被同化；在鲁比镇族长制的统治下，她们一定不会被体面地埋葬。而且，尸体“不在这”而在别的地方使修道院的女人们充满了可以提供希望的神秘力量。实际上，比莉·狄利亚“衷心希望女人们还在那里，亮得黑油油的，等待时机，使指甲坚硬如铁，锉削她们的牙齿——但是还在那里”，而且疑惑，“她们什么时候回来？她们什么时候会再出现，带着充满怒火的目光、战争绘画和巨手，拔除和踩倒这座被称为小镇的监狱?”（*PD*, 308）消失的修道院女性的尸体进一步表明了修道院的女人们或者说她们的思想都是不可摧毁的，她们建立在关爱基础上积极争取两性联盟的决心不可动摇，与族长制现状的斗争也将永不停歇。就像小说的最后一句断言的那样，修道院女人们的化身将继续，“在乐园里，她们肩负他们生来就要去做的无休止的工作”（*PD*, 318）。“乐园”既是对鲁比镇族长眼中那种歪曲的乐园形象的讽刺，也是指已经存在的渴望变革的希望和修道院女性为此而进行的努力。这部小说重新定义联盟和社区，认为它们有着密切关系。同时小说强调建立一个强有力联盟的需要并承认“相互联系但保持不同”（Kennedy ix），这种展望规定这种能力是求同，而不是去异，为确保共同发展和公平正义而奋斗，使人们具有爱心和教养，而且它已不再扎根于等级制度体系。

《仁慈》以瓦克死后，孤儿们所居住的社区即将瓦解而告终。与找到新的生存方式相比，女性们之前所形成的任何有效的情感维系都很脆弱，她们的身份仍然很不完整。丽贝卡的病重使他们意识到，三个没有主人的女人，不属于任何人，是任何人的猎物。女性，又不合法，她们将会成为非法闯入者的猎物。如果女主人死后她们继续呆在这里，她们将会被买卖、雇佣、袭击、拐卖或驱逐。莫里森强调的是一种基于苦难基础上黑色意义上的平等。白人和黑人都是奴隶，不同种族的女性全都任凭男人摆布。“我们从来没有塑造世界，”莉娜告诉弗罗伦斯，“世界塑造我们。”丽贝卡大病痊愈后，开始虐待自己的奴隶，如用鞭子抽他们，她到教堂做礼拜时让莉娜等在门外等。几个女性组成的“家庭”面临瓦解的关头。丽贝卡皈依了她以前深恶痛绝的宗教，并即将改嫁给一个牧师。她是怕失去自己作为女主人的优势地位，还是在残酷的现实中屈服于男权殖民势力从而寻求宗教庇护？孤儿们所赖以生存和寻求庇护的社区最终是否能瓦解？这些问题必将成为争论的热点。

这种开放性的结尾表明了莫里森的一个美学理论：“与你交谈并倾听你的回答——这就是乐趣。”（*JZ*, 229）叙事与读者的关系完全取决于读者是否愿意参与书中的情节，并且创造和改造它，最终通过这个过程内化成自己的理解。

第二节　语言层面

如许多评论家所提出[①]的，莫里森的小说不仅就其叙述结构和技巧而言具有爵士风格，单就其本身语言层面而言亦如此。通过使用如音乐般的语言来重现音乐效果，莫里森开辟了更广阔的语言空间。事实上，在动感流畅、富有音乐感且充满情欲色彩的语言中，我们可以发现如《最蓝的眼睛》中克劳蒂娅所坚信的那种“平凡语言里的真理”(*BE*, 16)。例如，在《秀拉》中莫里森塑造了沙德拉克这一退伍黑人军人形象，通过使用同他岁数差不多的20个“no”字，将其存在定义为虚无：

> Twenty-two years old, weak, hot, frightened, not daring to acknowledge the fact that he didn't even know who or what he was...with **no** past, **no** language, **no** tribe, **no** source, **no** address book, **no** comb, **no** pencil, **no** clock, **no** pocket hankerchief, **no** rug, **no** bed, **no** can opener, **no** faded postcard, **no** soap, **no** key, **no** tobacco pouch, **no** soiled underwear, and **nothing nothing nothing** to do...he was sure of one thing only: the unchecked monstrosity of his hands. (*SL*, 12)

> 他二十二岁，瘦弱，愤怒而又惊恐，不敢承认他甚至不知道自己是谁，是什么这一事实。他**没有**过去，**没有**自己的语言，**不**属于任何部落，**没有**渊源，**没有**地址簿，**没有**梳子，**没有**铅笔，**没有**钟，**没有**小手绢，**没有**小地毯，**没有**床，**没有**起子，**没有**褪色的明信片，**没有**香皂，**没有**钥匙，**没有**烟袋，**没有**脏内衣，而且**没有**，**没有**，**没有**任何事可以做……他唯一可以肯定的是，他有一双从未治疗过，变了形的手。(*SL*, 12)

这些看似不规整的句子帮莫里森取得了既合情合理又充满美感的效果。它道出了事实，那就是从一战退役的黑人士兵都像沙德拉克一样，处于遭否定和缺席

---

①也参见 Berret, “Jazz: from Music to Literature”, 115; Eckard, “The Interplay of Music, Language, and Narrative in Toni Morrison's *Jazz*”, 16-18; Walcott, “ ‘Out of the Kumbla’: Toni Morrison's Jazz and Pedagogical Answerrability”, 320-321; Pici, “Hannibal ante Portas: Jazz in Weimar”, 382-389.

的地位。尽管重复使用了象征虚无的“no”字，这非但没有冗长感，而且更加激烈地增强了其存在感，强调了美国黑人无法言喻的悲惨过去。正如莫里森在《不可言说之不被言说：美国文学中的非裔美国人》中阐述的：“无形的东西不一定不存在，空白也许是空的，但并非真空。”而且“某些缺席被加以过分的强调、修饰和精心计划，本身就会引起人们的关注，有意识有目的地掳获我们读者的心……”(210)。

在《所罗门之歌》中，莫里森在描写奶人回忆他姑妈试图从警察手中将他释放时，再次使用重复的手法：

> It was this woman, whom he would have knocked senseless, who shuffled into the police station and did a little number for the cops—opening herself wide for **their** amusement, **their** pity, **their** scorn, **their** mockery, **their** disbelief, **their** meanness, **their** whimsy, **their** annoyance, **their** power, **their** anger, **their** boredom—whatever would be useful to her and to himself. (211)

> 就是这个女人，这个有可能被他打昏的人，去到警察局里为警察们表演了一出戏——为了他们的开心而敞开自己的心扉，以赢得**他们的**欢心，**他们的**怜悯，**他们的**呵斥，**他们的**奚落，**他们的**怀疑，**他们的**恶作剧，**他们的**怪趣，**他们的**腻烦，**他们的**权威，**他们的**怒火，**他们的**厌烦——以及对她和他本人有利的一切。(211)

通过逐一列举 11 个重复并列的指涉人道德品质的抽象名词，莫里森用辛辣讽刺的口吻向读者展示了派拉特是如何说服警察释放她侄子，而警察又是如何粗暴地对待她、责骂她的。为了救她侄子，派拉特宁愿扮作对象性存在，以巧妙地规避警察的注视。必要时她转变自己的地位来操控白人的观点和态度，这使她保留了对自己主体性的控制权。通过迎合白人的弱点，她赢了：她赢回自己一直背负的那袋骨头，同时救出了她侄子，因此，尽到了她作为姑妈的责任。

在《所罗门之歌》中，莫里森还用以下段落的语言和主题来渲染自己的信仰：

> **Grab** it. **Grab** the land! **Take** it, **hold** it, my brothers, **make** it, my brothers, **shake** it, **squeeze** it, **turn** it, **twist** it, **beat** it, **kick** it, **kiss** it, **whip** it, **stomp** it, **dig** it, **plow** it, **seed** it, **reap** it, **rent** it, **sell** it, **own** it, **build** it, **multiply** it, and **pass** it on—can you **hear** me? **Pass** it on! (237-238)

> **抓住**它，**抓住**这土地！**带**上它，把它**握**在手里，我的兄弟们，**改**

造它，我的兄弟们，**摇晃**它，**挤捏**它，**翻转**它，**扭曲**它，**击打**它，**踢**它，**吻**它，**抽**它，**踩**它，**挖**它，**耕**它，**种**它，**收获**它，**出租**它，**卖掉**它，**拥有**它，**建造**它，**增加**它，然后把它**传**给子孙后代——**听**到我说什么了吗？把它**传**给子孙后代！(237-238)

26 个动词，原文大部分是单音节词，有渐渐增强的行动感，这不仅展现了黑人对土地的热爱和渴望，也生动描述了黑人的能力、自信、力量和坚毅。由短元音和简洁的清辅音［p］和［t］引起的重读音节数量起到加速的效果，而重复使用“它”则加快了节奏，使文章产生“双时”的效果。

在《宠儿》中，莫里森也同样使用了重复语言来增强表达效果：

I come out of blue water after the bottoms of my feet swim away from me I come up I need to find a place to be the air is heavy **I am not dead I am not** there is a house there is what she wispered to me I am where she told me **I am not dead** I sit the sun closes my eyes when I open them I see **the face I lost** Sethe's is the face that left me Sethe sees me see her and I see the **smile** her smiling face is the place for me it is **the face I lost** she is my face **smiling** at me doing it at last **a hot thing** now we can join **a hot thing** (213)

我浮出了蓝色的水面 在我的脚底板游离我之后我浮了出来 我需要找一个落脚的地方 空气很沉重 **我没有死 我没有** 那里有所房子是她低声告诉我的 我到了她指点给我的地方 **我没有死** 我坐着 太阳合上我的眼睛 我睁开眼时看见了那张**我失去的脸** 塞斯的脸就是那张离我而去的脸 塞斯看见我在看她而我看见了**微笑** 她的脸就是我的归宿 那是**我失去的脸** 她就是我那对我**微笑**的脸 终于笑了 **好烫** 现在我们能融合了 **好烫**(213)

以上引用的是宠儿自白一章的最后一段文字。这段文字没有一个标点，读起来语流急促，纷乱伤感，似乎缺乏逻辑性。但读者在轻声诵读中，会发现文字已成为跳跃的音符，会发现一种音乐的旋律，使人不但想读，还想一遍一遍重复地去读、去体会。这种节奏感恰巧与黑人布鲁斯音乐相迎合。这一段中的首句“我浮出了蓝色的水面”、“空气很沉重”表现了黑人的一种集体无意识，通过语言符号描述了在贩卖黑人的途中，黑人被塞进船舱运往美洲的悲惨命运。“**好烫**”

在这一章中重复使用了九次，表达了一个在两岁即被母亲杀死的婴儿对爱的渴求。而这种重复也带有明显的布鲁斯音乐的特点，读者能够从中领会布鲁斯音乐的节奏。

在《宠儿》第23章中有这样一段文字：

You are mine
You are mine
You are mine
…
…
I will never **leave** you **again**
Don't ever **leave** me **again**
You will never **leave** me **again**
You went in the water
I drank your blood
I brought your milk
You forgot to smile
I loved you
You hurt me
You came back to me
You **left** me

I waited for you
You are mine
You are mine
You are mine

你是我的
你是我的
你是我的
……
……
我**再**也不会**离开**你了
再也不要**离开**我

你**再**也不会**离开**我
你走进水里去了
我喝了你的血
我带来了你的奶
你忘了微笑
我爱你
你伤害了我
你回到了我的身边
你**离开**了我

我一直等着你
你是我的
你是我的
你是我的

这段话除了体现了爵士乐即兴演奏会的特点外，也鲜明地体现了布鲁斯音乐多视角的重复特点。文字分别从宠儿、塞斯和丹芙三个人的角度出发，述说自己的情感。宠儿说“你伤害了我”，丹芙说“我喝了你的血”，塞斯说“我带来了你的奶”。此外，本节还采用了一种音乐特有的呼唤-应答模式，听起来像人物的对话，又像是弦外之音。表达了三个人各自强烈的渴望。宠儿说“再也不要离开我”，塞斯应道“我再也不会离开你了”。上述这两句话，是典型的呼唤-应答形式，表面的意思是一个请求“不要离开我”，另一个保证“我从不会离开你”。其中隐藏了一种灵魂的疼痛，一种永远无法愈合的种族的创伤。此外，这段文字多处使用重复话语，如“再离开你”、“你是我的”。重复手法的运用让读者仿佛听到了三个人在反复吟唱着同一首歌，给读者的听觉带来强烈感受，使之能看到、能听到、能理解到三人错综的情感，能感受这种畸形的爱，即爱与亲手扼杀爱。这种重复极具布鲁斯音乐特点，具有情感震撼力及回味性，容易与听众(读者)产生音乐共鸣。

在《爵士乐》中莫里森叙述了多卡斯对其父母之死的反应，“但是她肯定看到过火焰，肯定！因为整条街上都是尖叫声。她从未提过，关于这件事只字未提。她在五天内参加了两个葬礼，却只字未提”(57)。通过使用“肯定”和“从未”莫里森启动了停顿、强调、释放的节奏，将小女孩心里悄悄恶化的精神伤疤戏剧化，并引起人们对其的关注。

莫里森经常使用重复的手段来强调她所塑造的角色和叙述者不可抑制的愤懑、敌对、遣责的心绪，这也是爵士乐的深层蕴意。例如，在《爵士乐》中，爵士乐的效果通过爱丽丝在下列句子的感受和理解栩栩如生地反映出来："那使她把手放进围裙的口袋里，以防自己控制不住，用手穿透玻璃方格，把整个世界抓在手里，把里面的生命挤出来，来报复它对她和她所熟悉的、了解的人所做的做的做的一切。"(*JZ*, 59)重复地使用"做"一字，不仅产生很强的节奏感，而且暴露了爱丽丝内心对现实的嫌恶和愤怒。同样的效果也出现在莫里森对贝比·萨格斯眼睁睁看着自己的孩子被带走，像商品一样卖掉时那种无力与无助的描写中。"他做了，做了，做了。然后给了她黑尔，当自由已毫无意义时，黑尔(用额外的劳动)换取了她的自由。"(*BL*, 23)这里的重复暗示着叙述者(还有莫里森)不断激增的态度和气愤情绪。

欧塞比奥·罗德里格斯(Eusebio Rodrigues)对莫里森的语言风格做了也许是最详尽的分析，如下段所示：

> Dorcas lay on a chenille bedspread, **tickled** and happy **knowing** that there was no place to be **where somewhere**, **close by**, **somebody** was not **licking** his **licorice stick**, **tickling** the ivories, **beating** his skins, **blowing** off his horn while a **knowing** woman sang ain't nobody **going** to keep me down you got the right key baby but the wrong keyhole you got to get it bring it and put it right here, or else. (*JZ*, 60)

多卡斯躺在线绒绳做的床罩上，很开心(tickled)、很幸福，因为她知道(knowing)没有任何地方像在这里(where somewhere)，有靠近(close by)她的某人(somebody)在舔(licking)甘草棒(licorice stick)，弹(tickling)钢琴，敲打(beating)自己，吹(blowing)牛。而学识渊博(knowing)的女士唱道，没有人会(going)使我不高兴亲爱的你有正确的钥匙却找错了钥匙孔你得把它拿过来放在这，否则……(*JZ*, 60)

音节"ick"和"ing"组成对位旋律，"ick"第一次出现在"tickled"一词中，然后如一对敲鼓棒不断敲击似的出现在 licking, licorice, stick, ticking 中。分词"ing"(由 knowing 一词首先引出)被加以重复使用，来展现一系列的动作：舔、敲、打、吹、知道、将("licking, ticking, beating, blowing, knowing, going")。内部的回声节奏(where, somewhere, somebody)加快了节奏。小的重复乐段("where somewhere, close by, somewhere")被有意地用逗号隔开，迫使声音停

顿以产生缓慢的节奏。三首歌名(分别是“没有人会使我不高兴，亲爱的”，“你有正确的钥匙，却找错了钥匙孔”和“你得把它拿过来放在这，否则”)不加标点，衔接自如……整段文章以句号结尾却没有结束，因为声音并没有停止，而是继续回响。“否则”一词表达的意思不清楚、不完整，似一种警告抑或是一个希望。罗德里格斯补充道：“它引起共鸣，而共鸣怎可被停顿呢?”(735)

需要补充的一点是，在文章的结尾处，文中不仅仅有多重声音——事实上我们同一时间听到两个声音，叙述者的和吟唱者的——而且加快的节奏也让人想起爵士乐中所谓的“双时”，节奏明显加快，创造出多旋律的效果。罗德里格斯认为“我们能感受到的是语言由于试图抓住人类时间的流动而逐渐变成音乐”(751)。通过使用拟声词、重复和停顿，这一段体现出爵士乐的音律结构。

由上述的分析可以总结出莫里森小说里的审美意图与爵士乐中的审美意图是相似的，所以说埃里森对爵士乐师即席演奏会的描述本质上也是对莫里森小说的描述：

> 在那些早期的爵士乐师即席演奏会中，个人特性与集体的微妙平衡是社会组织的一大奇观。我也得知，所有的规则和技艺上的熟练是渴望用其音乐传统的形式表达对人生的积极态度，而这种传统要求每位艺术家在他的领域内有所创新。他必须熟知历史，而且要有自己的观点。生命本身也许是严酷的，也许是喧闹的，也许是错误的，但他们必须活得很充实，而且当他们表达对世界的态度时，会用一种流畅的形式来使生活中的混乱无序变成井然有序。(229)

莫里森笔下的叙述者目击、叙述、编造的一段段人生也是严酷的，有时喧闹，有时错误。可是叙述者都参与到莫里森小说的字里行间及其言外之意中，努力用一种流畅的形式来使生活中的混乱无序变成井然有序。

结论

上述分析清晰地表明，灵歌、布鲁斯、爵士乐等黑人音乐都以不同的方式影响着莫里森的作品主题、结构和语言。

在美国文化和美国文学传统中，非裔美国人向来处于被轻视的边缘地位。主流作家们常常压制被征服者的言论自由并歪曲他们的形象。主流社会通过操控非裔美国人的典型形象以维持其权力结构，频繁创造不具威胁性的刻板定型非裔美国人形象，因此文学作品中充斥着悲惨的黑白混血儿和对白人雇主非常忠诚的黑人保姆形象。作为20世纪晚期和21世纪初的黑人女性作家，莫里森肩负着从文化角度艺术性再现她的人民在摆脱了被奴役和隔离的枷锁之后的生命和历史使命。莫里森的作品给了她的族人以强有力的政治性指导，以消解白人逻各斯，使黑人性不再意味着缺席、否定和邪恶，而是在场、肯定和善良。因此，她的写作实际上代表着一种争取非裔美国文学存在权的努力。莫里森的作品，实际上是想把黑人自我从令人窒息的黑洞中解救出来，把黑色意义从霸主语言的阴影中解放出来并在由黑人逻各斯占统治地位的黑人文本中证实其意义。

莫里森强烈地意识到黑人的历史地位并且对白人中产阶级女权主义表示怀疑。她拒绝接受定型形象的影响，而是试图把作品中的人物描写为从压迫中崛起并寻求生存途径的主体性存在。非裔美国人必须在主流文化中为自己争得一席之地；而莫里森小说的一个有渗透力的主题就是黑人如何在其历史与文化语境中定位自己。莫里森作品敏锐地审视了非裔美国人的生活，审视了主流文化的影响，尤其是其对非裔美国女性的影响。

莫里森的小说描述了人类大同之爱和道德权威。就像一位出色的民族歌手，莫里森不仅使其小说充满着优美的旋律而且字里行间彰显着人们的美德，如勇敢、勤奋、多才多艺、灵巧敏锐以及对生活的热爱等。莫里森所关心的是黑人作为被排斥忽视的边缘性社会成员怎样才能生存。“不是为了生计，而是在一个从某种程度上讲我们都是受害者的世界中如何完整地生存。”（Taylor-Guthrie

40）莫里森的小说叙述了一种民族复兴仪式。人们被号召在放逐之地上建造家园，摆脱失望和渴望的痛苦，并从不同的角度认识自己。正如莫里森所评论的："在有点信息和少许推测的地带上，你到处走走便会看到现在所保留的是过去已逝去的东西，现在的人要重建那些遗留的东西所暗示的世界。"（"The Site of Memory", 112）

在她的小说中，莫里森认同并探究了黑人在放逐之地——美国南部、北部和"新世界"的其他地区——反复重塑他们自身的方法。通过这些探究莫里森表现了音乐在重塑完整自我的过程中作为创新形式和习俗所起的作用。因而，音乐也是重塑自我的蓝图和资源。

莫里森的目的并不仅仅是通过作品展现推动少数黑人采取行动的隐藏的激情或者展现这些少数出色的人用来教化别人和传诵良好意图的方法。更确切的说，她的小说最重要的贡献在于提供了一种用来展现那些构成我们整个社会乃至宇宙的出色事物的方法以及一幅如何建造更完整人类关系的蓝图。的确，她的小说重塑了早在差不多半个世纪前，也就是 1962 年被詹姆斯·鲍德温确认了的目标，即"一个人不是在试图拯救两千万人民，而是试图拯救整个民族乃至整个文明，这种代价是高昂的，这种代价最终换来的是理解一个人的自身"（"The Artist's Struggle for Integrity", 89）。

通过从黑人音乐中采用音乐审美观，莫里森正在试图实现一个目标，即使人们尤其是黑人去了解自身，去重建他们的种族并因此改善他们自身。事实上，她的创作不仅仅是黑人文学，而是文学。通过创作热情与憎恶、权力与任性、人种和阶级的交响曲，莫里森寻求人情感和普遍感，这种感觉使得她开始思考人类自身，开始唤起人们对人类生命悲剧的怜悯。她使得她的读者，不论是什么种族，不得不"反省自身的中心并且把这些中心与我们所熟知的'无种族'相比较"（Hulbert 46）并思考种族和阶级差别如何使美国理想复杂化。与理查德·赖特的《土生子》相比较，莫里森的作品更强调与白人社会的和解与和谐，但是这也不能阻止她帮助非裔美国人了解他们自身。她的读者被她生动的描写以及诗歌般的语言所打动，他们从她对记忆的信任和她对他们已忘却或从来不了解的历史中丰富文化生活的确认中获益匪浅。她坚持为了生存黑人除了拥有政治权利以及经济上的独立权以外，还应该保持他们的文化独立性。因此黑人的文化根源对于他们的生存、独立以及种族发展是非常重要的。

以下是黑人音乐和莫里森的小说共同关注的问题。

正如文学爵士乐的审美逾越了文化、种族甚至语言本身，托妮·莫里森的小说体现了对二元对立思维模式强有力的评判。莫里森把对人生的感悟融于小说中，以富有文化内涵的深刻隐喻和全新视角向人们展示在蓄奴制已经废除一百多年后仍残留在美国社会中的种族不平等和黑白两种文明的冲突，力图激发人们对性别、种族、黑人文化底蕴和爱的多面性的思考并寻求摆脱生存困境的出路，在此基础上完成价值观念的再造更新。通过她的小说，莫里森促使人们正视二元对立思维模式的自我挫败和自我毁灭性，并证明现实的一半对任何人来说都是不充分的。通过让读者正视人类习以为常的感知世界方式的危险，她同时表明超越二元对立理论是超越文化上根深蒂固、宗教上获得认可的性别歧视、种族偏见和其他自我封闭信条的可行之路，并以此警示世人：事物有时并非如表象所示，实际上，所有的事物都可以是他们的"对立面"，在创造自我的行为中，没有自我所不能涉足的领域。然而她也清楚地意识到人们陷于二元对立模式的泥淖中太深，她必须通过写作撼动、混合并颠覆原有世界，只有这样人们才能获得一点对于非二元对立价值取向的认识。她一再申明，美国黑人民族的发展需要在继承发扬黑人文化遗产的基础上，以海纳百川的气度，对人类文明的共同遗产进行整合、更新和接纳并融会贯通于本民族的发展进程中。为此，人们应该抛弃导致种族对立、性别歧视和阶级差别等的二元对立思维模式，寻求精神自救和二元或多元融合的方式，在多极共处中建立民族团结、男女平等和阶级和解的和谐社会。因此，莫里森的小说充满着一系列的协商：流散与根性、错位与重置、创伤与成功、南方与北方、乡村价值与城市态度、分裂性与连贯性、独立与依存、寂静与喧嚣，这一切都反映出美国黑人流散经历。她所有的小说都根植于不断增长的社会复杂性和种族、民族、阶级和文化形式的新多元主义。

一如美国黑人音乐尤其是爵士乐，反映出西方文化遗产与西部非洲文化遗产的分歧，莫里森的小说同样也彰显了这种差异。然而，正如爵士乐所反映的分歧并不被理解为严格的界限或者清晰地划分范畴一样，莫里森的小说重点强调了欧裔美国人的传统与西部非洲人传统的融合。爵士乐强调的是一种适应了各个地域的相互渗透和融合成一体的界限，是欧美传统和西非传统两种传统兼收并蓄的音乐形式，表现了美国黑人的艺术特征。莫里森将黑人音乐善于适应的特点作为论述的模版，从美国黑人的视角出发成功地改写了文学传统。无论别人怎样评价莫里森关于美国种族问题的政治立场，他们的基本论据和其作品中彰显的主旨无疑与她对美国黑人文化传统的觉识与再塑是密不可分的。她小说中根植于美国黑人传统的人物形象往往有着更为协调完整的国际视角。她的作品，尤其是《爵士乐》，就是根据不断变更的内容不断地改编与再造文学形式的过程的产物，这是作为文化自主审美产物的美国黑人文学的重要特点。

从历史角度看，自从被卖到美国，非裔美国人就失去了与本族文化的联系，也失去了本族社会的支援。由于殖民主义文化的强势渗透，他们的种族文化被彻底摧毁，同时，外部霸权也给非裔黑人的心理产生了微妙的影响。心理扭曲的黑人由原来被动接受殖民体系强加给他们的身份和社会地位转变为主动接受。面对两种不协调的文化冲突，黑人的种族意识被削弱甚至日趋灭亡。

如何抚平黑人思想中累积的历史创伤，如何把他们从认知错误中解放出来，这些事关黑人命运和未来的迫切问题让莫里森陷入沉思。深思熟虑之后，她计划通过对根基于非洲传统文化的新奴隶叙事来治疗他们的精神创伤。她尝试着通过新奴隶叙事精心筛选出奴隶的历史，尝试去弥补历史记忆，并进一步抵制非主流的边缘化社会地位，去唤醒种族意识，重建种族身份。与此同时，以古老的非洲文化为基础，莫里森深入地探讨传统文化对于重建美国黑人种族文化的现代意义。在小说创作中，她有意识地秉承黑人文化传统，运用丰富的种族文化精髓如民间故事、神话仪式和宗教信仰，并根据可行性现实加以改编，以推动黑人种族意识和文化的形成。

然而，就现代化变革问题而言，如何处理古老传统文化与现代西方文化的关系成了迫切需要解决的问题。在小说《天堂》中，莫里森阐明了她的观点："从排斥到融合。"回归传统并不是简单地复苏老旧文化，融合也不等同于一味地为迎合白人的主流文化而丧失本族特性，更重要的是超越中心和边缘、文明和野蛮的二元对立价值观，用大度、自信和开放的思想去迎接丰富的异族文化，适应现代化和全球化的潮流。至于莫里森如何将现代文化与古老文化、西方文化与种族文化完美地融合在一起又不失种族文化的特性，还需要以后进一步的讨论。

正像她效仿的音乐一样，莫里森的叙事理念是一种不同文化传统的集合点，就如同音乐一样，它为进行创造性的交流和互动提供了一种独特的语言，并不断接受新的影响。这些影响被创造性地、民主地合并到一种现存的结构中。这种对于改变的开放性和能动性的理念能够在莫里森小说《天堂》中愿意承认给鲁比镇第二次机会的可能性中找到。小说中米斯纳牧师长期以来严肃质疑自己是否愿意待在那个保守的社区里，但在小说尾声处，他决定继续待下去。和米斯纳牧师一样，纵然莫里森拒斥她的社区的排外主义，然而在最后，她选择美国黑人作为她证明身份的的关注点：

> 不久（米斯纳想），鲁比镇将会像其他乡镇一样了：年轻人向往别处，而老年人则充满了悔恨。布道虽然具有说服力，但是注意聆听或者与日常生活相联系的人却会越来越少。他想不通，在这个把未得到拯救的、无价值的和陌生的人统统拒之门外的来之不易的天堂里，人

们如何能够凝聚在一起？谁会保护他们不受领导人的独断专行支配？

突然，米斯纳意识到他要留下来。不仅仅是因为安娜希望他留下……也因为没有比这更好的战役去为之奋斗了，也没有比跟这些美丽非凡、缺陷露骨和骄傲自豪的人民呆在一起更好的地方了。(*PD*, 306)

和米斯纳一样，莫里森选择(非裔)美国并不是因为它是完美的，也不是因为它优越于其他社区，而是因为这是一个她已经了解并且爱着的社区："……没有比这更好的战役去为之奋斗了，没有比这更好的地方……"

莫里森也举例说明了美国传统社会的紧张局势——要求纯黑血统和混血种之间以及美国对重生和自由的不断尝试。这些尝试通过鲁比镇的男人们和修道院的女人们之间的关系展现了出来。

莫里森试图传达的是，对美国黑人和大部分美国人民而言，文化民主和杂交的核心是拥有一种积极的美化力量。比如说，《乐园》里的修道院女人们拒绝强加给她们的定义并彼此分享其个人经历。此刻的修道院成了霍米·巴巴所阐释的允许文化差异的"第三空间"。在小说的最后，修道院已经由一个有混合文化背景的地方演化为一个对天堂乐园的影射，这就使宣扬文化等级纯净的要求站不住脚了。

莫里森深信好小说能够"使已经变得模糊的角色变得清晰……并且应该使之丰富"(LeClair 121)。她塑造的世界和角色们都不可避免地和感知、定义及意义脱不了干系。然而，使这些模糊的社会角色变得鲜明的尝试涉及到一种文化苦旅，"促使我们去质疑西方的现实理念并发现现实观念及阐释方式，而非那些被主流文化强迫接受的阐述方式"(Wilentz 61)。这种具有远见卓识的思维方式在莫里森的所有文学作品中很明显，它表明了作者对确认和丰富长期处于外部和内部势力攻击下的黑人文化的深切关怀。莫里森的小说借鉴了布鲁斯传统和奇幻的黑人民间传说，清晰地阐明了这种积极见证过去并以此来滋养一个民族心灵的责任。因此她的小说"在黑人的民间底层社会和美国黑人文化传统差距之间架起了一座桥梁"(Wilentz 61)。

莫里森小说的主旋律是对传统的非洲集体主义原则中共享关系、社区和种族责任的强调。孤立完全摧毁了家庭，包括核心家庭、大家族和国家。她清楚地意识到黑人人民既不能孤立自己也不能拒绝他们自己的文化。孤立就如同被一种不接受其他文化的等级观念束缚着。人们如果不为自己锻造更好的生命，人生就会像一场痛苦的漫旅，但是和睦相处，共享经历，加上兄弟姐妹般的爱会帮助人们存活下来。对社会责任——黑人同胞帮助黑人同胞的无私奉献——的强调，是她的小说中所强调的集体主义本质。

这种集体主义指明了对美国黑人的生存和身份重建至关重要的另外一种方式：团结。这是黑人人民生存的有效方法。只有当通过自我或者强制隔离，非洲人存在于集体之外时，争斗才显得无穷无尽，重负才无法忍受。当贝比·萨格斯(在试图通过自己一个人为这个社区做所有的工作)和塞斯(“试图独自以傲慢的姿态去做着一切”)以及大部分黑人们“安于没有姑嫂，表亲和孩子”的生活时，这正是黑人们的困境令人无法忍受之时。

因此，莫里森的小说表达了以下的主旨：美国黑人不应再像《最蓝的眼睛》里的主人公一样遭受欧洲人身体上的胁迫；不应再像秀拉一样沉溺于自私的个人主义；不应再像《所罗门之歌》中的某些人物一样忽视传递他们自己历史文化的职责；不应再像《柏油孩》的主人公那样独自挣扎斗争却以失败告终；不应再像《宠儿》中的塞斯一样被他们的过去所困扰；不应再像《爵士乐》中的主人公一样漠视男人和女人(丈夫和妻子)、个人与群体间的交流沟通；不应再像《天堂》里的鲁比镇族长们一样活在受他人虐待的记忆里，因而找理由去虐待他人并实行排外主义；美国黑人妇女也不应再像《爱》中的女主人公们一样否认她们的姐妹情谊。只有这样，美国黑人才能从边缘位移到主流社会。

同时，通过探究种族群体的思维范式，莫里森的小说也探讨了究竟什么是人间乐园，应当怎样来建设和维护它的问题。在莫里森摇动的历史万花筒中，展现着缠绵纠纷的情感世界、错综复杂的人物关系和异彩纷呈的背景来历，在对美国主流社会的价值观念戏仿的同时，嘲弄着人性中愚昧无知、固步自封的痼疾，歌颂着人类对于大同之爱的向往和孜孜以求。通过血统至上论与种族融合诉求、闭塞隔绝现状与开放发展要求、男权中心论与女性精神重塑的撞击与对搏，表现了作家对血统优越论的种族主义、固步自封的“乌托邦”理想、惟我独尊的男性宗法的重构性消解，同时将作家对文化融合、种族和解与女性解放的理性思考凸显到前台。作者不但消解了一个建立在因循守旧、排外封闭基础上的乐园，而且以《所罗门之歌》中派拉特的博爱思想和《天堂》中修道院女性的生活方式为参照物，向人们展示了一个灵肉合一、精神解放、博爱、宽容与融合的人间天堂，并以此警示人们，一个没有硝烟、秩序井然、众生平等、互通有无、精神自由、民族融合的人间精神乐园的复归需要人们观念意识的再造更新、逻辑思维的多元整合、心灵气质的博爱宽容和文化态度的融合接纳。唯其如此，才能实现“美美与共、人类大同”的人间天堂。

通过美国黑人音乐的帮助，莫里森实现了表达她的主张的目的。美国黑人音乐给读者以新的视角去品读莫里森的小说，同时也促使读者成为积极的倾听者、参与者和共同创作者，与作者一道去完成音乐阐释者的任务，并清晰地破译美国现代文化经历中复杂情感的秘密暗码。这类小说在保持美国小说本质特征的同时也在提醒读者美国黑人典型的表达方式。在此，莫里森通过她的小说向世界清晰地表达了兰斯顿·休斯的一首名为《我也歌唱美国》(*I, Too, Sing America*)①的诗的主旨。

黑人音乐的显著特征是文化独立、文化融合、文化杂交、开放、统一、多元化、社区和民族交流、稳定、集体主义和团结等理念所支撑的文化民主主义。这也是莫里森作品的精髓所在。莫里森通过探讨这些理念，也指出了黑人民族于痛苦失落中崛起，从精神流放中重塑自我、创造精神家园的复兴之路。因而文化民主主义的理念既是非裔美国人解决自己作为非裔人和美国人双重身份困境的良方，也是对二元对立思维模式和排斥异己行为的强烈批判。

在美国，莫里森早已不仅仅是个文学圈的人物。她被看做是一个政治大腕，其作品及其观点对关于种族问题的所有评论都产生了巨大影响。莫里森书写的不

①I, Too, Sing America
by Langston Hughes

I, too, sing America.

I am the darker brother.
They send me to eat in the kitchen
When company comes,
But I laugh,
And eat well,
And grow strong.

Tomorrow,
I'll be at the table
When company comes.
Nobody'll dare
Say to me,
"Eat in the kitchen,"
Then.

Besides,
They'll see how beautiful I am
And be ashamed—

I, too, am America.

仅仅是黑人、白人或褐色人种的经历，而是美国历史上普遍的人类经历。这种经历很少见于正史，却的确曾经是许多人的真实历史。莫里森正是通过写作再现了淹没于滔滔历史洪流中的声音。而她自己也在一个宣称所有历史是“他的故事”(His-story, 由白种男性书写的历史)的时代，在英语被当作一种父权和种族压迫工具的时代，找到了独特的文学声音。在《在黑暗中游戏》中，莫里森追溯美国历史至其源头并评论说：“新世界最特殊的首先是其对自由的要求，其次是民主试验的核心是奴役的存在。”（*Playing in the Dark*, 48）美国的经济政治自由理想是建立在残酷奴役的基础上的，这是莫里森所有作品的出发点。她认为美国历史和文学存在着对黑人的排斥，美国的建国神话中包含着不言而喻的“我们”和“他们”之分。在黑人总统奥巴马当选的当月，莫里森发表了新作《仁慈》。如果说这位总统的当选将使“我们”和“他们”的分别不再明显，甚至使“他们”变成“我们”，那么作为解构“我们”和“他们”之间差别的作品，莫里森小说也必将受到世人的关注，被人们更进一步解读。

参考文献

1. Achebe, Chinua. *Morning Yet on Creation Day: Essays*. NY: Anchor Press, 1975.
2. Adell, Sandra. *Literary Masters: Toni Morrison*. Detroit: Thomson Gale, 2002.
3. Anderson, Barbara C. Adaptive Aspects of Culture Shock. *American Anthropologist*. 73 Oct. 1994: 70-75.
4. Andrews, William L, Fransis Smith Foster & Truder Ha. eds. *The Oxford Companion to African American Literature*. New York, Oxford: Oxford University Press, 1997.
5. Angelo, Bonni. The Pain of Being Black. *Time.* May 22, 1989: 120-122.
6. Arhin, Kwame. The Political and Military Role of Akan Women. *Female and Male in West Africa*. Ed. Christine Oppong. London: George Allen, 1983. 92-94.
7. Armes, Roy. *Third World Film Making and the West*. Berkeley: University of California Press, 1987.
8. Atkinson, Yvonne & Philip Page. "I Been Worried Sick about You Too, Macon": Toni Morrison, the South, and the Oral Tradition. *Studies in the Literary Imagination*, Fall 1998, 31(2): 95-102.
9. Awkward, Michael. *Inspiriting Influences: Tradition, Revision and Afro-American Women's Novels*. New York: Columbia University Press, 1989.
10. Baker, Houston A. *Workings of Spirit: The Politics of Afro-American Women's Writing*. Chicago: University of Chicago Press, 1991.
11. ——. *Blues, Ideology, and Afro-American Literature: A Vernacular Theory*. Chicago: University of Chicago Press, 1985.
12. Bakerman, Jane S. The Seams Cannot Show: An Interview with Toni Morrison. *Black American Literature Forum*, 1978, (12): 77-79.
13. ——. Failure of Love, Female Initiation in the Novels of Toni Morrison. *American Literature*, 1981, (52): 541-563.
14. Baldwin, James. *The Artist's Struggle for Integrity*. New York: Jeffrey Norton Publishers Tape Library, 1962.
15. ——. *The Fire Next Time.* New York: Dial Press, 1963.
16. ——. "Of the Sorrow Songs: The Cross of Redemption." *The Picador Book of Blues and*

Jazz. Ed. James Campbell. London: Picador, 1996. 324-31.
17. ——. Many Thousands Gone. *Notes of a Native Son*. Boston: Beacon, 1955. 24-45.
18. ——. *Price of the Ticket: Collection of Nonfiction*. New York: St. Martin/Marek, 1985.
19. Baraka, Amiri. Blues, Poetry, and the New Music. *The Music: Reflections on Jazz and Blues*. Eds. Amiri Baraka & Amina Baraka. New York: Morrow, 1987. 263-264.
20. Beauvoir, Simone de. *Le Deuxième Sexe. The Second Sex*. Trans. H. M. Parshley. Penguin: Harmodsworth, 1953.
21. Bell, Bernard W. *The Afro-American Novel and Its Tradition*. Amherst: University of Massachusetts Press, 1987.
22. Bennet, Lerone Jr. *Before the Mayflower: A History of Black America*. New York: Penguin, 1984.
23. Berger, John. *Ways of Seeing*. London: Penguin, 1972.
24. Berret, Anthony J. Jazz: from Music to Literature. *Approaches to Teaching the Novels of Toni Morrison*. Eds. Nellie Y. Mckay & Kathryn Earle. New York: MLA, 1997. 265-276.
25. ——. Toni Morrison's Literary Jazz. *College Language Association Journal*, March 1989, 32(3): 267-283.
26. Bhabha, Homi K. *The Location of Culture*. London and New York: Routledge, 1997.
27. Birch, Eva Lennox. *Black American Women's Writing: A Quilt of Many Colours*. London: Harvester Wheatsheaf, 1994.
28. Bone, Robert. *Down Home: A History of Afro-American Short Fiction from Its Beginning to the End of the Harlem Renaissance*. New York: Capricorn Books, 1975.
29. Bowers, Susan. *Beloved* and the New Apocalypse. *Toni Morrison's Fiction: Contemporary Criticism*. Ed. David L. Middleton. New York: Garland Publishing, Inc., 1997.
30. Brown, Caroline. Golden Gray and the Talking Book: Identity as a Site of Artful Construction in Toni Morrison's *Jazz*. *African American Review*, 2002, 36: 629-642.
31. Byerman, Keith. *Figuring the Jagged Grain: Tradition and Form in Recent Black Tradition*. Athens, GA: University of Georgia Press, 1985.
32. Byers, Thomas B. A City upon a Hill: American Literature and the Ideology of Exceptionalism. *American Studies in Scandinavia*, 1997, 29(2): 85-105.
33. Carabi, Angels. Toni Morrison. *Belles Lettres*, Winter 1994: 86-90.
34. Carby, Hazel. It Just Be's Dat Way Sometime: The Sexual Politics of Women's Blues. *Radical America*, 1986, 20(4): 9-24.
35. Carmean, Karen. *Toni Morrison's World of Fiction*. Troy, New York: The Washington Publishing Company, 1993.
36. Chinweizu, Onwuchekwa Jemie. *The West and the Rest of Us: White Predators, Black Slaves and the African Elite*. New York: Vintage, 1975.

37. Chinweizu, Onwuchekwa Jemie & Ihechukwu Maduibuike. *Toward the Decolonization of African Literature.* Washington: Howard University Press, 1983.

38. Christian, Barbara. *Black Women Novelists: The Development of a Tradition, 1892—1976.* Westport, Conn.: Greenwood Press, 1980.

39. ——. Layered Rhythms: Virginia Woolf and Toni Morrison. *Modern Fiction Studies* 1993, 39(3-4): 483-500.

40. ——. *Black Feminist Criticism.* New York: Pergamon, 1985.

41. Collins, Patricia Hill. *Black Feminist Thought: Knowledge, Consciousness, and the Politics of Empowerment.* New York & London: Routledge, 2000.

42. Coleman, James. The Quest for Wholeness in Toni Morrison's *Tar Baby*. *Black American Literature Forum* 20(1986): 63-73.

43. Coltrane, John. *My Favorite Things*. Rec. 21 Oct. 1960. / *My Favorite Things*. Atlantic, n.d. "Cutting Contest." New Grove: 261.

44. Cone, James. *The Spirituals and the Blues*. New York: Seabury Press, 1972.

45. Conner, Marc C. *The Aesthetics of Toni Morrison: Speaking the Unspeakable.* Jackson, MS: University Press of Mississippi, 2000.

46. Corey, Susan. Toward the Limits of Mystery: The Grotesque in Toni Morrison's *Beloved*. *The Aesthetics of Toni Morrison: Speaking the Unspeakable*. Ed. Marc C. Conner. Jackson, MS: University Press of Mississippi, 2000. 40-45.

47. Coser, Stelamaris. *Bridging the Americas: the Literature of Paule Marshall, Toni Morrison, and Gayl Jones*. Philadelphia: Temple University Press, 1995.

48. Cowley, Malcolm & Daniel P. Northrup. The Middle Passage. *The Atlantic Slave Trade*. Ed. Daniel P. Northrup. Wilmington, MA: D.C. Health & Co., 1994.

49. Culler, Jonathan. *On Deconstruction: Theory and Criticism after Structuralism.* Beijing: Foreign Language Teaching and Research Press; Ithaca: Cornell University Press, 2004.

50. Dalsgard, Kathrine. The One All-Black Town Worth the Pain: (African) American Exceptionalism, Historical Narration, and the Critique of Nationhood in Toni Morrison's Paradise. *African American Review*, 2001, (Summer): 97-126.

51. Davis, Angela. Black Women and Music: A Historical Legacy of Struggle. *Wild Women in the Whirlwind: Afro-American Culture and the Contemporary Literary Renaissance.* Eds. Joanne M. Braxton & Andrée Nicola McLaughlin. New Brunswick, NJ: Rutgers University Press, 1990.

52. ——. The Legacy of Slavery: Standards for a New Womanhood. *Women, Race and Class.* New York: Vintage Books, 1981. 3-29.

53. Davies, Carole Boyce. Mothering and Healing in Recent Black Women's Fiction. *Sage: A Scholarly Journal on Black Women*, 1985, 2(1): 41-43.

54. Davis, Christina. Interview with Toni Morrison. *Presence Africaine*, 1988, (First Quarterly): 148-149.
55. Davis, Cynthia A. Self, Society and Myth in Toni Morrison's Fiction. *Toni Morrison*. Ed. Linden Peach. New York: St. Martin's Press, 1998. 27-42.
56. Dean, Roger T. *New Structures in Jazz and Improvisional Music since 1960*. Philadelphia: Open University Press, 1992.
57. De Vaux, Scott. *The Birth of Bepop: A Social and Musical History.* Berkeley: University of California Press, 1997.
58. De Weever, Jacqueline. The Inverted World of Toni Morrison's *The Bluest Eye* and *Sula. CLA Journal*, 1979, 22: 402-414.
59. Dixon, Melvin. *Ride Out the Wilderness: Geography and Identity in Afro-American Literature.* Urbana: Illinois University Presss, 1987.
60. Douglass, Frederick. *Narrative of the life of Frederick Douglass.* Cambridge, Mass.: Harvard University. Press, 1960.
61. ——. *My Bondage and My Freedom.* New York: Seabury Press, 1994.
62. Dubey, Madhu. Narration and Migration: Jazz and Vernacular Theories of Black Women's Fiction. *American Literary History*, 1998, 10(2): 291-316.
63. Du Bois, W. E. B. *The Souls of Black Folk*. New York: Vintage Books, 1990.
64. Eagleton, Terry. *Literary Theory: An Introduction* (2nd Edition). Beijing: Foreign Language Teaching and Research Press; Oxford: Blackwell Publishing, 2004.
65. Eckhard, Paula Gallant. The Interplay of Music, Literature, and Narrative in Toni Morrison's *Jazz*. *CLA Journal*, 1994, 38(1): 11-19.
66. Eckstein, Lars. A Love Supreme: Jazzthetic Strategies in Toni Morrison's *Beloved*. *African American Review*, 2006, 40(2): 271-283.
67. Eisenstein, Zillah R. The Combahee River Collective Statement. *Capitalist Patriarchy and the Case for Socialist Feminism.* New York: Monthly Review Press, 1979. 271-280.
68. Ellison, Ralph Waldo. *Shadow and Act*. 1964. *The Collective Essays of Ralph Ellison*. Ed. John F. Callahan. New York: Modern Library, 1995.
69. Evans, Nicholas M. *Writing Jazz: Race, Nationalism, and Modern Culture in the 1920s*. New York: Garland, 2000.
70. Fanon, Frantz. *The Wretched of the Earth*. New York: Grove Press, 1965.
71. Feather, Leonald. *The Book of Jazz: From Then till Now*. New York: Horizon, 1965.
72. ——. Little Jazz Goes Color Blind. *Down Beat*, 13 July, 1951: 12.
73. Ferris, Jean. *America's Musical Landscape*. Wm. C., Iowa: Brown Publishers, 1990.
74. Fick, Thomas H. Toni Morrison's "Allegory of the Cave": Movies, Consumption, and Platonic Realism in *The Bluest Eye. Journal of the Midwest Modern Language Association*,

1989, XX: 10-22.
75. Field, Eugene. Lady Button Eyes. *Love-Songs of Childhood*. New York: Scribner's Sons, 1898. 61-66.
76. Foner, Eric. *A Short History of Reconstruction, 1863—1877*. New York: Perennial Library-Harper & Row, 1988.
77. Foucault, Michel. *Language, Counter-Memory, Practice: Selected Essays and Interviews*. Ed. Donald·F.·Bouchard. Trans. Bouchard and Sherry Simon. Ithaca: Cornell University Press, 1977.
78. Frangsmyr, Tore, ed. *Nobel Lectures, Literature 1981—1990*. Singapore: World Scientific Publishing Co., 1993.
79. Freiert, William K. Classical Themes in *Song of Solomon. Melus* 7, 1980.
80. Furman, Jan. *Toni Morrison's Fiction*. Columbia: University of South Carolina Press, 1996.
81. Furnham, Adrian & Stephen Bochner. *Culture Shock: Psychological Reactions to Unfamiliar Environments*. London: Mrthuen & Co., Ltd. 1986.
82. Gates, Henry Louis Jr. ed. *Black Literature and Literary Theory*. London: Routledge, 1984.
83. ——. ed. "*Race*", *Writing and Difference*. Chicago: Chicago University Press, 1985.
84. ——. *Figures in Black: Words, Signs and the "Racial" Self*. Oxford: Oxford University Press, 1987.
85. ——. Introduction: Tell me Sir, …What is "Black" literature? *PMLA*, 1990, (1): 105.
86. ——. Goodbye Columbus? Notes on the Culture of Criticism. *American Literary History*. 1991 (Winter), (4): 711-727.
87. ——. *The Signifying Monkey*. Oxford: Oxford University Press, 1988.
88. Gates, Henry Louis Jr. & K. A. Appiah. eds. *Toni Morrison: Critical Perspectives Past and Present*. New York: Amistad, 1993.
89. Gennari, John. Jazz Criticism: Its Development and Ideologies. *Black American Literature Forum* 1991 (Fall), 25(3): 449-450.
90. Gerald, Charley. *Jazz in Black and White: Race, Culture, and Identity in the Jazz Community*. Westport: Praeger, 1998.
91. Gilbert, Sandra & Susan Gubar. *The Norton Anthology Literature by Women: the Tradition in English*. New York: Norton, 1985.
92. Gillingan, Carol. *In a Different Voice: Psychological Theory and Women's Moral Development*. Cambridge: Harvard Uvinersity Press, 1982.
93. Gilroy, Paul. *The Black Atlantic: Modernity and Double Consciousness*. Cambridge: Harvard Uvinersity Press, 1993.
94. ——. Living Memory: A Meeting with Toni Morrison. *Small Acts: Thoughts on the Politics of Black Culture*. London: Serpent's Tail, 1994. 175-182.

95. Gioia, Ted. *West Coast Jazz: Modern Jazz in California 1945—1960*. New York: Oxford Uvinersity Press, 1992.

96. Girard, Rene. *Des choses cachées depuis la fondation du monde*. Paris: Grasset, 1978.

97. Grandt, Jürgen E. Kinds of Blue: Toni Morrison, Hans Janowitz, and the Jazz Aesthetic. *African American Review*, 2004, 38: 303-322.

98. Grewal, Gurleen. The Decolonizing Vision: *The Bluest Eye*. *Circles of Sorrow, Lines of Struggle: The Novels of Toni Morrison*. Baton Rouge: Louisiana State University Press, 1998.

99. Guth, Deborah. A Blessing and a Burden: The Relation to the Past in Sula, Song of Solomon, and Beloved. *Modern Fiction Studies*, 1993, 39.

100. Hall, Cheryl. Beyond the "Literary Habit": Oral Tradition and Jazz in *Beloved*. *Melus*, 1994 (Spring), 19(1): 89-95.

101. Hall, Stuart. Cultural Identity and Diaspora. *Identity: Community, Culture, Difference*. Ed. Jonathan Rutherford. London: Lawrence & Wishart, 1990. 207-221.

102. Hardack, Richard. "A Music Seeking Its Words": Double-Timing and Double-Consciousness in Toni Morrison's *Jazz*. *Callaloo*, 1995, 18(2): 451-471.

103. Harding, Wendy, and Jacky Martin. *A World of Difference: An Inter-cultural Study of Toni Morrison's Novels*. Westport, CT: Greenwood. 1994.

104. Harland, Richard. *Literary Theory from Plato to Barthes: An Introductory History*. Beijing: Foreign Language Teaching and Research Press; London: Palgrave Macmillan Ltd., 2005.

105. Harris, Trudier. Reconnecting Fragments: Afro-American Folk Tradition in *The Bluest Eye*. *Critical Essays on Toni Morrison*. Ed. Nellie McKay. Boston: G.K.Hall, 1988.

106. ——. *Fiction and Folklore: The Novels of Toni Morrison*. Knoxville: The University of Tennesse Press, 1991.

107. Hayes, Elizabeth T. The Named and the Nameless: Morrison's 124 and Naylor's "the Other Place" as Semiotic Chorae. *African American Review*, 2004, (38): 669-681.

108. Heble, Ajay. *Landing on the Wrong Note: Jazz, Dissonance, and Cultural Practice*. New York: Routledge, 2000.

109. Henderson, Stephen. *Understanding the New Black Poetry: Black Speech &Black Music as Poetic References* (4). New York: William Morrow, 1973.

110. Herskovits, Melville J. *The Myth of the Negro Past*. Boston: Beacon, 1995.

111. Herton, Calvin. The Sexual Mountain and Black Women Writers. *Wild Woman in the Whirlwind: Afro-American Culture and the Contemporary Literary Renaissance*. Eds. Joanne M. Braxton & Andree Nicola Mclaughlin. New Brunswick, NJ: Rutgers University Press, 1990. 203-209.

112. Hilfer, Anthony. Critical Indeterminacies in Toni Morrison's Fiction: An Introduction.

Texas Studies in Literature and Language, 1991 (Spring), 33(1): 91-95.

113. Hoffman, Danniel. ed. *Harvard Guide to Contemporary American Writing*. Massachusetts: Harvard University Press, 1979.
114. Holloway, Karla F. C & Stephanie A. Demetrakopoulos. *New Dimensions of Spirituality: A biracial and Bicultural Reading of the Novels of Toni Morrison*. Westport, Conn.: Greenwood Press, 1987.
115. Holy Bible（King James Version）. New York: American Bible Society.
116. Hooks, Bell. *All About Love: New Visions*. New York: Morrow, 2000.
117. Houghs, Langston & Arna Bontemps. eds. *The Book of Negro Folklore*. New York: Dodd, Mead & Co., 1958.
118. ——. *The Collected Poems of Langston Hughes*. New York: Vintage Books, 1994.
119. ——. Let America Be America Again. Ed. W. Lowenfels. *Poets of Today*. New York: International, 1964.
120. Hulbert, Ann. Romance and Race. Rev. of *Jazz* and *Playing in the Dark*, by Toni Morrison. *New Republic*, 1992, 18(5): 45-49.
121. Hume, Kathryn. *American Dream, American Nightmare: Fiction since 1960*. Beijing: Foreign Language Teaching and Research Press, 2006.
122. Hurston, Zora Neale. *Mules and Men*. Berkeley: Turtle Island, 1983.
123. Hutcheon, Linda. *A Poetics of Postmodernism: History, Theory, Fiction*. New York: Routledge, 1988.
124. Jackson, Blyden. Hughes, Langston. *Encyclopedia of World Literature in the 20th Century* (Vol. 2). New York: St. James Press, 1982,
125. Jameson, Fredric. *Marxism and Form: Twentieth-Century Dialectical Theories of Literature*. Princeton, NJ: Princeton University Press, 1971.
126. Jaqueline, Jones. *Labor of Love, Labor of Sorrow: Black Women, Work and the Family from Slavery to the Present*. New York: Basic Books, 1985.
127. Jones, Bessie W. & Audrey L. Vinson. *The World of Toni Morrison: Explorations in Literary Criticism*. Dubuque: Kendall/Hunt, 1985.
128. Jones, Leroi. *Blues People: Negro Music in White America*. New York: Quill-Morrow, 1963.
129. Janowitz, Hans. *Jazz 1927*. Ed. Rolf Riess. Bonn: Weidle, 1999.
130. King, Deborah K. Consciousness: The Context of A Black Feminist Ideology. *Signs: Journal of Women in Culture and Society*, 1988, (14): 45-49.
131. Klotman, Phyllis. Dick-and-Jane and the Shirley Temple Sensibility in *The Bluest Eye*. *Black American Literature Forum 13*, 1979 (Winter): 123-125.
132. Kofsky, Frank. *John Coltrane and the Jazz Revolution of the 1960s*. New York: Pathfinder, 1998.

133. Kubitschek, Missy Dehn. *Toni Morrison: A Critical Companion*. Westport, Conn.; London: Greenwood Press, 1998.
134. Lai Fang'an. *An Outline Introduction to Britain and America*. Zhengzhou: Henan Educational Press, 1995.
135. Laurence, David. Fleshly Ghosts & Ghostly Flesh: The Word and the Body in *Beloved*. *Toni Morrison's Fiction: Contemporary Criticism*. Ed. David L. Middleton. New York: Garland Publishing, Inc., 1997. 231-246.
136. LeClaire, Thomas. The Language Must Not Sweat. *New Republic*, March 21, 1981.
137. Lee, Kun Jong Racial Variations on American Themes. *African American Review* 1996 (Fall), 30(3): 421-440.
138. Levinas, Emmamuel. *Totality and Infinity: An Essay on Exteriority*. Trans. Alphoso Lingis. Pittsburgh: Duquesne Uvinersity Press, 1969.
139. Levine, Lawrence W. *Black Consciousness: Afro-American Folk Thought from Slavery to Freedom*. New York: Oxford Uvinersity Press, 1980.
140. Lewis, Barbara Williams. The Function of Jazz in Toni Morrison's *Jazz*. *Toni Morrison's Fiction: Contemporary Criticism*. Ed. David L. Middleton, New York: Garland Publishing, Inc., 1997. 271-281.
141. Lupton, Mary Jane. Clothes and Closure in Three Novels by Black Women Writers. *Black American Literature Forum*, 1986, 20: 409-421.
142. MacDonald, Heather. The Other Morrison. *Wall Street Journal*, 1993, (10): A18-24.
143. Malraux, Andre. Behind the Mask of Africa. *New York Times Magazine*, 1966, (5): 29-35.
144. Matus, Jill. *Toni Morrison*. Manchester & New York: Manchester University Press, 1998.
145. Mbalia, Doreatha Drummond. *Toni Morrison's Developing Class Consciousness*. Selinsgrove: Susquehanna University Press; London & Toronto: Associated University Press, 1991.
146. McDowell, Deborah E. "The Self and the Other": Reading Toni Morrison's *Sula* and the Black Female Text. *Critical Essays on Toni Morrison*. Ed. Nellie Mckay. Boston: G. K. Hall, 1988. 77-99.
147. McKay, Nellie, ed. *Critical Essays on Toni Morrison*. Boston: G. K. Hall, 1988.
148. ——. An Interview with Toni Morrison. *Contemporary Literature*, 1983 (Winter), 24(4): 413-429.
149. Mere, Ada. *The Unique Role of Women in Nation Building*. Diss. University of Nigeria, 1984.
150. Middleton, David L. ed. *Toni Morrison's Fiction: Contemporary Criticism*. New York: Garland Publishing, Inc., 1997.
151. Modleski, Tania, ed. *Studies in Entertainment*. Bloomington: Indiana University Press, 1986.
152. Monson, Ingrid. *Saying Something: Jazz Improvisation and Interaction*. Chicago:

Uvinersity of Chicago Press, 1996.

153. Mori, Aoi. *Toni Morrison and Womanist Discourse*. New York: Peter Lang Publishing, Inc., 1999.

154. Morrison, Toni. Behind the Making of *The Black Book*. *Black World*, 1974 (2): 86-90.

155. ——. *Beloved*. Beijing: Foreign Language Teaching and Research Press, 2000.

156. ——. *The Bluest Eye*. New York: Washington Square Press, 1970.

157. ——. City Limits, Village Values: Concepts of Neighborhoods in Black Fiction. *Literature and the Urban Experience: Essays on the City and Literature*. Eds. Michael C. Jaye & Ann Chalmers Watts. New Brunswick: Rutgers Uninersity Press, 1981. 35-43.

158. ——. A Conversation. Toni Morrison with Gloria Naylor. *Southern Review*, 1985, 21: 584-586.

159. ——. Conversation: March 9, 1998. The Newshour with Jim Lehrer Transcript.

160. ——. Interview with Claudia Tate. *Black Women Writers at Work*. Ed. Claudia Tate. New York: Continuum, 1983. 213.

161. ——. Intimate Things in Place. Interview with Stepto. *Time*, Oct. 15, 1979. 210-217.

162. ——. *Jazz*. New York: Plume, 1992.

163. ——. *Love*. Toronto: Vintage Canada, 2003.

164. ——. *A Mercy*. New York: Random House, 2008.

165. ——. Memory, Creation, and Writing. *Thought*, 1984, 59: 388.

166. ——. *Paradise*. London: Vintage, 1999.

167. ——. *Playing in the Dark*. New York: Random, 1992.

168. ——. The 1993 Nobel Prize in Literature Speech. *Dictionary of Literary Biography: Yearbook 1993*. Ed. James W. Hipp. New York: Random, 1993.

169. ——. The Pain of Being Black. Interview with Bonnie Angelo. *Time*, May 22, 1989. 120-122.

170. ——. Rootedness: The Ancestor as Foundation. *Black Women Writers, 1950—1980: A Critical Evaluation*. Ed. Marie Evans. New York: Doubleday, 1984. 339-345.

171. ——. The Site of Memory. *Inventing the Truth: The Art and Craft of Memoir*. Ed. William Zinsser. Boston: Houghton, 1987. 109-113.

172. ——. *Song of Solomon*. New York: Knopf, 1977.

173. ——. *Sula*. New York: Knopf, 1973.

174. ——. *Tar Baby*. New York: Plume, 1981.

175. ——. Toni Morrison. *Belle Letters*, 1995, 10(2): 40-43.

176. ——. What the Black Woman Thinks about Women's Lib. *New York Times Magazine*, Aug. 22, 1971: 14-15, 63-66.

177. ——. Unspeakable Things Unspoken: The Afro-American Presence in American Literature. *Michigan Quarterly Review*, 1989 (Winter), 28: 1-34.

178. Morrison, Toni & Cornet West. Blues, Love and Politics. *Nation*, May 24, 2004. 18-26.
179. Moses, Cat. The Blues Aesthetic in Toni Morrison's BluesteEye. (EB/OL). http: //www.findarticles. cop/articles/mi_m2838/is_4 _33/ai_59024884, 11/2006.
180. Munton, Alan. Misreading Morrison, Misreading Jazz: A Response to Toni Morrison's Jazz Critics. *Journal of American Studies*, 1997, 31(2): 235-251.
181. Murray, Albert. *The Hero and the Blues*. Columbia: Uvinersity of Missouri Press, 1973.
182. ——. An Interview. The Ralph Ellison Project in Jerry Jazz Musician. www.jerryjazzmusician.com/ mainHTML.cfm?page=murray.html.
183. ——. *Stomping the Blues*. New York: McGraw-Hill, 1976.
184. Napier, Winston. ed. *African American Literary Theory: A Reader*. New York & London: New York University Press, 2000.
185. Newton, Huey. *Revolutionary Suicide*. New York: Ballantine, 1973.
186. NPR's Book Tour with Toni Morrison. http://www.npr.org/templates/story/story.php?storyId=95961382（accessed 20/11/2008）.
187. O'Meally, Robert G. *Living with Music: Ralph Ellison's Jazz Writings*. New York: Modern Library, 2002.
188. O'Shaughnessy, Kathleen. "Life Life Life Life": The Community as Chorus in *Song of Solomon. Critical Essays on Toni Morrison*. Ed. Nellie McKay. Boston: G. K. Hall, 1988. 125-133.
189. Otten, Terri. *The Crime of Innocence in the Fiction of Toni Morrison*. Columbia: University Press of Missouri, 1989.
190. ——. Horrific Love in Toni Morrison's Fiction. *Modern Fiction Studies*, 1993, 39: 651-667.
191. Page, Philip. *Dangerous Freedom: Fusion and Fragmentation in Toni Morrison's Novels*. Columbia: University Press of Mississipi, 1995.
192. Paquet-Deyris, Anne Marie. Toni Morrison's *Jazz* and the City. *African American Review*, 2001, 35: 219-231.
193. Parker, Bettye J. Complexity: Toni Morrison's Women—An Interview Essay. *Sturdy Black Bridges: Visions of Black Women in Literature*. Eds. Roseann P. Bell, Bettye J. Parker & Beverly Guy-Sheftall. New York: Doubleday, 1979. 251-257.
194. Patell, Cyrus R. K. *Negative Liberties: Morrison, Pynchon, and the Problem of Liberal Ideology.* Durham & London: Duke University Press, 2001.
195. Patterson, Orlando. *Slavery and Social Death*. London: Harvard Uvinersity Press, 1982.
196. Peach, Linden. *Toni Morrison* (2nd Edition). New York: St. Martin's Press, 2000.
197. Perez-Torres, Rafael. Knitting and Knotting the Narrative Thread—*Beloved* as Postmodern Novel. *Toni Morrison: Critical and Theoretical Approaches*. Ed. Nancy J. Peterson. Baltimore & London: The Johns Hopkins University Press, 1997. 91-110.

198. Peterson, Nancy J., ed. *Toni Morrison: Critical and Theoretical Approaches.* Baltimore & London: The Johns Hopkins University Press, 1997.

199. Pici, Nicholas F. Hannibal ante Portas: Jazz in Weimar. *Dancing on the Volcano: Essays on the Culture of the Weimar Republic.* Eds. Thomas W. Kniersche & Stephen Brockmann. Columbia: Camden House, 1994. 105-116.

200. ——. Trading Meanings: The Breath of Music in Toni Morrison's *Jazz*. *Connotations*, 1997—1998, 7(3): 372-398.

201. Porter, Horace. Jazz Beginnings: Ralph Ellison and Charlie Christian in Oklahoma City. *Antioch Review*, 1997 (Summer), 57(3): 275-279.

202. Pryse, Marjorie & Hortense Spillers. eds. *Conjuring: Black Women Writing the American Experience*. Bloomington: Indiana University Press, 1985.

203. Reagon, Bernice Johnson. African Diaspora Women: The Making of Cultural Workers. *Women in Africa and the Diaspora*. Eds. Rosalyn Terborg-Penn, Sharon Harley & Andrea Benton Rushing. Washington: Howard University Press, 1987. 167-180.

204. Reyes, Angelita. Ancient Properties in the New World: The Paradox of the "Other" in Toni Morrison's *Tar Baby*. *Black Scholar*, 1986, 17(3): 21-27.

205. Rice, Alan J. Jazzing up a Storm: The Execution and Meaning of Toni Morrison's Jazzy Prose Style. *Journal of American Studies*, 1994, 28(3): 423-432.

206. Rice, Herman William. *Toni Morrison and the American Tradition: A Rhetorical Reading.* New York: Peter Lang, 1996.

207. Rigney, Babara Hill. Hagar's Mirror: Self and Identity in Morrison's Fiction. *Toni Morrison.* Ed. Linden Peach. New York: St. Martin's Press, 1998. 52-69.

208. ——. *The Voices of Toni Morrison.* Columbus: Ohio State University Press, 1991.

209. Rodrigues, Eusebio L. Experiencing *Jazz*. *Modern Fiction Studies*, 1993, 39(3-4): 733-754.

210. Rotundo, E. Anthony. *American Manhood: Transformations in Masculinity from the Revolution to the Modern Era.* New York: HarperCollins, 1993. 3-4.

211. Rubenstein, Roberta. Singing the Blues/Reclaiming Jazz: Toni Morrison and Cultural Mourning. *Mosaic*, 1998, 31(2): 147-163.

212. Rudinow, Joel. Race, Ethnicity, Expressive Authenticity: Can White People Sing the Blues? *Journal of Aesthetics and Art Criticism*, 1994, 52(1): 127-137.

213. Rushdy, Ashraf H. A. Daughters Signifying History: The Example of Toni Morrison's *Beloved*. *Modern Critical Interpretation: Beloved*. Ed. Harold Bloom. Philadelphia: Chelsea House, 1999. 120-127.

214. ——. "Rememory": Primal Scenes and Constructions in Toni Morrison's Novels. *Contemporary Literature*, 1991, 32(2): 194-210.

215. Ryan, Judylyn S. Morrison's *Jazz*: "A Knowing So Deep." *Approaches to Teaching the*

Novels of Toni Morrison. Eds. Nellie Y. McKay & Kathryn Earle. New York: MLA, 1997. 154-160.

216. Ryan, Judylyn S. & Estella Conwill Mújozo. Jazz…on "the Site of Memory". *Studies in the literary Imagination*, Fall 1998, 31(2): 125-152.
217. Samuels, Wilfred D. & Cleonora Hudson-Weems. *Toni Morrison*. Boston: Twayne, 1990.
218. Sartre, Jean-Paul. *Being and Nothingness*. Trans. Hazel E. Barnes. New York: Washington Square Press, 1966.
219. ——. *Existentialism and Human Emotions*. Secaucus, N.J.: Citadel Press, 1984.
220. Schappell, Elissa. Interview with Toni Morrison. *Women Writers at Work*. Ed. Paris Review. New York: Modern Library, 1998. 340-375.
221. Schuller, Guther. *Early Jazz: Its Roots and Musical Development, 1968*. Oxford: Oxford Uvinersity Press, 1969.
222. Selden, Raman, Peter Widdowson & Peter Brooker. *A Reader's Guide to Contemporary Literary Theory*. Beijing: Foreign Language Teaching and Research Press; Essex: Pearson Education, 2004.
223. Showalter, Elaine. *A Literature of Their Own: British Women Novelists from Brontë to Lessing*. Beijing: Foreign Language Teaching and Research Press; Princeton, NJ: Princeton University Press, 2004.
224. Sidran, Ben. *Black Talk*. New York: Da Capo, 1983.
225. Skerrett, Joseph T. Recitations to the Griot: Story Telling and Learning in Toni Morrison's *Song of Solomon*. *Conjuring: Black Women, Fiction, and the Literary Tradition*. Eds. Marjorie Pryse & Hortense Spillers. Bloomington: Indiana University Press, 1985. 192-202.
226. Small-McCarthy, Robin. The Jazz Aesthetic in the Novels of Toni Morrison. *Cultural Studies*, 1995, 9(2): 293-300.
227. Smith, Barbara. Beautiful, Needed, Mysterious. *Freedomways*, 1974, 14: 69-72.
228. ——. Toward a Black Feminist Criticism. *Women's Studies International Quarterly*, 1979, 2(2), 180-192.
229. Smith, Buster. Interview. *Bird: The Legend of Charlie Parker*. Ed. Robert Reisner. New York: Da Capo, 1987.
230. Southern, Eileen. *The Music of Black Americans*. New York: W. W. Norton and Company, 1983.
231. ——. *Readings in Black American Music*. New York: W. W. W. Norton and Company, 1983.
232. Spacks, Patricia Meyer. *The Female Imagination*. New York: Alfred A. Knopf, 1975.
233. Steady, Filomina Chioma, ed. *The Black Woman Cross-Culturally*. Boston: Schenkman, 1981.
234. Stepto, Robert. *From Behind the Veil: A Study of Afro-American Narrative*. Urbana: University of Illinois Press, 1979.

235. Storace, Patricia. The Scripture of Utopia: Rev. of Paradise. *New York Review of Books* June 11, 1998: 64-69.

236. Tao Ming. *A History of American Literature*. Nanjing: Yilin Press, 2002.

237. Tate, Claudia. Toni Morrison. *Black Women Writers at Work*. New York: Continuum, 1989. 117-160.

238. Taylor-Guthrie, Danille, ed. *Conversations with Toni Morrison*. Jackson: University Press of Mississippi, 1994.

239. Todd, Alexandra Dundas & Sue Fisher. eds. *Gender and Discourse: The Power of Talk*. Norwood, NJ: Alex, 1988.

240. Townsend, Peter. *Jazz in Americann Culture*. Edinburgh: Edinburgh Uvinersity Press, 2000.

241. Turner, Darwin T. Theme, Characterization, and Style in the Works of Toni Morrison. *Black Women Writers (1950—1980): A Critical Evaluation*. Ed. Marie Evans. New York: Doubleday, 1984. 361-369.

242. Tyson, Lois. *Critical Theory Today: A Use-Friendly Guide*. New York & London: Garland Publishing, Inc.; A Member of the Taylor & Francis Group, 1999.

243. Verdelle, A. J. Paradise Found: a Talk with Toni Morrison about Her New Novel—Nobel Laureates's New Book, "Paradise"—Interview. *Essence*, 1998, (2): 50-59.

244. Vickroy, Laurie. The Politics of Abuse: the Traumatized Child in Toni Morrison and Marguerie Duras. *Mosaic*, 1996, 29(2): 90-96.

245. ——. Who Owns Zora Neale Hurston? Critics Carve Up the Legend. *Invisibility Blues: From "Pop to Theory"*. London: Picador, 1990. 159-186.

246. Vickery, John B. & J'nan M. Sellery. *The Scapegoat: Ritual and Literature*. Boston: Houghton Miffitn Company, 1972.

247. Walcott, Rinaldo. "Out of the Kumbla": Toni Morrison's Jazz and Pedagogical Answerability. *Cultural Studies*, 1995, 9(2): 318-337.

248. Wallace, Michele. Michael Jackson, Black Modernisms and "The Essay of Communication". *Invisibility Blues*. London: Picador, 1989. 77-90.

249. ——. *Black Macho and the Myth of the Superwoman.* London & New York: Verso, 1990.

250. Waugh, Patricia. *Feminine Fictions: Revisiting the Postmodern*. New York: Routledge, 1989.

251. Wilentz, Gay. Civilization Underneath: African Heritage as Cultural Discourse in Toni Morrison's *Song of Solomon. Toni Morrison's Fiction: Contemporary Criticism*. Ed. David L. Middleton. New York: Garland Publishing Inc., 1997. 107-115.

252. Williamson, Judith. Woman Is an Island: Feminity and Colonization. *Studies in Entertainment*. Ed. Tania Modleski. Bloomington: Indiana University Press, 1986. 99-118.

253. Willis, Susan. I Shop Therefore I Am: Is There a Place for Afro-American Culture in

Commodity Culture? *Changing Our Own Words: Essays on Criticism, Theory, and Writing by Black Women*. Ed. Cheryl Wall. New Brunswick, NJ: Rutgers University Press, 1989. 173-186.

254. ——. *Specifying: Black Women Writing the American Experience*. Madison: University of Wisconsin Press, 1987.
255. Wilson, Judith. A Conversation with Toni Morrison. *Essence*, July 12, 1981: 82-150.
256. Wong, Shelley. Transgression as Poses in *The Bluest Eye*. *Callaloo*, 1990 (Summer), 13: 471-481.
257. Wright, Nathan Jr. The Black Spirituals: A Testament of Hope for Our Times? *The Journal of Religious Thought*, 2001, 60: 87-100.
258. Wright, Richard. *Twelve Million Black Voices*. New York: Quill-Morrow, 1947.
259. 伯纳德·W. 贝尔. 非洲裔美国黑人小说及传统. 刘捷等译. 成都：四川人民出版社，2000.
260. 西蒙娜·德·波伏娃. 第二性. 陶铁柱译. 北京：中国书籍出版社，2004.
261. 程锡麟，王晓路. 当代美国小说理论. 北京：外语教学与研究出版社，2001.
262. 吉尔·得拉挪瓦. 民族与民族主义. 郑文彬，洪晖译. 北京：三联书店，2005.
263. 刁克利. 西方作家理论研究. 北京：外语教学与研究出版社，2005.
264. 杜小惠. 托妮·莫里森小说《最蓝的眼睛》的布鲁斯美学. 电影文学，2007(10)上半月: 86-87.
265. 杜志卿.《秀拉》的死亡主题. 外国文学评论，2003, (3): 34-43.
266. 方珊. 形式主义文论. 济南：山东教育出版社，2001.
267. 方生. 后结构主义文论. 济南：山东教育出版社，2001.
268. 米歇尔·福柯. 规则与惩罚. 刘北成等译. 北京：三联书店，2003.
269. ——. 疯癫与文明. 刘北成等译. 北京：三联书店，1999.
270. ——. 知识考古学. 谢强等译. 北京：三联书店，1998.
271. 高春常. 文化的断裂. 北京：中国社会科学出版社，2000.
272. 革非. 小说叙事研究. 北京：清华大学出版社，2002.
273. 古拉尔尼克等. 蓝调百年之旅. 李佳等译. 北京：中国人民大学出版社，2005.
274. 哈旭娴. 奏响灵魂深处的旋律——托妮·莫里森小说中的音乐叙事. 开封教育学院学报，2007, (3): 9-10.
275. 贝尔·胡克斯. 女权主义理论：从边缘到中心. 晓征，平林译. 南京：江苏人民出版社，2001.
276. 胡俊. 非裔美国人探求身份之路——对托妮·莫里森的小说研究. 北京：北京语言文化大学出版社，2007.
277. 胡全声. 英美后现代主义小说叙述结构研究. 上海：复旦大学出版社，2002.
278. 胡笑瑛. 不能忘记的故事——托妮·莫里森《宠儿》的艺术世界. 银川：宁夏人民出

版社，2004.
279. 蒋欣欣. 托妮·莫里森小说中黑人女性的身份认同研究. 长沙：湖南人民出版社，2008.
280. 焦小婷. 乌托邦理想与《乐园》的哀思. 北京第二外国语学院学报，2005, (4): 90-94.
281. ——. 多元的梦想——“百衲被”审美与托妮·莫里森的艺术诉求. 开封：河南大学出版社，2008.
282. 马克·柯里. 后现代叙事理论. 宁一中译. 北京：北京大学出版社，2003.
283. 约翰·克罗·兰色姆. 新批评. 王腊宝，张哲译. 南京：江苏教育出版社，2006.
284. 李美芹. “伊甸园”中的“柏油娃娃”——《柏油孩》中层叠叙事原型解析. 外国文学评论，2007, (1): 77-84.
285. ——. 《天堂》里的“战争”——对莫里森小说《天堂》两个书名的思考. 外国文学研究，2009, (1): 104-109.
286. 李敏.《宠儿》美学思想评析——语言的音乐性. 鞍山科技大学学报，2007, (3): 320-325.
287. 李忠霞，于娜.《宠儿》语言的散文体特征. 黑龙江教育学院学报，2003, 22(1): 59-61.
288. 刘小枫. 个体信仰与文化理论. 成都：四川人民出版社，1997.
289. 鲁枢元. 生态文艺学. 西安：陕西人民教育出版社，2000.
290. 陆扬. 精神分析文论. 济南：山东教育出版社，2001.
291. 罗良功. 从社会符号学角度解读兰斯顿·休斯的诗歌形式. 外国文学研究(人大复印报刊资料)，2000, (1).
292. ——. 论黑人音乐与兰斯顿·休斯的诗歌艺术创新. 外国文学研究，2002, (4): 48-54.
293. 洛秦. 街头音乐：美国社会和文化的一个缩影. 北京：人民音乐出版社，2001.
294. 毛信德. 美国黑人文学的巨星——托妮·莫里森小说创作论. 杭州：浙江大学出版社，2006.
295. 孟萍. 蓝调歌者——托妮·莫里森《最蓝的眼睛》中的蓝调特征. 湖南工程学院学报，2007(2): 43-46.
296. 弗里德里希·尼采. 权利意志. 张念东，凌素心译. 北京：商务印书馆，1998.
297. 宁骚. 非洲黑人文化. 杭州：浙江人民出版社，1993.
298. 邱紫华. 悲剧精神与民族意识. 武汉：华中师范大学出版社，2000.
299. 任生名. 西方现代悲剧论稿. 上海：上海外语教育出版社，1998.
300. 萨特. 存在主义是一种人道主义. 转引自：存在主义哲学. 北京：商务印书馆，1963.
301. 申丹. 叙事学与小说文体学研究. 北京：北京大学出版社，2001.
302. 盛宁. 人文困惑与反思——西方后现代主义思潮批判. 北京：三联书店，1997.
303. 皮埃尔·安德烈·塔吉耶夫. 种族主义源流. 高凌瀚译. 北京：三联书店，2005.
304. 唐红梅. 种族、性别与身份认同——美国黑人女作家艾丽丝·沃克、托妮·莫里森小说创作研究. 北京：民族出版社，2006.
305. 唐祖莲. 生命的赞歌——解读《荆棘鸟》中戴恩的替罪羊形象. 湖南工程学院学报，

2005, (2): 34-36.
306. 谭军强. 叙事理论与审美文化. 北京：中国社会科学出版社，2002.
307. 田亚曼. 母爱与成长. 北京：中国社会科学出版社，2009.
308. 徐新编著. 西方文化史. 北京：北京大学出版社，2002.
309. 徐有志. 现代英语文体学. 开封：河南大学出版社，1992.
310. 王逢振. 疆界 2——国际文学与文化 B. 北京：人民文学出版社，2005.
311. 王泉. 拉康式解读莫里森的三部小说. 北京：外文出版社，2006.
312. 王守仁. 对爱进行新的思考——评莫里森的小说《爱》. 当代外国文学，2004, (2): 43-52.
313. 王守仁，吴新云. 性别·种族·文化. 北京：北京大学出版社，1999.
314. 王湘云. 为了忘却的记忆——论《至爱》对黑人"二次解放"的呼唤. 外国文学评论，2003, (4): 66-72.
315. 王晓路. 差异的表述——黑人美学与贝克的批评理论. 国外文学，2000, (2).
316. 王玉括. 莫里森研究. 北京：人民文学出版社，2005.
317. 叶舒宪. 神话—原型批评. 西安：陕西师范大学出版社，1986.
318. 张清芳. 用语言文字弹奏爵士乐——托妮·莫里森的长篇小说《爵士乐》赏析. 域外视野，2007, (8): 120-123.
319. 章汝雯. 《最蓝的眼睛》中的话语结构. 外国文学研究，2004, (4): 62-67.
320. ——. 托妮·莫里森研究. 北京：外语教学与研究出版社，2006.
321. 张岩冰. 女权主义文论. 济南：山东教育出版社，1998.
322. 张友伦. 美国社会的悖论. 北京：中国社会科学出版社，1999.
323. 赵莉. 托妮·莫里森小说研究. 哈尔滨：东北林业大学出版社，2008.
324. 周春生. 悲剧精神与欧洲思想文化史论. 上海：上海人民出版社，1999.
325. 朱光潜. 悲剧心理学. 合肥：安徽人民出版社，1996.
326. 朱立元. 当代西方文艺理论. 上海：华东师范大学出版社，1999.
327. 朱荣杰. 伤痛与弥合：托妮·莫里森小说母爱主题的文化研究. 开封：河南大学出版社，2004.
328. 朱新福. 托妮·莫里森的族裔文化语境. 外国文学研究，2004, (3): 54-60.

后 记

2008 年夏天，我们一家四口冒着酷暑游玩崂山的太清宫和龙潭瀑布。听着导游讲着崂山道士心无杂念因而得以穿墙而过的故事，看着依山而立的太清宫，感受着千年道观中的仙风道骨、鹤发童颜，不禁怦然心动。莫非千仞悬壁之下面海听涛便是一种修炼？在尘嚣甚上的现世，崂山道士们的超然世外是多少尘埃窠臼中人梦寐以求的奢侈。

离开太清官沿海而上不久便到了龙潭瀑布。令我惊诧不已的不是龙潭瀑布一泄千丈的磅礴和云蒸霞蔚的飘然仙境，却是其前方的桥上锁着的红丝带。有的红丝带的颜色已褪成了粉红或淡红，而有的显然是刚锁上的，所以鲜红色在午后的残阳中犹显炫目。旁边卖丝带的老乡笑着问："不买吗？许个愿。蛮灵验的。来年再来还愿。"我禁不住问，"为什么还要用锁锁上？系上不就得了吗？"老乡们瞠目结舌说不出个所以然来。

其实答案我已经了然于胸。其时正值我刚刚博士论文答辩完。多年来为了攻读博士学位，先生和我先后奔波于青岛和济南两地。我们的一双儿女早在 8 个半月大时便各自跟着奶奶和姥姥回了老家。我们在穿梭中理解孔孟的追求，却又在追求中渴望着老庄的化境。年幼时就有人经常提起，人是为责任而活着的，要听从祖国的召唤、服从组织的决定、考虑父母的感受……总之，有理想的人要有所担当，要追求"修齐平"。为了这份担当，多年以来努力追求做一个孝顺女儿、四有学生、负责班干、全才老师、实干领导……在此过程中体会当年孔子周游列国推行儒家学说的入世雄心，不禁感喟其伟岸的意志。有限的时光，无尽的追求。夸父在死亡中获得精神的永生，感动天地的是超越有限的勇气。而当年的孔子不也是因为其超越有限的担当令后人折服吗？山青海绿，瀑流鸟戏，芳艳泉涌，再加清脆童音、铮铮铁骨相伴，原本是人们心之向往。为了那份入世担当，人们为自己的心套上了一份莫名的枷锁，把出世的虚静淡泊锁在萌芽状态，任其呐喊咆哮。

是龙潭瀑布的红丝带点化了我。其实，每一个人的心灵都或多或少被枷锁磨折。并不是所有人都有当年庄子的达观超脱，能在现代社会中放下俗世的追求。

所以大家只有象征性地把自己受到牵绊的心灵锁在龙潭瀑布波光流溢的桥上，任其倾听瀑流飞下、浸润山色海景，而其真身也便摆脱了心灵的枷锁，在俗世中自我践行。

只有心灵摆脱了枷锁，精神才能无限自由。莫里森小说中的人物为欲望、精神贫困、文化孤儿身份等撕扯着心灵，在精神的沼泽地里挣扎困顿。倘若他们的心中有一座龙潭瀑布前的桥，倘若他们能在瀑流的伴奏中奏响爵士乐，伴着他们民族的曼妙歌舞，他们一定能崛起于美国这个多民族国家。

而我也于评论莫里森作品中体会着内心越来越强烈的呼声。如果“一览众山小”中折射着“高处不胜寒”的孤独，我宁愿息隐于西子湖畔、奏响早已尘封十多年的吉他，让先贤诗词假我以思想的羽翼，看雷峰夕照中儿女的笑靥，让白娘子艳羡湖水中四人牵手的倒影……

在这种无上的自由中，人们终将超越有限，获得磅礴之气。而心也得以化作鲲鹏，跋涉流年光华、千山万水，遨游无极。

在这段博取智慧的人生旅途中，感谢精神上给我鼓励和支持的导师郭继德先生和师母朱老师，先生严谨的治学态度和父亲般的关爱将使我受益终生；感谢南京大学的王守仁老师、北京大学的程朝翔老师、南开大学的王宏印老师，各位前辈不仅在本书成书的过程中给过我悉心指导和中肯的建议，而且让我切身感受到学高为师、行为世范的风采；感谢华中师范大学的聂珍钊老师、外籍专家原元教授和 David Dickerson 教授等给过我思想启迪的学界前辈；感谢使我于漂泊与沧桑中感受到稳定的同济大学的李扬老师和山东大学的所有师友；感谢我生命旅程中时时教给我严以律已、宽以待人的人生导师于国华老师；感谢青岛农业大学外国语学院的领导和全体同事、朋友多年来对我的关照、支持和帮助；感谢在我风雨兼程的学术之路上默默支持我的家人和同学好友们；感谢使我为母则强的双胞胎儿女；感谢这次艰辛却美好的书写过程，让我在灵感与书写之流的创造力量之下体会到浴火重生的感动。

由于作者水平和学识所限，书中疏漏之处在所难免，敬请学界前辈和同仁以及广大读者批评指正。

李美芹

2010 年 8 月

图书在版编目(CIP)数据

用文字谱写乐章：论黑人音乐对莫里森小说的影响 / 李美芹著. —杭州：浙江大学出版社，2010.8

(外国文学研究丛书)

ISBN 978-7-308-07889-4

I. ①用… II. ①李… III. ①莫里森，T.—小说—文学研究②音乐—研究—美国 IV. ①I712.074②J658.712

中国版本图书馆 CIP 数据核字(2010)第 157791 号

用文字谱写乐章：论黑人音乐对莫里森小说的影响

李美芹 著

责任编辑 张颖琪

封面设计 俞亚彤

出版发行 浙江大学出版社

(杭州天目山路 148 号 邮政编码 310007)

(网址：http://www.zjupress.com)

排　　版 杭州中大图文设计有限公司

印　　刷 德清县第二印刷厂

开　　本 710mm×1000mm 1/16

印　　张 14

字　　数 302 千

版 印 次 2010 年 8 月第 1 版 2010 年 8 月第 1 次印刷

书　　号 ISBN 978-7-308-07889-4

定　　价 30.00 元

浙江大学出版社发行部邮购电话 (0571)88925591